U0917933

文学机制论

广西文学发展制度化建设的长效机制研究

张利群 著

广西师范大学出版社
GUANGXI NORMAL UNIVERSITY PRESS

·桂林·

图书在版编目（CIP）数据

文学机制论：广西文学发展制度化建设的长效机制研究／张利群著．—桂林：广西师范大学出版社，2013.1

ISBN 978-7-5495-3363-3

Ⅰ．文…　Ⅱ．张…　Ⅲ．当代文学—文学史—广西　Ⅳ．I209.9

中国版本图书馆 CIP 数据核字（2013）第 012289 号

广西师范大学出版社出版发行

（广西桂林市中华路 22 号　邮政编码：541001
网址：http://www.bbtpress.com）

出版人：何林夏

全国新华书店经销

广西民族语文印刷厂印刷

（广西南宁市望州路 251 号　邮政编码：530001）

开本：880 mm × 1 240 mm　1/32

印张：10.75　　字数：300 千字

2013 年 1 月第 1 版　　2013 年 1 月第 1 次印刷

定价：28. 00 元

目　录

导论　广西文学发展制度化建设的长效机制研究背景

广西文学进入新世纪后也就进入了发展的快车道。文学桂军崛起已成为文坛一道靓丽的风景，也引起批评界和理论界的关注，对文学桂军现象进行研究和探索逐渐形成热潮。2006 年当我申报“广西文学发展的制度化建设与评价机制研究”这项广西社科规划项目选题时，是颇有些心存疑虑的，其原因就是能否从制度化建设的角度和层面来探讨广西文学发展及文学桂军崛起的缘由，能否从制度创新、体制改革、机制转换、政策扶持等制度设计层面及制度化建设角度来总结广西文学发展的成绩和经验，能否以文艺制度与机制的总体性思路来探讨文艺关系及文艺规律，从而使文艺制度这一范畴和命题具有理论与实践的价值意义。当经过深入的调查与研究后，大量的事实材料及其理论依据使我对这一选题的疑虑顿消，信心倍增。从制度化建设角度研究广西文学发展的经验和成就不仅是可行的，而且是非常重要和必要的。其理由有三：一是文学制度与机制及其制度化建设的选题角度是独特新颖的，逐渐为理论学术界所重视，具有理论学术价值；二是广西文学发展提供的制度保障、机制推动的事实和经验，使选题具有实践应用价值；三是现代社会推动文学生产、传播、消费的活动方式及其关系发生重大变化和转型，文学的制度化与自主性的矛盾以及如何协调问题凸显，使选题具有现实针对性、应用性和对策性。这三条选题的理由，其实也是当时的选题初衷和动机，当然也是研究和探索这一课题的理由和根据，更是确立思路、寻找途径、选择方法的立足点和起点，也是现在获得的研究结果和结论。

广西壮族自治区党委、政府高度重视文化建设及文学艺术发展，从党和政府决策到战略策划，从规划设计到政策制定，从组织领导、行政管理到方案实施、措施落实，都充分体现党和政府对文艺的关心和支持，更体现社会主义制度的优越性，为文艺发展提供制度保障、体制支撑、机制推动、政策扶持的优良环境和优越条件。近年来，自治区党委、政府出台一系列文件，可以说是制度设计、制度创新的重大举措，这些文件包括《广西壮族自治区国民经济和社会发展第十一个五年规划纲要》、《广西“十一五”时期文化发展规划纲要》、《自治区党委、自治区人民政府关于建设文化广西的决定》、《自治区党委、自治区人民政府关于贯彻〈中共中央、国务院关于深化文化体制改革的若干意见〉的实施意见》、《广西壮族自治区人民政府关于文化广西建设若干政策的规定》、《自治区党委、自治区人民政府办公厅关于进一步加强农村文化建设的意见》等，为广西文化及文艺发展确立了规划、目标和总体思路，为广西文学发展的制度化建设打下了基础。当然，也为研究打下了基础。

一、研究背景

将选题确定为“广西文学发展的制度化建设与评价机制研究”时就已明确了研究对象为“广西文学”，研究角度为“制度化建设”及其运行机制，从研究对象及研究角度所处的研究背景而言，主要表现在三方面。

其一，广西跨越发展面临自身优势与时代机遇的大背景。广西正处于一个天时、地利、人和的最佳发展时期，从而为广西文学优先发展提供机遇的同时也为本项目研究创造了有利环境与条件。广西是一个沿边、沿海的南方少数民族地区，一方面长期以来因社会与自然条件的限制以及边境地区战争因素影响，经济、文化相对滞后，过去常被称为“老、少、边、山、穷”地区或欠发达地区；另一方面，广西又是一个具有深厚悠久的历史文化传统与丰富多彩的民族文化形态以及得天独厚的自然山水风光的区位优势和资源特色的地区，也可称为后发优势地区。改革开放三十年来，广西有了很大发展，但与东部经济发达地区相比，仍存在诸多不足。进入 21 世纪后，广西迎来了千载难逢的大好机遇，国家西部大开发的战略决策，使广西成为西部出海大通道；中国—东盟博览会会址永久落户南宁，使广西成为联结东南亚各国的门户窗口；国家对广西北部湾经济开发的战略决策，使广西在国家宏观经济调整、重心由东部向西部战略转移中起着重要的承接作用，广西经济发展面临最佳机遇。广西经济跨越发展必然会带来文化繁荣，同时广西所具备的优秀历史文化传统和民族文化特色也得到充分发挥和体现，并借助民族自治政策的优势，广西文化建设具备优先发展、超前发展、跨越发展的基础和条件。广西壮族自治区党委和政府抓住发展机遇，顺势乘利，及时提出“富民兴桂”新跨越以及推进以“富裕广西”、“文化广西”、“生态广西”、“平安广西”为中心内容的和谐广西战略决策。[①]《广西壮族自治区国民经济和社会发展第十一个五年规划纲要》提出：“加大政府对文化事业的投入，形成覆盖全社会的比较完备的公共文化服务体系，繁荣新闻出版、广播影视、文化艺术，加强文学、影视、音乐、美术、舞蹈、戏曲、木偶、杂技和动漫等文艺创作，办好创作基地，造就领军人才，建设高素质队伍，创造更多更好体现时代精神、具有地方和民族特色、在国内外有较大影响的优秀文化产品和艺术精品。”为保障和推动广西文化更好发展，规划还提出：“深化文化体制改革，建立党委领导、政府管理、行业自律、企事业单位依法运营的文化管理体制和富有活力的文化产品生产经营机制。"[②]这无疑为文化及广西文学提供了跨越发展的最佳时机，也从制度、体制、机制、政策上给予有力的保障和支持，从战略决策到战役策划，从规划到措施，从人力、物力、财力的扶持到各级领导的重视、关心和支持，都为广西文化及其文学的跨越发展打下了坚实的基础和创造了优越条件，形成文学桂军崛起的良好环境和背景。万事俱备，正逢东风，广西文学航船扬帆起航顺势而发，乘风破浪，驰骋远洋。

其二，广西文学研究现状的背景。探讨文学桂军崛起之成就和总结广西文学跨越发展之经验，研究文学桂军可持续发展之趋向，已形成学界理论研究与实践探索之势头，为本项目研究提供最佳时机和最佳条件。对广西文学发展的研究，尤其是对崛起于 20 世纪 90 年代的文学桂军的研究，早已引起理论批评界和学界的重视，研究者不乏其人，研究成果不断推出。近年来，学界相继推出李建平等《广西文学 50 年》、黄伟林《中国当代小说家群论》、徐治平《广西散文百年》、容本镇主编《悄然崛起的相思潮作家群》、温存超《小说的边界——东西论》、蓝怀昌主编《世纪的跨越——广西文学艺术十三年现象研究》、李建平、黄伟林等《文学桂军论——经济欠发达地区一个重要作家群的崛起及意义》、王绍辉《当代广西文学的审美文化研究》等一系列专题研究和系统研究的论著，发表评论文章和学术研究论文上百篇之多，形成广西文学研究的热点和热潮。当前，在这些研究成果中，已开始关注广西文学发展的制度建设问题，如《广西文学 50 年》中专题讨论"签约作家的诞生及其意义"，对广西首创"作家签约制度"进行评论[③]；《世纪的跨越》也专章总结广西文学发展经验，对"创新人才培养机制"、"健全精品创作体制"进行分析[④]；《文学桂军论》专设"领导组织力的推动"一节，分别讨论"清醒认识，果断决策"；"科学规划，组织实施"；"尊重规律，加强引导"；"制定政策，加大投入和奖励"等内容；还设有"文学发展机制的创新"一节，分别讨论了"创新人才培养机制"、"精品创作机制"、"建立多头投入、前投后奖的投入和激励机制"等内容。[⑤]显然，这些制度化建设举措，既是长期建设的结果，又是长期积累的经验。广西理论批评界高度重视，已加以总结和评论，但还有待进一步的学术研究和理论探讨，进行专题研究和整体综合研究。恰逢改革开放30年、广西壮族自治区成立50周年、新中国成立60周年大庆时日，对广西文学发展的经验总结，对文学桂军崛起的理论研究，对广西文学成功原因的学术探讨，对广西作家作品的评论和分析，都已进入系统研究和整体研究的最佳时期。广西文学成果日臻丰收，文学经验的长期积累，文学批评的推波助澜，文学理论的史论纵横，形成文学与批评互动、文学桂军与文学理论批评桂军并肩作战、文学实践与文学理论结合、基础研究与应用研究交融的最佳状态与最佳时机。同时，目前学界研究现状和趋向也正昭示逐步走向更深入、更广阔、更为多样化的研究空间，走向学术前沿和理论与实践的前沿，走向跨学科研究的多维立体的视域空间。当然，更为重要的是昭示在现有研究成果的基础上更进一步，在学术研究和理论批评上有所发现、有所突破、有所创新。任何突破都必须建立在原有的成绩上，任何创新也是建立在优秀传统的继承上，只有站在前人肩膀上才能看得更高更远，只有最大范围地掌握资源和信息，才会有更大的创造力和文化生产力。

其三，项目研究的理论背景。世纪之交以及走向新世纪的文学理论变革、转换、创新和发展为本项目研究提供了丰富的理论资源和更为深远广阔的理论背景。改革开放三十年来，文学理论曾走过拨乱反正、对外开放、文化寻根、市场洗礼、世纪跨越等阶段，在不断反思、自省、解构、重构的过程中确立起具有中国特色的文学理论体系，建构起在古今中外文论资源和文学传统基础上改革创新的大视野。更重要的是，在跨学科研究中寻找到学术研究的新理论、新方法、新途径和新视角。李建平、黄伟林等《文学桂军论》专门讨论其研究的几个理论支点：来源于马克思恩格斯的“艺术生产与物质生产的不平衡理论”；来源于区域经济学的“后发优势理论”；来源于文化研究、文化批评、文化诗学的“后殖民主义理论”、“新历史主义理论”、“文学人类学理论”，其立足点和切入点就在于以此理论支撑经济欠发达地区一个重要作家群的崛起之观点。本项目研究视角则是从文学与制度关系及文学的制度化建设角度来研究广西文学发展的经验，其理论支点和理论依据就应包括有五个方面的理论资源：一是马克思主义的意识形态理论及其艺术生产理论；二是西方马克思主义理论，如卢卡契的“总体性”理论、葛兰西的“文化权力”理论、伊格尔顿的“审美意识形态”理论；三是文化研究与文化批评理论，如托托西的“文学研究合法性”理论、赛义德的“后殖民主义文化”理论、布迪厄的“文学场”理论；四是中国马克思主义理论，诸如毛泽东“坚持党对文艺的领导”思想、邓小平的“社会主义市场经济”理论、江泽民“三个代表”重要思想、胡锦涛“社会主义核心价值体系”理论等；五是中国特色的文艺理论，如党的“双百”方针、“二为”方向的文艺原则、文化体制改革及其制度化建设的决策，具有中国经验、中国传统和中国特色的文学理论与美学理论等。这些理论资源都将作为研究的理论基础和指导思想，也将联系于广西文学发展的实际，使其合理、适当、有效地运用于研究实践中，从而在研究中寻找到理论与实践相结合的新的理论增长点和新的实践发展点，形成研究的高起点、宽视域、厚基础、强运用、重实证和改革创新的特点。

二、研究思路

根据广西壮族自治区党委政府在《关于建设文化广西的决定》中提出的“努力把广西建设成为时代气息、民族风格、开放包容的文化先进省（区）”及“五年打基础，十年上水平”的目标要求，使广西文化发展在“十一五”期间达到“文化事业全面推进，文化产业不断壮大，初步形成与广西经济社会发展相适应的文化发展格局、文化管理体制及运行机制”[⑥]的目标和效果。具体落实到广西文学发展上，也是通过制度创新、体制改革、机制转换、政策调整以保障和推动多出人才、快出精品、再上水平。因此，项目的研究思路应在广西文化、文学发展的总体思路的大框架中确立。

研究思路一方面来自对研究对象的客观、准确、完整的科学分析，具有合规律性的特征；另一方面来自研究者的动机、意图和目的，是人类活动自觉性、能动性和目的性的体现，故而具有合目的性的特征。研究思路应是合规律性与合目的性的统一，才会使思路具有正确性、导向性和有效性。

其一，研究动机和意图。长期以来对广西文学的研究，一方面主要表现为对作家作品的个案研究和现象评论，较为偏向微观分析和具体评价；另一方面主要表现为史论研究，诸如广西各民族文学史、广西文学断代史等，较为偏向于历史叙述及作家作品概论。从学术研究而言，这些研究成果的意义无疑主要表现在对作品以及资料价值的贡献上，还需要在历史结构中契入逻辑结构。从研究角度而言，在史论研究和作家作品批评所主要针对的对象视角中还需要从关系角度，如研究主客体关系，研究对象在社会中所构成的关系，文学活动的创作、欣赏、批评的关系中来寻找新角度。因此，我的研究动机在于：力图通过文学与制度关系的研究不仅要说明对象是什么，而且要说明对象为何如此，怎样如此，也就是说从更深层次上说明文学桂军崛起的原因，说明制度、体制、机制对广西文学发展的保障、推动作用和意义。最终意图在于提出“文学制度”与“文学机制”的范畴和命题，说明它们在理论与实践中的作用和价值，以说明制度创新、体制改革、机制转换、政策落实的重要性和必要性。

其二，研究思路。研究以马克思主义意识形态理论及其社会主义文艺思想作为指导思想，以古今中外文论资源作为理论基础，以广西文学发展历史现状和文学桂军现象为研究对象，从文学与制度的关系中探讨制度创新、体制改革、机制转换、政策落实对文学的保障和推动作用，达到建立广西文学可持续发展的制度化建设长效机制的目的。研究思路具体展开为五方面内容：一是广西文学发展的制度化建设在制度设计上的战略决策规划方案和目标方向；二是为落实战略规划而采取的制度创新、体制改革、机制转变、政策落实的措施与途径；三是制度机制建设对广西文学发展的保障和推动作用及推动效果；四是制度机制建设存在的问题、原因和对策；五是作为区域实践经验的理论价值和示范辐射意义。根据这一思路而设计研究内容和结构框架，并将思路贯穿于始终。我在充分考虑到研究内容的完备性和理论体系的系统性前提下，并不忌讳是否遗漏或是否不足，而是更多考虑到思路是否明晰和周全，是否贯穿研究始终，是否得到充分表达，是否有创新价值和意义。当然，不可否认的是，思路是在研究过程中不断补充、完善和发展的，最终研究结果也会提升思路和萌发新思路。

其三，研究的基本观点。观点既来源于思路，又来自材料；既具有主体性和主观性，又具有客体性和客观性。但观点毕竟是主体对客体以及主客关系的认识，因而更多地表现为学术创新性和学术个性，是研究的理论价值与应用效益所在。本项目研究的主要观点可概括为：一是文学发展需要有制度、体制、机制、政策保障和推动；二是现代社会中制度与机制的作用加大，制度与机制设计更为重要，其综合性和系统性表现在整合社会资源与意识形态资源而形成的关系场域或总体性思路；三是在文学与制度的关系中建构文学制度有利于将文学“他律”内化为“自律”，从而在统一中呈现文学规律的本质和特征，体现制度保障与机制推动的作用；四是文学制度建设与机制建设既需要外力推动，又需要通过内部调节自我完善，从而加强制度创新、体制改革、机制转换、政策调整的制度化建设；五是文学可持续发展必须建立制度化建设的长效机制和评价机制。设定这些观点的依据和理由是：一方面社会主义制度的优越性，市场经济体制的转型，“依法治国”观念的深入人心，文化体制改革的不断推进，改革开放步伐的进一步加快加大，都对文学发展提出了新的要求和推动，文学制度与文学机制发展及其制度化建设的观点思路应运而生；另一方面来自文学内在要求，现代社会转型使文学活动及其创作、传播、接受方式发生了很大变化，艺术生产及文学生产的生产方式、生产力、生产关系、生产资料、产品形态的变革，以及生产、市场、流通、分配、消费方式的变革，使生产制度、体制、机制的保障和推动作用更为彰显，文学制度与文学机制及其制度化建设的观点思路也就会具有合理性和必然性。

三、理论依据与研究基础

在本项目研究之前，我于 2005 年获得广西科技厅软科学项目"文学制度与文学评价机制研究"，结题后于 2008 年出版专著《文艺制度论》。该书着重从文艺制度理论角度进行研究，为本项目研究打下了坚实的理论基础，也为进一步以理论阐释实践案例、解读文艺现象、深化理论与实践结合的现实问题研究奠定了基础，并且由文学制度研究扩展到文学机制研究，将两者统一为整体，更有利于拓展研究思路和视野，也更有利于在现实实践中解决实际问题。《文艺制度论》主要是在解决文艺与制度关系中确定文艺制度的内涵、外延、性质、特征、功能、价值、作用、意义等理论问题，确立其理论基础与理论依据及实践根据，形成以下基本思路与主要内容。[7]

其一，文学制度研究的理论依据及其理论基础。关于文学制度的理论话题，早已引起西方文论界的重视。早在 19 世纪，法国批评家史达尔《从文学与社会制度的关系论文学》中就注意到文学与制度的关系，以制度说明社会综合要素与文学的相互影响。"考察宗教、风俗和法律对文学的影响，反过来，也考察后者对前者的影响。"[8] 马克思、恩格斯也以文学作为一种意识形态与社会经济基础和上层建筑的关系，进一步明确经济制度、政治制度等上层建筑制度形式以及意识形态与文学的相互影响和作用。马克思指出："在不同的所有制形式上，在生存的社会条件上，耸立着由各种不同情感、幻想、思想方式和世界观构成的整个上层建筑。整个阶级在它的物质条件和相应的社会关系的基础上创造和构成这一切。"[9] 文学也是在所有制形式上的制度化的产物，它作为意识形态既有观念意识的性质和特征，也具有作为上层建筑的体制化、制度化形式的性质和特征，也是构成社会制度的不可分割的重要因素，是社会制度下相对于政治制度、文化制度、法律制度、审美制度、道德制度、宗教制度、教育制度而言的文学制度。

20 世纪西方现代文论及西方马克思主义文论也在讨论艺术生产理论及其文化研究、文化批评中大量涉及的艺术生产制度、文化生产制度问题。匈牙利学者斯蒂文·托托西在《文学研究合法化》中开篇明义指出:“为什么有必要考虑从事文学研究的合法化?毫不讳言地说,是由于人文学科在整体性地经历着严重的令其日见衰落的制度化危机,并且由于文学研究的自身的问题,在总体社会话语中越来越边缘化。”[10]因此为抵制人文科学“边缘化”的“制度化危机”,他主张“文学、文学研究和比较文学中的整体化思维”,具体展开为“整体化和制度化文学与文化研究方法间的关系”、“比较文学和文学整体化与制度化研究方法”[11]。为此,他专门界定“文学制度”这一术语:“这个术语要理解为一些被承认和已确立的机构,在决定文学生活和文学经典中起了一定作用,包括教育、大学师资、文学批评、学术圈、自内科学、核心刊物编辑、作家协会、重要文学奖。对这些机构的兴趣,伴随着近来将文学视作一个生产、传播、接受、发展起了重要作用的社会体系的观点。换句话说,从社会科学角度来研究上述现象,文学被看成是一个意识形态组织。”[12]这一方面说明文学与意识形态的关联,支撑将文学视为一种特殊的审美意识形态的观点是无可非议的;但从“文学被看成是一个意识形态组织”角度分析,意识形态就不仅仅是观念形态和思想体系了,而且也正如阿尔都塞所言的意识形态国家机器,它以制度及其制度化的组织机构、行政单位、物态化设施而存在,因而文学也会以制度方式存在和生存。“将文学视作一个生产、传播、接受、发展起了重要作用的社会体系的观点”,使文学制度的范畴和命题具有了合法性和合理性,当然,也使对文学制度的理论研究和实践探讨具有了合法性和合理性。

文学发展的制度化建设问题也是一个重要的现实问题和应用对策性极强的实践问题。法国学者布迪厄提出“文学场”理论,反复强调这是一个“相互矛盾的世界”,是“反制度化的制度形式”,“相对于制度的自由就体现在制度本身”[13]，说明制度化与自主性的矛盾，并列出标题“对制度的超越”[14]以强调文学的自主性与超越性。这些立足于西方制度文化语境的文学制度理论研究有其合理性和适用性，对我们颇有启发和影响。

西方学者对现代文学制度的理论研究主要通过四个渠道表达：一是在审美意识形态的理论研究中初见端倪，如伊格尔顿、阿尔都塞等；二是在艺术生产理论中有所涉及，如马舍雷、豪泽尔、本雅明等；三是在艺术消费与文化传播理论中明确表达，如鲍德里亚、布迪厄等；四是在文化研究、文化批评理论中系统阐述，如杰姆逊、托托西等。将文学制度放在审美意识形态理论、艺术生产和艺术消费理论、文化传播理论、文化研究理论中定位，不仅使文学制度拥有了厚实的理论基础和学理依据，而且使文学制度研究的背景、语境、视域都有更大的拓展和延伸，使文学制度成为一个总体性范畴或整体性范畴。这些理论研究为文学制度提供了合理性、合法性依据，也奠定了文学制度研究的理论依据及其研究基础。

其三，中国学界文学制度研究现状。尽管中国文学制度实践及其发展历史源远流长，早在上古时期周代就建立了礼乐制度，先秦儒家建立诗教制度，后来汉代建立乐府制度，唐代建立以诗文取士的科举制度，等等；进入现代社会以后，不断建立文学发表出版制度、作品审查制度、文化及其文艺管理制度、文学社团及其文学流派章程制度，等等；当代文学制度在法制化、科学化与现代化进程中，更呈现丰富多彩的表现形式，凸显文学制度的功能作用。但文学制度的理论研究，或者说文学制度的话题，是随着中国改革开放的深入和社会主义市场经济的发展，随着经济体制、政治体制和文化体制改革步伐的加快而逐渐浮出水面，进入学界研究视野。中国不仅在文艺方针、方向、政策层面，在文化、文艺管理层面和文学教育与人才培养层面上迅速推进文学制度、文学体制、文学建制的改革和调整，而且在文学活动中，包括文学生产和消费，创作和欣赏；制作、策划、经纪、广告、营销、流通、传播、接受、评价等诸多活动形式、活动环节、结构层面上极大地铺开和拓展了文学领域和范围，推进文学活动运行、发展机制的创新和改革，力图在建立起适合于社会主义市场经济发展的、具有中国特色的、带有现代气息和时代特征的中国现代文学制度、体制、建制、机制的同时也建立起不断加强制度化建设的长效发展机制，使当前的文化体制改革和建设取得了令人瞩目的成效，当然也会存在一些问题与缺陷。因此，文学制度不仅需要着手于改革，而且也需要着眼于长期建设。

进入21世纪后，对文学制度的研究逐渐形成热潮，尤其是在文化体制改革深化过程中，针对现实问题的反思性、对策性、应用性研究逐步深入。王本朝认为："文学制度是文学生产的策略、规则和方式，是使社会的政治、经济和文化得以转化为文学内容的重要路径和通道，有了它的应允和许可才能使文学创作和意义评价具有社会的合法性。特定的文学制度既可强化也可能弱化文学的生产力量，所以，制度的力量取决于'转化'的形式。"[15]针对中国特定语境下的文学制度化，他认为："中国社会主义文学是历史上前所未有的一种新型文学。为了确保文学的社会主义政治、经济建设，它逐步建立了与之相适应的文学组织、引导、评价的管理机制，我们把它称之为文学制度。"[16]国内学者对文学制度的研究主要通过三个渠道表达：一是围绕文学体制、机制的改革和转换而进行的艺术生产理论研究，如邵燕君《倾斜的文学场——当代文学生产机制的市场化转型》、栾昌大《市场经济与艺术》、祁述裕《市场经济下的中国文学艺术》、张来民《作为商品的艺术》等等；二是针对中国文学的转型和发展的理论研究中涉及文学制度问题，如张荣翼《对文艺活动体制化的三重批判》、洪子诚《问题与方法》及陶东风、李松岳《从社会理论视角看文学的自主性——兼谈"纯文学"问题》等等；三是专题讨论文学制度的研究，如王本朝《中国现代文学制度研究》、张利群《论文学制度的构成要素》等。尤其是王本朝已出版中国现当代文学制度研究的两部专著，发表了多篇论文，在学术界引起较大反响，并引起学界对文学制度理论研究的重视，开拓了文学制度研究的领域和空间。

其四，文学制度的内涵与外延。从文学制度的内涵和外延来看，文学制度指保障和规范文学及其文学活动的外部和内部、显性和隐性的制度、体制、机制形式，它既可以表现为意识形态化的观念形态，又可以表现为物态化的社会组织结构形式；既可表现为官方的制度形式，又可表现为民间约定俗成的民俗惯例；既可表现为推动文学发展的社会综合因素的合力，又可表现为文学自身发展的内在机制。文学制度在文学与制度的关系中作为一种中介因素起到了将社会“外因”、“他律”内化为文学“内因”、“自律”的转化作用，也起到了“文学场”的系统、结构、整体的功能作用。从文学制度所在范围与内容来看，我认为文学制度应包括五方面内容：一是文艺方针、政策、路线、方向、规划、法律等意识形态制度化内容；二是党和政府对文艺管理的行政机构与设施，如文化部、广电总局、新闻出版总署等从中央到地方的行政体制形式；三是介于官方和民间的文艺专业群众团体，如文联、作协等半体制化的组织机构，以及作为事业编制的基层文艺单位；四是以文学教育、文学出版、文学期刊、文学研究与批评等组织机构与单位形式表现等评价体系；五是文学活动，包括创作、生产、流通、营销、传播、消费等所依循的规律、规则、秩序以及制度、体制、机制的保证和规范方式。因此，文学制度是一个复杂丰富、多维立体的总体性、整体性范畴。

对文学制度的研究及其理论探索，也随着文学理论与批评的深入发展和创新，首先在文学的审美意识形态理论研究上取得突破性的进展；其次在文学生产与文学消费理论的研究上取得丰硕成果；再次，在文学市场及其理论、文学及文化传播理论的研究上不断拓展；最后，在文化批评、文化研究的理论建设和审美文化、大众文化理论研究上不断扩大领域，加强理论研究的厚度、广度和深度。这都为文学制度的理论研究奠定了坚实的基础。同时，文学理论研究在基本范畴、基本命题、基本原理以及理念、思路和方法上的整体改革、创新、建设，也为文学制度实践创新和理论创新铺平了道路。

其五，文学制度研究的主要内容。对文学制度的实践探索和理论研究，主要包括五方面的内容：一是对文学体制、机制的改革和转换研究；二是对文学生产、文学市场、文学消费的实践及其生产制度、市场制度、消费制度的建设和研究；三是对文学方针、政策、法规的建设和研究；四是对文学管理、文学运行规则和规律的研究；五是结合中国文学发展实际，对毛泽东、邓小平、江泽民、胡锦涛等党的领导人有关文学论述的研究，其意图在于对文学制度的实践研究必须面对中国实际和现实问题，有的放矢，理论结合实际，在实践中推动中国文学的发展和中国当代文学制度的改革和建设。对文学制度的理论研究主要包括十方面的内容：一是马克思主义文学理论中的有关论述的研究；二是西方文学理论中的有关论述的研究，尤其是审美场和文学场理论、审美意识形态理论、艺术生产理论、文化传播理论、文化批评理论等的研究；三是对文学制度的起源、发生、流变、转型发展及其成因的研究；四是对中国现代文学制度发展的研究；五是对文学制度、体制、机制的改革和建设的研究；六是对文学制度内涵、外延及其理论构成的研究；七是对文学制度的功用、价值、意义的研究；八是对文学制度运行的自律性与他律性的研究；九是对文学制度的表现形态和表达机制的研究；十是对文学制度的二重性及其悖论的研究，等等。总之，文学制度的研究既是一个实践性、针对性、对策性很强的应用性课题，又是一个科学性、学理性、学术性很强的理论命题，需要在理论与实践、宏观与微观、形上思辨与形下实证、历史方法与辩证方法的结合上开拓研究领域，取得综合性成效。

其六，文学制度研究的重点和难点。文学制度研究的重点应该确定为三方面：一方面是对中国文学制度、体制、机制的改革及其理论的研究；另一方面是对文学制度的理论构成，包括基本概念、基本命题、基本原理的研究；再一方面是对文学生产与文学消费及其文学市场制度的研究。只有突出重点，才能纲举目张，从而在全面、系统、完整地建立文学制度理论体系、框架的同时抓住其重点和实质。文学制度研究的难点主要有四方面：首先是文学制度的界定和含义，包括其内涵与外延的界定，广义与狭义、隐形与显形、中心与边缘、官方与民间的文学制度的区别；其次是文学制度的二重性及其悖论的准确把握和辩证认识；再次是文学在体制化、制度化、法制化的现代化进程中的二难境遇及其解决途径；最后是文学制度的自身完善、自身调节、自主发展的自律性与他律性的矛盾关系，等等。这既是实践操作和对策层面的难点，也是理论学理依据层面的难点。这是认清其合法性、合理性的同时也能辨析其二重性及其悖论的关键，同时也是解决文学自由性、自主性、自律性、超越性与文学制度的保障、规范功用所构成的复杂关系及其存在问题的有效途径。

其七，文学制度研究的意义。文学制度研究相对于当前正在进行的文化体制改革的社会重大实践课题而言无疑是具有极其重要的意义，相对于文学理论的创新和发展而言无疑也是极具学术前沿性和理论挑战性的。它不仅能有效解决目前急待解决的现实实践问题和理论问题，而且也能在理论与实践的结合上提供方法创新的意义。从这个角度而言，文学制度的研究是具有突出的理论价值和实用价值的，也是具有明显的学术意义的。文学制度研究不仅能推动文学理论和文学实践的创新发展，而且作为一个文学理论的基本命题、基本范畴、基本课题应该跻身于文学理论体系和理论构成中，进入文学活动的实践中。因此，我们有必要将其作为一条重要的文学规律来对待和研究。

文学制度理论研究无疑为文学机制研究奠定了理论基础，其实文学制度在实践活动中就已转化为推动活动运行和发展的动力机制，可以说文学机制就是一种文学实践活动与文学机体运动的机制，其实践性、应用性、对策性更强，现实价值意义更为直接和彰显。因此，我将文学机制研究放在广西文学发展及文学桂军崛起的实践案例研究中进行，其目的不仅是文学机制理论研究，而且是实践应用研究和针对性、现实性、对策性的案例研究。

这些文学制度研究都会涉及文学机制研究，也对文学机制研究提供理论与实践基础。文学机制是推动文学运行、发展及其工作活动开展的动力系统，如同机器中的发动机或马达，是机器运转的动力系统，也是机器功能作用发挥的依据。《现代汉语词典》对“机制”的解释主要有三个义项：一是“机器的构造和工作原理，如计算机的机制”；二是“有机体的构造、功能和相互关系，如动脉硬化的机制”；三是“泛指一个复杂的工作系统和某些自然现象的物理、化学规律，如优选法中优化对象的机制”[17]。因此，“机制”一词在语义与语用中主要具有两方面功能与特点：一方面具有构成性与系统性，是结构要素构成综合的结果，也是关系与系统功能作用的结果；另一方面具有运动性与动力性，是其运动、活动功能作用的体现，也是运动、活动的动力源与驱动力。在现实语境及其运用过程中，“机制”的含义及其内涵外延都有所扩大和延伸，经常用于泛指动力机制、推动机制、运动机制、活动机制、作用机制、影响机制等。如文学机制指文学活动、发展的机制，包括政策机制、投入机制、保障机制、规范机制、竞争机制、激励机制、发表出版机制、传播机制、接受机制、评价机制等对文学产生推动作用与影响的各种外在因素，当然也包括文学传承机制、交流机制、审美机制、表现机制、模仿机制、想象机制、创造机制等对文学产生推动作用与影响的内在因素。因此，文学机制应是影响与作用于文学的外在因素与内在因素的综合，是一种推动文学的合力。

由此可见，文学机制与文学制度是不可分割的整体，文学制度的功能作用转化为文学机制，文学机制其实也是文学制度的一种功能作用，但文学机制功能不仅仅是文学制度功能，还具有文学自身运动机制等功能。当然，本项目立足在文学发展制度化建设的长效机制研究，着重讨论的是文学制度的机制保障、机制推动、机制运行功能。

三、研究重点和难点

确定本项目研究的重点其实也是一个难点，最大难度或许就是选题本身。因为关于文学制度与文学机制及其制度化建设的话题是一个新话题，从选题角度而言应该是一个新选题，难以找到现成资料，可供借鉴参考的研究资料和研究成果也不多见，选题本身就有难度，故而确定研究重点也就会有难度。似乎这一话题所涉及方方面面都是必要和重要的，缺一不可，无论是战略规划，还是决策策划，也无论是制度创新、体制改革、机制转换还是政策调整，也无论是实施过程还是落实效果，似乎均应列为重点。因此，不能在内容框架上仅仅以划分章节的方式去设置重点，也不能就活动过程的哪一个环节或要素去设置重点，而要考虑以问题为重点，无论是理论问题还是实践问题都应重点关注，将发现问题、分析问题原因、解决问题对策作为重点。这样就将重点设置在各章节的问题讨论中，以体现详略得当、主次清晰、重点突出的研究效果。

确定本项目研究的难点在于理论难点和实践难点两方面。从理论难点而言，首先，一些新概念、新命题、新观点，如文学制度、文学机制范畴应如何界定；其含义、内涵、外延是什么；其广义、狭义该如何理解，两者关系该如何认识；其价值、作用如何确认；其褒义、贬义的取向态度和倾向色彩如何辨析，尤其是其两面性、复杂性、矛盾性以及制度化悖论等问题，确实难以厘清和辨析。其次，因观念、思想、方法、角度的不同，会对某些问题的认识产生分歧，如“制度化”问题，尽管这一提法本身会存在两种可能性，即积极与消极、正面与负面；同时“制度”本身也会有保障和规范双重功能，而规范过度就会形成限制和约束，构成制度性弊端或体制化弊端，对于持守文学自主性和自律性的研究者而言，难免会抵制和反对“制度化”、“体制化”，这其中的合理性与逻辑性不言而喻。故而辩证认识制度的两面性和复杂性，如何从正面积极性上去建构“制度化”的合理取向和作用是有难度的。再次，文学理论关于审美意识形态、文学场、自律与他律、自主性与社会性等问题的讨论已呈对立和分立的状态，如果文学制度的讨论再陷入这种对立矛盾和争执不休状态，那就真成了画蛇添足，因而应考虑文学制度与文学机制如何在制度与文学之间作为关系中介的作用及其将“他律”内化为“自律”的作用，使之成为一个文学总体性、系统性和关系性概念。最后，将文学制度与文学机制作为文学理论范畴，纳入文学理论体系和知识结构中来认识，还需从理论上深入研究探讨，给予学理性、学术性和知识谱系性的支撑，这无疑也是具有难度的。我力图在研究中解决这些问题和难点，或者说，我希望能为学术界解决这些问题与难点提供参考与铺垫。

从实践层面及其应用对策层面的研究难点而言，主要表现在三方面：一方面是决策者、实施者与受益者三者之间的关系及复杂性会形成难点。从某种角度而言，其实就是政府、专家与作家的关系问题，也是文学的制度管理与自主自律的矛盾问题，它涉及文艺决策和政策是否合理合适，决策措施是否落实到位，动机是否产生效果，文学制度、体制、机制是否健全完善等一系列问题。故而应用对策研究强烈的问题意识，在实践中发现问题、分析问题与解决问题都是有一定困难的。另一方面是广西文学发展的经验究竟在多大程度上取决于制度化和长效机制建设，在多大程度上有普适性和示范性，在多大程度上具有实践价值和理论意义，这不仅需要有实践材料支撑，而且也需要有理论依据。再一方面是文化体制改革的实践操作问题。改革与建设同步进行，在理论上和思想认识上是不难理解的，关键在于实践中如何进行，不仅文化体制改革有难度，而且文化体制的“制度化”建设也有难度，也就是说在社会主义市场经济体制确定的大背景下文化体制改革和建设究竟如何进行。广西文学体制该如何改革和建设，改革和建设的成效如何，均有待实践探索和理论研讨的深化。要解决这些实践难题，是需要有改革创新的精神和不断反思自省意识的，也是需要着眼于制度、体制、机制的改革更新和政策落实的制度化长效机制建设的。这不仅促使我们的研究成果能以对策性提供给政府领导决策作为参考和咨询，而且更重要的是促使政府建立起制度化建设的长效机制以及民主平等对话、交流的互动平台，促使理论研究成果转化为现实应用效果。

四、研究方法和途径

本项目研究定位于理论应用或应用理论研究，其意图是将理论研究与应用研究结合在一起。所谓理论应用研究，指的是强调理论研究的应用性、实践性和针对性品格，故而理论必须结合实践，联系实际，旨在应用；所谓应用理论研究，是相对于基础理论研究而言，强调应用性理论，也就是说是从实践中产生的理论，从经验中提升的理论。但这似乎还是对理论研究的说明，如果从应用研究而言，研究对象和目标是十分清楚的，就是对广西文学发展的研究，对现实实践活动对象、现象、状况的研究，其实质也是对问题、原因和对策的研究，故而应用对策性研究的性质和特点十分鲜明。

研究性质定位决定了研究方法。本项目研究方法和原则概括为：一是历史唯物主义与辩证唯物主义结合方法，其表现为历史方法与逻辑方法的结合，历时性纵向研究与共时性横向研究结合；二是科学研究的实证方法，具体表现为社会实践和田野调查的深描法、细描法及其对材料的搜集、整理、运用方法；三是文学研究方法，包括文学史方法、作家作品评论方法及文献研究方法；四是文化研究方法及其跨学科研究综合方法；五是利用现代工具和科学技术手段掌握资源、处理资料、交流信息的方法。

本项目研究途径主要有五个渠道：

其一，对广西文化部门、单位进行调研和考察。我们除承担广西社科规划的本课题外，还承担广西社科重大招标课题“广西文化体制改革与对策研究”，故而在 2003 年曾对广西文化厅、广西广播电视局、广西新闻出版局、广西电视台、广西日报社、广西电影制片厂、广西区文联、区作协等部门和单位进行调研考察，获得广西文化发展及其文学发展的材料，对广西壮族自治区党委、政府的文化战略规划、决策方案、实施措施、方针政策有了进一步深入了解。同时，根据本课题需要，对广西文学发展状况进行调研和考察：一是对广西壮族自治区文联、作协，广西文学院，广西文学杂志社，南方文坛杂志社和南宁市、桂林市文联作协及其文学院、杂志社进行调研考察；二是对文学桂军的领军人物及一些著名作家进行访谈和对话，如潘琦、蓝怀昌、冯艺、东西、鬼子、黄继树、盘文波、刘春等；三是参加广西作家作品研讨会 10 多次，参加作协组织调研采风 10 多次，撰写评论研究文章 20 多篇；四是与桂林市文联文学院联合举办青年作家高级讲习班和联谊会，在加强制度、机制建设基础上进一步扩大对话交流渠道，在广西师范大学文学院建立了校园文学、青春文学及其文学沙龙的实践基地和实验平台。

其二，我所在的大学文学院资料室建立了广西作家资料库，收藏广西历代作家资料与著作、广西当代作家资料与著作，以及广西作家作品研究资料与著作；同时，广西图书馆、广西桂林图书馆与广西各高校图书馆建立了图书资料信息共享平台，大大方便了图书资料的查阅和信息交流，也为课题研究提供了文献资源和理论资源查阅和利用的便利。

其三，我所在的大学文学院文艺学教研室，具有悠久深厚的学术传统和学术积淀，文学院为国家文科基地、国家特色专业、国家优秀教学团队、全国高校教育系统先进集体，文艺学学科为广西重点学科。近年来，文艺学学科致力于审美人类学研究和建设，已形成学科与学术优势和特色，从而更紧密地将学科研究、学术研究、理论研究与广西区域文化、民族文化、本土文化结合，为广西文学研究创造了有利条件及其理论资源与材料资源的储备，使学科及其科研优势得到很好发挥。

其四，我利用在广西文艺理论家协会担任理事和在桂林市文艺理论家协会担任主席的便利条件，更好地与广西文联、作协以及桂林市文联、作协联络，参加文学界的各种活动和会议，与领导和作家更好地交往和交流；同时也能在广西文学活动的第一线，通过文学批评、文学研究与文学桂军并肩作战，亲身经历和体验广西文学发展和文学桂军崛起的过程。

其五，项目成果的形成途径主要有两种方式：一是以阶段性成果的系列论文和调研报告方式发表在报刊上，我已在《文学评论》、《文艺争鸣》、《中国文学研究》、《南方文坛》以及高校学报上发表研究论文 20 多篇；二是以专著形式形成结题成果，使项目研究成果具有系统性、整体性和结构性。阶段性成果与终期结题成果有机统一，形成成果整体。

对广西文学发展制度化建设的长效机制研究既具有开拓性和创新性，也具有探索性和尝试性，我知道开拓需要有勇气，探索必须有胆量，但更重要的是需要科学理性态度和改革创新精神。探索和研究才刚刚开始，虽然取得一定的成效，但不会停步，也不会结束。

注释：

①《广西壮族自治区国民经济和社会发展第十一个五年规划纲要》，2006 年 1 月 16 日广西壮族自治区第十届人民代表大会第四次会议通过。

②《广西壮族自治区国民经济和社会发展第十一个五年规划纲要》，2006 年 1 月 16 日广西壮族自治区第十届人民代表大会第四次会议通过。

③李建平等：《广西文学 50 年》，303－306 页，桂林，漓江出版社，2005。

④蓝怀昌主编：《世纪的跨越——广西文学艺术十三年现象研究》，660—663 页，南宁，广西人民出版社，2007。

⑤李建平、黄伟林等：《文学桂军论——经济欠发达地区的一个重要作家群的崛起及意义》，226、228 页，北京，中国社会科学出版

社,2007。

⑥《自治区党委、自治区人民政府关于建设文化广西的决定》,《广西“十一五”时期文化发展规划纲要》,67 页,南宁,广西民族出版社,2007。

⑦张利群:《文艺制度论》,1—4 页,北京,中国社会科学出版社,2008。

⑧[法]史达尔:《从文学与社会制度的关系论文学·序言》,《西方文论选》,下卷,121 页,上海,上海译文出版社,1979。

⑨马克思:《路易·波拿巴的雾月十八日》,《马克思恩格斯选集》,第 1 卷,629 页,北京,人民出版社,1972。

⑩[匈]斯蒂文·托托西:《文学研究的合法化》,1 页,北京,北京大学出版社,1997。

⑪[匈]斯蒂文·托托西:《文学研究的合法化》,19—32 页,北京,北京大学出版社,1997。

⑫[匈]斯蒂文·托托西:《文学研究的合法化》,33—34 页,北京,北京大学出版社,1997。

⑬[法]皮埃尔·布迪厄:《艺术的法则——文学场的生成和结构》,306 页,北京,中央编译出版社,2001。

⑭[法]皮埃尔·布迪厄:《艺术的法则——文学场的生成和结构》,318 页,北京,中央编译出版社,2001。

⑮王本朝:《中国当代文学制度研究》,268 页,北京,新星出版社,2007。

⑯王本朝:《中国当代文学制度研究》,1 页,北京,新星出版社,2007。

⑰《现代汉语词典》,515 页,北京,商务印书馆,1980。

第一章　广西文学发展的战略决策

广西文学发展的制度化建设的基本思路是建立起文学制度、体制、机制的健康良好的保障体系和完善系统，确定文学内在运行活力与社会综合外力统一的文学发展长效机制；遵循“自律”和“他律”结合的文学规律，满足社会以及人们日益增长的精神需求和审美需求；社会主义制度的优越性提供了文学制度、体制、机制改革开放、创新发展的条件和基础。广西壮族自治区党委政府高度重视文学发展与建设，充分利用“天时、地利、人和”的机遇和“全球化”、“现代化”的挑战，不失时机地提出文艺发展的“三大战略”、“五大战役”以及文艺人才培养的“213 工程”的战略规划和实施措施，确立广西文学发展的目标方向、指导思想、基本思路、政策措施、路径方法，为文学桂军崛起把舵引航，保驾护航。潘琦将总体思路概括为：“总的思路是：要在坚持邓小平同志建设有中国特色社会主义理论和党的基本路线指导下，打好基础，建立基地，创办基金，健全机制，多出精品，多出人才，全面推进，繁荣广西文艺事业。”①

第一节 广西文学发展“三大战略”的决策

改革开放三十年，广西文学发展经历了自发、探索和自觉的三个阶段。1978—1987 年的十年间处于自发阶段，呈现出各自为政、零散出击的游击式相对沉寂状况；1988—1996 年的近十年间处于探索阶段，呈现出反思自省、图强创新的奋发向上状态；1996 年至今的十多年间处于自觉阶段，呈现出文学桂军崛起的跨越式和突破式发展状态。文学桂军可谓广西文学自觉的标志之一，“所谓文学桂军，是生活和工作在广西的一批从事文学创作的当代作家，他们的创作思想、创作活动、创作理想、创作作品，具有鲜明的时代性、本土性、民族性、自强性、创新性和团队性，是新时期活跃在中国文坛的一支南方作家队伍”[②]。广西文学发展迈向自觉时代的另一个标志，就是经过长期积累和经验总结，确立了广西文学发展的“三大战略”，明确了目标方向、基本思路、途径、方法和措施，树立起“文化广西”以及将广西建设成为先进文化省区的振兴广西文学的雄心壮志，实施以“文学桂军”崛起为首的攻坚突击战的“五大战役”。广西文学的自觉性不仅是思想解放、观念更新、思维转换的自觉性，也不仅仅是理论认识和实践探索的自觉性，而且也是制度创新、体制改革、机制转换、政策调整的自觉性，更是将自上而下的制度设计的文学自由宽松的环境和氛围营造与由内而外的文学家内在需求和追求的有机结合的自觉性。因而，广西文学发展的“三大战略”决策的实施，是广西文学发展进入自觉时代的标志。

一、广西文学发展的“三大战略”决策过程及其依据

1996 年是广西文学发展的关键年头，是广西文学发展的一个转折点，也是广西文学发展自觉性的一个主要标志。此后被文学界及其理论批评界反复提及的“花山会议”在这一年的 7 月 5 日至 7 日召

开。这次会议由广西壮族自治区党委宣传部邀请30名青年艺术家在宁明花山民族山寨召开，全称为“广西青年文艺工作者花山文艺座谈会”。与会者包括时任广西壮族自治区党委宣传部部长潘琦及宣传部其他领导李俊康、李启瑞等，作家东西、黄佩华、凡一平、常弼宇、黄神彪、张仁胜、傅磬、麦展穗等；理论批评家李建平、张燕玲、杨长勋、唐谊军、廖明君等；期刊编辑冯志奇、林万里、叶晓雯等。座谈会上，宣传部领导与作家畅所欲言，促膝谈心，共商广西文艺发展大计，共谋广西文艺发展蓝图，尤其是针对广西文艺发展历史、现状、问题、原因、对策展开充分讨论和交流，酝酿广西文艺发展战略转移雏形。潘琦认真听取了与会者的讨论和发言，并在总结会上作了《理清思路，强化措施，振兴广西文艺事业》的重要讲话，对“花山会议”作了三方面的定位：“这次会议可以说是我区文学艺术发展的一次重要的会议，一次文学事业继往开来的会议，一次文学青年团结友谊的聚会。”[③] 他在谈到广西文艺人才培养目标时提出实施三大工程，即“213工程”、“塑星工程”、“戏剧强省工程”；他还提出“要像抓‘米袋子’、‘菜篮子’那样抓‘脑瓜子’、‘书架子’”[④]，希望各级党政领导必须高度重视文化事业发展，要列入党委的论事日程，列入精神文明建设的总体规划；他还提出建立制度、健全体制、激活机制、制定政策，构建广西文艺发展的优良环境和条件及其保障体系。花山会议为广西区党委区政府“三大战略”决策铺平了道路，奠定了基础，这是一次广西文艺发展战略决策的会议，也是一次决定广西文艺发展命运的会议。从花山脚下出发，以花山壁画所描绘的千年前壮族先民的粗犷、豪放、激荡的生命力和昂扬奋进精神作为依托，吹响向全国文坛进军的集结号。

“花山会议”的第二年，广西壮族自治区党委宣传部于1997年4月1日至3日在南宁召开广西首届百名青年作者创作会。会议期间，来自广西各地的百名青年作家相聚一堂，交流经验，“大会总结了过去几年的创作成就和经验，进一步明确了广西文艺发展的思路，制订和部署了包括实施‘213工程’、实行签约作家制、开展‘五个一工程’奖、广西文艺创作‘铜鼓奖’和广西青年文学奖等一系列繁荣文艺、实施精品工程的重要举措”[⑤]。会议期间，还举办了广西当代文学成就展，展示了广西文学创作成就突出的60名老中青三代作家的代表作品，举行了贺州市中国作协文学创作基地成立新闻发布会。会议闭幕式上，著名作家聂震宁宣读了与会青年一致通过的倡议书《敲响世纪的钟》，这既是广西青年作家进军21世纪的宣言，也是决心振兴广西文学的誓言，“使我们名副其实地成为20世纪末中国文学新的生长力量，以优秀的作品敲响新世纪的钟，把广西文学事业推上一个新台阶”[⑥]。此后广西文学发展的实践证明，“花山会议”不仅敲响了新世纪的钟声，而且也敲响了振兴广西文学的进军鼓。这百名广西青年作家继往开来，开拓创新，成为文学桂军队伍的生力军和主力军，也成为文学桂军崛起的先锋队和突击队，他们中间的东西、鬼子、凡一平、黄佩华也成为文学桂军的领军人物和旗手。正如黄伟林所言：“人们将这次会议看作文学新桂军‘文学北伐’的誓师大会。”

这一年5月，广西壮族自治区党委宣传部正式实施“签约作家”制度，按照“自愿报名、平等竞争、择优录用、恪守合约、讲究效益、优存劣汰”[⑦]原则，首届签约作家八名：东西、鬼子、李冯、黄佩华、凡一平、沈东子、陈爱萍、海力洪。他们与广西壮族自治区宣传部签订了三年的创作合约，由政府提供创作资金、调研采风场地以及创作时间的保障，签约作家保证按时、优质、高效完成创作任务，推出精品力作。第二年，1998年又进行了第二批八名作家的签约，到2003年出版广西签约作家小说精选《这方水土》时，已实施五届，作家签约者近50人。时任广西壮族自治区党委副书记潘琦在该书“序”中写道：“这几年来的签约作家带了个好头，他们的作品无论是长篇、中篇、短篇，无论是数量还是质量都步入了一个引人注目的阶段。从他们的发展看，经历了初步磨炼之后，已经能够比较熟练地根据社会生活，反映社会真实，与人民的声音相呼应，紧扣时代脉搏，讴歌民族精神，认识新时代的历史使命。这是广西文坛的希望所在。保持这种兴盛不衰的势头，新时期广西文学事业将更加朝气蓬勃，灿烂辉煌。”[⑧]无疑，作家签约制度的实施既落实了人才培养“213 工程”，造就了一批拔尖人才和培育了文艺新军，而且也为广西文学发展的“三大战略”决策创造了有利条件。

从 1996 年到 1997 年两年间，广西文学界紧锣密鼓地策划举办“花山会议”、“首届百名青年作家会议”、“作家签约”制度等一系列活动，对广西文学发展重大问题深刻认识、反复酝酿，为广西壮族自治区党委、政府决策提供了理论依据和实践经验。万事俱备，东风浩荡，广西文艺发展迎来百花争艳、百舸争流、万紫千红的春天。

1998 年广西迎来了民族自治区成立 40 周年华诞，广西壮族自治区党委、政府战略决策，实施广西文艺振兴的“三大战略”。潘琦在《面向二十一世纪的广西民族文学》一文中具体阐释了“三大战略”的思路和目标：“一是以人才为本，实施人才培养战略”；“二是以精品为中心，实施精品战略”；“三是以开发文化资源为基础，实施文艺可持续发展战略”[⑨]。具体而言为“人才战略”、“精品战略”、“资源开发战略”。从 1998 年到 2008 年，广西文艺发展“三大战略”的实施，开创了广西文学振兴、文学桂军崛起的新局面。

二、“三大战略”的基本内容与实施措施

战略是指对根本性、长远性、总体性、高端性的基本思路和目标方向的决策和策划，带有宏观性、全局性和决定性的特征和作用。广西文艺发展“三大战略”无疑是广西壮族自治区党委和政府自上而下的决策结果，当然也是广西文艺发展规律以及文艺工作者理论研讨和实践探索的由下而上的策划结果。“三大战略”所指对象为人才、精品、资源三大要件，可视为广西文艺发展的根、本、魂所在，所谓“本”是以人为本，以人才为本；所谓“根”是以本土文化资源，尤其是以民族地区的民族文化为根；所谓“魂”是指精品所具备的创新理念、文化内涵、时代精神之魂。以根、本、魂为核心确立起寻根、固本、树魂的战略目标和核心价值取向。

“三大战略”的实施主要是通过广西壮族自治区党委宣传部和广西文联精心策划，周密部署，领导和组织了广西文艺界“五大战役”。分别从文艺领域主要和重点的专业门类文学、戏剧、影视、音乐舞蹈、美术，以逐层递进与整体推进的方式展开。“第一战役：文学桂军的崛起”；“第二战役：戏剧强省工程”；“第三战役：影视建设工程”；“第四战役：振兴八桂歌海舞风”；“第五战役：打造漓江画派”[10]。正如一位记者写道：“在花山会议的战略指导下，广西文坛极有章法地发动了一场接一场的‘五大战役’。花山会议——培养文学新军；宾阳会议——建设戏剧强省；大王滩会议——重现影视辉煌；百色会议——振兴八桂歌海；桂林会议——打造漓江画派。一时间，甲光向日，角色满天，黄金台上意从容，提携玉龙赴戍楼。”“五大战役”以工程、项目活动、行动的方式落实和实施“三大战略”，分别在文艺各领域进行重点突击和突破，继而取得整体突击和突破的战果。文学桂军在“五大战役”中率先进行第一战役的冲锋和突击，带头落实和实施“三大战略”，成为广西文坛的领军军团和突击队。

其一，实施“人才战略”的内容和措施。“人才战略”包括人才培养、人才使用、人才管理、人才成效、人才评价等内容。对于领导管理层而言，就是要树立起科学人才观，既尊重人才、珍惜人才、保护人才，又能服务人才、保障人才，为人才提供成才的优良环境和条件；对于人才队伍而言，就要树立起科学的成才观，不断提高自身的素质和能力，充分发挥聪明才智，人尽其才，才尽其用，遵循人才规律和成才规律实施“人才战略”。广西文艺“人才战略”目标是“213 工程”，“即到 21 世纪末培养 20 名在全国有影响的著名作家、艺术家，100 名在全区知名的文学艺术杰出人才，3000 名全区地市一级有影响的优秀人才”[11]。形成一个宝塔状或金字塔状的人才队伍，呈现出分层逐级培养、递进提升培养、梯形结构培养的特点，也体现出各级党委和政府部门科学管理，遵循人才成长规律和人才培养规律的特点。在人才培养方式上采取多渠道、多层次、开放式、多样化的途径：一是通过文联作协系统的文学院以培训、讲座的方式培养人才；二是通过与高校合作或委托高校以进修、学历教育的方式培养人才；三是以文学创作中心、文学创作基地为平台，通过创作笔会、研讨会、座谈会的形式培养人才；四是让作家挂职锻炼，通过上山下乡、下基层挂职工作的方式培养人才；五是挑选创作苗子保送推荐到鲁迅文学院以及全国性的文学讲习班、创作研讨班进行学习和深造。这些措施和方法，将长期培养与短期训练结合，文学教育与文学实践结合，专业学习与调研采风结合，使人才培养效果明显，培养质量和数量都大幅度提高，保障了“人才战略”的“213 工程”顺利实施，实现了在 21 世纪初的人才培养的“213”目标。今后的“人才战略”的实施目标应该按文学艺术类型分别达到“213 工程”目标，从文学创作而言，应将目标设立在全国有影响的 20 名著名作家，全区 100 名优秀作家，各市、县 3000 名知名作家的定位上。

其二，实施“精品战略”的内容和措施。文学创作重在原创性、个性和特色，因而对精品的追求是一个永无止境的、根本性的、绝对性的追求。但对于文学作品而言，其精品程度、优秀程度是有差别性和相对性的，同时对于文学个性而言，见仁见智的感觉和理解、趣味兴致的偏好嗜尚，也会在评价中呈现出多元价值取向。因而对于“精品”的内涵而言，应该是在相对性的比较中与绝对性的原则规律中确立精品含义，如优胜劣汰的评价、时间空间传播的长短大小、读者接受的喜厌好恶、社会效益与经济效益的结合度、作品的思想深度与审美魅力，等等。因而精品应该具备典型性、经典性、创新性的特征，应该是民族特色、时代特征、社会深度、艺术价值综合交融于一体的优秀作品。当然，“精品战略”不仅仅在于结果是否精品，而且更重要的是精品生产的过程，是如何培育精品、打造精品、创造精品的过程和途径。广西“精品战略”途径和措施是开放性和多样性的：一是实施作家签约制度，从合同的项目管理方式，以人才、物力、财力以及时间保障为签约作家产出精品创造环境和条件，这既是精品培育的方式，又是人才培育的方式，在产出精品的同时也产出了人才。甚至人们往往将“签约作家”和“签约作品”视为人才和精品的别称，尽管“签约作家”也必须通过合同实施过程和效果来证明作家是否人才，“签约作品”也必须通过合同实施过程和结果来证明作品是否精品，但作家签约制度本身就带有精挑细选的含义，故而被认为是一种荣誉也就不足为奇了，它确实保障和支撑了精品的培育和产出。二是有重点地开展作家创作笔会、改稿会、会诊会等活动，针对一些有好苗头的创作构思、初稿、修改稿进行研讨、交流、对话，取长补短，集思广益，不断修改，精益求精，最终达到精品的要求，达到全国重要文学期刊和出版社的发表出版要求，达到评选全国性重大奖项的要求。三是邀请理论批评家对作家作品进行评论，召开作家作品研讨会，针对作品的思想内容、艺术价值、审美效果及社会意义进行分析评价，通过文学批评的评价机制激励和推动精品的产出。四是通过作品发表出版的新闻发布会、作家签名售书、作品的影视改编等活动形式，宣传和传播作品，扩大作品影响和效果，并使作品成为艺术再生产的资本和资源，产生出复合生产、连锁生产、后续生产的更广泛、更深入的生产、传播、消费效应，从而在文学活动的全过程中逐渐建构精品。五是通过评奖机制推出精品，通过广西“五个一”工程奖、广西文艺创作“铜鼓奖”、广西青年文学“独秀奖”以及各市县设置的各种文学奖项的评选，推出精品力作，以利于更好冲刺全国性文学大奖，从广西文学精品走向全国文学精品。

其三，实施“资源利用战略”的内容和措施。广西是一个民族文化资源、地域本土文化资源、自然山水文化资源十分丰富的少数民族自治区，文化资源具有明显的优势和特色，为广西文学发展提供雄厚的基础和有利条件，也形成广西文学创作的资源优势和特色。但要将资源转化为作品，合理开发、科学利用资源以便更好地为文学和文化发展服务，则是需要沙里淘金、百炼成钢的活动过程来完成的。广西壮族自治区党委和政府实施“资源利用的可持续战略”，是以战略全局、战略部署、战略发展的眼光将广西文艺发展纳入广西社会、经济、文化整体发展和协调发展的大局中来认识的，一方面要考虑资源生态和谐、平衡协调的科学开发，合理利用，以保证资源生态保护、资源开发的再生性以及资源的可持续发展;另一方面要考虑通过资源的科学开发、合理利用以保证广西文艺发展的后劲、潜力和可持续发展,从而在"文化广西"的战略规划决策的大视野、大框架中把握资源开发与文艺可持续发展的关系。实施"资源利用的可持续发展战略"的具体措施为:一是对广西文化资源的普查和调研,以积累资源、夯实基础、厚积薄发,为文艺可持续发展提供基础和条件。广西壮族自治区党委宣传部组织实施"广西文化资源调研工程",集中广西高校、科研院所、新闻媒体、文化管理等单位学者专家,多次深入实际考察调研,多次召开广西文化研究讨论会,出版调研论文集《桂北文化研究》、《红水河文化研究》、《广西环北部湾文化研究》、《花山文化研究》、《刘三姐文化品牌研究》等,着重从中原文化与岭南文化、少数民族文化、海洋文化以及民族文化经典个案为对象,凸显广西文化资源的丰富性、独特性、多样性以及民族特色和优势。二是对广西民族民间文学的调研,为广西文艺可持续发展战略提供基础和条件。广西有十一个世居少数民族,如壮族、瑶族、苗族、侗族、仫佬族、京族等,均有文化普查及民族、民间文学的搜集、整理、研究资源和成果;大部分少数民族文学史已编写出版;民间传说故事、民间歌舞、史诗戏曲等口传文学与说唱艺术也得到有效保护和保存、发掘和整理。如对"刘三姐"传说故事、山歌民谣的整理出版,就有钟敬文的《歌仙刘三姐故事》、《刘三姐传说试论》;覃桂清《刘三姐纵横》;邓凡平主编的"刘三姐书系",分有《刘三姐传说集》、《刘三姐山歌集》、《刘三姐剧本集》、《刘三姐评论集》等四部,为刘三姐文化品牌建设奠定了基础。此外,还整理出版了壮族史诗《布洛陀》、瑶族史诗《密洛陀》等。三是扩大文艺调研采风途径,建立文学创作基地,在体验生活的同时着眼于民族文化资源的保护与开发。可持续发展的思路确立,提供广西文学发展的核心价值取向和导向,增强文学发展的后劲与潜力,为文学发展提供取之不尽、用之不竭的社会生活源泉和文化资源。四是着眼于文化特色和优势,确立广西文艺立足本土资源、优先发展地域文学、民族文学和特色文学的创作重点和切入点,同时也有利于确立广西文学的特色和优势，使广西文学以特色和优势立足于本土，走向全国，面向世界；更重要的是，在夯实广西文学根基的同时也强化其文化内涵和底蕴，更好地建构广西文学精神和文学传统。“文化资源利用的可持续发展战略”是项长期的、持久的、持之以恒的战略目标和任务，这对于身处民族地区的广西文艺发展而言才会形成“边缘崛起”、“洼地突破”、“蛙跳式发展”的特点和成效。

三、“三大战略”的实施效果和意义

以文坛常用的一个关键词“文学桂军崛起”来概括“三大战略”的实施效果是再恰当不过的了。“文学桂军”这一概念的确立是对广西文学状态及广西文学队伍的命名。作为地域性文学概念，当然是相对于文学湘军、粤军、鄂军、川军、陕军、鲁军等而言的广西文学队伍，但其价值和意义还在于：一是相对于广西文学发展初期的沉寂、停滞、缓慢的消极性而言则呈现出崛起、突破、跨越的积极性状态和趋向；二是相对于过于零散化游击化的分散个体活动而言，则具有队伍组合、集结、凝聚的团队精神和集团力量；三是相对于过去自发、盲目无序的发展状态而言，则具有有组织、有计划、有目的的自觉活动行为以及制度保护和机制支持的有序状态。这不能不说“文学桂军”的命名和指称就已充分说明广西文学发展的成效，说明“三大战略”实施的成效。李建平、黄伟林等指出：“所谓文学桂军，主要指 20 世纪 90 年代后活跃于文坛的一批广西作家。最初特指 1949 年以后出生的 90 年代活跃于文坛的青年作家，始称‘文学新桂军’，以后的研究和评述常常将 90 年代仍活跃在文坛的 1949 年以前出生的中年作家一并收入，逐渐通称为‘文学桂军’。文学桂军属于特定时空范围内形成的中国当代文学区域作家群概念，并非具有历史延续性的文学史概念。”[12]故而“文学桂军”是一创新范畴。“崛起”相对于沉寂、蛰伏、冷落、低潮而言，也是相对于广西文学长期以来停滞不前或滞后于全国文学发展而言。“崛起”必须从人才队伍建设成绩、精品创作成果、可持续发展成效来说明，当然就会以一连串的数据、一个个案例和一项项获奖成果来佐证。但更为重要的是其影响力和创新性效果，广西文学发展究竟为文坛提供了那些新贡献、新成果和新途径，也就是说“三大战略”究竟有何意义与作用，这可从以下三方面分析。

其一，“三大战略”在制度创新、体制改革、机制转换上具有加强制度化建设的意义。“三大战略”不仅提供了文学发展的战略目标、方向和原则，而且也提供了实施措施和途径，更重要的是提供了制度保障和政策支撑。它所涉及的作家签约制度、调研采风制度、创作基地建设制度、文学院人才培养制度、人才培养“213 工程”制度以及评奖机制、奖励机制、批评评价机制的改革与创新，无疑加强了文学发展的制度化建设，从而为文学发展提供了制度、体制、机制、政策的保障。这说明，广西文学发展与制度化建设是紧密相关的，“三大战略”的制定和实施是制度化建设与机制推动的结果，也是制度机制保障的结果，它充分体现出社会主义制度的优越性，并将制度的优越性转化为和落实于广西文学的发展战略决策思路及其“三大战略”目标中，体现在党和政府对文艺事业的重视和关怀上，表现在文学制度健全、文学体制合理、文学机制有力、文学政策落实的保障体系和推动机制的科学性、合理性、有效性上。

其二，“三大战略”为西部地区尤其是少数民族地区的文学发展提供了典型示范及特定的发展模式。与东部地区比较而言，西部地区尤其是少数民族地区经济文化相对滞后，如何在经济欠发达地区寻找到适合于文化、文学发展的模式是重点和关键点所在。“三大战略”的基本思路是针对自身的优势、特色及劣势不足而因地制宜的战略决策，如针对广西在创作人才和创作精品上的劣势而积极实施人才培养、人才引进、人才成才的“213 工程”，实施多出精品、快出精品的“作家签约制度”；再如针对广西民族文化资源优势和特色，提出资源利用的可持续发展战略，以优势和特色取胜，以优势和特色走跨越发展与持续发展结合之路，充分利用天时、地利、人和的环境与条件，形成了适合于自身发展和创新发展的新模式。“三大战略”也充分利用东西部发展不平衡和差距而形成的“后发优势”，克服欠发达劣势；也充分利用经济与文化、物质生产与精神生产不平衡原理以强化文化优先发展的民族政策和文化政策的优势，形成有利于文学优先发展、超前发展的广西文学发展模式。正如李建平、黄伟林等指出：“90年代的中国文坛，出现了权威消失、中心不再、没有主潮的文学态势。政治力削减了，文化力尤其是区域文化力上升了，在这样的文学态势下，低地崛起、‘蛙跳’突进成为可能，尤其是在经济欠发达地区，发挥后发优势，实现文学和文化‘蛙跳’突进，成为一种新的发展模式，即主要依托区域文化优势而非国家大一统文化的普惠，实施由以重点突破和人才聚集为核心的文化发展战略所构成的文学发展模式。”⑬这一发展模式对于西部经济欠发达地区的文学发展而言是具有示范和启迪意义的。

其三，“三大战略”立足本土、走向全国、面向世界的视野和目标是落实于“文学桂军”的本土文学、地域文学的建设上，以其特色达到创新和优胜目的的，故而对于全国各地的区域文学的特色建设以及中国文学的特色建设而言具有启示作用。确实，全国各地的地域文学都会因其自身的地域特征和文化传统而形成不同于其他地域的文学特色，从而能在百花园中独具风采和魅力。但确实也有不少地域文学的发展取向是追赶潮流、附和权威、迎合时尚，从而削弱了自身特色。广西文学发展确立“三大战略”的基本思路是保持本色、弘扬传统、彰显特色、开拓创新，故而独具特色，其实质就是创新，开拓创新也会达到独具特色的效果。广西文学以特色创新、以特色取胜、以特色走向全国的经验可供地域文学发展借鉴，同时也为中国文学的特色发展之路走向世界提供参考和启示。中国文学如何对世界文学作出贡献，中国文学如何能自立于世界文学之林，中国作家如何能发出自己的声音，如何拥有自己的话语权，如何确立自己的地位，最关键的是应该将立足点放在中国经验、中国传统、中国特色建设上，只有这样才有创造力、生命力和竞争力。广西文学以特色谋发展，以特色求创新，其实质是在本土地域特色和民族特色中更为深入地彰显出中国经验、中国传统和中国特色。

中国作协副主席陈建功指出:“广西的作家及其文学成果引人注目。相对于兄弟省市文学的发展,过去一度不够突出的广西文学界,近年来成绩斐然,已经引起全国的瞩目。”[14]我们有理由相信,引起全国瞩目的不仅是广西文学的成果,而且也是广西文艺发展“三大战略”的确立及其实施过程,因为这是文学桂军崛起的重要原因和重要保障。

第二节　广西文学发展规划的建设

人类进入文明社会之后,任何活动和行为一方面都具有自觉性、能动性和目的性的性能,另一方面也带有社会性、公共性和群体性的特征,因而都是在制度限制和保障下的活动和行为。良好的社会制度及其制度环境,必然有利于人类活动和行为的积极开展;不良的或腐朽的社会制度及其制度环境,必然不利于和有碍于人类活动和行为的正常开展。因此,社会主义制度的优越性必然会对人类活动和行为提供有利支持和保障,对于文学活动和发展而言亦如此。

广西文学跨越式发展的一个重要因素是获得良好制度的保障和支撑。广西作为南方边疆唯一的少数民族自治区,具有独特的区位优势和民族特色,享有沿边沿海改革开放地区、北部湾经济开发区、西南出海大通道、西部大开发等优惠政策的支持,也享有民族自治优惠政策的保障,从而在制度设计上为一个经济欠发达地区构建起快速度、高效率、好效果的后发展模式;同时也为文化优先发展、跨越发展、突破性发展创造了有利条件和机遇,在遵循经济与文化平衡发展规律的同时也能借助不平衡规律形成文化优先发展之势。

广西后发展优势离不开根、本、魂,其根指广西历史人文传统和民族传统之根;其本指广西地方本土现实实际之本;其魂指广西民族文化精神之魂。因而寻根、固本、树魂是广西文学发展的前提条件和基本思路，也是制度设计、体制支撑、机制保障的功能所在和必然结果。文学发展除遵循文学自身规律和内在规律而发展外，也必须遵循与时俱进的时代与社会规律而发展。因此，一个良好的制度和制度环境，一个良好的社会体制和文学体制，一个良好的运作和活动机制，必然会有效保障和推动文学健康良性发展。

从制度设计层面而言，为文学发展提供制度保障最为明显和具体的表现是规划。规划的意义在于：一是规划体现人类活动的自觉性、能动性和目的性的同时也体现出人类的预测性、前瞻性和理想性，从而使现实与理想、动机与目的、行为和思路、战略与战术有机统一；二是规划体现制度设计和制度保障的功能作用，以制度化的规划设计而带动方案实施、政策制定、措施落实、步骤安排、途径设定、方法选择、效果测定，从而保障活动和行为的正常有序；三是规划体现出现代社会设计策划意识，人类活动和行为总是“意在笔先”，立意不仅建立目的和动机，而且决定观念和思路；现代社会更为强调设计策划意识，从具体观念和思想提升到理念精神的高度，从而在形而上与形而下的结合、合目的性与合规律性的结合中体现出理论与实践统一的原则，也体现出现代设计策划的创意理念和精神；四是规划体现出社会多样综合需求，能将政治、经济、文化及其各种因素和要件考虑在内，体现出政府主导、专家谋划、群众参与的三维立体结构和流程程序，使之趋向于民主、公正、公平、合理的方向，满足社会需求和人们需求，从而具备合理性、合法性与合适性。因此，制度设计的规划是一种公共社会行为，而不仅仅是政府行为或政府职能；同时，规划作为制度之策划的具体表现方式也说明应是制度设计的重要组成部分，规划对实施对象而言就是制度化保障和制度支撑。

文化发展规划亦如是。广西文学发展规划主要通过文化规划、文艺规划、社会发展规划等不同层面的规划体现；当然，这些文化规划也都离不开广西发展总体规划，这正如文学在文艺中的定位、文艺在文化中的定位、文化在社会中的定位一样，文学规划只有通过文艺规划、文化规划、社会发展规划的不同层面定位才能准确为自身规划，这可谓也是一种制度保障形式和制度化建设方式。

一、广西文学在《广西“十一五”时期文化发展规划纲要》中的定位

新世纪伊始，广西壮族自治区党委和政府在南宁召开全区文化工作会议，会后出台了《加快广西文化发展的决定》、《2001—2005 年广西文化发展总体规划》，“进一步明确了广西文化发展的指导思想、战略目标、基本思路、总体布局、基本任务和主要政策措施。在充分研究我区区情的基础上，提出了‘把广西建设成为具有鲜明时代特点和南疆特色的民族文化自治区’的文化发展战略定位”[15]。这一总体规划在已实施“三大战略”、“五大战役”和“213 工程”的基础上提出实施“精神支柱”、“民族文化”、“阵地建设”、“文化精品”、“文明创建”、“文化产业”、“文化交流”、“体制创新”、“人才培养”等九大工程。从而将“九五”规划与“十五”规划的战略目标贯通起来，为“十一五”规划铺平了道路。

2007 年 1 月 8 日，广西壮族自治区党委办公厅和政府办公厅联合下发文件指出：“《广西‘十一五’时期文化发展规划纲要》已经自治区党委、自治区人民政府同意，现印发给你们，请结合实际，认真贯彻落实。”[16]（以下简称《规划纲要》）在《规划纲要》中一共有十个部分内容，分别为：(1)指导思想、方针原则和发展目标；(2)理论和思想道德建设；(3)公共文化服务；(4)新闻事业；(5)文化产业；(6)文化创新；(7)民族文化；(8)对外文化交流；(9)人才队伍；(10)保障措施和重要政策。直接涉及文学规划的放在“文化创新”中的“繁荣发展文学艺术”部分讨论。

其一，广西文学发展目标。广西文艺发展目标为“努力创作具有广西特色、时代风格、深受群众喜爱的优秀文学艺术作品……建立一

批文艺创作基地，培育一批达到国家文化水准、具有相当影响力的文化名人和名品”[17]。具体而言，文艺发展目标主要通过对作品、创作和作家的要求来体现。文艺作品达到国家水准、具有相当影响力的名品的目标为三个观测点或指标系数：一是具有广西特色，也就是根据区域本土文化和民族文化优势努力形成文学特色；二是具备时代风格，也就是要求立足社会现实而体现改革开放时代精神的创新性风格特征；三是深受群众喜爱，也就是能满足人民群众日益增长的精神需求和文化需求，提供雅俗共赏的优秀作品。这可谓对文艺作品根、本、魂的概括，对于广西文学发展而言，其根在历史性和传统性；其本在本土性、现实性；其魂在时代性和民族性。

创作达到的目标指向是建立一批创作基地，旨在强调创作体制、机制的改革创新。狭义的创作基地当指除文联作协及各级政府文化系统的体制内的创作平台外而建立的创作基地，包括采风、调研、写作、研讨的定点场地；广义的创作基地当指在体制改革、制度创新、机制转换中形成的新的创作制度、体制和机制，具有更为灵活、机动、积极的活动形式和表现方式，诸如广西文学实施的“作家签约制”、“创作休假制”、“项目投入制”等制度以保障和支撑创作活动。目前，广西作协已在南丹、乐业、凌云、贺州、资源等地建立多个创作基地，各市作协也相应在本地建立若干基地，如桂林市作协在灵川大圩建立创作基地，不仅提供了创作的平台和创作的便利条件，更重要的是提供了创作制度、体制、机制改革创新的途径和方式。

作家及其人才培养达到文化名人的目标旨在通过精心培育和精品创作而造就文学桂军及其领军人物，尽管文学桂军崛起、签约作家集体出书亮相，“广西文坛三剑客”拔剑出鞘，“广西文坛四君子”初露锋芒，广西女性文学异军突起等，在全国文坛上引起阵阵冲击波，形成后发突进的态势；但相对于全国文坛重镇的湘军、川军、陕军、鲁军、浙军、鄂军而言还有差距，故而作家队伍建设、人才队伍培养和领军人物的造就应是广西文学发展的重中之重。

其二，规划确立了广西文学发展的措施和途径。规划着重从三方面指出：一是"实施文化精品战略，扶持原创性作品……每年推出若干部在全国有影响、数十部在广西有影响的作品，使文学进入全国中上水平"；二是"实施精神文明建设'五个一'工程，重点文学作品扶持工程……进一步培育和扶持……优秀文化品牌"；三是"加强未成年人的文艺创作……推出一批优秀少儿歌曲"[18]。概括而言，广西文学发展的战略目标应通过具体的实施方案和实现途径落实，这具体体现在：首先，继续实施和落实好广西文艺发展的"三大战略"、"五大战役"，使每一战略理念思想能贯穿和贯彻，使每一战役都有可持续性发展的战果；其次，完善和落实文艺政策，使其更好地保障文艺良性发展和科学发展，提供文艺创新发展和突破发展的基础和条件，加大文艺制度、体制、机制改革的力度；再次，实施精品战略、名人战略、名牌战略等重点工程，着力打造具有品牌效应、重大影响力、塑造广西形象的标志性成果，应在"刘三姐"、"百鸟衣"传统创作模式基础上再创经典；在梁宗岱、陆地、韦其麟、莎红等名人之后再塑名人；最后，实现重大奖项的零的突破，如"茅盾文学奖"至今与广西无缘，这在一定程度上说明广西长篇小说创作的薄弱点，故而应着力从薄弱点突破，加强长篇小说重点创作力度，实施"决战长篇"工程和长篇小说家培育工程，将着眼于夯实基础、积累经验的长期培育与着力于集中力量、调兵遣将的突击性冲锋相结合，从而在重点突破中带动整体发展。

其三，规划所涵盖的文学发展各方面内容。《规划纲要》除专节讨论文学艺术发展规划外，还在其他部分章节也涉及文学发展问题，甚至可以说，整个规划都与文学发展相关，从文学创作与欣赏、文艺生产与消费、文学理论与批评、文学功能与作用、文学体制与机制等方面系统、全面、完整地规划了文学发展的全部内容。如在"公共文化服务"中对文学图书、音像制品、电子图书、网络创作与阅读、文学网站建设等方面均有所涉及，着重从文学接受与消费、传播与宣传角度规划了文学发展的空间。再如在"文化产业"中也从文化产业布局和结构、文化产业增长方式、文化市场主体培育、文化产品流通等方面引导文学走向市场，以市场联通文学生产与消费，转变文学生产方式，改善生产关系，提高文化生产力。在“民族文化保护”中对民间文学遗产、民族文学经典的保护和传承问题也提上议事日程。在“对外文化交流”中也涉及文学交流、文学交往以及实施“走出去”重大工程项目等问题。在“人才队伍”中对文学高层次人才培养、高校文学教育机制、文学人才的选拔机制、人才分配激励机制也进行了规划。更为重要的是，《规划纲要》在首章“指导思想、方针原则和发展目标”中也明确规定了文学发展的基本思路和方向，其方针原则具体表现为："坚持加强社会主义核心价值体系建设"；“坚持以人为本，保障和实现人民群众的基本文化权益”；“坚持树立科学的文化发展观”；“坚持继承和弘扬优秀的民族文化传统”；“坚持把社会效益放在首位”；“坚持以发展为主题，以改革为动力、以体制机制创新为重点”、“坚持重点突破，注意协调发展”等[19]。这无疑与文艺的“双百”方针、“二为”方向是紧密联系的，为广西文艺发展创造了良好环境，奠定了坚实基础。此外，在《规划纲要》卒章“保障措施和重要政策”中，从加强组织领导、健全宏观调控、深化文化体制改革、完善文化发展的经济政策，进一步完善政策法规体系以及实施步骤等方面也为文学发展的政策支持、制度支撑、机制保障、措施落实、实施方案进行了规划，将文学发展纳入制度设计和制度化建设的总体规划中，同时也将文学发展规划纳入政府规划及其社会发展行为和重大决策以及战略部署中。

二、广西文学发展规划实施的意义

《规划纲要》的导言部分十分明确地指出：“根据《中共中央关于构建社会主义和谐社会若干重大问题的决定》（中发[2006]19 号）、《国家‘十一五’时期文化发展规划纲要》（中办发[2006]24 号）、中共广西壮族自治区第九次代表大会报告——《抓住机遇，加快发展，建设富裕文明和谐新广西》、《自治区党委、自治区人民政府关于建设文化广西的决定》和《广西壮族自治区国民经济和社会发展第十一个五年规划纲要》，编制本《纲要》。”[20] 这说明，《规划纲要》是根据国家及广西"十一五"发展规划而制定的，是广西区党委和政府提出"文化广西"战略目标的具体体现。因此，《规划纲要》对广西整体发展和总体目标实现的作用和意义是不言而喻的，也可以说是党和政府的战略决策的重要组成部分。但作为"规划纲要"的具体展开和表述还必须通过各部门、各行业、各类型的文化单位工作来体现。

广西文学发展规划无疑是从《2000—2010 年广西文学艺术事业发展规划》及广西文联所作的广西文艺发展"十一五"规划和广西作协所作的广西文学"十一五"发展规划来体现的。同时，各地市文联、作协也会根据上一级单位及本单位实际进一步作出具体规划和安排，从而形成由上而下、由总而分的规划系统和结构。此外，在"十一五"规划的总体框架和原则要求下，各单位又会根据每一时段的具体内容和具体目标作出近期、中期、远期的计划安排，同时也会根据每年工作要求作出年度计划和工作安排。显然，广西文学发展的总体情况和整体态势基本上能依据"十五"规划和"十一五"规划来实施安排，增强了工作的针对性、对策性和自觉性，从管理效果和工作方法而言无疑是具有重大作用和意义的，具体有以下三方面的作用和意义：

其一，规划的实施和落实使广西文学发展增强自觉性。广西文学的跨越发展及文学桂军的崛起意味着广西文学的自觉，这其中也有规划的作用，规划在一定程度上表现了广西文学的自觉。在广西文学"九五"、"十五"规划期间，由广西区党委宣传部、广西文联组织实施的"213 工程"、"三大战略"、"五大战役"[21]都是按规划和计划逐步推进和实施，从而取得了突出成效。实施人才战略，打造文学桂军队伍；实施精品战略，提升创作品位质量；实施利用文化资源可持续发展战略，强化广西文艺优势和特色。在这些战略思路指导下，分别从艺术门类的主要方面组织实施"五大战役"：第一战役，广西文学桂军崛起；第二战役，戏剧强省工程；第三战役，重现影视辉煌；第四战役，振兴八桂歌海舞风；第五战役，打造漓江画派。[22]在"五大战役"分别取得了各自辉煌战果的基础上，广西文学理论批评也逐渐崛起，形成文学理论批评桂军队伍，为广西文学发展奠定了理论批评基础，从而使文学与批评并驾齐驱，如鸟之双翼、车之两轮，进入发展的快车道。正如潘琦指出："一支崭新的、富有活力的文学艺术桂军在神州大地崛起。伟大时代孕育了一代在改革开放的大潮中茁壮成长起来的文艺新人。他们的出现，标志着广西当代文学艺术史上一种全新现象的出现，标志着社会主义先进文化在八桂大地蓬勃发展，如日中天。"[23]由此可见，广西文学发展基本上是根据规划和计划来安排实施的，其方向性和目的性明确，其安排部署合理恰当，其途径和方法科学有效，从而体现出广西文学的自觉性，使广西文学发展进入自觉时代。

其二，规划的实施和落实使广西文学发展具有整体性。文学相对于一些文化形态和艺术形态而言，是一种个体性极强的活动，更易彰显文学的个性、独立性和独创性，故而长期以来文学家基本上都是以个性化行为、个体化活动的方式呈现零散化状态。尽管进入现代社会之后，文学流派、文学社团、文学思潮等文学社会化活动和文学整体化形态会对文学活动和文学家产生重大影响，但个体化创作的基本状况并没有改变。改革开放时期与社会主义市场经济时期，文学随着社会发展以及生产方式的变革发生重大变化，现代艺术生产方式，包括文学生产方式，与传统文学创作方式有很大不同，不仅在于生产工具、生产力、生产要素、传播方式、流通方式的更新，更在于生产活动流程有很大变革。其中重要的一个方面就是生产者——创作主体，由单纯的个体生产者，转型为个体与群体结合的生产者，个体化写作被纳入体制化、整体化、社会化的写作机器大生产中。撇开这种体制化、整体化、社会化写作的某些负面效果和弊端不论，单就文学活动及文学发展的整体性而言，无疑具有积极作用和意义。广西文学长期以来徘徊不前的一个重要原因就是单枪匹马、散兵游勇式的零散化活动和行为，注定了小打小闹而不能成大气候的结局。从 20 世纪 80 年代后期开始，广西文学才逐渐通过反思、自省，终于在 1996 年花山会议上确定"三大战略"、"五大战役"的思路和规划方案，集结文学桂军队伍，集中优势力量，整体出击，重点突破，才使广西文学有了突破性发展。从这一角度而言，当时的“213 工程”、“三大战略”、“五大战役”的规划是起了重要作用的：一是明确了战略目标和方向；二是制定了实施方案和措施；三是凝聚了力量，集结了队伍；四是强化了活动和行为的整体性，从而也获得了整体性的重大成果。

其三，规划的实施和落实使广西文学发展具有科学性。科学发展观对文学的指导作用和意义突出地表现在文学发展规划上。也就是说任何规划都必须是科学规划，都必须按照科学发展观的精神和指导思想来设计，文学规划也不例外。因而可以说，制定文学发展规划本身就是践行科学发展观的具体体现，科学发展观奠定文学规划的基础和条件，从而形成文学规划的科学性。这表现在：一是遵循合规律性与合目的性统一的原则，一方面使合规律的科学性与合目的的科学性结合起来；另一方面也使文学活动的自觉性、能动性和主体性更为彰显的同时，也吻合文学规律的文学性。二是遵循文学自律与他律结合的和谐发展原则，也就是说文学自身内在规律与文学场域关系中形成规律的统一，从而准确为文学发展定位，使文学的普遍性与特殊性都能更好地体现。三是遵循重点突出、全面推进、以点带面、统筹规划的原则，使之能更切合实际的同时也更吻合发展趋势，从而体现出科学性。四是遵循文学的不平衡发展规律与可持续性发展规律，在充分考虑文学的跨越式、突破式、蛙跳式快速发展的同时，也要考虑文学发展的后劲和积累，从而形成可持续性发展的态势。五是遵循历史与逻辑统一的原则，文学发展既应具有历史的逻辑性，又应具有理性的逻辑性，从而将历时性逻辑发展与共时性逻辑发展结合起来，使规划体现出科学性。总之，规划制定必须遵循科学发展观，规划的科学性才会有指导文学发展的针对性、实用性和前瞻性，从而也才会有文学发展的科学性。以此衡量广西文学发展规划，从其指导思想、基本思路、方向目标、路径方法诸多方面来看，应该说是吻合科学发展观和广西文学发展实际的，从整体上规划了广西文学发展的蓝图和具体可操作的实施方案，其科学性是不言而喻的。李建平等在总结文学桂军的发展经验中专题讨论“科学规划、组织实施”经验，强调“文艺的发展同经济社会发展一样，需要确立自己的发展战略目标，制定战略规划”[24]。近年来，自治区党委和政府相继制定了《2001—2005年广西文学发展总体规划》、《关于加快广西文化发展的决定》、《关于进一步加强农村文化建设的意见》、《关于文化广西建设若干政策的规定》、《关于建设文化广西的决定》、《关于贯彻〈中共中央、国务院关于深化文化体制改革的若干意见〉的实施意见》以及《广西“十一五”时期文化发展规划纲要》等规划和决定，以保证广西文化发展及其文学发展的科学性。

三、广西文学发展规划实施成效及其存在问题

胡锦涛指出：“科学发展观，第一要义是发展，核心是以人为本，基本要求是全面协调可持续，根本方法是统筹兼顾。”[25]广西文学发展必须坚持科学发展观，也就必须坚持制度化建设，从而将科学发展观的要义、核心、基本要求、根本方法落实在指导思想、基本思路和目标方向上。

广西文学发展的制度化建设与长效机制建设的重要内容和表现方式之一就是制定规划、实施规划和落实规划，故而，广西文学发展规划可谓制度化建设的标志性成果。其理由在于：一是在规划中必然会确立广西文学发展的指导思想、基本思路、科学理念、目标方向，这对文学发展具有指导作用和奠基固本的意义，从而是制度化建设的根本内容；二是在规划中必然会涉及制度设计、制度创新、制度保障的基本内容，这对于建立和建设文学制度，促进文学体制改革、文学机制转换有重要作用，同时也对制度、体制、机制对文学的规范和保障功能作用有更好的发挥，提供文学保障的制度优越性；三是在规划中必然会提供文学发展的政策保障、环境和条件保障，所涉及人力、物力、财力也必然会有夯实文学发展基础、磨炼文学的后劲和实

力，从而对广西文学发展有积极推动作用；四是在规划中必然会涉及创作队伍建设、创作人才培养、领军人物与骨干的扶持、文学精品与品牌的打造、活动与行动的策划等内容，从其使用的动词或关键词，如建设、培养、扶持、打造、策划、设计等来看，就可见从制度层面考虑的因素更多，从制度设计着眼考虑制度化建设的因素更多；五是从规划本身的功能和作用来看，作为制度设计的规划并非纸上的规划，而是要实施和落实于行动和活动中的规划，从而在整体上规定了广西文学发展的进程、过程和结果，从而将广西文学发展纳入制度设计和制度化建设中。规划的实施和落实必然会使广西文学发展在制度与机制保障下更为自觉、科学和有序，也更为符合广西实际和文学实际，也更好地形成发展之势和走向全国之势。故而对规划的制度化建设一方面需要形成规划制定和规划修改、修订制度；另一方面需要提高人们对规划的认识和提升规划的质量和水准；再一方面需要强化规划实施和落实的制度及其机制，建立规划监督、评估、总结的制度及其运行机制。

但是任何规划都因人类认知的局限性以及社会时代的发展而存在一些局限性，规划与现实之间也存在一定距离，从而导致规划存在一些问题。广西文学发展规划也并非十全十美，规划制定及其实施也会存在一些问题，规划完成也会存在一些差距，等等。除主观与客观的因素外，值得注意的是体制化行为所形成的制度性弊端问题。

其一，规划带有计划经济的某些痕迹。当然，计划与规划，并不等于计划经济，也不是计划经济的产物。其实在计划经济时代也并不是什么都有计划规划的，如文学发展规划、计划是没有专门制定的；市场经济时代也并非不讲规划、计划，相反，为增强自觉性和减少盲目性正需要规划与计划，关键在规划如何制定。现在规划中存在一些问题，恰恰就是过渡时期不可避免地带有计划经济时代的一些遗留痕迹，如会遗留某些行政指令、长官意志、主观盲目、不切实际、空洞无物、计划太死、管得过宽，等等。也就是说规划必须创新思维，跳出计划经济的思维模式和框框条条。

其二，规划带有某些体制化和制度性弊端。体制化和制度性弊端指体制内和制度内本身所存在的并带来一定后果的弊端，也就是说，无论制度优劣都不可避免地会带有制度本身的一些问题。当然，制度优劣会导致制度性弊端的程度不同和性质不同，优良制度会带有积极性和优越性，但也会因不完善和不健全而存在一些制度性弊端，这并非不可克服，可以通过制度创新、制度改革、制度建设加以克服。文学规划中所带有某些体制化和制度性弊端表现在通过体制化行政行为的刻意制度化设计，必然会存在制度、体制与文学之间的矛盾，文学的制度化与自主性的矛盾，文学的计划性与自由性的矛盾，文学的普遍性与特殊性的矛盾，等等。尽管这些矛盾可在规划中尽量协调解决，但规划的体制化、制度化和计划性负面功能和效果必然会导致矛盾还会不同程度存在，并不能完全消失，故而制度创新、体制改革、机制转换就十分必要了。

其三，规划的设计、策划和前瞻总与现实以及现实发展存在一定的距离。设计、策划、前瞻都是主要迎合目的性、主观性、理想性来考虑的，尽管之前也需要调研，也需要立足现实实际，但只能是尽可能地切合实际，而不能完全消除两者差距。况且，现实实际也并非静止不动的，而是不断向前发展的。虽然前瞻性预测也要尽可能避免脱离实际，但总要向前发展，故而任何规划都会与现实存在距离。对于文学规划而言，文学的活动性、特殊性和自主性会导致差距更大，其前瞻性和预测性就应更具有灵活性和推动性了。因此，对规划的修改、调整、完善不仅是一个理论问题，而且也是一个实践问题，规划也要从实践中来，经实践检验，最后到实践中去，实践是检验真理的唯一标准，当然也是检验规划的唯一标准。

其四，规划的实施和落实与规划之间也存在一定距离。将纸上的规划变为实施的行动，这中间有一个过程，也会形成一定的距离。因为任何实施行为都会带有主观认识的人为因素，也会区分为积极、消极的不同因素，还会形成不同程度和不同层次的人为因素。我们较多注重规划的制定、实施和效果，但较忽略对规划实施的检查、监督和评估，不太在意规划的可操作性、实践性和应用性，不太在乎实施中的偏离、偏差以及实施结果与规划的距离。事实上，最后的结果有多少实现了规划目标，有多少没有达到规划目标，有多少已超过了规划目标，这对于规划目标本身，对于规划制定者、实施者而言似乎并不重要。因而加强规划制定和实施两者之间的互动联系和互相监督检查是必要的。

其五，规划制定的制度、规则和程序要不断完善。一般而言，规划经历了由下而上和由上而下的两个途径，也就是说规划制定首先要由下而上地调研，能集中反映出实践要求和群众要求，其后再由上而下地将规划交由群众讨论，最后由领导决策确定。这比之计划经济时代领导干预、行政指令有所区别，民主化过程和民主集中制原则以及合理合法的程序建立了规划的权威性。但并不能说明这种方式就已十分完善，或者说工作到位。至少在规划制定、活动程序、决策监督等方面还存在问题。因为规划制定主体一般是政府，这就与政府的民主管理、民主决策和民主意识有关，无论是由下而上，还是由上而下，实际上关键在于是否具有民主内容，而不在于形式，调研和征求群众意见在多大程度上影响决策行为，这是值得讨论的。规划程序也是十分重要的问题，程序是否合理合法，关系到决策结果的合理性与合法性，不按程序办事，不讲游戏规则，减少程序环节，颠倒程序顺序，都会影响决策的权威性。至于决策监督机制缺失和缺位，同样也会影响政府的公信力和决策的效果，故而加强规划的民主化进程和制度化建设是十分必要的。

规划中存在一些问题、体制化带来一些矛盾与制度性弊端是不足为奇的，社会主义制度的优越性在于可以通过制度创新、制度改革来不断调整、改革、完善制度。因而规划也可以通过制度化建设来不断完善和提升，尽可能克服制度性弊端以及体制化矛盾。从这一角度而言，加强广西文学发展的制度化建设的一个重要途径，就是加强对广西文学发展规划的建设；同时，广西文学发展规划的建设也对广西文学发展的制度化建设提供行之有效的途径和措施。

第三节　广西文学发展的总体思路

广西文学近年来在西部经济欠发达地区迅猛崛起，边缘突破，以"蛙跳"的跨越式发展模式[26]在全国文坛上创造了不俗的业绩，不仅赢得了一个享誉文坛的响亮命名"文学桂军"，而且还以文学桂军的崛起令世人刮目相看。全国一些著名批评家，如贺绍俊评价为"让文坛大吃一惊"[27]；黄宾堂评价为"大有井喷之势"[28]；陈晓明评价为"桂军势不可挡，迟早要拿下中国文坛的半壁江山"[29]；陈建功评价为"已经引起了全国的瞩目"[30]；张颐武评价为"边缘的崛起"[31]等等。对文艺桂军崛起的探讨和研究，也不断以国家社科规划基金项目和广西社科规划基金项目等课题研究形式开展，通过学术研究以论文、论著形式在学术界引起很大反响，出版《文艺桂军在崛起》、《广西文学50年》、《世纪的跨越——广西文学艺术十三年现象研究》、《文学桂军论——经济欠发达地区一个重要作家群的崛起及意义》等论著。这些研究对文学桂军的积蓄、发生、发展、历程及其原因、概念的内涵外延、性质特征、功用价值、影响意义都进行了全面、系统的研究，不仅为文学桂军的崛起进行了经验总结、理论升华和批评阐释，更重要的是为文学桂军的后续发展提供了理论支撑和学理依据，同时也为进一步深入的理论研究和学术探讨打下良好基础。

在总结文学桂军崛起的实践经验和已有理论研究成果的基础上，应进一步从文学制度、机制建设及其文学发展的制度化保障的角度探讨文学桂军产生的原因。众所周知，任何成功都离不开天时、地利、人和这三个原因，也就是内因与外因，或者如丹纳所言的"种族、时代、环境(制度)"[32]三要素。具体就文学桂军崛起而言，"天时"指称的是适合于文学桂军发展的时代、背景和社会环境；"地利"指称的是文学桂军所处的广西区域的地缘优势和文化特色；"人和"指称的是文学桂军人才素质和团队质量及其内在的团结协作的人文精神。如何将天时、地利、人和的优势整合为一体，实现天、地、人三者的融合，这诚如刘勰在《文心雕龙》中所言“天文”、“地文”、“人文”的融合，关键在于“唯人参之”。故而，如何通过发挥人的主体性、能动性和创造性，营造天时、地利、人和相统一的整体环境和条件，是确立广西文学发展总体思路的立足点，也是文学桂军崛起的关键所在。广西壮族自治区党委和政府加强党对文艺工作的领导，营造天时、地利、人和的环境和条件，从而以制度化保障和机制推力促进文学桂军的崛起。

人类自文明产生以来，其活动和行为就依据规律和规则而建立起思路、秩序和制度，以保证人的活动和行为的自觉性、有效性和导向性，同时也保障活动和行为的效果与价值。因而一个健康有序的制度形式，以其制度的优势会大大提高活动的效率和效果，形成良性发展机制。文学发展所需的制度形式必须通过不断地改革、调整、更新来加强制度化建设，使制度优越性得到更好发挥。文学桂军崛起的一个重要原因，就在于得益于一个良好的、健康的、有力的发展思路及其制度保障和机制推动，通过文学制度、体制、机制形成保障体系的优势，充分发挥出文学内在潜能和有效地整合资源力量，使文学健康有序发展的同时跨越式发展，从而才会产生文学桂军崛起的轰动效应。探讨广西文学发展总体思路贯彻落实的制度化建设的长效机制和保障体系的作用，可从以下四方面进行分析。

一、广西文艺发展“三大战略”的制度设计

制度与机制对文学的保障和推动是通过文学发展规划、战略决策、目标确定、方针政策、方案措施等一系列制度化建设和机制建设来实现的。在党的文艺“双百”方针、“二为”方向及文艺政策的指导下，自治区党委、政府也根据广西文艺发展的具体实际制定了文艺规划、文艺发展目标及与之相应的文艺政策，提出将广西建设成为具有时代气息、民族风格、开放包容的文化先进省（区）的战略决策，“文化

广西"成为广西文艺发展的总体目标。具体针对文艺发展而言，自治区党委宣传部作为党对文艺工作的领导和组织机构，相应提出了广西文艺跨越式发展的目标。时任自治区党委常委、宣传部部长潘琦在花山座谈会上的讲话《理清思路，强化措施，振兴广西文艺事业》中，理清广西文学发展总体思路，提出跨越式、突破式、崛起式发展的希望和要求。他指出：广大作家艺术家要充分认识加快文艺事业发展的紧迫性和艰巨性；要认真研究，努力探索，理清促进广西文艺事业发展的新思路；要努力培养一大批优秀的跨世纪的文艺人才。这一广西文艺跨越式发展总体思路的确立，吹响了文艺桂军崛起的冲锋号。

自治区党委、政府将文化和文艺发展纳入广西发展的总体规划和"富民兴桂"的大目标中来认识和定位，并针对广西文化文艺发展的具体实际，于 2001 年 4 月作出了《关于加快广西文化发展的决定》，并制定《2001—2005 年广西文化发展总体规划》，提出"以发展社会主义思想道德为核心，以建设特色文化为立足点，以文化产业发展为龙头，以文化开放和文化体制改革创新为动力，以创作文化精品和树立文化品牌为突破口，以文化人才队伍培养和壮大为基本保证"的发展战略，并确定重点实施九大文化工程：精神支柱工程、民族文化工程、阵地建设工程、文化精品工程、文明创建工程、体制创新工程、文化产业工程、文化交流工程。文艺在文化建设的九大工程中首当其冲，并渗透于每一工程的建设中。为落实广西文化发展规划的战略决策及其九大工程，2005 年自治区党委、政府提出建设"富裕广西、文化广西、和谐广西、平安广西"的战略目标，并针对"文化广西"和将广西建设成为文化先进省（区）的战略部署进行调研，形成七个重要文件，构成广西文化建设的完整蓝图。针对文艺而言，提出了广西文艺跨越式发展目标及其"三大战略"。"三大战略"是指"人才为本的人才战略"、"精品中心的精品战略"、"文化资源为基础的资源战略"。人才、精品、资源构成了广西文艺跨越式发展的三大基本要素，也是夯实基础、创造条件、实现目标的三条重要途径，将天时、地利、人和有机统一，同时也将广西文艺队伍有效集结整合，为实施“三大战略”打响了整体冲刺全国文坛的攻坚战。

广西文艺跨越式发展中确立的“三大战略”，是通过党对文艺工作的领导而提供文艺发展切实可行的制度、体制、机制和政策措施的保障，是在尊重文艺规律、解放思想、大胆改革、勇于创新的基本思路指导下结合广西文艺特色和优势发展的必然途径。它不仅是自上而下的科学决策，而且也有自下而上的群众基础。“三大战略”的理论依据、基本内容和实现目标为：一是以人为本，以人才为本，实施人才培养战略，其目的是为了集结文艺桂军，整合优质资源形成合力与实力，培养造就团队的领军人物和骨干力量，带动文艺队伍整体发展及文艺桂军全面崛起；二是以打造精品力作为中心，实施精品战略，其目的是更好塑造广西文艺形象，使之立足广西、走向全国、面向世界，提高其在文坛的地位与影响，产生更大的作用和效应；三是以开发利用本土文化资源为基础，实施文化资源战略，使广西文艺能充分利用本土民族文化资源、历史文化资源、革命文化资源和自然文化资源的优势，在资源整合互补、合理配置、深度发掘基础上，将文化资源转化为文化资本，将资源优势转化为生产优势，提供文艺跨越式发展与可持续发展结合的科学发展依据。

“三大战略”的确立，使广西文学发展有了明确目标和方向，也有了更为清晰的总体思路及其具体细致的行动部署和实施措施。“三大战略”确定和实施的意义在于：一是明确和落实了广西文艺的发展的总体目标和总体思路，从人才集结、打造精品和资源整合三方面将广西文艺跨越式发展战略决策落实到基础建设和制度化建设的实处，确立了宏观整体而又具体明确的战略方向和基本措施。二是“三大战略”具有强烈的现实针对性和实际应用性，它是根据广西区域的地缘优势和民族特色及广西经济、政治、文化、教育等所构成的有利环境，以及作为中国—东盟“桥头堡”的“南博会”、北部湾经济大开发、泛北部湾区域合作的大好机遇与广西文艺发展的现实实际等综合因素而提出的战略思路，是将历史基础、现实根据和未来发展趋向紧密结合的总体思路。三是“三大战略”有可能解决困扰当时广西文艺发展的三大主要问题：一是相对于发达地区而言面临人才缺乏、人才流失、人才散落的困境，人才战略之目标是培养人才、引进人才、集结人才，尤其是能培养出在全国有影响的团队领军人才；二是面临创作疲软、作品量少质弱的困境，精品战略之目标是通过加强创作、选拔、评价机制，打造在全国有影响、冲刺国家级文艺大奖的精品；三是面临文艺与文化脱节，尤其是民族文化资源得不到有效保护、利用和开发的困惑，实施文艺可持续发展战略的目标就是通过资源整合，将资源转化为文艺创作的源泉和推动文艺发展的动力，强化文艺的民族特色和地缘优势。因此，“三大战略”是引导广西文艺走出困境、突破瓶颈的切实可行途径。四是“三大战略”提供广西文艺发展的制度保障、体制支持和机制动力。在“三大战略”思路指导下，根据广西壮族自治区党委、政府的总体思路，自治区党委宣传部、广西文化厅、广西文联等文艺管理部门相应制定一系列的制度、政策、措施，为广西文艺发展保驾护航。据 2007 年召开的广西文联第八次代表大会的统计，跨入新世纪七年来，广西文艺家协会会员创作的作品获全国性文艺奖项共 460 多件（人），取得了丰硕的成果和创作业绩。

二、文艺人才建设的“213 工程”的制度保障

为实施广西文艺跨越式发展目标，落实“三大战略”任务，广西壮族自治区党委、政府决定实施文艺人才队伍建设的“213 工程”。1996 年 3 月中旬，自治区党委宣传部召开了文艺界老中青文艺家座谈会，会上正式确定“213 工程”建设目标，即在 20 世纪末为广西培养 20 名在全国有影响的作家、艺术家；100 名在省（区）一级有影响的作家、艺术家；3000 名在地、市、县一级有影响的作家、艺术家。经过几年的努力拼搏和艰苦创业，到 20 世纪末“213 工程”目标已基本实现。进入 21 世纪后，“213 工程”目标已通过文艺桂军的崛起和广西文艺队伍的不断壮大发展具有了新的内涵和外延：首先，在提高队伍质

量、人才素质、领军人物作用上更上一层楼。在2007年广西文联第八次代表大会上，第七届文联主席蓝怀昌在工作报告中指出："文艺队伍发展壮大，整体素质全面提高，七年多来，广西文联各协会会员总数从8650人增加到10482人（其中少数民族会员2911人），参加全国各文艺家协会会员总数从1122人增加到1459人（其中少数民族会员366人），分别增加了21%和30%。各市文联所属会员总数达到14500人。县市（区）级文联从72个增加到81个。这支庞大的文艺队伍，整体素质不断提高，涌现了一大批在全国有影响的文艺家。"[③]如在全国文坛颇有影响的"广西文坛三剑客"、"广西文学四君子"、"八桂文坛三女侠"、"广西后三剑客"以及53名签约作家和133名入选广西文学艺术十三年发展成果展的文艺家构成庞大雄壮的文艺桂军阵容。

不言而喻，"213工程"不仅造就了文艺桂军的队伍与梯队及其领军人物，而且形成了队伍建设和人才建设的制度、体制和机制，加强了文艺队伍的制度化建设、体制改革和机制动力，使"213工程"成为广西文艺队伍建设和人才建设的良性制度和长效机制，也促成有关的文艺人才政策、措施的制定和实施。在"213工程"思路引导下，各级党组织和政府、各地市县文联、各文艺家协会也相应制定了队伍建设和人才建设的发展规划和战略部署，给予制度上保障、政策上扶持、机制上推动、行动上落实，形成一整套人才管理、人才使用、人才培养、人才建设的人才制度体系。"213工程"的意义在于：一是明确了文艺大繁荣大发展的前提是人才和队伍建设的问题，这在观念上确定了文艺发展以人才为本的思路，只有在抓好人才建设和队伍建设的基础上，才能有文艺的大繁荣和大发展。二是明确了分层次建设队伍、确定不同层次的发展方向和目标、着眼于长期建设与重点培养的思路，有利于调动文艺家的积极性和自觉性，有利于队伍和梯队的建设，有利于培养人才、积蓄力量、增强后劲，使文艺的跨越式发展与可持续性发展结合起来。三是进一步解放思想，统一行动，理清思路，明确目标和方向。尽管当时在会议上对实施"213工程"众说纷坛，但最终形成共识。“有些同志当场提出异议，认为广西提出这种口号是不现实的，也是不可能实现的。这些人的心态，是振兴广西文艺的一种思想障碍。针对这一思想表现，开展了激烈的辩论，在座的绝大多数同志，特别是青年文艺工作者，严肃批评了这种怯懦的思想和甘当配角的心态，对‘213 工程’大加赞赏，并列举了很多有利条件，表明了他们的决心和信心。”[34]可见，“213 工程”的意义实则是冲破层层阻碍、改变思想观念、澄清模糊认识、使广西文艺走出困境的思想大解放，是凝聚和集结文艺队伍的黏合剂，是强化文艺工作者的向心力、凝聚力与自信心的强心针。四是“213 工程”直接推动了广西文艺界创新实施各项制度和措施，保障了广西文艺跨越式发展。此后实施的作家、艺术家签约制度，健全创作基地制度，设立高等院校和文联创办文学院的人才培养制度，文艺作品奖励激励制度等等，均能围绕“213 工程”的人才培养和队伍建设展开。由此可见，“213 工程”是面向 21 世纪的具有前瞻性、超越性和突破性的战略工程，其意义不仅仅限于人才和队伍建设，而且带动了广西文艺整体建设和制度化建设，为造就一批拔尖人才和实力雄厚的队伍，为文艺桂军在全国文坛重点突破和整体崛起打下坚实的基础，创造了有利条件。“213 工程”目标的实现及其深入拓展，进一步推进了广西文艺航船乘风破浪，勇往直前，进入正确航道与快车道，直达胜利的彼岸。

三、推动文艺桂军整体崛起的“五大战役”机制建立

在广西壮族自治区党委宣传部精心策划和组织领导下，1996 年在宁明花山召开的“广西青年文艺工作者花山文艺座谈会”，是一次行动部署的战前动员会，也是一次文艺桂军集结会，更是一次文艺桂军崛起的群英会。它吹响了文艺桂军整体出击、重点突破的冲锋号，拉开了“五大战役”的序幕。时任自治区宣传部部长的潘琦出席会议

并讲话，他事后在一篇文章中写道："花山会议结束之后，自治区党委宣传部、自治区文联、自治区文化厅按照自治区党委和政府的总体部署，结合广西的实际情况，整合力量，整合资源，有计划、有步骤、有条不紊，先后打响了'培养作家艺术家队伍'，'实施戏剧强省工程'、'振兴广西歌海，繁荣音乐、舞蹈'、'加快影视业发展'、'打造漓江画派'五大文艺发展战役。从此，一扫广西文坛当年沉闷的局面，人才辈出，精品迭出，喜讯频传，形成前所未有的集体抢占全国文坛的态势。"[35]花山会议后不久，1997 年 4 月在南宁召开的"广西首届百名青年作者创作会"一致通过了倡议书《敲响世纪的钟》，这是出战的宣言，也是挑战的宣战书。青年作家集体宣誓："使我们名副其实地成为 20 世纪末中国文学新的生长力量，以优秀的作品敲响新世纪的钟，把广西的文学事业推上一个新台阶。"[36]广西文艺界整体响应和贯彻落实"花山会议"精神，"五大战役"全面实施。第一战役赢得了文学桂军崛起的盛誉；第二战役实施戏剧强盛工程，广西一跃而成为全国戏剧大省；第三战役影视建设工程，广西影视创作成就令全国刮目相看；第四战役振兴八桂歌海舞风，广西音乐舞蹈捷报频传；第五战役打造漓江画派，广西美术在全国崭露头角。此外还有曲艺、杂技、民间文艺、摄影艺术、书法艺术、广播文艺、文艺理论与批评也在全国引起重大反响，形成广西文艺队伍整体出击的轰动效应。

"五大战役"实施的意义在于：一是全面贯彻落实了广西文艺发展规划，整体实施"三大战略"和"213 工程"的同时，有组织、有领导、有步骤、有计划地实施"五大战役"，充分体现了广西文艺领导者及文学桂军领军人物的战略眼光和战术策略，也体现了文艺领导者的才华、智慧和胆略，更体现出文艺的领导艺术和策划艺术。二是"五大战役"充分体现文艺桂军整体出击、重点突破的进攻策略，它充分调动文艺各界的积极性和创造性，体现了团队精神和协作精神，也体现了各文艺团队协作配合、团结一致的精神，达到了遍地开花、全面收获的整体效应。并且，在全面出击的同时也重点突破，尤其针对广西文艺的"空白"，有计划、有组织、有目标地进行重点突破，打开缺口，抢占阵地，填补空白。如在第一战役的文学桂军崛起中，东西、鬼子率先突破“鲁迅文学奖”，一跃而成为文学桂军的领军人物，率领文学桂军整体崛起。三是“五大战役”奠定了广西文艺在文坛上的地位和影响，也为自治区党委、政府实施的“文化广西”，将广西建设成为先进文化省（区）的战略决策奠定了基础，从而使文艺事业作为文化建设的重要构成部分在全省（区）的社会地位和功能作用大大提升，为西部经济欠发达地区文艺的突破性和跨越式发展提供了范例和典型。四是“五大战役”的实施也充分说明领导决策、体制完善、机制灵活有力对保障、保护、保证文艺健康有序发展具有重要性和必要性，更说明党领导文艺的正确性和有效性。因此，“五大战役”的实施不仅应作为文艺桂军崛起的标志、广西文艺发展的里程碑和广西文艺活动、文艺现象的成果展示过程，而且应看作是广西文艺自觉时代和成熟时代的到来，它既是广西文艺的崛起和振兴，也是广西文化的振兴和广西的振兴。

四、文艺政策落实与制度、机制建设

为实施广西文艺发展的“三大战略”、“213 工程”、“五大战役”，实现广西文艺跨越式发展的目标，自治区党委宣传部、广西文联及其作协、广西文化厅在领导、管理、组织、策划等方面加强制度化建设，强化了制度建设、体制改革、机制转换、政策落实的运行机制，从制度、体制、机制、政策上保障和支撑广西文艺的发展和文艺桂军的崛起。

其一，实施作家签约制度，加大文艺人才建设力度。广西于 1996 年在全国率先实施作家签约制度，由自治区党委宣传部从文艺创作管理角度与作家共同签订创作协议，提供给作家一定的环境、条件、时间保障和经费资助，以保证作家按时、优质、高效地完成创作任务。“签约作家”这一创新概念，不仅反映出当下作家的创作状态和文学状态，而且也是一份特殊的任务和荣誉。签约作家不仅在这项创新制度下使创作得到有效保障，而且在这项创新机制激励下收获丰硕成果。第一批签约作家有八人，人人都脱颖而出，创作出一批精品力作在全国各种大型文艺期刊上刊发，有的还获取全国文学大奖及其他各种奖项。东西、鬼子、李冯因骄人的成绩而被誉为“广西文坛三剑客”；东西、鬼子分别获得第一、二届鲁迅文学奖；李冯与张艺谋合作，编剧影片《英雄》、《十面埋伏》在全国也引起很大反响。作家签约制度实施后，经过不断地补充和完善，使其制度化和常规化，几乎每两年都会有新一届签约作家产生，至 2006 年 8 月止，已有六届 53 位作家签约。2003 年，冯艺、张燕玲主编《这方水土——广西签约作家小说精选》，其中选收 26 位签约作家的精品，集中突出地展示了广西青年作家的整体创作实力和丰硕成果。在取得作家签约制度成效基础上，这项制度从文学扩大到其他艺术门类，2002 年和 2004 年先后增设了音乐界的词曲作家签约制度和美术界的美术家签约制度，甚至一些市文联也相应建立起文艺家创作签约制度。“签约制度”作为一种制度创新与机制创新形式在全国尚属首次，不仅扩大了文艺精品创作的力量和文艺骨干队伍，促使文艺桂军各艺术门类的领军人物和新锐人物产生，而且也在全国文艺界形成巨大冲击波，创新了制度、体制和机制，为文艺桂军在全国崛起提供了支撑和保障。

其二，建立文联所属文学院体制，激活文艺人才工作机制和人才培养机制。广西为了更好地培养创作人才，落实“213 工程”目标，采取各种形式和措施培养青年人才，如选拔青年文艺尖子到区内外艺术院校深造；与高校联合开办作家研究生班、培训班和进修班；大力引进和聘用、重用文艺人才；跨单位、跨行业整合资源，调整队伍，集结优秀文艺人才团队；提供人才的成才环境与条件等。更为重要的是实行文联体制下的文学院人才培养制度。广西文学院于 1990 年成立，各地市文学院也随后相继成立。文学院体制既有一个常规化讲习班制度与机制，以加强青年作家的培训、教育和发现机制；又有一个灵活机动的作家招聘制度与机制，使受聘作家在文学院体制保障下享有创作假及其他创作条件；更有一个组织、策划、管理文学活动的工作机制，使文学院成为集结作家及开展文学活动的平台和桥梁。著名作家冯艺从广西作协主席调任广西文学院院长；著名作家鬼子因创作需要及其创作成效突出，调任广西文学院常务副院长，这既对其创作环境和条件而言更为有利，又对广西文学院工作活动开展更为有利，使之作为文学桂军领军人物更好地引领广西文学发展。广西文联作协也不仅抓住文学院建立及其制度、体制、机制建设以推动文学发展，而且还推动文学院协助建立起文学创作中心、文学创作基地、作家聘任制、创作签约制等，不断完善人才培养和文学创作活动的行之有效的制度和机制。广西作协及其文学院先后在南丹县、贺州市、资源县、乐业县建立了文学创作基地，各市作协及其文学院也相应建立文学创作基地，不仅为广西作家提供了优越的体验生活和创作的环境和条件，而且也提供了广西作家与全国著名作家交流的平台，同时也推动和激活了当地文学人才培养与创作的发展，获得了双赢、多赢的效果。

其三，建立文艺评奖的激励机制，完善评奖制度，保证文艺精品的选拔和推广。广西为推动文艺又好又快发展，建立起文艺评奖制度。一是设立了广西文艺创作最高奖“铜鼓奖”，每四年评选一次，至今已评选了六届，评选出包括文联系统的十三个艺术门类的优秀作品。二是设立相应于全国精神文明建设“五个一工程”奖的广西“五个一工程”奖，从1991年至1996年，每年评比一次；自1997年以来每两年评比一次，评选获奖作品无疑都是在全国颇有影响的精品力作。三是设立广西青年文学“独秀奖”，专门针对青年作家的独特而富有成效的创作成就进行评选，每届仅评选出一人，故名为“独秀”，这对培养文学青年和文学新人有极大的激励作用，推动文学桂军的新锐和先锋人物脱颖而出。同时，文联下属的各文艺协会也设立各门类评奖制度，如文艺理论家协会每年评选一次“广西文艺评论奖”；广西音乐家协会设立“金钟奖”；广西戏剧家协会设立“戏剧文学奖”；广西曲艺家协会设立“曲艺文学奖”；广西民间文艺家协会设立“民间文艺优秀成果奖”等。甚至各市文联也设立了文艺奖，南宁市文联设立“五象工程文艺奖”；柳州市文联设立“省级、国家级获奖作品奖”；桂林市文联设立“金桂奖”；来宾市文联设立“麒麟奖”；北海市文联设立“北海文学奖”；贵港市文联设立“荷花奖”；钦州市文联设立“文学艺术创作奖”；贺州市文联设立“麒麟尊奖”等。评奖制度和评比机制极大地强化了文艺的精品意识，在广西各层次、各门类的评奖基础上，申报和参评全国性文艺评奖，保证获得全国性大奖的几率，提高了获奖级别和层次，同时也通过评奖制度和机制，推出一大批能在全国打响的精品力作。

其四，建立起文艺评价制度，以文学理论批评推动文学的建设和发展。文学创作与文学批评如车之两轮、鸟之双翼，两者相互促进。广西文艺桂军崛起与文艺理论批评推动紧密相关。文艺理论批评对广西文学创作的推动表现在：一是以广西文艺理论家协会组织、引导广西文艺理论批评家通过开展文学评论、文学研究、文学史研究、作家作品研讨会、文学现象和活动策划、参与文学评奖活动等形式对广西文学发展进行推动；二是通过搭建与全国著名理论批评家交流互动的平台，邀请专家学者对广西文艺发展进行“会诊”和“会战”，借助区外力量推动广西文艺发展；三是通过《南方文坛》这一理论批评阵地，建立起文学与批评对话交流的渠道，从理论和批评角度打造文学桂军队伍，推出文艺精品和品牌，强化文艺发展的导向和核心价值取向，强化批评和理论对文学的推动和促进作用。在为文学桂军的崛起奠定坚实的理论批评基础的同时，也打造《南方文坛》理论阵地和期刊品牌，使之成为全国文艺理论批评的重镇。

其五，加大文艺体制改革、文艺机制转换的力度，促进文化事业和文化产业的大繁荣、大发展。自治区党委宣传部、广西文联、广西文化厅积极推动体制改革、机制转换、制度建设，促使文化与文艺单位在市场经济条件下更好更快地发展。为巩固和发挥广西文艺刊物的阵地作用，《南方文坛》得到广西师范大学出版社协作办刊的支持；《广西文学》得到广西金嗓子有限责任公司资助的办刊基金；《南方文学》由桂林市两江四湖环城水系办公室协办，这不仅更有利于这些刊物的生存与发展，而且也加强了这些文学刊物的运行机制，进一步推动和促进文学基础建设、制度创新、体制改革、运行模式转换；也不仅使刊物成为繁荣文艺的重要园地，坚守并拓展了文艺空间，而且也在优势互补、品牌共享、资源整合上激活了文艺刊物的活力，走出了一条文化事业与文化产业联姻共赢、互动发展之路。广西文艺发展在提供满足社会和人们需要的公共精神产品的同时，也面向市场不断改革体制、转换机制。“南宁国际民歌艺术节”开幕式晚会经过多年市场运作取得了巨大成功，现已成为享誉中外的“民歌节”品牌；《印象·刘三姐》在梅帅元、张艺谋等艺术大师精心策划和桂林广维文华旅游文化发展有限公司倾力打造下，获得巨大的社会效益和经济效益，成为文化创意产业和演艺业的样板，一跃而成为文化部挂牌的全国文化产业示范基地，荣获“第三届中国十大文化演出盛事奖”。文艺体制改革、机制转换和制度建设大大推进了广西文艺跨越式发展步伐，解放思想的同时也解放了文化生产力，使文化资源转化为文化资本，大大提高了广西文化竞争力和文化地位，进一步促进了广西文艺的大繁荣、大发展。潘琦总结为：“我们成功的秘诀在于有‘五个一’，即有一条党正确的文艺路线、方针、政策的指引，各级党委的坚持领导和各级政府的关心、支持；有一个谙熟文艺规律、尊重文艺规律、重视文艺人才、善于管理文艺的领导班子；有一支忠诚文艺事业、勇于开拓、敢于创新、富于献身的文学艺术家队伍；有一个宽松和谐、政通人和的社会环境；有一种各方关心支持、各界鼎力相助的合力。”[37]制度的优越性和体制改革取得的实效对文艺的促进作用进一步彰显出来。

事实证明，文艺桂军的崛起和广西文艺的跨越式发展是离不开制度化建设的长效机制这一重要因素和重要环节的。在 2007 年 7 月召开的广西文联第八次代表大会上，时任自治区党委书记刘奇葆在讲话中指出：“加强党对文艺工作的领导，是文艺事业繁荣发展的根本保证。各级党委、政府要加强和改善对文艺工作的领导，特别是思想政治领导，全面贯彻落实党的方针政策，尊重文艺规律和文艺工作者，充分发挥文联及各艺术家协会的作用，继续推进文艺人才‘小高地’建设，政治上充分信任、创作上热情支持、生活上真诚关怀文艺界人民团体和广大文艺工作者，造就各艺术门类领军人物，促进文艺新人脱颖而出，确保我区文艺事业兴旺发达、后继有人。”[⑧]这说明，党对文艺工作的领导，提供了广西文艺发展的方向与政策的支撑，提供了制度、体制、措施的保障，提供了高速运行的动力机制推动，这是广西文艺发展新的动员令和进军号，文艺桂军在崛起后将继续走向新的辉煌。

注释：

①潘琦：《务实进取，团结拼搏，再创文艺事业辉煌——在全区首届百名青年作家创作会议上的讲话》，《潘琦文集》，第一卷，302 页，南宁，广西民族出版社，2011。

②潘琦：《文学桂军的崛起与发展》，《潘琦文集》，186 页，第五卷，南宁，广西人民出版社，2011。

③潘琦：《理清思路，强化措施，振兴广西文化事业——在广西青年文艺工作者花山文艺座谈会上的讲话》，潘琦：《风格就是人品》，69 页，北京，中国大百科全书出版社，2003。

④潘琦：《理清思路，强化措施，振兴广西文化事业——在广西青年文艺工作者花山文艺座谈会上的讲话》，潘琦：《风格就是人品》，75 页，北京，中国大百科全书出版社，2003。

⑤李建平等：《广西文学 50 年》，303 页，桂林，漓江出版社，2005。

⑥李建平等：《广西文学 50 年》，303 页，桂林，漓江出版社，2005。

⑦李建平等:《广西文学50年》,304页,桂林,漓江出版社,2005。

⑧潘琦:《这方水土·序》,冯艺、张燕玲主编:《这方水土——广西签约作家小说精选》,2页,桂林,漓江出版社,2003。

⑨潘琦:《面向二十一世纪的广西民族文学》,潘琦:《风格就是人品》,131—133页,北京,中国大百科全书出版社,2003。

⑩蓝怀昌主编:《世纪的跨越——广西文学艺术十三年现象研究》,21—29页,南宁,广西人民出版社,2007。

⑪潘琦:《理清思路,强化措施,振兴广西文艺事业》,潘琦:《风格就是人品》,76页,北京,中国大百科全书出版社,2003。

⑫李建平、黄伟林等:《文学桂军论——经济欠发达地区一个重要作家群的崛起及意义》,2—3页,北京,中国社会科学出版社,2007。

⑬李建平、黄伟林等:《文学桂军论——经济欠发达地区一个重要作家群的崛起及意义》,8页,北京,中国社会科学出版社,2007。

⑭陈建功:《勇敢的推广　谦虚的请教》,载《文艺报》,2006年6月15日。

⑮中共广西壮族自治区委员会宣传部编:《广西文化发展"十五"规划》,第1页,2001年编制。

⑯中共广西壮族自治区委员会宣传部编:《广西"十一五"时期文化发展规划纲要》,5页,南宁,广西民族出版社,2007。

⑰中共广西壮族自治区委员会宣传部编:《广西"十一五"时期文化发展规划纲要》,5页,南宁,广西民族出版社,2007。

⑱中共广西壮族自治区委员会宣传部编:《广西"十一五"时期文化发展规划纲要》,40页,南宁,广西民族出版社,2007。

⑲中共广西壮族自治区委员会宣传部编:《广西"十一五"时期文化发展规划纲要》,6—7页,南宁,广西民族出版社,2007。

⑳中共广西壮族自治区委员会宣传部编:《广西"十一五"时期文化发展规划纲要》,5页,南宁,广西民族出版社,2007。

㉑蓝怀昌主编:《世纪的跨越——广西文学艺术十三年现象研

究》,14—19页,南宁,广西人民出版社,2007。

㉒蓝怀昌主编:《世纪的跨越——广西文学艺术十三年现象研究》,21—32页,南宁,广西人民出版社,2007。

㉓潘琦:《实施“三大战略”,繁荣八桂文学》,潘琦:《风格就是人品》,262页,北京,中国大百科全书出版社,2003。

㉔李建平、黄伟林等:《文学桂军论——经济欠发达地区一个重要作家群的崛起及意义》,274页,北京,中国社会科学出版社,2007。

㉕胡锦涛:《高举中国特色社会主义伟大旗帜,为夺取全面建设小康社会新胜利而奋斗》(2007年10月15日),《科学发展观重要论述摘编》,6页,北京,中央文献出版社、党建读物出版社,2009。

㉖李建平、黄伟林等:《文学桂军论——经济欠发达地区一个重要作家群的崛起及意义》,8页,北京,中国社会科学出版社,2007。

㉗贺俊超:《广西群体的意义》,《中国国情报告(2004—2005)》。

㉘黄宾堂:《广西文坛的三次集体冲锋》,载《南方文坛》,1998年第3期。

㉙陈晓明:《又见广西三剑客》,载《南方文坛》,2000年第2期。

㉚陈建功:《勇敢的推广　谦虚的请教》,载《文艺报》,2006年6月15日。

㉛张颐武:《边缘的崛起》,载《文艺报》2006年6月15日。

㉜[法]丹纳:《艺术哲学》,北京,人民文学出版社,1963。

㉝蓝怀昌:《牢记庄严使命,坚持开拓创新,进一步推动广西文艺事业的大发展大繁荣》,《在广西文联第八次代表大会上的工作报告》,2007年7月28日。

㉞潘琦:《世纪的跨越·序》,蓝怀昌主编:《世纪的跨越——广西文学艺术十三年现象研究》(上卷),2页,南宁,广西人民出版社,1997。

㉟潘琦:《世纪的跨越·序》,蓝怀昌主编:《世纪的跨越——广西文学艺术十三年现象研究》(上卷),3页,南宁,广西人民出版社,1997。

㊱李建平等:《广西文学50年》,303页,桂林,漓江出版社,2005。

㊲潘琦:《世纪的跨越·序》,蓝怀昌主编:《世纪的跨越——广西文学艺术十三年现象研究》(上卷),4页,南宁,广西人民出版社,1997。

㊳刘奇葆:《在广西壮族自治区文学艺术界联合会第八次代表大会上的讲话》,2007年7月28日。

第二章　广西文学制度的创新

广西文学发展制度化建设的重要标志是建立起适合于广西文学跨越发展和持续发展的文学制度，在制度设计、制度创新、制度建设上进行了大刀阔斧的改革和探索，相继建立作家签约制、作家聘任制、创作假制度、人才培养制度、人才选拔制度、人才引进制度、创作基地建设制度等一系列新制度，并相应提供制度实施的政策保障和推动机制、监督机制和评价机制，取得了令人瞩目的成效。在全国文坛首创的作家签约制度产生了示范作用和辐射效应，全国许多省市相继建立起作家签约制度，形成文学创作制度的重大改革和创新，推动文学更好更快发展。同时，广西文坛也不断完善和推行这一制度形式，已推广到音乐、美术、戏剧、舞蹈、理论等艺术门类，创作签约制度在实施中成为一种重在建设的长效机制，推进了广西文学艺术的繁荣发展。

第一节　广西作家签约制度创新

广西于1996年在全国率先实施作家签约制度。这是将文艺精品建设、人才培养和资源整合配置纳入体制管理与市场运作的制度、体制、机制的保障中来实施和落实的具体措施。作家签约制度是指广西壮族自治区党委宣传部和广西文联、作协从文艺管理角度与作家共同签订的创作协议，提供给作家一定的环境、条件、时间的保障和一定的财力资助，以保证按时、按质、高效地完成创作项目计划。1997年初，广西首届招聘青年作家签约仪式在国家历史文化名城桂林举行，首届签约青年作家八人：东西、鬼子、李冯、黄佩华、凡一平、陈爱萍、沈东子、海力洪。他们创作出一批精品力作，迅速在全国文学阵地上打响，不仅培养造就出“广西文坛三剑客”，东西、鬼子分别获得第一、二届鲁迅文学奖，而且签约者每一位都有骄人的成绩，在全国文坛形成重大影响。此后的每届签约作家大都成为广西文学队伍的骨干和中坚，成为广西文学的生力军和新生力量。这一制度推广到广西文艺各门类，继广西文学实施作家签约制度之后，相继有广西音乐家、戏剧家、美术家等签约。创作签约制度实施，带动了广西文艺队伍的全面发展和整体建设，培养了广西文艺队伍的领军人物和新锐人物，产出了一大批文艺精品和获奖作品。①

一、文学制度建设的必要性与重要性

文学制度是制度的一种形式，在一定的社会制度下会形成相应的政治制度、经济制度、法律制度、教育制度、宗教制度、道德制度、审美制度等形式，文学制度就是这些制度形式的一种类型。由于制度概念与内容的复杂性，决定了文学制度的多层次性，既有根本性、原则性、结构性的广义制度的含义，也有基于某种需要而制定的具体规定与要求的规章制度含义。一般可以把文学制度分为三个层次，即根本性文学制度、一般性文学制度和具体性文学制度。现代制度是伴随现代化进程出现的一个产物。彼得·比格尔在《先锋派理论》中指出，艺术作为一个体制，也即是“艺术”作为具有相对独立性的社会子系统，是伴随着资产阶级社会的发展，在经济、政治制度逐渐与文化制度的分离过程中得到确立的。在其《文学体制与现代化》中，比格尔作了更为清楚的表述：文学制度是自18世纪启蒙哲学以来，把每个领域的认知潜能从玄奥的形式中解放出来的结果。它与文学、道德、政治等分化为独立的领域是密切相关的。[②]文学制度包括领导、管理、指导以及规范和保障文学的一整套体系、体制与机制，如国家行政事业管理机关、文化事业单位、宣传部门、新闻传播和出版发行机构、文艺团体与文化设施、专业群众社团机构等，大致构成制度的物质性层面的硬件内容；同时以指导思想、政策方针、法律规定、方案措施等构成制度的精神层面的软件内容。斯蒂文·托托西认为，“文学制度”这个术语，“要理解为一些被承认和已确立的机构，在决定文学生活和文学经典中起了一定作用，包括教育、大学师资、文学批评、学术圈、自由科学、核心刊物编辑、作家协会、重要文学奖”[③]。这些制度要素形成文学要素，并非仅仅是外在于文学活动的外部要素，所谓的外部要素可以指称为文学制度与社会制度及其政治、经济、道德、宗教、文化等制度形式之间的关系，从而形成一定的场域，以关系与场域本身制约和规范文学，并且必然会在一定的程度上内化为文学的内部要素。因而，文学制度必然会对文学观、审美观、创作观、鉴赏观、批评观诸方面产生影响，也会对作家、读者、批评家的行为活动进行保障与规范。这就体现出文学制度的意识形态性。彼得·比格尔对“文学体制”的界定就主要体现制度的意识形态性层面，“文学体制这个概念并不意指特定时期的文学实践的总体性，它不过是指显现出以下特征的实践活动：文学体制在一个完整的社会系统中具有一些特殊的目标；它发展形成了一种审美的符号，起到反对其他文学实践的边界功能；它宣称某种无限的有效性”[④]。因而可以说，文学制度在一定程度上确定了文学含义、性质、特征、价值功能以及思维观念。

自现代社会以来，文学必然存在或寄寓于一定的文学制度与文学场域中。

现代文学制度是文学生产、流通和消费过程中所形成的体制、机制和场域，它是文学现代性的重要标志之一。以往我们对于现代文学的关注往往集中在文学的观念、思想、语言、形式等“审美现代性”上，忽略了在审美形式背后除了社会生活的影响外，还有着复杂的制度性因素。随着现代社会的转型，文学生产方式也逐步从以个体创作转型为文学生产及其“制度化写作”或“体制化写作”，文学不再是纯粹个体自我表现行为，而成为社会综合力量参与行为，制度设置与体制设立形成文学的重要推动机制，形成现代社会的文学管理机制，作家单位化、集体化、社会化生存机制，生产方式与活动方式的运行机制，产品存在方式的承载机制，专业化、职业化、市场化的作家创作机制，报刊、出版、广播、影视媒介机构的审查、编辑、发表、传播机制，文学生产、流通、营销、消费的生产机制，文学社团协会的活动组织机制，等等，形成了当代文学基本的生存状态与活动场域。文学制度正是顺应了社会制度对文学体制、机制保障与规范的同时，通过制度形式将文学内外要素统一起来，并且将外部关系转化为内部关系，有利于充分发挥和调节文学的社会性与自主性功能作用，推动文学健康有序发展。中国是社会主义国家，必须建立起适应社会主义制度的文艺制度形式，充分发挥社会主义制度的优越性，贯彻文艺双百方针、二为方向，实现文艺大繁荣大发展目标。

新中国成立后，国家实行的是社会政治经济文化高度集中的中央集权制及其计划经济体制。文学作为文化事业管理对象，也被纳入制度化、体制化的行政管理机构的轨道之中；作家被纳入行政单位体制给予保障与规范；文学活动也被纳入从中央到地方建立起的各级文联作协体制管理和组织领导给予保障与规范；同时各级文联和作协又必须接受各级党委及其宣传部的领导和管理，文学创作及文学活动被纳入计划经济轨道成为一种行政指令行为。这种高度集中与行政指令式计划经济的制度与体制模式，其保障与规范功能注定了它的正面与负面的双刃剑效应，其积极性与消极性矛盾不言而喻。

随着现代社会的发展，计划经济体制向市场经济体制转换，这种高度集中的文学管理体制也逐渐显示出了它的弊端：首先，专业作家制是一种终身制，这种缺乏竞争机制的制度很容易使人产生不思进取的惰性。作家创作数量多少及其质量优劣，全凭体制运作及其集体性；作家干多干少、干好干坏一个样，缺乏竞争激励机制；作家守着手中的铁饭碗吃大锅饭，不肯轻易脱离体制保障，等等。其次，事业单位体制的限制，使作家个性、独创性、自主性得不到有效发挥，编制固定，人才流动性差，更新换代的速度缓慢；专业作家队伍年龄老化现象严重，出现青黄不接的断层危机；行政命令的管理方式不符合文学规律与文学特殊性；体制限制太多无法调动人的积极性，等等。再次，专业作家制是一种既相对集中资源而又无法充分利用资源甚至是浪费资源的制度，作家成为养尊处优的精英阶层，不仅与社会生活与人民群众拉开距离，而且又像关在笼子里的鸟儿，成为玩物与工具，成为体制化与制度化弊端的牺牲者。最后，专业作家制难以适应社会发展与人民群众不断增长的精神文化追求，所形成的小圈子也不能适用于作家队伍发展与人才培养，更不能适应市场经济与改革开放的新形势。因此，文学制度创新、体制改革、机制转换、政策调整是十分必要与重要的。广西文学创新作家签约制度就是文学制度改革的一项重要举措，在当前解放思想、改革开放以及市场经济体制转换的背景中更显出其创新价值与意义。

二、作家签约制度实施效果和成效

从 20 世纪 90 年代以来的文学大环境看，由于经济和科技的快速发展，如网络文学、多媒体技术、图文信息、流行时尚、快餐文化等新元素的出现与兴盛，社会环境和文化格局发生了很大的变化，衍生出新鲜多样而又良莠不齐的文化现象。在此起彼伏的思想文化潮流中，文学由强势逐渐走向弱势，纯文学渐渐远离大众的视野，备受冷落。这让许多过去曾经引领过潮流的主流作家和精英作家感到巨大的失落与困惑。就在主流精英作家们为当代文学精神价值的失落感到痛苦和迷茫时，文学的主旨与使命变得越来越模糊，文学的审美性在商业操作与文化消费的多重挤压之中逐渐淡化，当代大众文化强势与商业文化氛围让许多作家失去了过去的优越感，文学的边缘化也使作家的社会待遇直线下滑，许多作家生存处境艰难，创作乏力。

从广西文学的发展状况来看，20世纪80年代以前的广西文坛可以说是不太景气的，单兵作战与偶然动作使得广西文学在中国文坛上缺乏整体实力，绩效一直默默无闻。即使是在文学处于高潮的80年代，广西文坛也是建树不多，处于边缘化的地位。为了改变广西文艺长期落后的局面，自治区党委和政府制定了广西文艺发展的总体规划和战略布局，确立了广西文艺发展的三大战略：一是以人为本，实施人才培养战略；二是以精品为中心，实施精品战略；三是以开发文化资源为基础，实施文艺可持续发展战略。潘琦在回忆当时的情形时曾经提到，广西的很多作家虽然很执着、很勤奋，但他们的处境很艰难，所以他萌生了为作家创造良好创作条件的念头，那就是拨出经费，引入作家签约制度。潘琦认为："这次应聘的青年作家虽然只有八位，虽然他们之中还没有太多在全国有轰动效应的作品，虽然他们的作家生涯才刚刚开始，虽然这是促进广西文学事业发展的一种初步的尝试，但是，我想他们的行为和精神是可贵的，是值得赞扬的。此时此刻，我感到这个签约仪式已经远远超过签约仪式本身的意义。"[5]事实证明，广西这一次向文坛的集体冲击取得了令人意想不到的收获。东西的小说《没有语言的生活》和鬼子的小说《被雨淋湿的河》先后获得了"鲁迅文学奖"，实现了广西文学国家级大奖零的突破。其他作家也在国内重要的刊物发表了大量很有影响力的作品。

近年来，广西文联在自治区党委宣传部的直接领导下，坚持实行每年一届的作家签约制度，每届签约的时间为一到三年，数十位颇有实力的青年作家被推上了冲击中国文坛的前沿阵地。从1998年到2003年，短短五年时间里的五届签约作家可以说是硕果累累。首届签约作家的“广西三剑客”东西、鬼子、李冯以及凡一平、黄佩华、沈东子、海力洪、陈爱萍等人的作品引起了很大的反响,成为中国文坛的年度力作。很多优秀作品还被著名导演搬上银幕,如东西的《天上的恋人》,鬼子的《幸福时光》,凡一平的《寻枪》、《理发师》,胡红一的《真情三人行》等。广西文学的迅速崛起,引起了中国最优秀的一批评论家的持续关注,如著名评论家陈晓明就认为:“他们(广西作家)的存在给当代文坛输入了活力,他们的存在恰如其分地在当代中国文学那些薄弱环节起到了支撑作用。”他甚至断言:“广西汇聚了一批极有才华的作家,迟早要拿下中国文坛的半壁江山!”这无疑是一种肯定与称赞,当然也是一种激励与鞭策。从总体上看,作家签约制度确实取得令人瞩目的成效。

其一,签约制度为作家的创作提供了坚实的物质保障和良好的创作环境。潘琦提出:“建立招聘制度和请创作假制度,从时间和精力上以切实保证他们全神贯注地从事文艺创作。我们除聘请八位青年作家之外,还以组织的名义,帮助一些作家请半年至一年的创作假,适当给予津贴”,“创作资金,使文艺发展具备资金的保证。我们今年准备筹集 150 万元”[⑥]。基层的不少作家面临着生活清苦、工作忙、负担重、出书难等诸多困难,签约制度能够给基层作家提供一个良好的生活环境与创作平台,为他们解除创作中的后顾之忧。一些生活在基层,特别是农村业余创作的作家往往连基本生活都难以保障,完全是靠对文学的热爱坚持完成创作。这些作家不少都很有创作潜力,但作品难发表,发表后稿酬也很低,出书的希望几乎没有,因此这些作家很难静下心来写作。作家签约制度能够为作家提供一系列保障,根据协议可为作家提供创作扶持经费、创作津贴、生活补助,这样签约作家就可以不为生计发愁,安心进行文学创作;作家签约后还可以提前得到一些劳务报酬与稿酬,这能解决他们生活上的问题;通过报选题、协助出版、推荐发表等方式,作家可以安心写作,有了签约这颗“安心丸”,自然可以保证创作质量与作品产出。在广西签约作家群体当中,有一个词一直被圈内人士反复提起,那就是“集体取暖”。在文学倍受冷落的时代，签约制度的产生，使作家们感觉到压力的同时，也感觉到集体的力量。作家黄佩华说道，从他签约的那天开始，就感到一种无形的压力从四面挤压过来，所以不由得自己不努力，从而跟着大家拼命地往前跑。同样，合同也给自己力量。为了履约，为了报答，自己只能不断创新，不断进步，所以写出了有“南方《白鹿原》”之誉的作品《生生长流》。作家凡一平在这方面感受最深，他称自己是“广西作家的幸运者”，他在签约之前生活十分艰苦困迫；签约之后，得到了宣传部长潘琦的“特别关照”，他有了大量的时间深入生活、体验生活，终于写出了《寻枪记》、《理发师》等饮誉文(影)坛的作品。

其二，作家签约制度打破了以往专业作家制度的“铁饭碗”，引入了竞争和激励机制，更好地激发了作家的创作潜能。有关单位通过完善签约创作的工作机制，抓好签约作家、文学队伍培育和人才管理工作，不断扩大作家队伍，把人才的塔底铺宽，使人才塔尖抬高，达到了顶天立地的效果，提升作家队伍的整体素质，筑起广西文艺人才的高地。作家签约制度的实质和核心就是把竞争机制引入作家管理体制，打破过去的“铁饭碗”，彻底摒弃论资排辈的陈旧观念，实行“能者上，庸者下”的新机制，从而实现“不拘一格降人才”的良性循环。一般而言，作家的创作主体建构主要受制于三个因素：一是自身的感知力及文学修养；二是深入的生活体验和生命体验；三是社会责任感和外部环境的激励机制。能够成为签约作家对于作家来说是一种巨大的鼓励和鞭策，也是一种压力和动力，可以激发作家的创作热情与责任感。许多作家在签约后都深有感触，签约给他们带来温暖的同时，也给了他们压力与动力。最近连续出版三部长篇小说的作家光盘认为，他的这些作品是签约“催生”出来的。这种签约方式，对于签约者而言有动力也有压力，从而形成了文艺家创作的一种激励机制。作家签约制度虽然是一种选拔制度与竞争机制，毕竟只有少数人能够有资格进入这一渠道，但它面向所有作家敞开招聘大门，为每一位作家提供同样的机会与平台，引入的是公开、公平、公正的竞争机制与市场机制，有利于作家脱颖而出，也有利于作家创作水到渠成，更有利于作家的培养与造就，更利于催生更多更好的作品。

其三，作家签约制度培养和推出了一批优秀作家，并形成了良好的带动和示范作用。以首届签约作家东西、鬼子、李冯、凡一平、黄佩华等为代表的文学新桂军的异军突起，一方面大大改变了广西作为一个文学边缘省份的欠发达情形，给中国文坛注入了新鲜的活力；另一方面也作为领军人物带动了此后一届届签约作家，尤其是青年作家。一批 70 后、80 后青年作家也声名鹊起，他们以杨映川、李约热、黄咏梅、黄土路、刘春、朱山坡、蒋锦璐、纪尘、杨丽达等为代表，整体实力在文坛产生重要影响。2004 年，杨映川以《不能掉头》获人民文学奖；2006 年，李约热以《青牛》获《小说选刊》优秀小说奖。杨映川、李约热分别于 2004、2005 年入围国内第一个由大众传媒设立的“华语文学传媒”奖中的“最具潜力新人奖”，另外，李约热获 2007 年度《北京文学·中篇小说月报》“最具潜力新人奖”。在文化多元化时代，他们的创作被认为体现了广西作家的“虎虎生气”。这些优秀青年作家凭着他们敏锐独特的审美视角、极具现代性的思想与艺术眼光、才华横溢的技巧方法、深厚丰富的文化涵养与生活积累，创作出独具特色而颇有魅力的作品，崛起于长期被忽略的岭南与北部湾之间的红土地上。如今的广西文坛，不仅有“广西文坛三剑客”，而且有“广西文学四君子”；不仅有中老年作家的光荣，而且有青年作家的辉煌；不仅是男作家纵横驰骋的战场，而且也是女作家自由翱翔的天地；不仅有签约作家创造的绩效，而且也是签约作家所带动文学桂军崛起的连锁效应与整体效应。签约作家虽然只是文学桂军作家群中一小部分佼佼者，但他们代表了文学桂军队伍的整体实力与水平，是其基本状态与整体风貌的一个缩影。

其四，签约作家取得了丰硕成果，带动了广西文学的全面丰收。签约作家的签约项目一般是长篇小说，因此对于小说创作的推动毫无疑问；但其影响和作用就不仅仅是小说了，而且在诗歌、散文、报告文学、儿童文学等各方面都取得了不俗的成绩，真正形成了百花齐放的文学大繁荣大发展格局。作家签约制度实施以来，广西文学已出版长篇小说131部，中、短篇小说集326部，散文集486部，诗集367部，文艺理论和批评专著153部；广西作家获国家级文学大奖鲁迅文学奖2项，全国少数民族文学“骏马奖”43项，广西文艺创作“铜鼓奖”81项。广西作家签约制度的实施，事实证明是一个出精品、出人才、出效益的好举措。随着签约制度的深入发展完善，将催生出更多广西作家在中国文坛上崭露头角。2003年，冯艺、张燕玲主编《这方水土——广西签约作家小说精选》，对前四届签约作家的创作绩效进行了大盘点、大检阅、大展示，精选出26位签约作家的35篇作品。潘琦在该书之序中说道：“这几年来的签约作家带了个好头，他们的作品无论是长篇、中篇、短篇，无论是数量、质量都步入了一个引人注目的阶段。从他们的发展看，经历了初步磨炼之后，已经能够比较熟练地把握社会生活，反映社会真实，与人民的声音相呼应，紧扣时代脉搏，讴歌民族精神，认识新时代的历史使命。这是广西文坛的希望所在。”⑦张燕玲在该书之代跋中颇富诗意地评论道：“坐在春天里，眼前的一切化成了一道美丽的风景。一群元气淋漓的青年男女正在文学大风里飞奔，他们的四周莺飞草长，万物花开。这是春天的广西文坛，这是广西文坛的春天。”⑧作家成长与精品产出固然是制度保障与机制推动的成果，作家签约制本身也是一项卓有成效的制度成果，也是广西文学及其作家集体创作的一个杰作，其价值意义远远超越签约制度本身，同时也超越因其产生的创作效果与成果本身。

在广西率先实行作家签约制度从而结出累累硕果后，其他省市也纷纷借鉴参考，相继实行作家签约制度，广西的做法成为全国各省市进行文学管理制度、体制、机制改革的垂范与模式。2000年，广东文学院评选出第一届签约作家，聘任期为三年；上海2002年开始实施作家签约制度，只要是上海作协会员，如果有创作意向与构思项目，均可以申请签约，签约时间原则上为一年；2003年，河南省首批签约作家诞生，由省委宣传部直接与作家签约；甘肃省文联文学院提出了“拆除篱笆，开放办院”的口号，面向全国选聘签约作家，当红作家石钟山、陕西作家王蓬、军旅诗人王久辛等欣然签约;2006 年,山西十位作家成为山西文学院首批签约作家,协议规定:签约作家在两年首签期限内完成签约作品,山西文学院则为他们提供资金、服务等方面的扶持。目前,全国有 10 多个省市的文联作协采用了各种形式的作家签约制度,有力地推动了作家培养与文学发展机制的建立与完善。

三、作家签约制度的体制改革与机制转换意义

文学与制度之间既有紧密关联又有矛盾疏离的一面。文学制度在两者之间具有协调、调节与统一的功能作用,但在其制度化、体制化、社会化运行过程中,往往也会出现一些问题与悖论,集中表现出积极与消极、正面与负面的两面性或二重性。其悖论在于:它所具有的保障与规范两种主要功能相互之间既有协调性也有矛盾性;同时在两种功能中各自也具有正面与负面的双重效应。文学制度既是文学活动发展的必要条件和场域,对文学具有保障作用;也在保障的同时对文学存在着一定的规范与限制作用,从而会产生矛盾性及其悖论。从保障功能而言,保障不足与保障过度都会产生副作用,文学要么得不到必需的社会支持及其资源支撑,从而构成文学与社会的疏离与矛盾;要么获得过度的制度化保障与保护而导致文学疲软和萎缩,丧失文学主体性与自主性,成为某种附庸与工具。从规范功能而言,必要的行为活动规范是文学所需要的,没有规矩就不成方圆;但规范过度与规范不足同样也会带来对文学的伤害,过度规范就让文学失去了自由,就会违背文学规律及其文学特殊性,从而丧失文学本性与精神,蜕变为驯化的小绵羊和学舌的鹦鹉。因此,必须在文学与制度之间找到契合点,在文学制度的保障与规范功能之间找到契合点,在其保障与规范功能各自的内部构成关系之间找到契合点。也就是说必须在文学制度中建立起制度化建设的协调机制、调节机制与长效建设机制,使制度改革、制度创新、制度完善成为制度建设的基本内容,由此来克服制度化所带来的制度性弊端及人为造成的弊

端，解决相互之间的矛盾与问题，将不利因素转化为有利因素。因此，作家签约制度的建立就是制度改革创新的结果，其意义主要在于三方面。

其一，作家签约制体现思想解放、改革开放精神。潘琦认为：“我们这项组织创作活动，应当把它当做一个文化工程来抓。所谓工程，就是有规划，有设计，有经费，有施工，有验收，有奖励。因此各个门类、各个文艺团体、各位作家艺术家都要有自己的规划。有了规划就要按规划组织力量实施，形成一个工程队伍，一项项地抓，一件件地落实，最后拿出作品。”⑨作家签约制确实是市场经济体制中制度改革的结果。改革开放三十多年来，文艺管理制度、体制、机制改革取得了巨大的成绩。首先是在计划经济体制向市场经济体制转型过程中改革文艺管理机构，通过机构调整、职能转换、资源整合、精简机构等措施建立起快捷高效的管理机构与行政职能。尤其对于文学管理机构而言，在政府行政管理与单位人事管理的基础上，更为强化了作为专业性群众社团的文联、作协的非行政性管理职能，这种介于官方与民间的群众性专业团体机构管理能够更好地遵循文学规律，更好地实现文艺制度、体制、机制改革目标。其次，文艺团体单位的体制改革及其机制转换，一些经营性文艺团体单位成功转制，由文化事业单位转为文化产业单位，实现文化事业与文化产业共同发展的目标，大大拓展了市场经济体制下文化发展的场域、语境空间，也为文学发展带来机遇与挑战。再次，转换文艺发展方式及其生产方式。艺术生产方式及文化产业发展极大地改变了传统文学艺术的创作方式及其传播、接受、评价模式，催生了各种新媒介艺术及其新的艺术形式；现代艺术生产的飞跃发展，使文学发展方式及其创作方式也在不断变革中，催生了影视文学、网络文学、手机文学、数字文学等新文学样式，更为重要的是转换了文学生产方式，具有新一轮范式革命及其文学革命的深远意义。最后，体制改革带动了制度创新、机制转换、政策调整的系统、整体、全面改革，也带来了深化改革开放、进一步解放思想的新机遇，遵循文艺规律与针对文艺特殊的专业性、技术性、实质性改革取得了显著成果，使改革开放与科学发展成为时代的主旋律，也成为文学发展的机制与动力。

其二，作家签约制体现文学管理的科学性与人文性结合的精神。党和国家制定颁布了一系列符合文学艺术发展规律的制度、方针、政策，这是建立在实践与理论结合基础上的科学决策，具备科学精神与人文精神。任何科学的理论体系的创立，都是对客观事物发展规律的科学认识结果。而这种科学发现和认识又有赖于人们的社会实践活动，由实践活动经验的取得到总结认识，由总结认识到上升为理论，由个别理论的不断连接和和扩延形成完整的理论体系，是一个实践与认识不断循环和不断发展的过程。而这一过程的基础显然是实践和经验。党和国家的领导人，一直关心文艺发展情况，注重对文艺规律及文艺管理经验的总结，提出文艺管理原则和方法。早在 20 世纪 40 年代，毛泽东在延安文艺座谈会上的讲话中就提出新民主主义文艺性质特征及社会主义文艺发展方向的系统论述，为新中国文艺管理方式及其文艺制度的建立奠定了基础；50 年代社会主义改造期间，刘少奇提出："几千个剧团都是国营，会搞掉积极性，这不是促进，而是促退。……要让民间职业剧团搞它一个时期……让它与国营剧团竞争，看谁的观众多，看谁最能得到人民的喜爱。"1978 年新时期伊始，邓小平指出："在文艺创作、文艺批评领域的行政命令必须废止。如果把这类东西看作坚持党的领导，其结果，只能走向事情的反面……文艺这种复杂的精神劳动，非常需要文艺家发挥个人的创造精神。写什么和怎样写，只能由文艺家在艺术实践中去探索和逐步求得解决，在这方面，不要横加干涉。"[10] 文艺管理必须遵循文艺规律进行科学管理，同时也应该是符合文艺特征的人文化、人性化管理，在尊重文艺的同时也要尊重作家艺术家。因此，文艺管理本身也是一门艺术，体现科学性与人文性结合的管理精神。改革开放三十多年来，我国不仅培养了一支庞大的文学艺术专业队伍，创作出一大批满足社会与人民群众需求的优秀作品，而且建立起适合中国国情、符合文艺规律、切实可行的文艺管理制度、体制、机制及与之相应的方针政策，并在发展过程中不断改革与完善。作家签约制度其实也是文艺管理的一种方式，一种文艺制度形式，一种推动文艺发展的动力机制。一方面，它摒弃了行政指令式和政治运动式的管理方式，采取双方自愿协商的签约方式进行科学性与人文性结合的管理方式，既充分考虑到尊重文学规律与尊重创作人才的人文化管理因素，又考虑到推行项目管理、合同协议管理、制度管理以符合现代社会以及市场经济规律的科学化管理因素，形成一种更切合实际与规律的文学管理模式，有利于培养创作人才，也有利于创作优秀的文学作品，更有利于促进广西文学又好又快发展。

文艺制度改革及其文艺管理体制改革的必要性与合理性在于：中国现行的文艺管理体制基本上沿袭了苏联的管理模式，是一种高度集中的、与计划经济体制相适应的、中央集权下的行政化管理模式，其主要特点是对文艺实行全面的大一统控制，对文艺创作的个体性、自我性、自由性进行规范与限制，对文艺单位及文艺家进行人事管理和行政管理。这种文艺管理模式及文艺制度虽然有其历史、时代的必然性与必要性，在当时特定语境下有其一定的价值作用，但其弊端也是十分明显的，随着时代发展、社会进步，其弊端和问题更为凸显。尽管从 20 世纪 80 年代开始，在文艺分级管理、行政管理方式、文艺管理法规建设等方面取得了一定的成效，但还没有摆脱计划经济体制的旧模式基本框架。随着市场经济体制的建立与发展，这种计划经济体制下的文艺管理模式越来越不适应社会时代发展要求，存在着较大的制度缺陷和制度性弊端。同时，在长期以来所形成的管理思维与观念中，文艺的意识形态性及其政治性、阶级性、运动性认识根深蒂固，习惯于把文艺仅仅作为意识形态工具，甚至政治、阶级、运动工具来对待，也习惯于依靠计划经济的手段和行政指令方式来管理文艺工作，更习惯于将文艺管理部门视为意识形态机构与行政机构，使文艺管理太严、太死、太紧，过度强化文艺的意识形态性而忽略其文艺性与审美性；过度强化文艺的工具性、功用性而忽略其本体性、自主性；过度强化行政管理的一般性而忽略文艺管理的特殊性，难以体现文艺管理规律和特点，更无法体现文艺的特殊性。因此，文艺管理体制缺乏创新力和活力。文艺发展滞后也就不可避免。因此，通过文艺制度对意识形态与文艺关系进行调整的同时，必须加强文艺管理制度、体制、机制改革。党和政府一直以来都高度重视文艺管理工作，通过文艺制度创新、体制改革、机制转换来提高文艺管理水平和管理质量。作家签约制就是文艺管理制度的一项改革举措，不仅转变了文艺管理方式及其人事管理、行政管理、工作管理、责任管理模式，而且转变了思维观念，为文艺管理制度、体制、机制改革与创新开辟了新途径。

其三，作家签约制体现了现代制度管理的基本原则。现代管理方式与传统管理方式的一个重要区别在于是制度管理还是人为管理。现代管理方式重在制度管理，一个好的制度能够充分体现管理的科学性与人文性结合的原则，也可以提升管理者水平；但是没有一个科学高效的制度，即便拥有高水准的管理者也是无用武之地的。因此，应该加大制度改革力度，解放思想，与时俱进，打破各种旧框框、旧观念的束缚，在坚定不移地贯彻“百花齐放”、“百家争鸣”基本方针的前提下，大胆进行制度改革创新，引入市场经济的公平、平等、竞争、激励机制，打破僵化的行政化、人事化、人为化管理体制，实现制度管理及其制度化建设目标。

广西在全国率先创立作家签约制度，从而建立起一套全新的文学管理制度，以制度管理方式强化创作管理机制、竞争机制、激励机制和保障机制，在保障创作自由、尊重文艺规律、风格多样化发展的同时，也极大改变了作家们的生活、工作、创作条件，为作家创作提供了制度保障，充分调动了作家们的积极性，取得了丰硕的创作成果。作家签约制作为一种制度创新形式越来越体现出它的价值意义，在推动文学桂军崛起的同时，也对文艺制度创新、体制改革、机制转换、政策调整起了重要推进作用。

作家签约制作为一种行之有效的创作管理制度，体现出现代制度管理的原则与精神：一是公平、公正、公开、透明的原则。对签约作家的遴选与确定有一个公开公平公正的选拔渠道，先由各市和各行业基层文联作协层层选拔再向上申报，然后通过专家筛选论证，最后由自治区党委宣传部及广西文联、作协确定。在选拔的过程中，确定选拔程序、原则要求、评选标准、公示方式等，体现了民主化、科学化、透明化精神。二是对签约作家实行有效的监督和管理。在作家签约之后，不仅以各种方式为作家的创作提供保障，而且从创作选题、开题、中期检查、结题、出版等环节严把质量关，使签约作家尽可能少走弯路，同时也给作家一定的压力与动力，更为重要的是通过检查与监督有效保障创作效果。三是遵循文学创作规律，充分发挥作家的主体性。文学创作是个体性精神需求的产物，作家首先是一个活生生的个体生命存在，他之所以要从事文学创作活动也首先是出于满足个体精神需求的目的。因此作家创作是自我实现的需要，是生命个体通过全身心的努力使主体能力体现于行为、活动、过程及结果之中。纳入作家签约制的作家与创作，受到制度保障与规范，创作动机就不仅仅是为自己，而且必须通过履行职责、义务、权利以更好实现二为方向、双百方针目标，将创作个体性与社会性、自我表现与社会责任统一起来。因此，对于协议甲方而言，在实行作家签约制的过程中，应该尊重作家的主体性、个体性与创作个性，应该保证创作自由，减少对作家创作的直接行政干预，给作家一个宽松的创作环境与优良的物质和精神条件；对于协议乙方而言，作家必须充分利用协议提供的条件，相应为协议约定提供优良产品以履行承诺。为此，尊重协议就是尊重制度，尊重文学规律与市场规律就是尊重科学、尊重人才，尊重彼此双方就是尊重自己。四是实行作家签约制更需要遵循人文性原则精神。制度管理并非否定管理者的作用，一个良好制度只有让优秀的管理者来实施才能更好发挥制度功能。相应于作家签约制的管理者、实行者与实现者必须在制度设计与实施中更富于人文精神与人文关怀，其实制度管理也应该是人文管理，在体现管理的科学性同时体现人文性。许多签约作家在谈到文艺领导管理方式时都感到集体温暖与领导关怀。作家东西多次谈及在他创作与生活极其艰难的时刻，作为领导者与管理者的潘琦以及广西文联、作协领导都给予他支持帮助，不仅是锦上添花，而且是雪中送炭，为他妥善解决实际问题与困难，给他提供了创作与生活的必需保障，免除了后顾之忧，使他真切感受到人文关怀及作家签约制所体现的人文精神与人文关怀。

由此可见，作家签约制的作用确实超越了签约制本身而具有更为重大深远的意义。任何制度的制定、设置、选择都是改革与创新的结果，也都是一个不断补充、修正、完善的过程，作家签约制的积极正面效应是十分明显的，其意义也在于此。随着时代发展及广西文学发展进程的加快，作家签约制还会继续发挥其作用，也会在与时俱进中更为完善和健全。

第二节　广西文学人才培养制度创新

文学桂军的崛起不仅意味着广西文学成就在全国文坛享有盛誉，而且意味着广西文学人才队伍的雄厚实力和强大阵容。广西文学跨越发展的一个根本原因在人才，以人为本的意义在于既要尊重和重视人才，又要充分使用和发挥人才优势，才会有文学事业发展的立足之本、基础之本、跃进之本。广西地处南疆沿边、沿海的少数民族地区，长期以来受到边境战争的不安定因素干扰，经济、文化、教育发展相对滞后，人才资源也相对匮乏。改革开放三十年来，广西壮族自治区党委和政府高度重视社会经济文化发展，实施“富民强桂新跨越”战略，取得了明显成效。进入新世纪后，广西“十一五”、“十二五”发展规划纲要提出“富裕广西”、“文化广西”、“生态广西”、“平安广西”的战略规划和决策，其关键在于人才。“十一五”规划指出：“树立人才资源是第一资源的观念。坚持党管人才原则，以能力建设为核心，人才小高地建设为重点，体制机制创新为动力，壮大人才队伍，全面提升队伍素质，为加快现代化建设提供人才保障和智力支撑。”[11]

针对“文化广西”以及将广西建设成为文化先进省（区）的战略目标，广西文学肩负着重要的职责和义务，同时也肩负着以文学创造精神文化财富、培养造就文化人才、提升人的精神品质和境界的崇高任务。因而，加强广西文学队伍建设，强化人才培养机制的作用，从制度、体制、机制上保障人才培养的质量和成效，就成为广西文学发展和文学桂军崛起的重要前提条件和基础。广西文学发展必须建立起人才培养体系及其相应的制度、体制、机制。

一、广西文学人才培养体系的建立和完善

2003 年，广西壮族自治区党委、政府隆重召开“广西文学艺术家十三年成果展”大会，表彰了从 1989 年到 2002 年 13 年来广西文艺跨越式发展及文艺桂军崛起期间作出突出贡献的 133 位广西文艺家。时任广西壮族自治区党委副书记、宣传部部长潘琦认为：“一支崭新的、富有活力的文学桂军在神州大地崛起。伟大的时代孕育了一代在改革开放大潮中茁壮成长起来的文艺新人。他们的出现标志着广西当代文学艺术史上一种全新的现象的出现，标志着社会主义先进文化在八桂大地蓬勃发展，如日中天。”[12]其实在 133 位代表身后的是文艺桂军雄壮队伍，是文艺人才的集结和聚合。这可谓广西实施人才战略的成果和成效，也是广西壮族自治区党委、政府的文化战略决策实施和落实的结果。

1996 年 7 月，广西壮族自治区党委宣传部在宁明花山召开“广西青年文艺工作者花山文艺座谈会”，广泛讨论和征集了与会者对广西文艺发展的意见和建议，初步酝酿了广西文艺发展的战略规划和部署。1997 年 4 月，自治区党委宣传部又在南宁召开了“广西首届百名青年作者创作会”，“大会总结了过去几年的创作成就和经验，进一步明确了广西文艺发展的总思路，制订和部署了包括实施‘213 工程’、实施签约作家制、开展‘五个一工程’奖、广西文艺创作‘铜鼓奖’和广

西青年文学奖等一系列繁荣文艺、实施精品工程的重要举措”[13]。会议还宣读了与会者一致通过的倡议书《敲响世纪的钟》，表达了广西文艺家对广西文艺发展战略决策的认同和响应。至此，广西开始实施文艺发展的“三大战略”、“213 工程”、“五大战役”，拉开了文艺桂军崛起的序幕，也初步形成了广西文艺人才培养体系及其相关制度、体制和机制。

其一，实施人才战略，加强人才培养制度建设。广西文艺实施的“三大战略”：一是指以人才为本，实施人才培养战略；二是指以精品为中心，实施精品战略；三是指以开发文化资源为基础，实施文艺可持续发展战略。“三大战略”体现广西文艺发展的根、本、魂所在，其本在人才战略，其魂在精品战略，其根在民族文化资源开发战略。以人为本，重视人才的作用和地位，着眼于人才的培养和人才队伍建设，这确实是在立根、固本、树魂上下工夫，抓住了关键，进而纲举目张。更为重要的是将人才培养提升到“战略”高度上来认识和规划，具有战略目标和战略决策的重大意义。为保证实施和落实人才战略，广西制定实施了一整套文艺人才制度、体制、机制的政策和措施，形成完善的文艺人才培养体系。

其二，实施人才战略的“213 工程”，确立人才培养目标。实施“213 工程”是将人才战略的目标具体确定为一个分层级递进提升的金字塔结构人才梯队，即培养 20 名在全国有影响的著名文艺家；100 名在全区知名的文艺杰出人才；3000 名在全区各市有影响的文艺优秀人才。[14]虽然“213 工程”是以数字形式来表达对一定数量的要求，但更重要的是定位于全国、广西、地市的各层级的影响力和地位，从而对质量提出的更高要求，可以说是一种定性与定量结合的目标责任制，是定位目标和价值效果评价结合的科学评估方式。其意义在于：首先，将人才培养目标由虚化到实化，由抽象到具体，只有明确具体目标，并将目标细化和指标化，才有可能更如落实。其次，将人才培养目标分层化，层级递进说明人才梯队的合理性和科学性，也说明层级间的相关关系和动态发展，有利于人才培养质量的不断提高和地位的提升。再次，量化的数据指标可以视为一个基数，不同层级的人才应该在队伍基数中占有一定的比例，基数扩大，比例值也会扩大，例如某一地市的文艺队伍基数为100人的话，可考虑其在省（区）、全国有影响力人才的适当比例，如广西区内为20%左右，全国范围内为5%左右。由此可见，量化并不意味着定死，而是有活动、发展和提升余地的。最后，“213工程”要求人才培养和队伍建设，重在形成保障人才队伍的制度、体制、机制以及政策、措施落实的体系，重在形成以人才为本、尊重人才、善待人才的风气和环境。因此，从“213工程”的实施效果来看，通过“广西文艺十三年成果展”，足以说明初见成效，甚至可以说在具体的数据目标上已有所突破和超越。

其三，保障人才战略实施的政策与措施的落实。为实现人才战略目标，广西制定和实施了一系列政策措施，以保证“213工程”的人才战略目标实现。首先，在全国率先推行了作家签约制度。从1996年开始，广西壮族自治区党委宣传部与广西文联具体实施“作家签约制”，以文艺管理部门与作家甲乙双方共同签订创作合约的方式，提供作家创作的良好环境和优越条件，给予经费和时间的保障，以保证作家按时、优质、高效地完成创作计划，提供创作精品。这实质上也是人才培养的一种方式，以项目资助的形式培养创作人才。其次，实施文学院人才培养制度，通过作家创作班的短期培训和专业辅导提高文学青年的创作水平，提供创作人才经验交流的平台和发表作品的阵地。再次，实施与高校合作培养人才的制度，在广西大学、广西师范大学、广西民族大学等高校分别开办文学研究生班、作家班，通过高校“学院派”文学教育体制使创作人才培养体系更加规范化、系统化和高层化；同时也不断选择，推荐有创作潜力和拔尖青年人才到全国性院校进修和完成学历教育，不断提高人才队伍的专业水准和学历层次。最后，实施评奖激励制度，创造人才竞争、拔尖的环境。自治区党委、政府为加大人才培养力度和选拔力度，通过评奖制度及其评价机制使人才脱颖而出，自治区级的奖励设置有广西壮族自治区党委宣传部组织的“五个一工程”奖、广西壮族自治区政府设立的广西文艺创作“铜鼓奖”。此外，广西还设有广西青年文学“独秀奖”、广西文艺评论奖以及《南方文坛》、《广西文学》等文学期刊设立的、与办刊宗旨相关的各种类型的文学奖。这些评奖活动与评价机制既为冲刺全国性文学奖，如鲁迅文学奖、少数民族文学“骏马奖”等创造了基础条件，同时也为培养人才、激励成才铺平道路。

广西人才战略的“213 工程”实施十年来，所设置的人才目标已基本实现。仅就文学桂军而言就已大大突破在全国颇有影响的 20 位著名作家的指标，已连续两届获鲁迅文学奖，在历届全国少数民族文学“骏马奖”中已有 50 多人次获奖，“广西文坛三剑客”、“广西文学四君子”已蜚声文坛，“相思潮作家群”、“天门关作家群”、“北海潮作家群”、“桂西作家群”、“桂林作家群”等文学群体及其流派，已在文坛崭露头角，尤其是广西女性作家群的创作在全国引起重大反响，标志着文学桂军在全国文坛的整体崛起。

2002 年 6 月，广西文学艺术家 13 年成果展示会入选 133 名文艺家，这是广西文艺发展的标志性成果，也是对文艺桂军队伍的总体实力和文艺人才质量的展示和检阅。其中文学家 21 名：蓝怀昌、韦一凡、包玉堂、王云高、黄继树、冯艺、凌渡、东西、鬼子、李冯、柯天国、黄佩华、岑隆业、凡一平、彭匈、何培嵩、黄堃、海代泉、潘大林、庞俭克、顾文、刘春、常弼宇、胡红一；文艺理论家 8 名：黄海澄、江建文、王杰、张燕玲、张利群、徐治平、黄伟林、李建平。这份 29 人名单还不包括作为领导的著名作家潘琦以及长期以来和近年来活跃在全国文坛上的中青年作家和理论批评家沈东子、龚桂华、张宗栻、毛荣生、盘文波、杨映川、蒋锦璐、李灼热、黄土路、贺晓晴、潘红日、纪尘、朱山坡、杨丽达、徐强、黄晓娟、刘铁群等一长串名单。文学桂军阵容雄壮，队伍整齐，人才济济，后继有人。

二、广西文学人才培养的规律和特点

广西文学人才培养的最重要经验是党和政府高度重视，不断加强制度化建设，将人才战略和人才培养体系纳入党和政府的规划和工作日程，并使之成为政府行为和政府领导、管理、实施的工程项目，从制度创新、体制改革、机制转换、政策落实等诸方面提供人才培养的保障。广西文学人才培养形成一整套规划策划、活动制度、工作流程和监督机制，构成广西人才培养体系及其制度、体制、机制形式，从而形成自身规律和特点。

其一，形成遵循人才培养规律与文学创作规律相结合的特点。文学人才培养规律具有人才培养规律与文学规律的双重性，也就是说文学人才的培养应该是多渠道、多层次的针对性培养，因而单凭高校文学教育体制培养人才的途径是远远不够的，还必须通过文联、作协的文学院体制的短期培训、经验交流、专家讲座、作品研讨等途径来完成。更为重要的是，培养不仅是文学理论、文学知识的教育和培训，而且是文学创作素质和能力的培养以及文学创作、鉴赏、评论思维和方法的培养。因而，注重因人施教、因材施教，注重个性化、针对性、个体性的教育和培养比之学院派的教育体制化的培养更重要，更切合实际，更有利于文学人才的脱颖而出，也更有利于发挥人才的特点和优势。

其二，形成加强人才培养制度化建设的特点。制度化建设一方面体现为建章立制的制度建设上，建构广西文学人才培养体系，从而体现出制度的稳定性和规范性；另一方面表现为与时俱进、因地制宜地进行制度创新、体制改革、机制转换，不断地补充、完善广西文学人才培养体系，体现出人才制度的活力和保障性。如在创作人才培养的多渠道、分层次和多样化形式的探索中，逐步建立起人才培养的教育模式和教育体系，并在实践和经验中不断补充调整和完善，使之更符合广西创作实际和文学发展实际。在广西壮族自治区党委宣传部与广西大学、广西师范大学联合举办研究生教育、作家班所共同制定的教学计划中，既充分考虑文学教育的理论知识的系统性、结构性和体系性，又充分考虑作家班的学员实际和创作实际，从而根据教学规律和文学规律来调整、完善教学计划和教学安排，为广西文学人才培养提供切实可行的教育制度保障和文学制度保障，并与广西文联文学院短期培训制度相互补充，相互影响，形成长期与短期结合、学历教育与培训教育结合、素质教育与能力教育结合的培养制度形式和长效机制。

其三，形成文学人才培养目标的厚基础、高素质、强能力、重创新、显个性的特点。文学教育，尤其是高校体制化的学院派教育，容易形成人才培养模式，较倾向于培养的整体性、规范性和模式化，这既有文学教育自身优势和特点，但也会带来忽略个性化创新人才培养的不足和弊端。广西文学人才培养在吸收高校文学教育人才培养的优势和特点基础上，能尽量避免模式化教育和模式化结果的不足和弊端，因而在教育理念更新、教学内容调整、教学方法改革、人才培养目标设定上都有所创新。如在教学方法上采取调研采风、作品研讨、答疑解惑、观摩欣赏、多媒体教学等多样化形式；在作业上采取作品创作和评论的方式；在考核上采取面试与笔试结合的方式等，使教学能将理论与实践、素质与能力、课内与课外有机结合，更有利于培养学生扎实的基本功和个性化创新的素质能力，从而形成文学人才的创作个性和特点。

其四，形成高校文学教育改革与创新的特点。广西文学教育的汉语言文学专业涉及的高校有 10 多所，已形成文学人才培养优势和办学特色的高校主要为广西师范大学、广西民族大学、广西大学、河池学院四所高校，它们均为文学桂军提供了人才资源和人才储备。近年来，广西高校文学教育大力推进和深化教学改革和人才培养模式的改革。如广西师范大学侧重于文学评论、文学研究、文学教育人才的培养，形成优势和办学特色；广西民族大学侧重于对少数民族文学创作以及写作人才的培养，形成民族文学教育的优势和特色；广西大学侧重于文学创作人才及其文化产业人才的培养，形成办学优势和特色；河池学院侧重于文学创作人才的培养，形成自身的办学优势和特色。此外，广西师范大学、广西民族大学、广西师范学院均设有文艺学、美学、中国现当代文学、中国少数民族语言文学等硕士点，广西大学设有新闻学、传播学等硕士点，有利于高层次文学人才的培养；广西师范大学还设有中国古代文学博士点，更有利于高层次文学研究人才的培养。从高校专业学科教育布局和结构看，高校文学教育已形成一定的体系、规模和层次，也形成各高校在文学人才培养模式上的优势和特色，为广西文学发展与文学桂军的队伍建设奠定了坚实基础和创造了有利条件。

三、进一步加强广西文学人才培养的长效机制建设

广西文学的跨越式发展与文学桂军的崛起，印证了广西文学人才培养机制是良性健全和行之有效的；但如何在此基础上更迈进一步，如何能保持可持续性发展后劲和势头，如何能坚持科学发展观使广西文学步入后发优势的快车道，故而应着眼于广西文学人才培养的长效机制建设。长效所指称的是长期效应，是相对于短期效应而言。作为一种推动、激励、保障的运行机制所产生的效应当然会包括短期、中期、长期之分。短期效应往往是急功近利、立竿见影、贴切当下现实实际的效应；长期效应往往是潜移默化，持续长久，对当下和将来都会产生深远作用的效应。当然，追求机制建设目标并非仅仅短期效应的机制而是长效机制，尽管长效机制中必然也会包含有短期的、分期的阶段性效应在内，但并非急功近利的、不利于长效机制建设的短期效应。因此，广西文学人才培养机制应该是长效机制，进一步加强这一长效机制建设关键在三方面。

其一，制定广西文学人才培养规划，从规划角度保障人才培养机制的长效性。《广西壮族自治区国民经济和社会发展第十一个五年规划纲要》指出："建立一支数量充足、专业齐全、结构合理、素质较高的高技能人才队伍，着力培养技术技能型、知识技能型和复合技能型人才。"[15]《广西"十一五"时期文化发展规划纲要》指出："制定实施'十一五'时期全区文化人才培训规划，建立健全在职人员业务培训和继续教育制度。继续实施作家艺术家签约制度。中青年文艺人才进修

培训制度。要创新培训内容，完善培训机制，整合培训资源，针对不同领域和不同岗位人员的具体情况，分期分批进行专业培训。”[16]近期发布的“十二五”规划也将人才建设作为重中之重工作来规划。虽然各种规划都将人才建设问题归入在内，但还需要有专项制定的人才发展规划针对各行业各专业的特殊性及其对人才的需要做好规划，广西文学人才培养也需做好规划。规划是人类活动的自觉性、能动性、目的性和前瞻性的体现，任何规划都应立足现实而面向未来，也都是对现在将做的事情和将来会做的事情的策划、预测和前瞻。现行规划模式是从中央到地方、从行业到部门、从单位到学科的五年制规划，相对于各行业、单位的年度计划而言可谓长期规划，而就人才培养的周期性长的特点而言则可视为中短期规划。但事实上现代社会急剧变化，生活节奏加快，又很难预测五年之后的前景并相应作出预测。因而就必须考虑在五年规划中如何体现出长效意识和理念，如何使每个五年规划之间的贯通性、承续性和发展性充分体现出来。如 1996 年提出的广西文艺人才培养的“213 工程”，当时应在“九五”规划范围内，但它的连贯性和持续性直至今天的“十一五”规划，经过了三个五年规划的践行和验证。因此，应检查评估是否达到这一人才培养目标，是否应在“213 工程”基础上提出更高目标，是否在实施人才战略中建立人才培养的长效机制，即相对稳定的、一贯的、宏观调控的人才培养制度、体制、体系、政策，提出指导思想、理论依据、战略目标、基本思路，确立路线途径、原则方法的长远眼光和长期规划。

其二，在着手于制度改革创新的同时着眼于制度建设，从制度设计角度建立保障人才培养的长效机制。新时期以来的改革开放三十年，我们已逐渐形成改革与建设同步进行的基本思路，并非将两者割裂或先后排列，而是从“先破后立”、“先改后建”、“破旧立新”、“破字当头，立在其中”的思维定式转向改中有建、建中有改、改建结合的思路。现在主要的问题是思想还不够解放，改革还不够深入，发展还不够快，也不够科学。其实认真仔细思考文学桂军的崛起，相对于自身发展而言可能具有突破性而已，在全国相对于其他文学发展先进省市而言，如文学湘军、鄂军、鲁军、陕军、川军、冀军等并不能算快，也很难说是突破。从这一角度而言，文学桂军队伍建设还需要解放思想，加大改革创新力度，加快发展步伐。这就需要使广西文学人才培养制度创新、体制改革、机制转换的力度进一步加大、加快、加强，也需要使广西文学人才培养机制的推动力、竞争力、激励性、突破性更大更强，也需要使政策更到位、措施更得力、效果更明显。长期建设与持续改革创新并不矛盾，而应有机结合，只有改革创新才能达到长期建设目的，也只有立足长期建设才能推动不断改革创新。长效机制既要体现出稳定性、一贯性和持续性；又要体现出作为动力机制的运转力、活力和灵活性。

其三，广西文学人才培养机制的内在功能性发挥。广西文学人才培养机制的建立和建设主要依靠政府行为以及政府组织领导和实施，这是因制度、体制、机制、政策、法规等必须与政府相关缘故。因而如何能更好地发挥群众、专家的参与性和参与度，从而将制度、体制、机制的作用内化为文学自身内在的自觉行为，这也是建立长效机制的关键所在。只有发挥广西文学人才培养机制的内在功能，只有使这机制内化为文学自身的动力才能充分发挥这一机制的作用，从而形成长效机制。其着眼点在于：首先，发挥文联、作协的桥梁作用，作为官方与民间联系的群众性专业团体，文联、作协既是作家的大家庭，又是党和政府联系作家的平台；既是制度、体制、机制、政策、措施的制定者和建设者，又是落实、执行、实施者。因而发挥广西文学人才培养的长效机制作用是需要以文联作协为平台和桥梁的。其次，将广西文学人才培养长效机制落实于文学教育、文学培训的承担者身上，只有在文学教育体制保障中和具体的操作中才能充分体现这一机制的作用力和影响力。也就是说使高校文学教育体制、文联作协的文学院培训体制等单位以体制承载形式来保障文学人才培养机制的长效性。再次，将文学活动，包括创作、欣赏、评论、研究、策划等活动形式与文学人才培养内容结合起来，使文学人才培养机制内化于文学活动中，将文学活动也视为人才培养的重要形式，将文学人才培养纳入文学活动中培养，才能形成自觉、内在、长效的机制。最后，人才培养素质和能力提升的目标应成为每一位文学家的自觉意识和自觉行为，从而在其文学个体活动和群体活动中不断学习、积累和进步，才能使人才培养机制不仅形成长效特点，而且也形成内化特点，从而整体上提升文学桂军的素质和质量，获得人才培养的整体效果。

其四，广西文学人才培养的长效机制建设应纳入广西文学发展和文学桂军队伍建设的整体框架中。广西文学人才培养长效机制建设一方面应纳入广西人才培养体系和整体框架中，使其成为人才建设重要的组成部分和人才队伍中重要的团队，从而在整体规划和建设中获得政府在制度、体制、机制、政策、措施各方面的支持和保障；另一方面应纳入广西文学发展的总体规划和整体框架中，将人才培养与队伍建设、领军人物培育、创作规划、活动策划、精品培育、评奖激励、批评评价、对外交流等内容结合起来，构成系统性、关联性和结构性的人才培养体系，才能发挥出系统功能和作用。因而不能孤立地讨论关于广西文学人才培养问题，也不能孤立地考虑广西文学人才队伍建设问题，而应该综合考虑与之相关的种种要素及其要素间性和系统性，从而对人才培养进行系统建设、整体建设和长效建设，这样才能形成广西人才培养的长效机制。

当前，广西北部湾经济大开发为广西经济腾飞和文化振兴提供了天时、地利、人和的大好时机，国内外一大批人才涌入广西，涌向北部湾开发区。广西文学界必须抓住这一机遇引进文学人才，这也为广西文学人才培养和人才队伍建设提供了一条途径，将人才培养与人才引进结合起来，才能广开人才交流、人才聚集、人才培养的渠道，才能打造一支素质高、实力强、后劲足、过得硬的文学桂军队伍。李长春在纪念中国文联成立60周年的贺信中指出："要进一步解放思想、实事求是、与时俱进，大力推进文学艺术体制机制、内容形式、风格流派、传播手段的改革创新，为文学艺术事业的繁荣发展提供强大动力。"[17]文学人才培养和队伍建设也必须进一步解放思想，深化制度、体制、机制的改革创新，加强制度化建设和长效机制建设，才能永葆文学创作活力与青春。

第三节 广西文学创作基地制度创新

毛泽东早在抗战时期就指出："有出息的文学家艺术家，必须到群众中去，必须长期地无条件地全心全意地到工农兵群众中去，到火热的斗争中去，到唯一的最广大最丰富的源泉中去，观察、体验、研究、分析一切人，一切群众，一切生动的生活形式和斗争形式，一切文学和原始材料，然后才有可能进入创作过程。"⑱新中国成立后，中国文联、作协也建立了"采风"、"蹲点"等制度引导作家深入生活。改革开放三十年，为贯彻落实中央提出文艺创作"三贴近"的精神，扩大文艺创作的空间，提高创作质量和水准，中国作协于1995年开始在全国各地陆续建立文学创作基地，先后在20多个省市建立了40多个作家创作基地，在广西建有南丹、贺州、资源三个创作基地。广西作协也从2006年开始在省内建立了三个创作基地：2006年在乐业县火卖生态村建立创作基地；2007年在凌云县万亩茶园建立创作基地；2008年在华锡集团建立创作基地。至此，广西区内已拥有三个国家级、三个省级共六个文学创作基地，为作家深入生活调研采风、为服务作家创作、为营造当地文学和文化活动环境和氛围创造了有利条件，也为文学桂军崛起和广西文学跨越式发展提供了物质和精神的保障，提供了软、硬件良好环境和条件。

文学创作基地出现在20世纪90年代，是改革开放深入发展、社会主义市场经济体制逐渐完善、文学面临大众文化及市场经济的挑战和机遇而产生的一种新生事物。这不仅表现在过去从来不曾有过文学创作基地这种新形式或新形态，而且在于这一形式或形态的运行方式、活动机制、管理体制有许多创新点和创意。经过15年的实践检验证明，这一新生事物是具有活力和生命力的，是有利于创作和文学发展的。但作为新生事物，也存在一些问题和缺陷，也需要不断完善、不断创新、不断发展，因而加强制度化建设、建立长效机制是十分必要和重要的。

一、广西作家创作基地建设现状及效果

广西具有得天独厚的区位优势和民族文化资源特色，从而为文学提供了取之不尽、用之不竭的创作源泉和资源宝藏。长期以来，国内外许多著名作家就络绎不绝地来到广西调研采风，创作了许多优秀作品，有的甚至成为经典。如历代文人骚客在桂林留下难以尽数的文学作品，使桂林摩崖石刻承载的桂林山水诗、散文、游记、小品的旅游文学堪称全国一流；抗战期间，全国文化名流汇集桂林，全国各地出版社、杂志社、报社、书店也集中在桂林，形成抗战文艺、抗战文化中心和重镇，享有“桂林抗战文化城”美誉。新中国成立后，一批批作家、文艺家来到桂林以及广西各地，写下了脍炙人口的诗篇及其他文学作品，如诗人贺敬之的《桂林山水歌》传遍全中国，流传了半世纪还久盛不衰；剧作家乔羽根据广西民间传说故事以及彩调剧《刘三姐》改编的电影《刘三姐》更是风靡海内外，享誉全世界，成为广西文化及其文艺的标志性成果。新时期以来，广西充分利用地方历史资源和文化资源，创作了大量优秀作品，如陆地的《瀑布》、周民震的《甜蜜的事业》、黄继树的《桂系演义》、韦其麟的《凤凰歌》、《寻找太阳的母亲》等，都在中国文坛上享有盛誉。故此，中国文联在全国各省市建立的四十多个创作基地中就有三个在广西，从数量上来说是占有优势的；再加上广西作协建有的三个基地，共有六个基地，这在全国也是不多见的。广西建立作家创作基地是制度创新、体制改革、机制转换的结果，也是不断加强文学创作活动及其组织建设的结果。从制度化建设角度而言，广西作家创作基地建设成效主要体现在三方面：

其一，制定管理办法，建立管理制度，使作家创作基地管理制度化、科学化、有序化。广西作协建立作家创作基地的工作得到广西文

联的高度重视和鼎力支持，广西文联党组从制度、体制管理和建设角度提出了建议和意见，并责成广西作协具体负责这项工作的落实。广西作协第七届理事会第三次团体会议通过了《广西作家创作基地建设管理办法》，从建章立制角度提供创作基地建设的保障。《办法》共分为十条，主要从三方面加强管理制度建设：一是确定建立创作基地的指导思想和基本思路："为繁荣广西文学创作，促进作家和文学工作者的相互交流合作，广泛利用社会资源，在有条件的市县建设能发挥引领和示范作用的作家文学创作基地，鼓励和帮助作家贴近实际，贴近生活，贴近群众，到基层体验生活，开展驻地采风创作活动。"[19]二是明确了创作基地的主要职责：(1)"积极参与地方物质文明和精神文明建设，通过组织作家采风创作等方式宣传推行地方建设成就和优美的风土人情、风景名胜，打造当地文化品牌"；(2)"积极参与本地文学作者的培养，团结和组织广大文学作者开展多种多样的文学创作和交流活动"；(3)"接待区内外知名作家到当地体验生活和进行采风创作"。三是明确了创作基地申报的条件和程序。首先，确立基地申报条件，"建立广西作家创作基地，应具备相当的硬件设施和良好的文学艺术环境条件，在接待安排作家进行基地采风创作和开展文学活动上提供后勤保障和优良服务"；其次，确立了创作基地的工作范围和工作量，"基地每年须接待一定人次的作家采风创作和组织若干次文学讲座、作家笔会等活动"；再次，明确创作基地申报办法，"广西作家基地共建双方协商并确立可行性合作意向后，便可以申报。申报书经广西作协主席团研究审批通过后，双方签订共建协议书，双方联合举行挂牌仪式并向公众媒体发布消息，作家创作基地即告成立"；最后，确立活动报告制度，"广西作家创作基地的各种项目活动都应建立档案和报告制度，对于作家来访、各种文学笔会、讲座等内容信息应及时向当地主管部门和广西作家协会汇报"。可见，这一管理办法其实就是管理章程、管理制度，使创作基地管理有章可循，有法可依，从而使这一活动和工作形式具有制度、体制、机制的保障，并使其制度化、科学化和有序化。

其二，广西作家创作基地的运行机制及其活动方式。广西作家创作基地建立之后，其工作和活动主要通过五方面体现：一是创作基地所在地的当地政府、主管部门及当地文联作协成立办公室，积极加强创作基地软件、硬件建设，政府和单位拨出专款用于创作基地建设，并在接待中努力做好后勤服务工作，尽量提供最佳的采风创作环境和条件；二是广西作协以及各市作协也积极动员、组织、安排作家到创作基地调研、考察、采风以及利用创作假进行创作活动，如 2006 年广西作家杨长勋前往乐业县火卖生态村创作基地进行 6 个月的创作，写出长篇传记文学《余秋雨的背影》，获广西社科优秀成果二等奖；三是广西作协利用创作基地平台召开创作研讨会、座谈会、笔会等，如 2002 年利用资源创作基地平台，广西作协与桂林市作协联合举办盘文波作品研讨会，2006 年桂林市作协利用资源基地举办旅游文学研讨会；四是由广西作协、广西文学院委派著名作家专家前往创作基地开办文学讲习班和文学讲座，如 2008 年鬼子等人前往华锡集团创作基地为厂矿文学青年开设文学讲座，培养文学人才；五是接待来自全国各地著名作家前往创作基地考察采风，每个基地每年都承担了多次接待任务，扩大了创作基地的影响和知名度。

其三，强化了区内外作家与文学青年及其读者群的交流机制。文学创作质量和水准的提高，在一定程度上与文学交流有密切关联。文学交流的渠道和途径多种多样，创作基地就是文学交流的一种重要形式。在创作基地的各种活动中，其实质和内涵都指向文学交流，一方面是作家之间的交流，区内与区外作家之间交流，区内不同地区作家之间交流，派出作家与当地作家之间交流等，有利于在交流中取长补短，优势互补，提高创作质量和水准；另一方面是作家与读者的交流，其意义在于不仅是通过作品交流，而且是作者与读者面对面的交流，更有利于双方的对话沟通；再一方面是作家与当地民众的交流，通过考察调研采风，与当地政府领导、群众有密切的接触，在发掘创作资源的同时也更深入地了解民心、民意、民情，使调研采风效果更有深度、广度和厚度。从这个角度而言，创作基地建立的意义并不仅仅在文学创作，也不仅仅有利于作家，而且在于改革和转换传统的创作机制和模式，在于以文学活动来扩大和延伸传统文学创作的范围和途径，提供文学创作及文学活动更广阔的空间。当然，作家创作的调研采风是根据作品创作的需要而会有不同区域、行业、文化形态的点和面的需求，并非局限于创作基地的几个点上；但不可否认，创作基地作为典范和个案是具有示范作用和普遍性的。况且，作为基地建设，不仅有硬件、软件的环境和条件保障，而且具备稳固性、常态性和有序性，提供调研采风的方便和保障，更重要的是提供文学创作的制度、体制、机制的保障和支持，提供活动平台与活动载体，使活动有序、有效开展和发展。

二、广西作家创作基地建设存在的问题与不足

正如任何新生事物一样，基地有一个发展过程和成熟过程，由未成熟到成熟会存在一些问题和不足，即使经过 10 多年的发展已走向成熟，但也还会有相对而言的不成熟之处。因此，反思和检讨广西作家创作基地建设中存在的问题和不足是十分必要的。

中国作协文学创作基地工作研讨会于 2009 年 6 月 27 日在北戴河创作之家召开，“此次会议就是旨在对中国作协文学创作基地十余年来的发展脉络进行梳理、总结经验、探讨新的形势下文学创作基地的发展方向，调整并规范文学创作基地的建立、运行和管理模式，以建立新的有效的工作机制来激活一些处于‘休眠’、‘半休眠’状态的文学创作基地”[20]。也就是说，中国作协的某些文学创作基地存在着“休眠”、“半休眠”的问题，存在着制度还不太健全、体制还不太完善、运行机制还不太顺畅的缺陷。出席会议的中国作协党组成员、副主席、书记处书记高洪波在讲话中指出：“十几年来，文学事业所处的社会环境发生了很大变化，文学创作基地建立之初的很多思想、想法、条件、方式也要随之调整。在文化体制不断创新的今天，文学创作基地发挥作用的空间还很大，作协、作家在各地方之间通过文学创作基

地这一形式来互取所需，实现双赢的潜力也是巨大的，文学创作基地是一项大有可为的事业。”[21]这说明，随着社会发展，文学创作基地运行机制和活动模式也要与时俱进地改革、调整和创新，才能有效解决问题，弥补不足，不断完善和发展。

广西创作基地，包括中国作协和广西作协的创作基地以及广西各市作协相应在所在县乡建立的市级文学创作基地，主要存在三方面问题：

其一，确实存在不同程度的“半休眠”状态的文学创作基地。广西壮族自治区级以上创作基地有 6 个，市级创作基地也有 20 个以上，处于“休眠”状态的未必有，但处于“半休眠”状态的并非个别，一般都不同程度地处于“半休眠”状态。所谓“休眠”指的是有名无实，徒有虚名形式，而无实际内容，也就是说除了挂牌外，既无组织载体形式，又无活动内容；所谓“半休眠”指的是虽有一些活动，但未达到对创作基地设置时的活动标准与要求；或时有随机性活动，但并未处于正常工作状态；或将工作与活动视为旅游观光接待，并未真正达到创作基地设置的目的，等等，也就是说文学创作基地的活动机制、工作机制以及功能、作用还未充分发挥出来，存在着不同程度的“半休眠”状态问题。这种“半休眠”现状尤其是在市级创作基地表现突出，一些市作协往往是跟风随潮而匆匆未加选择、未讲条件就建立创作基地，并未通盘考虑和计划基地的工作及活动安排，更没有考虑好基地的制度、体制、机制的建立和运行问题，故而未能很好开展基地活动和工作。作为中国作协的广西创作基地和广西作协的创作基地，虽然持续开展一些活动，但也存在着活动次数较少、活动内容较单一、活动质量不高等问题。

其二，确实存在着制度、体制、机制不够健全和完善的问题。广西作协虽出台了《广西作家创作基地建设管理办法》，但作为制度章程而言较简单和粗略，一些细节未能注意到，一些内容也未能展开。如作家申报前往基地采风创作的程序和手续该如何办理；创作基地实质性主体未明确是当地政府呢，还是政府主管部门呢，还是当地文联作协单位；创作基地的共建单位方的作协应提供什么条件和服务也不太明确，等等。也就是说，管理制度还需要有一个实施细则和具体办法以配套说明，使其更具操作性、实用性和科学性。当然，作为市级创作基地，有的也许连管理办法、活动方式、工作章程都没有制定，这就不仅是完善修订的问题了，而且是要认真考虑制度、体制、机制的建立问题了。

其三，工作与活动存在走过场或不讲效果的问题。大部分创作基地的活动与工作效果不甚明显，很难提供作家们在基地采风创作的具体成果和成效材料，尤其是支撑文学桂军崛起、广西文学跨越发展的材料。虽然这两者的关系并非直接的因果关系或立竿见影的实用功利关系，但并非没有联系，也并非没有影响，这足见大部分创作基地的工作和活动成效不大、影响不深、作用不明显。创作基地的工作和活动对于当地作用和影响而言也存在诸多问题：一是作为基地主体的当地承办单位多付出、少收益，这主要从接待所花费的费用而言，对于接待方而言负担太重，倘工作和活动更多，可能付出就更多，这就会形成矛盾或悖论，经费问题不解决，不利于创作基地良性发展；二是创作基地的功能单一而未真正达到双赢效果，也就是作家下到基地为自身的采风创作考虑多，而为当地服务贡献少，对于当地的文学创作和文化发展并未起到多大作用，并未达到基地设置的多重功用的效果；三是作家下到基地应带有一定的责任和义务为当地创作和宣传，尽管这会有实用功利主义之嫌，但既然在当地采风调研，其素材和资源对创作并无用处也很难说得过去，故而为当地服务并非仅仅是做一些文学讲座和辅导，利用当地题材进行创作其实也是一种服务形式。

三、加强创作基地建设长效机制的对策措施

在纪念中国作协成立 60 周年之际，《文艺报》发表社论《全心全意为作家服务》一文，指出：“还要为作家深入生活、向生活学习拓展

渠道。根据作家创作需要，安排他们定向深入生活，沉下去，扎下去，‘打深井’，防止形式主义和走马观花。”[22]作协作为作家之家，就必须全心全意为作家服务，建立文学创作基地就是服务的一种方式和途径，因而办好文学创作基地，是作协义不容辞的责任和义务，必须解决创作基地存在的问题。

中国作协在文学创作基地工作研讨会上，为解决创作基地“休眠”和“半休眠”状态问题，以及不适应社会形势发展的问题，而提出解决办法与对策，这主要从三方面着手：一是明确创作基地性质定位及其不同基地模式类型，“会议确定今后文学创作基地将分为采风式、挂职式和创作之家式三种模式。根据各地不同情况，文学创作基地的建立和管理需要因地制宜，各文学创作基地可根据自身特点，与中国作协重新签订协议，采取不同的合作方式”。二是完善制度、体制、机制，“中国作协创联部根据文学创作基地工作的经验，经归纳和多次研究后，提出了《中国作家协会文学创作基地管理办法》及《中国作家协会文学创作基地协议》（草案）供与会者讨论。此举旨在将今后文学创作基地的建立和管理制度化、常效化”。三是将创作基地作为文化品牌来建设，“应将文学创作基地作为本地区一项重要的文化品牌加强建设，希望中国作协能够加强对文学创作基地的扶植和指导，在每年的工作计划中对创作基地工作要有具体的规划和指导，并通过多种形式加强与创作基地的联系，以此带动各文学创作基地之间的交流与合作”。根据广西作家创作基地建设情况及其存在问题，需要从以下三方面考虑对策：

其一，对现有全国、广西、各市作协建立的创作基地进行调研普查，一方面要考察其存在状态和发展情况、基础设施和基本条件现状；另一方面要考虑它的承载力和承载方式，以便于因地制宜和因材施教，使每个基地具备自身的特色和优势。当然，经过调研和考察，也应对创作基地进行调整，一些不具备条件、不能发挥功能作用的有名无实的创作基地应该取消；一些制度、体制、机制不完善的创作基地应加强管理，限期整改；一些工作卓有成效的基地应加以表彰和宣传。目前广西创作基地分属中国作协、广西作协和市作协三级管理，在管理体制上有所不同，但其管理范围和内容则是一致的，这就需要协调统一，寻找到管理的最佳方式和途径。是否能采用选拔制和逐层递进式的方式来激发创作基地活力，先由市级到自治区级、再到国家级的不断攀升和晋级，以体现级次之间的差别。

其二，建立创作基地的监督、检查、评估制度和机制。对基地工作与活动不仅要有申报制度和报告制度，而且还要有检查制度，对其工作与活动进行监督、检查和评估，在一定时段内组织各基地的评估和评奖活动，评选出优秀基地，以发挥典型模范的示范和辐射作用。这就要求创作基地不仅要开展工作与活动，而且还要有工作与活动效果，还要看创作成效和影响力，使基地建设有目标、标准和指标。

其三，完善创作基地的制度、体制、机制建设。应根据中国作协制订的《中国作家协会文学创作基地管理办法》与《中国作家协会文学创作基地协议》进行广西作家创作基地管理办法的修订和完善工作，同时还应考虑好基地管理的一系列规章制度的建立和建设，考虑基地工作机制和活动机制的建立和建设，考虑基地建设资金落实及投入机制建设，真正实现创作基地在制度创新、体制改革、机制转换上的成效。

其四，充分发挥创作基地的潜能和作用，打造创作基地品牌。当初建立创作基地是基于“依靠各种社会力量建立深入生活机制”的初衷，但随着社会发展和基地发展，其功能逐渐增多，已担负起调研采风，集中创作、研讨笔谈、讲座辅导、对话交流等各种职能，甚至还包括本地文化建设、精神文明建设的功能。这说明，创作基地作为一个平台，确实具有多样综合功能，但创作应该是最本质、最重要的功能；同时，创作基地也还有未充分发挥的潜力，包括创作潜力，这需要勇于探索、勇于创新，将潜力发挥出来，使创作基地功能最大化和最优化。中国作协决心将创作基地建设成为文化品牌的创意构想也值得广西作协学习借鉴，一方面打造创作基地使之成为文学活动品牌，从而能产出文学精品和文学品牌；另一方面也为当地打造文化品牌，使之成为文化建设、精神文明建设的品牌，带动当地社会经济文化发展。

其五，加强创作基地的长效机制建设。长效机制建设一方面能促进创作基地的制度化建设，使其工作与活动机制正常健康运行，也使其制度、体制、机制建设不断完善；另一方面能推动创作基地建设成效不断凸显，具有可持续发展的潜力和后劲。这就需要在创作基地建设的顶层设计，包括指导思想、基本思路、战略发展规划和方针、政策、原则、措施能更贴近现实实际，符合大局全局安排，符合文学活动规律和创作特点。因此，广西创作基地建设一定要从大处着眼，小处着手，不要盲目追求数量，而应该讲求质量；不要好大喜功，而要脚踏实地；不要只注重短期功效，而要注重长远效益。只有建立创作基地建设的长效机制，才能促进广西作家创作基地及广西文学的可持续发展。

潘琦指出："作家体验生活，一要深入，二要身入，三要情入。要打动群众的心坎，一定要首先迈进群众的门槛。我们下到农村，走进社会去采风，要深入到老百姓家里去。是生活滋润了我们的创作，启发我们的创作灵感，使我们产生创作欲望。"[23]确实，"创作要上去，作家要下去"，如何"上去"、"下去"，关键在于建立"上去"与"下去"的渠道和平台，建立文学创作基地，加强文学创作基地的制度化建设，这就是"上去"与"下去"的长效动力机制。

注释：

①蓝怀昌主编:《世纪的跨越——广西文学艺术十三年现象研究》(上卷),15页,南宁,广西人民出版社,2007。

②[德]彼得·比格尔著,周宪译:《文学体制与现代化》,载《国外社会科学》,1998年第4期。

③[加]斯蒂文·托托西著,马瑞奇译:《文学研究的合法化》,33—34页,北京,北京大学出版社,1997。

④[德]彼得·比格尔著,周宪译:《文学体制与现代化》,载《国外社会科学》,1998年第4期。

⑤潘琦:《在广西招聘青年作家签约仪式上的讲话》,《潘琦文集》,第一卷,312页,南宁,广西民族出版社,2011。

⑥潘琦:《在广西招聘青年作家签约仪式上的讲话》,《潘琦文集》,第一卷,314页,南宁:广西民族出版社,2011。

⑦潘琦:《这方水土·序》,冯艺、张燕玲主编:《这方水土——广西签约作家小说精选》,2页,桂林,漓江出版社,2003。

⑧张燕玲:《这方水土(代跋)——广西签约作家作品札记》,冯艺、张燕玲主编:《这方水土——广西签约作家小说精选》,698页,桂林,漓江出版社,2003。

⑨潘琦:《掀起新时期文艺创作的新高潮》,《潘琦文集》,第五卷,323页,南宁,广西民族出版社,2011。

⑩《党和国家领导人论文艺》,86页,北京,文化艺术出版社,1982。

⑪《广西壮族自治区国民经济和社会发展第十一个五年规划纲要》(2006年1月16日广西壮族自治区第十届人民代表大会第四次会议通过)。

⑫潘琦:《文学桂军在崛起·序》,1页,南宁,广西人民出版社,2003。

⑬李建平等:《广西文学50年》,303页,桂林,漓江出版社,2005。

⑭蓝怀昌主编:《世纪的跨越——广西文学艺术十三年现象研究》(上卷),14页,南宁,广西人民出版社,2007。

⑮《广西壮族自治区国民经济和社会发展第十一个五年规划纲要》(2006年1月16日广西壮族自治区第十届人民代表大会第四次会议通过)。

⑯《广西"十一五"时期文化发展规划纲要》,52页,南宁,广西人民出版社,2007。

⑰李长春贺信内容见《纪念中国文联成立60周年大会在京召开》,载《文艺报》2009年7月18日。

⑱毛泽东:《在延安文艺座谈会上的讲话》,《毛泽东选集》,862页,北京,人民出版社,1966。

⑲广西作家协会第七届理事会第三次团体会议通过《广西作家创作基地建设管理办法》。

⑳《文学创作基地要更好地为繁荣创作服务——中国作协文学创作基地工作研讨会召开》,载《文艺报》2009年7月2日。

㉑高洪波讲话见《文艺报》,2009年7月2日。

㉒《全心全意为作家服务——纪念中国作家协会成立60周年》,载《文艺报》,2009年7月14日。

㉓潘琦:《关于文学创作的八个问题》,《潘琦文集》,189页,北京,中国大百科全书出版社,2003。

第三章　广西文学体制改革与建设

文学体制的改革伴随着文化体制改革的步伐不断深化和拓展。文学体制形式主要通过三个渠道来体现：一是由党和国家的行政体制与政党体制呈现的由中央到地方各级党政文艺管理机关，如宣传部、文化部、广电局、新闻出版局等，实施对文艺管理的行政职能；二是由文联、作协等群众团体构成的群众活动组织管理机构，发挥党和国家联系文艺家的桥梁和纽带作用，以实现对群众文艺团体的直接领导、组织和管理的职能；三是由文艺家、作家所在具体单位，包括企、事业及各种不同所有制类型的单位组织机构形式，如出版社、杂志社、报社、演出团体、研究所、高校等。广西文学体制改革和建设集中表现在广西文联、作协及其所属各种文艺家团体、文艺机构的改革和建设上，使文联、作协不仅成为文学之家、作家之家，而且成为文学桂军崛起的前沿指挥所。

第一节　广西作家协会体制改革与建设

广西作家协会是广西各民族作家自愿组织参加的文学专业性群众团体，是广西文联下属 13 个专业协会之一，对广西文学的发展起着重要的作用。广西作家协会坚持党的领导，坚持社会主义文学发展的“二为”方向、“双百”方针，坚持改革开放与科学发展精神，以之作为工作、活动、行为的指导思想及核心价值体系，团结会员，联结社会，凝聚团队，开展活动，以便更好地推进广西文学事业的大繁荣大发展。

一、广西作家协会的成立及基本现状

1949 年 12 月广西全境解放后，广西人民政府正式成立，广西文艺工作者积极参加社会主义建设及其文艺事业建设。在老一代作家周钢鸣、陆地、冯培澜、胡明树、苗延秀等人积极筹备下，1950 年 6 月在南宁成立了广西文联筹备委员会以及文学工作委员会，着手培训作家、筹办文艺期刊、开展文学活动等工作。经过几年时间的筹备和文艺工作的开展，1954 年 5 月，广西第一次文学艺术工作者代表大会在南宁召开，宣布广西文学艺术工作者联合会正式成立。会议选举出以周钢鸣为主席，秦似、李金光、胡明树、林焕平为副主席的文联领导机构。1959 年 3 月广西文学艺术工作者联合会正式改名为“广西壮族自治区文学艺术界联合会”。1959 年 4 月，广西第二次文代会召开。会议期间，同时召开了中国作家协会广西分会第一次会员代表大会，至此中国作家协会广西分会正式成立（1986 年 12 月更名为“广西壮族自治区作家协会”，简称“广西作家协会”），会议选举出以陆地为主席，以苗延秀、贺祥麟、秦似、邓凡平为副主席的领导班子。广西作协分别于 1980 年 1 月、1986 年 12 月、1991 年 3 月、1995 年 5 月和 1999 年 12 月召开了第二、三、四、五、六次会员代表大会。历任主席为陆地、韦其麟、蓝怀昌、韦一凡、冯艺。2007 年 7 月召开了广西作家协会第七次代表大会，会议选举出以常务副主席罗传洲为代表的领导机构，2011 年严风华任主席。

广西作家协会以提高广西文学创作水平，繁荣广西文学事业为宗旨，在中国共产党领导下，以马克思列宁主义、毛泽东思想和邓小平理论为指导，坚持四项基本原则，坚持文艺为人民服务，为社会主义服务的方向，贯彻执行“百花齐放、百家争鸣”的方针，充分尊重文学艺术规律，充分发挥“组织、协调、服务”的功能，团结广西各民族作家进行创造性劳动，发展和繁荣我国的社会主义文学事业，为完成社会主义精神文明建设的根本任务，为把我国建设成为富强、民主、文明的社会主义现代化国家而努力奋斗。

在广西壮族自治区党委的正确领导下，在自治区党委宣传部和广西文联党组的直接领导和支持下，在中国作协的关心指导下，在各市作协的大力支持下，在社会各界的热心帮助下，广西作家协会坚持科学发展观，脚踏实地，尊重艺术创作规律，尊重广大作家的创作个性，以人为本，实施作家签约制度，建立创作基地制度，创办文学院体制，组织“五大战役”的文学桂军崛起行动，实施文学创作人才培养战略，加强作家队伍建设，培育创作团队和领军人物，创造有利于作家及其创作健康成长、脱颖而出的良好环境，广西的文学事业以及广西作家协会的工作都取得了显著的成果，文学桂军崛起成为其标志性成果。

新世纪以来，广西文学创作呈现出生机勃勃的繁荣景象。2000 年到 2007 年 7 月，“据不完全统计，我区作家出版长篇小说 130 多部，中短篇小说、散文、诗歌、儿童文学、报告文学等专集选集 900 多部，影视作品 260 多部(集)”[①]。不少作品在区内外产生重要影响。继东西以中篇小说《没有语言的生活》获第一届鲁迅文学奖后，2000 年鬼子的中篇小说《被雨淋湿的河》又获得了第二届鲁迅文学奖。2002 年鬼子中篇小说《被雨淋湿的河》、黄佩华中短篇小说集《远风俗》和岑隆业、韦一凡的长篇报告文学《百色大地宣言》获得第七届全国少数民族文学“骏马奖”；冯艺的散文集《桂海苍茫》获第八届全国少数民族文学“骏马奖”；东西获庄重文文学奖；2003 年刘春获首届华文青年诗人奖，等等。此外，广西作家冯艺、东西、鬼子、凡一平、沈东子、杨映川、李约热、徐治平、张燕玲等人的作品也入选了年度文学选本或获得各种年度专项文学奖项。

在 2003 年 6 月自治区党委宣传部举办的“广西文学艺术家十三年成果展示会”的 133 名文艺家中，广西作家协会有 24 人入选，是文联系统 14 个协会入选人数最多的实力派协会。从会员数量上看，据 2007 年统计，广西作协会员已发展到 1641 人，其中有中国作协会员 141 人。从年龄构成来看，协会既有宝刀未老的老作家，渐趋成熟的中年作家，崭露头角的青年作家，构成老中青结构合理的文学梯队；从作家民族身份来看，包括广西世居 12 个民族及其他少数民族，尤其壮族占有很大比例，民族区域的民族团结特点鲜明，各民族作家和谐相处，共同繁荣发展；从作家所在区域来看，分布于广西所有市县，并在所有市县都建立了作协组织机构；从文学类型来看，小说、诗歌、散文、影视文学、戏剧文学、儿童文学、报告文学、理论批评等文学类型构成完备；从艺术风格来看，不同的文学趣味、美学取向、文学流派、创作方法等交错共存。广西作协形成了一支结构合理、格局多元、门类齐全、水平整齐的文学创作队伍。

广西作协成立 50 多年来，积极鼓励和帮助作家走进生活，深入群众，汲取创作营养；继承和发扬中华民族优秀文学传统，学习和借鉴世界各国优秀文化成果；坚持文学创作的正确方向，倡导题材、体裁、形式的多样化和多种艺术风格；鼓励作家开拓创新，不断提高作品的思想和艺术水平；加强对理论与评论的引导，提倡和鼓励不同观点和流派的自由讨论，树立实事求是的文学批评风气；尊重少数民族作家及本土文学传统，大力培养少数民族作家与民族文学，加强各民族之间的文学交流，促进民族文学事业的发展。

二、广西作家协会的发展历程及其阶段性

广西文学的繁荣发展与广西作家协会的工作开展紧密相连。广

西作协在贯彻实施“联络、协调、服务”职能时，始终把提高广西文学创作水平，繁荣广西文学事业作为宗旨。广西文学的发展过程中也展现着广西作家协会的成长足迹，其发展历程大致可分为四个阶段：

第一阶段，从广西作家协会1954年成立到“文革”前，这是作协的成立和初步发展时期。1954年正式成立了广西作家协会(1986年改为此名，原称为“中国作家协会广西分会”)，广西作家有了自己的“家”，作协将作家们紧密地团结起来，激发了他们的创作热情。50年代到60年代中期，以韦其麟、包玉堂、陆地、苗延秀等为代表的老一辈作家掀起了民族文学的创作高潮。韦其麟的《百鸟衣》，包玉堂的《虹》，苗延秀的长诗和短诗集《大苗山交响曲》、《元宵夜曲》等在全国形成了较大的影响。1960年，陆地出版反映解放初期广西南部壮族地区土地改革伟大斗争的长篇小说《美丽的南方》；1964年，刘玉峰描写广西解放初期剿匪斗争的长篇小说《山村复仇记》，二者开创了广西长篇小说的创作先河。

第二阶段，为1966年6月至1978年底，即“文革”十年加“两个凡是”的两年。“文革”开始，陆地等作家遭到了批斗迫害，《刘三姐》、《美丽的南方》、《大苗山交响曲》等作品遭到不公正的大批判。广西文联和作协都受到了冲击，协会机构被破坏，创作人员解散下放，工作处于瘫痪状态。这一时期较有价值的文学成果主要是部分老作家在艰难痛苦的环境下进行“地下”写作及研究活动，如秦似的旧体诗写作，林焕平的马克思恩格斯文艺理论著述的编选等。“文革”结束后，“两个凡是”仍束缚着作家们的创作自由。到1978年3月，经广西壮族自治区党委批准，广西文联和各协会的工作才开始恢复。同年5月，《刘三姐》、《美丽的南方》、《元宵夜曲》等八个优秀作品获平反。广西作家协会的工作和广西文学的发展开始踏上了新的路程。

第三阶段，为新时期的1978—1989年。这一时期广西文学在拨乱反正中得到了全面复苏，走进了解放思想、重整旗鼓发展的新时期。广西作家协会通过工作开展及其对创作全力支持，促进着广西文学的进展。1980—1990年，以陆地、武剑青、黄继树、蓝怀昌、韦一凡等和一批以“百越境界”作品为标志的青年作家群创作活跃，文学禁区被打破，不同题材、不同文体、不同风格的作品相继问世。1979年王云高、李栋的《彩云归》获全国第二届优秀短篇小说奖；1980年陆地的长篇小说《瀑布》等作品获第一届全国少数民族文学创作奖；《失去权力的将军》、《第一个总统》等作品获第一届广西文艺创作“铜鼓奖”。青年作家步入文坛，文学活力开始显露，文学批评初露锋芒，逐步成为广西文学发展中的骨干力量。这批作家有聂震宁、黄佩华、潘大林、常弼宇、凡一平、杨克、梅帅元、林白、黄神彪、黄琼柳、张丽萍等。他们的作品具有时代的特征和独特的追求，充实和丰富了广西文学的力量。

第四个阶段，为1990—2010年，即20世纪90年代以来的二十年。这一时期出现了以文坛新桂军的形成为标志的创作高潮。文学新桂军，最初特指1949年以后出生、90年代活跃于文坛的青年作家，“以后的研究和述评常常将90年代仍活跃在文坛的1949年以前出生的中年作家一并纳入，逐渐通称为‘文学桂军’”[②]。1994年在南宁召开的青年作家创作研讨会，展示出了青年作家群体的实力及其文学桂军集结的信号。1996年7月，广西壮族自治区党委宣传部召开了广西青年文艺工作者花山文艺座谈会，形成了广西文艺发展的总体思路以及“三大战略”、“五大战役”及其作家签约制等的策划与规划。1997年正式实施作家签约制度，一批颇有创作实力与潜力的青年作家通过这一平台；同时这一平台也以制度创新、体制改革、机制转换、政策保证的方式提供了作家及其创作的物质与精神及时间的保障。此后，广西作协组织实施广西文学发展的战略规划，文学桂军迅猛崛起，以东西、鬼子、李冯、黄佩华、海力洪、凡一平等的创作为代表，作品《没有语言的生活》、《被雨淋湿的河》、《唐朝》等在全国形成重大冲击波，文学桂军的领军人物东西、鬼子、李冯被称为“广西文坛三剑客”，享誉全国。

广西作家协会自成立以来，解放思想，与时俱进，勇于探索，真抓实干，作协的工作紧紧围绕文学事业的进步而开展，作家队伍实力增强，广西文学整体实力与创作水平逐渐得到了提高，文学桂军的实力和影响力得到扩张，正如冯艺所言"成为中国文坛一处不可绕行的文学景观"[③]。

三、广西作家协会工作活动的长效机制建设

作为群众性专业组织机构的广西作家协会，协会日常事务工作与组织领导协会开展活动工作紧密联结，日常事务工作必须服务于开展活动工作，或者说以更好开展活动工作为宗旨。因此，作协工作一方面必须确立服务、支持、帮助的思想，另一方面必须确立组织、管理、指导的思想，真正使作协不仅成为作家之家，而且还必须成为创作活动的平台与首脑。作协必须建立起协会工作与作家活动、创作活动、文学活动的联动机制、工作机制与活动机制，以此为动力推动和促进工作活动的开展以及文学发展；同时，作协还必须不断加强工作活动机制建设，既使其保持机制运行的活力与动力，又使其在运行中不断调整、补充与完善。广西作协主要在以下方面建立了工作活动的长效机制。

其一，建立起作家深入生活的调研采风活动机制。文学与生活有着紧密联系，生活是文学创作的源泉与素材来源，文学必须贴近生活、贴近现实、贴近人民群众，因此，创作要上去，作家就要下去。为此，广西作协一直都在考虑如何建立深入生活的长效机制问题。一是建立文学创作基地，广西作协协同中国作协在广西建有南丹、贺州、资源三个创作基地；广西作协也从 2006 年开始陆续在区内各地建立了乐业县火卖生态村、凌云县万亩茶园、华锡集团三个创作基地。至此，广西区内已拥有 6 个文学创作基地以及 20 多个调研采风点。创作基地一方面提供作家创作、改稿、研讨的平台；另一方面提供作家深入生活、调研采风的平台。文学创作基地的建立与建设提供作家创作与采风的生活条件与物质精神条件，大大激发了作家创作的积极性，也使"三贴近"原则得以有效落实，可谓建立了作家深入

生活、调研采风活动的长效机制。二是建立作协与基层单位共建机制，既有对口扶贫、对口支援、对口共建单位，也有合作、协作单位，在合作共建中提供作家创作及其调研采风的经费和物质、时间保障，予以创作动力与压力的同时，也予以一定的鼓励与激励，使作家能够利用经费与时间安排创作及其调研采风活动。三是以作家挂职、兼职、驻校的方式深入基层，成为挂职作家、兼职作家、驻校作家以及受聘高校作为兼职教授、特聘教授，给作家创造更多、更丰富的深入生活的机会。四是以作协组织活动的方式大力鼓励和倡导作家走出书斋、深入生活、感悟人生。在作协组织与倡导下，作家纷纷深入广西边境建设大会战、龙滩水电站建设工程、北部湾经济开发区、广西桂海高速公路建设、南昆铁路建设等重点建设开发区以及农村、学校、军营体验生活，采写报告文学。同时还开展了形式多样的调研采风活动。2003 年 2 月，作协组织作家利用春节休假期间前往那坡黑衣壮地区进行考察采风；2003 年 8 月，作协组织一批作家分赴广西的花坪、猫儿山、姑婆山等国家级或自治区级自然保护区和森林公园进行采风；2007 年上半年作协组织参与“唱响北部湾——百名文艺家采风活动”等。据统计，2000－2007 年，“广西作协、文学院共组织作家开展区内各种采风活动 18 次，参与人员 386 人次”④，为文艺家营造了体验生活和调研采风的良好环境。作家们的足迹遍布八桂大地，创作出一批反映现实生活与时代发展的好作品。

其二，建立作家签约制的文艺创作制度与机制。在自治区党委宣传部及广西文联的指导下，广西在全国率先实行作家签约制，具体由广西作协率先实施，然后逐步推广到各协会艺术家。从 1997 年首届作家签约制实行至今，已形成一整套规章制度与措施办法，取得行之有效的显著效果与业绩。其作用意义在于：一是以签约制度的方式大大强化了创作机制，签约形成的动力与压力有利于快出成果，早出成果，出好成果；二是有利于培养创作人才及培育创作团队与领军人物，签约作家至今近百人，大都成为文学桂军的骨干与核心人物，在全国文坛颇负盛名，因此，作家签约制是人才与成果的孵化器、推进器与加油器，是文学桂军崛起的重要推力；三是有利于建立创作的竞争机制与激励机制，也有利于促进文学的个性化与多元化的艺术追求，在作家间形成良好的文学环境与创作风气，强化作家的责任感与使命感；四是为作家提供创作所需的优良环境与条件，作家在一定的物质、精神、时间、经费保障下，能够安心创作，解除后顾之忧；五是具有制度创新、体制改革、机制转换、政策调整的意义，加强广西文学制度化建设的长效机制，有利于文学桂军崛起及广西文学突破性与持续性的科学发展。因此，作协实施作家签约制既是协会工作制度机制的改革与创新，也是创作活动制度机制的改革与创新。

其三，建立广西作协评论委员会的工作机制，推动了作家研究、作品评论活动的开展。尽管在广西文联系统中还有专门的文艺理论家协会，主要负责文艺理论与批评工作及开展文艺理论与批评活动；但在作协内部也需要以文学评论作为文学创作与作品的评价机制，以便直接与作家作品面对面交流，有利于创作水平提高与作品质量水准提高。推选作家作品参加文学评奖方面，作协积极推荐我区优秀作品参评茅盾文学奖、鲁迅文学奖、全国少数民族文学“骏马奖”、庄重文文学奖等全国性文学评奖，并取得了较好的成绩。参与组织广西文艺创作“铜鼓奖”文学类作品的申报评审工作，组织评选各届广西青年文学“独秀奖”。为使这些工作顺利完成，作协主席团和驻会工作人员付出了辛勤的劳动。针对广西文学的特点，广西作协组织和参与了多种多样的文学评论与研讨活动，特别注重具有地域与民族特点的作家群现象，先后举办和协办了“相思湖作家群现象”研讨会、“桂西北作家群”研讨会、“仫佬族文学”研讨会、“天门关作家群”研讨会、“独秀作家群”研讨会等大型文学研讨会。同时，也加大了对广西现当代文学发展史的研讨活动，先后举办了“广西文坛新桂军回顾与发展”研讨会、“《广西文学 50 年》出版座谈会”、“新世纪中国散文走向暨《广西散文百年》”研讨会等。更多的是举办作家作品研讨会，对广西著名作家陆地、林焕平、潘琦、蓝怀昌、东西、鬼子、凡一平、黄佩华、黄继树、龚桂华、光盘、刘春、杨映川、贺晓晴等作家作品进行专题研讨，同时也通过评论、宣传、新闻等方式积极推介，强化了文学批评的评价推动作用。

其四，建立文学交流沟通机制。文学是需要在交流中发展的，交流才能取长补短，互通有无，才能进步发展。广西作协作为地方性与群众性专业协会确实缺乏行政机构单位与外界交流沟通的渠道与机制，比较多的是在协会间垂直关系与横向关系上进行有限的交流，这在一定程度上限制了视野，有碍于文学发展。改革开放打开了现代化与全球化视野，广西文学也应该具备跨地域、跨民族、跨专业视域，进行更为广泛的交流，以促进发展。广西作协建立了对外交流机制，先后与美国、澳大利亚、日本、德国、越南、瑞士、俄罗斯等国，以及中国香港、澳门、台湾作家进行文学交流。如作家东西、黄佩华等先后参加中国作家代表团，赴蒙古国、美国等国家访问；蒙古国、越南胡志明市作家代表团相继访问广西；2003 年，广西作协与中国作协外联部联合在南宁举办了台湾作家杨逵的作品研讨会，等等。更多的是通过“南博会”、“民歌节”平台与东南亚各国进行文学交流。同时，广西作协还积极开展与其他省市作协间的交流，曾赴江西、云南、贵州、广东、湖南、安徽等地开展了学习交流活动。更多的交流方式是通过主办、协办会议与研讨会，以及作家参加全国及各省市会议与研讨会的形式进行文学交流。广西作协还与一些国家、地区、省市的有关机构单位签订友好合作的协议，为交往交流创造了有利条件。

广西于 2006 年 6 月在北京举办的“2006 北京 · 广西文化舟”活动，是广西文化发展史上值得铭记的一页，也是广西作协历史上具有重大意义的一页。6 月 12 日，在北京大学隆重举行“2006 北京 · 广西文化舟”六大主题之一的广西文化名人在北京高校演讲活动的启动仪式和文学研讨会。广西作家东西、鬼子、凡一平、张燕玲在北大演讲并进行了文学交流，在展示和研讨文艺桂军的成长历程时，广西作家与北大学者深度研讨广西及中国文学的热点问题。广西作家走进北大校园活动取得了圆满成功，广西文学在北京形成一定的影响，在全国文坛也引起较大反响。此次重大活动的成功，获得广西壮族自治区党委、政府的高度评价，也进一步扩大了广西在全国的影响力，这其中也包含广西作家、广西作协的一份功劳。

作协作为从苏联学习借鉴的一种文学组织形式在中国发展已有60多年，在其风风雨雨的艰难曲折发展历程中，有成功也有挫折，有优点也有缺点，有经验也有教训，但一路走来始终坚持正确的方向与导向，坚持文学理想与文学精神，建立起具有中国特色的、遵循文学发展规律的、符合中国国情的、作家及人民群众欢迎的作协制度、体制、机制；尽管还会存在某些制度性缺陷、体制化毛病以及这样和那样的问题，但都可以通过社会主义制度的优越性进行改革调整，通过作协建立起制度化建设的长效机制来不断完善，也通过作协的制度、体制、机制不断推动文学的运行和发展。

第二节　广西文艺理论家协会体制改革与建设

文艺理论和文艺评论是文学事业的重要一翼。文学建设发展必须依靠文艺理论作为支撑和引导。广西文艺理论建设有一定的历史，早在抗日战争时期，就有一大批文化人、文艺家云集桂林抗战文化城，其中不乏文艺理论家、评论家，如茅盾、欧阳予倩、洪琛、谭丕模、赵家璧、马相伯等名流，还有本土名人龙廷霸、阳太阳、冯振、林焕平、周钢鸣、秦似等，为抗战文艺及其理论批评作出重要贡献。新中国建立后，在第一代老一辈理论批评家带动下，继而第二代理论批评家涌现，如贺祥麟、王弋丁、黄海澄、江建文、江业国、陈学璞等在广西文坛上颇有理论批评建树。新时期以来，第三代理论批评家崛起，如王杰、李建平、容本镇、张燕玲、袁鼎生、黄伟林、张利群、张柱林、刘春、黄晓娟、刘铁群等构成广西文艺理论批评队伍，使广西文学桂军更为整齐雄壮，理论批评蓬勃发展。

1995年12月6日，广西文艺理论家协会成立，广西文艺理论批评队伍通过这一组织形式联结为整体，更加凸显出文艺理论批评在文艺事业中的位置，也更加促进了广西文学及其文艺理论批评的发展。

一、广西文艺理论家协会的建设和发展历程

广西文艺理论家协会是广西文联所属13个协会中最年轻的一个协会，1995成立时仅有会员150人。第一届主席陈运佑，副主席彭洋、江建文、李建平、陈学璞、杨炳忠、张燕玲、林建华、唐正柱、蒙海宽；第二届主席为王杰，第三届现任主席为容本镇。广西文艺理论家协会的主要职能是做好“联络、协调、服务”工作，努力为会员的学习、研究、活动、交流展开工作，并为理论批评家出版发表成果创造有利条件。就其联络功能而言：在贯彻执行上级领导管理部门与广西文联交代的工作外，与中国文联理论研究室有垂直的业务联系，受到其指导与帮助；与各省市、自治区理协保持横向联系，经常开展与兄弟省市的理论批评交流活动；与广西各市理协有业务指导联系，支持帮助其开展各项活动，积极扩大对外交流渠道，借助“南博会”与“民歌节”平台扩大与东南亚、港澳台联系，等等。就其协调功能而言：积极与广西文联下属其他协会保持经常性工作协调关系，做好协会间的联动工作与合作开展活动；积极搞好上下内外协调关系，作为上传下达、左右沟通的平台与枢纽；积极与社会各界联络沟通，做好协会与社会各界协作、合作工作，扩大协会活动的社会资源渠道，协调社会关系，争取社会支持帮助，等等。就其服务功能而言：积极做好协会会员的组织联络工作，积极发展会员；积极培养文艺理论批评人才，培育学术团队及其骨干和领军人物；为会员在活动、写作、研究、交流以及出成果等方面创造有利条件；组织举办文艺理论批评讲习班、训练班和研讨会，提高理论批评素质能力；积极承办、主办与协办各种理论批评会议及作家作品研讨会，以活动方式开展协会工作；积极组织会员申报项目、奖项、评优以及开展表彰活动，激励和鼓励会员进

步，等等。理协的协会功能发挥越好，其工作与活动开展越好；协会越是积极为会员工作和服务，越能使理协真正成为会员之家。

广西文艺理论家协会自成立以来，组织广大文艺理论批评家积极开展学术讨论和理论批评活动，发挥文艺理论批评对文学的指导、引导、评价作用，体现弘扬主旋律与提倡多样化的原则，推动广西文艺事业蓬勃发展。近年来，广西文艺理论批评家在马克思主义文论批评研究、毛泽东文艺思想研究、邓小平文艺思想研究以及党的文艺方针政策研究上卓有成就；在广西文学传统研究、桂林抗战文化城研究、当代广西文学研究、文学桂军研究以及广西作家作品研究上成绩斐然；在积极配合文学桂军崛起进行及时性、现场性、互动性评论上成效显著。广西文艺理论批评在推动文学发展的同时，也推动了文艺理论批评发展。

广西文艺理论家协会的会员分布在全区各地和各个行业。他们有着不同的职业和身份，但都从事着共同的事业：文艺理论批评。在协会组织和会员努力下取得了丰硕的成果。据统计，21 世纪以来，广西文艺理论家协会会员出版的专著、专集、译著等达 100 多部，发表论文上千篇。在这些成果中有一大批获得了广西文艺创作（理论）“铜鼓奖”、广西社会科学优秀成果奖、中国文联文艺评论奖、全国少数民族文学“骏马奖”等奖项。这些成果主要有：彭会资《民族民间美学》、江建文《美的解读》、《文艺美的拓展与超越》、黄健《出版产业论》、张利群《辨味批评论》、《批评重构——现代批评学引论》、杨长勋《余秋雨的背影》、江业国《生态技术美学》、袁鼎生《西方美学主潮》、《审美生态学》、徐治平《中国当代散文史》、《广西散文百年》、李建平《广西文学 50 年》、覃可霖《写作思维理论研究》、王志明《文学时空探索》、廖明君《壮族自然崇拜文化》、马树春《中国当代流行歌曲的文学阐释》、黄伟林《中国当代小说家群论》、《转型的解读》、黄晓娟《雪中芭蕉——萧红创作论》、容本镇系列论文《张承志小说论》、唐正柱《谈诗》、黄秉生《壮族文化生态美研究》、黄海澄《全球化语境下的文化——价值选择》、王杰和海力波《审美人类学与马克思主义美学的当代发展》、胡大雷《关于传统文论的特质及当代化的理论思考》、银建军《文艺想象与科学想象的创新功能》、陆卓宁《四论海峡两岸当代文学发展流变的殊途同归》、刘新《现代油画家普遍走向艺途滑坡现象分析》、危磊《大团圆——审美心理成因新探》、《中国艺术的尚圆精神》、农冠品《钟敬文与刘三姐研究》、魏天祥《九十年代文艺新变化研究》、王建平《广西影视剧产业现状与发展研究》、朱寿兴《美学的实践、生命与存在——中国当代美学存在形态问题研究》等等。[5]此外，张燕玲、张萍主编的《南方论丛》，推出了一批有分量的广西批评家论著，包括江建文《美的解读》、黄伟林《文学三维》、朱慧珍《民族文化审美论》、徐治平《散文春秋》等，该丛书是继 1998 年《评论家接力丛书》之后，广西推出的又一套文艺批评丛书，在一定程度上展示了广西批评家的阵容与实力。其中《南方批评话语》收录了一至三届“广西文艺评论奖”获奖论文及部分有代表性的广西评论家的论文。2011 年，广西理协组织《广西当代文艺理论家丛书》第一辑 20 卷，集中展示广西当代卓有成效的 20 名文艺理论批评家的代表性成果，这是广西文艺理论批评整体实力及其理论批评桂军集结的体现。此外，还有李建平对抗战文学和广西当代文学史的研究，黄伟林对当代作家作品的研究，唐正柱对诗歌理论的研究，张利群对现代批评学理论的研究，容本镇对少数民族文学和相思湖作家群的研究等，这些文艺理论家都在各自的研究领域里显示出自己独到的见解与才智。其中唐正柱、张燕玲、李建平、黄伟林因成绩显著，2006 年被自治区人事厅记授“广西文联系统二等功”。

在项目课题研究方面，广西理协会员非常重视整合资源和组织集体力量开展项目课题研究，并取得了许多重要成果，如协会主持的广西文联重点课题研究“世纪的跨越——广西文学艺术十三年现象研究”，“广西文学艺术六十年”等；李建平主持的国家社科项目“文学桂军论——经济欠发达地区一个重要作家群的崛起”、“桂林抗战文化城期间的艺术研究”，广西重点社科课题“广西文学 50 年”等；张利群主持的国家社科项目“文化转型中文学批评的理论与实践”、“社会主义市场经济与文学批评发展”、“文学批评核心价值体系构建及其评价制度研究”等；徐治平主持的广西重点社科课题“广西散文百年”等。项目在选题上都具有开创性价值和意义，填补了广西本土文学艺术研究相应领域的空白。

广西文艺理论家协会在新世纪多元共存的文艺理论研究和文艺批评实践中，已经确立了协会的地位和影响，老一辈文艺理论批评家宝刀未老，新作迭出，如黄海澄、梁超然、陈运佑、江建文、陈学璞、农学冠、朱慧珍等；中年文艺理论批评家也逐渐显示出了实力与影响力，如王杰、李建平、张燕玲、容本镇、袁鼎生、黄伟林、张利群、黄祖松等；青年文艺理论批评家继往开来，后浪推前浪，如李江、单晓溪、张柱林、刘春、黄晓娟、刘铁群、高蔚等。广西理协已形成老中青梯队合理、结构合理、专业性强、高学历、高职称的队伍。

广西理协还充分利用广西文联主办的区内唯一文艺理论批评期刊《南方文坛》作为平台与阵地，在扩大广西文艺理论批评影响力的同时，《南方文坛》也在全国文坛扩大了影响力。主编张燕玲成为近十年中国文坛许多重要文学活动和奖项的参与者，包括两届茅盾文学奖评委、一届终评委。张燕玲主持《南方文坛》工作后对其进行大刀阔斧的改革，取得了明显成效。《南方文坛》进行改版之后，在文学理论批评阵地坚守和文学精神弘扬的办刊宗旨定位上，充分显示出一个理论批评家固有的情怀胸襟与宽阔深远的视野，《南方文坛》不仅造就了广西理论批评队伍活动的平台，而且成为全国文坛最为活跃的理论批评阵地，展示了南方批评的信念、智识、品质和活力，改变了中国南方文学批评格局。它“集结起一支有生气的批评力量，催生了中国新生代批评家的成长与成熟，成为公认的中国当代文学一大批评重镇”⑥。《南方文坛》为文学桂军的崛起出谋划策，邀请了全国著名文艺评论家召开“广西三剑客创作研讨会”，高度评价东西、鬼子、李冯的创作及作品，及时推出了“广西文坛三剑客”的广西品牌，在全国文坛形成重要影响。也正是因为有了《南方文坛》的关注焦点，广西文学批评与创作的声音常常能在第一时间被文坛所关注。

二、广西文艺理论家协会的工作活动机制建设

广西文艺理论家协会一直关注广西文学发展的新趋势、新现象和新成果，并提高评价起到重要的引领和促进作用，对文学桂军崛起及广西文学发展具有推动意义。理协工作活动机制既推动了理论批评活动运行与发展，又推动了广西文学活动运行与发展。

其一，策划组织各种推进广西文学发展的研讨活动，以强化理协工作机制与活动机制。理协先后策划组织或参与组织了许多有影响的文学现象研讨会。如"相思湖作家群现象研讨会"，"桂西北作家群研讨会"，"广西女作家创作研讨会"以及东西、鬼子、凡一平、龚桂华、杨映川、贺晓晴、光盘等作家作品研讨会；先后举办"林焕平文艺思想研讨会"，"新世纪中国散文走向暨《广西散文百年》研讨会"，"黑衣壮文化保护与开发座谈会"，"广西文学艺术十三年现象座谈会"等。近年来随着东盟博览会永久落户广西首府南宁，理协又乘着"南博会"的风帆，多次合作举办中国—东盟文化发展论坛及东南亚各国文学研讨会，大大促进了中国与东盟国家的文化与艺术交流；随着北部湾大开发国家战略的实施，理协与其他协会、学会合作举办多次北部湾发展论坛、北部湾文化产业发展研讨会、北部湾文学研讨会等；借助南宁国际民歌艺术节平台，理协还策划组织了多次"民歌节"研讨会、广西民歌文化研讨会、文学与民歌关系研讨会等，推动了南宁国际民歌艺术节系列研究。这些研讨会的导向与特点在于：一是将文学研究视角聚焦重大文学活动及其重要作家作品，以其更好地抓住重点突破的关键所在，有利于推出领军人物和标志性作品；二是将文学研究与文化研究紧密结合，有利于文学深度发掘本土文化、传统文化、民族文化资源，也有利于夯实广西文学的文化根基与文化底蕴；三是将研讨会与出成果紧密结合起来，通过研讨会组织会员撰写论文及评论，获得双赢与多赢的综合效应；四是通过研讨会发现人才并培养

人才，在推进文学人才产出的同时，也推进理论批评人才的产出；五是借助研讨会活动集结队伍，凝聚力量，以活动方式加强理协工作机制与活动机制，在活动中增强协会活力与影响力。

其二，建立与健全文艺评论的评奖制度，以强化竞争机制与激励机制作用。自2000年起，为了充分调动广西文艺理论家和评论家的积极性和创新性，奖励我区的文艺理论评论人才，广西理协连续主持了六届“广西文联文艺评论奖”评奖活动。评奖活动每两年一届，范围包括文艺理论、文艺评论论文。评奖程序采取个人申报与协会推荐结合的申报程序、专家评选程序、组织机构领导小组审批程序、公示与公布程序以保证合理性、合法性与公正性；评奖结果分为一、二、三等奖的不同层次，然后上报一、二等奖申报中国文联文艺评论奖。广西理协历届评奖活动共评出了三等奖以上的优秀评论60多篇，获得中国文联文艺评论奖二、三等奖8篇。由于组织工作出色，2005年广西理协被中国文联授予组织工作奖。理协并针对四年一届的广西文艺创作(理论)“铜鼓奖”的评奖活动组织申报工作，也采取个人申报与组织推荐相结合的方式申报，然后由理协组织专业评审组评选，最后再由评奖领导小组评定。“铜鼓奖”评奖范围包括文联下属的13个协会，因此每届文艺理论批评成果获奖名额仅仅几个，从1989年至今，20多年共评出六届，文艺理论获奖成果仅为23件，可谓精挑细选的结果，其含金量不言而喻。广西理协这些评奖活动的意义在于：一是以评奖作为一种评价机制，对文艺理论批评成果进行评价或再评价，通过评价机制推动广西文艺理论批评发展；二是通过评奖强化竞争机制与激励机制，调动会员参加活动及潜心创作的积极性与主动性，发挥获奖成果的鼓舞、鼓励、激励作用；三是评出精品，树立品牌，力争上游，做好表率，通过获奖成果树立理协及其文艺理论批评家形象，有利于产出广西文艺理论批评的标志性成果；四是在一定程度上体现出广西理协工作活动成效与业绩，有利于建立起协会制度化建设的长效机制，也有利于制度创新、体制改革、机制转换、政策调整，形成协会管理与工作的特点和优势。

其三，扩大理协工作思路与活动视野，强化理协的社会影响力。广西理协在做好本职工作的同时，也将工作活动的视野与研究视角扩大到社会文化更大的范围。新世纪以来，理协在自治区党委宣传部与广西文联领导下，积极参与广西文化建设的各项活动，如组织会员参加对广西桂北文化、西江文化、红水河文化、北部湾文化、刘三姐文化、花山崖壁画的社会考察与文化调研活动，并撰写调研报告与研究论文，出版广西文化研究系列丛书。

近年来，广西理协积极参与桂学研究工作与活动，在广西文联主席潘琦领导下，以广西理协为主干队伍成立了广西桂学研究会，学会成立一年来在报刊上发表桂学研究论文 20 多篇，出版《桂学研究序论》一书，计划出版大型丛书《桂学文库》，在学界以及社会各界引起重大反响。

2006 年 6 月，自治区党委政府首次在北京举办阵容强大的“2006 北京 · 广西文化舟”活动。协会主席容本镇担任组委会办公室主任兼文学组副组长，参与筹备和组织了“广西文化舟”的相关活动。协会副主席、《南方文坛》主编张燕玲作为参加“广西文化舟”活动的广西文化名人之一，在北京大学等著名学府与首都高校师生进行了座谈对话。介绍和宣传了广西文学艺术取得的成就以及丰富多彩的广西民族文化。理协在这次“广西文化”进京活动中起到了重要的组织作用。同时协会还有不少会员以专家学者的身份，应邀参加了许多重要的研讨会、座谈会、学术沙龙等活动，树立了广西文艺理论家良好的学术形象。

在推进建设富裕文明和谐新广西的历史进程中，自治区党委、政府十分重视文化建设，提出了建设文化广西的发展战略，并出台了《自治区党委、自治区人民政府关于建设文化广西的决定》，制定了《广西“十一五”时期文化发展规划纲要》。广西理协会员们也积极参与到广西文化建设的策划与研究中，为广西文化建设贡献自己的力量。许多文艺理论家积极参与了广西文化建设活动，并取得了重要成果。尤其是在文化事业、文化产业、文化体制改革对策性应用研究方面，理协会员起到了积极作用。李格训、唐正柱、陈巧燕、石才夫等直接参与了广西“十一五”文化发展规划、自治区人民政府《关于加快文化建设的若干政策》等重要文件的起草制定工作；王杰、李建平、张利群等承担了广西重大招标项目“广西文化体制改革对策研究”重大课题；陈学璞、李建平、王建平、唐春烨等参加了重大项目《广西大百科全书》的编撰工作，等等。理协会员在推动广西文化的建设和发展中起了积极的作用。

理协会员还结合专业、专业特点，依托单位工作的文化阵地或学术阵地，大力宣传和推动广西文化建设，打造广西文化品牌。协会副主席黄祖松负责的《广西日报》综合副刊，张燕玲主编的《南方文坛》，廖明君主编的《民族艺术》等都发表了大量有关文学艺术和文化研究方面的文章。其中黄祖松负责的《广西日报》综合副刊，多次就广西文化建设问题召开专家座谈会，并整版推出专家的发言。2006 年 8 月 30 日举办的“文化建设九人谈”两次座谈会的发言，“分别被北京、上海、广东、香港等多家网站转载，在国内外都产生了较大的影响”[7]；2007 年 11 月 27 日，理协又联合广西日报社综合副刊部，举办了以“从山到海——广西文化战略转移”为议题的文化建设十人谈，分别是：黄祖松、容本镇、李建平、江建文、彭匈、南北、彭洋、王建平、刘绍卫、唐春烨。十人中有七人为理协领导及会员。他们利用自己的专业知识推动了广西文化建设，体现了理论批评家关注现实、贴近时代的自觉性和使命感。此外，被誉为“中国文坛批评重镇的《南方文坛》”，一直以敏锐的触角站在中国文学批评的前沿，并借助自身的影响力，在当代文学的宏观背景下热情关注和推介广西文学，为把文学桂军整体推向全国作出了贡献。

其四，加强自身队伍建设，注重培养青年理论批评家与文学新人。广西理协自成立以来，始终将人才培养，尤其是青年理论批评家与文学新人培养纳入工作范围。首先，理协会员大都在高校工作，承担着教书育人的任务，不少人还担任博士生、硕士生导师，在他们的悉心培养和潜移默化的影响下，许多学生与文学青年都有了显著的进步，在文学创作、理论研究和文学批评方面显示出实力与潜力。近年来颇受文坛关注的广西民族大学“相思湖作家群”，一方面指称曾经就读于该校、并深受该校文学教育培养的、活跃在文坛的作家群；另一方面指称该校师生组成的、具有该校文学教育传统与特点的、活跃在文坛的作家群。其实两者都统一在该校文学教育传统及文学人才培养成效上。该校文学教育与人才培养取得成效的一个重要原因在于，该校原副校长容本镇为广西理协副主席，还有副校长袁鼎生，文学院院长黄晓娟，原院长、现任艺术学院院长陆卓宁，教师徐治平、朱慧珍、李启军、张柱林、范秀娟等，以及一批青年教师均为作协、理协会员，他们专注于与执着于对文学及文艺理论批评的追求，通过文学教育与文学活动精心培养人才。其中有的学生在校期间就出版了诗集，如肖潇的《一个人过冬》、侯珏的《在水上》；黄玲娜、周收的诗歌作品被选入《2006 年中国最佳诗歌》和《2006 中国新诗年鉴》，还有一些学生在校期间就发表了不少作品；毕业后继续从事文学创作、批评、研究者也大有人在。其次，理协组织活动，在重点研究和评论重要作家作品的同时，对新人新作也投注热情的目光，积极鼓励青年作家创作，为其撰写评论进行分析评价，或为其作品写序予以推荐。此外，评论家与青年作家及文学青年共同举办文学沙龙，如 2006 年 5 月在北海举行的“广西青年作家与批评家面对面交流会”；2007 年 1 月在南宁举办的“青年作家评论家论坛”等，这些活动对青年作家和评论家都起到了鼓舞和鞭策作用。[8] 最后，积极加强和发展市级文联的文艺理论工作，继玉林市、贵港市后，桂林、防城港市于 2006 年 9 月也分别成立了市级的文艺理论家协会。市级理协举办的作家作品研讨会、文艺理论批评研讨会、区域文学发展研讨会等都得到广西理协的支持帮助，经常派出领导、专家前往指导，促进各市理协工作活动开展。

三、广西文艺理论家协会体制、制度、机制改革

广西文艺理论家协会在十多年的发展历程中，队伍越来越壮大，实力越来越强，影响力越来越大，在各方面都取得了显著的成绩，充满了奋发进取的朝气与活力。随着社会时代发展以及广西文学的跨越式崛起，一些制度、体制、机制原有的制度性弊端与体制化问题逐渐显露，同时也会在发展过程中产生新的问题与矛盾，这就需要我们清醒地看到存在问题与不足，需要建立起协会工作活动制度化建设的长效机制，需要进一步解放思想、改革开放，继续创新制度、改革体制、转换机制，使之更吻合科学发展规律与协会工作实际。

其一，尽管相对于自身发展而言，理协工作很有成效与进步；但从全国大背景看，广西文艺理论批评工作还显得相对薄弱，整体水平有待进一步提高。这从往年的年度“中国文联文艺评论奖”获奖情况可以体现出来。广西理协成果在全国性专业评奖中不仅数量偏少，而且获奖等级偏低，总数不足十项，多在三等奖，二等奖较少，一等奖没有。这就反映出广西理协在全国各省市理协中处于较后的地位，文艺理论研究和文艺评论的总体实力与水平还是比较弱。这就需要广西理协积极采取应对措施，不仅需要进一步加强评奖活动的组织工作、发动工作和选拔工作，强化评奖意识与评价机制；而且更为重要的是加强队伍建设，培养人才和培育团队，创造更有利于领军人物与精品成长的环境与条件。这就需要从制度、体制、机制、政策保障角度有一个超乎寻常的创新设计，需要制定、调整、完善各种方针政策及其实施方案措施，促进会员努力提高理论批评水平，快出、多出精品力作，争取在全国性的评奖中实现突破与超越。《南方文坛》主编张燕玲曾就期刊奖提出过愿望：“希望主管部门能够给予政策和资金的支持，使《南方文坛》年度优秀论文评论奖能提升为全国性的批评大奖，从而使广西文化影响力、广西文艺理论家协会建设得到进一步的提升。”⑨我们认为：应该实施理论批评家签约制；应该召开广西文艺理论批评工作会议；应该举办广西理论批评家及其作品研讨会；

应该下大力气做好广西文联文艺评论奖评选工作；应该建立有利于培养和发现评论新人的制度与机制；应该组织力量对广西文艺理论批评现状、问题、原因、对策进行研究，加强批评理论与实践的基础研究与应用研究，等等。这对广西文艺评论的创新发展及实现突破性成效、对于提高其在全国文坛的地位与影响具有重要的意义。

其二，从文艺理论家队伍的构成情况看，专业构成不够均衡，具体表现在文学理论批评专业队伍相对较强，其他专业理论批评队伍较弱。如在书法、绘画、音乐、舞蹈、影视、戏剧等专业理论批评队伍还不健全；针对这些艺术专业方面的批评、研究几乎等同于文学评论；理论批评家经常以文学评论替代艺术评论；文艺评论常常浮在作品表面，缺乏理论深度与专业深度力量，等等。尚需不断加强理协的专业化队伍建设，提高专业素质与专业水准；建立理协的各专业委员会，吸收艺术各专业人才入会；建立理协与其他各专业协会的联动机制，理协与书协、音协、舞协、美协、剧协、影协合作开展活动。目前广西正在着力打造“漓江画派”，把“漓江画派”建设成为广西美术界形象品牌，“漓江画派”精品展已在北京以及东南亚各国巡回展出，取得良好效果。这除了需要画家们的辛苦耕耘外，还需要文艺理论批评家为其提供理论和批评支撑。同理，广西实施“五大战役”，包括文学、音乐舞蹈、影视、戏剧、美术，因此理协应该有用武之地，但就目前理协专业队伍的构成状况以及参与活动的现状而论，确实还有发展空间与发挥潜力，确实应该进一步扩大理协功能作用。这就需要理协重新整合资源，扩大专业队伍，加强协会间互动联系，建立专业化活动制度与机制，组织理论批评家参与艺术活动及艺术评论活动，扩大专业研究与跨专业研究视野，真正使文艺理论家协会成为文艺理论家的而不仅仅是文学理论家的协会。

其三，广西理协的工作思路与活动范围应该更加扩大与开放。长期以来，广西根据其地域、民族、历史与现实的处境和需要已确定发展思路，过去经常概括为“老、少、边、山、穷”以及西部欠发达地区或者说落后贫困地区，其积极一面是激发改变面貌的热情与干劲；但消极一面也会形成自卑心理及思维惰性与思维定式。因此，形成立足于民族地区及其本土资源开发建设的基本思路，也取得了相对而言的发展成就，但确实也与全国发展及东部发达地区发展差距拉大。因此，广西应该紧紧抓住“民歌节”国际化影响、“南博会”的中国—东盟“桥头堡”建立、“北部湾大开发”战略实施的大好机遇，进一步解放思想，改革开放，转变发展思路与发展方式，实现跨越式发展与科学发展目标。就广西理协而言，转变思路、转变思维的方式在于：一是确立起立足广西、面向全国、走向世界的大视野，要将本土文学放在全国、全世界的视域中定位，不仅仅是为了强调自身特色与优势，而且还要有反省与反思的文化自觉，让文学真正能够顶天立地，才是广西文学的跨越式发展之路。二是确立起从山到海、从江河到海、从陆地到海的大视野，广西本来就是一个沿边、沿海地区，有着丰富的海洋经济、海洋文化、海洋生态，但过去未能很好开发利用，甚至还留下许多大起大落、潮涨潮落的“烂尾楼”诟病。广西北部湾有逶迤漫长的海岸线与宽阔深广的海域，“北部湾大开发”国家战略实施与2010年北海被国务院确立为国家级历史文化名城，对于广西的发展战略性转移十分重要，也对广西发展方式的转变具有深远意义。因此，理协应该将视角聚焦北部湾，发掘广西海洋文化、海洋文学、海洋生态这块处女地。三是要满腔热情地关心和关注广西本土的文学艺术，要对广西本土文学艺术进行及时的评价和推荐，充分挖掘本土文学艺术资源的特色和价值，大力打造广西的文艺品牌。作家曹文轩看到了这一点，他说“很难想象，没有《南方文坛》和本土批评家对广西作家的大力发掘与扶持，广西文学会有今天的辉煌”[10]。在此基础上，本土批评还应该具有更为深远的眼光，不仅要打造广西文学的本土特色与民族特色，而且还要着力打造广西文学面向全国、走向世界的眼界与优势。

其四，广西理协应更多地关注社会，关注现实，关注实际，加强理论意义与应用研究。理协会员大都来自高校，理论研究与基础研究是其强项与优势，而实践应用研究与对策研究则是其弱势与不足。

为此，理协应该有针对性地引导其矫正弱势与不足，强化其强势与优势，在基础研究的基础上对对策研究进行研究，在理论研究基础上进行实践应用研究，将弱项转化为强项，将弱势转化为强势，以更好推进广西文化建设与文学发展。随着风生水起的北部湾经济开发区的迅猛崛起以及“中国—东盟自由贸易区”的建设，广西理协应该抓住这一机遇推动北部湾文学崛起，促进广西海洋文化及其海洋文化产业的崛起，推进文学桂军在海洋文学上的突破，由此形成广西文艺理论批评的海洋文化视角，带动广西文艺创作的战略转移。如漓江画派已经举办以北部湾视域为题材主题的画展，一批冠以“亚热带风景”的美术作品，集南方亚热带文化、海洋文化、边地文化与民族风情、异域风情于一体，既富有广西沿边、沿海的地域特色，又凸显泛北部湾区域与东南亚地域的文化亲和特色，使漓江画派的创作视角与艺术风格大大扩展。广西理协不失时机地进行北部湾文化考察与创作采风活动，于 2007 年 11 月 27 日举办了“从山到海——广西文化战略转移”的研讨会，与会的专家学者有理协主席容本镇、副主席李建平、黄祖松以及文艺评论家彭洋、彭匈等 10 多人。他们在会上对“中国—东盟自由贸易区”的建立、北部湾经济开发区的建设一系列重大举措对广西文化发展的影响表述了自己的认识与见解。他们认为广西文艺界要利用“中国—东盟自由贸易区”以及“北部湾大开发”的契机，利用广西与东盟各国山水相连相依、文化同源、习俗相近的文化优势，借助“中国—东盟自由贸易区”的国际平台，推动创作视域的拓展和提升，实现广西文艺资源与海洋文化资源的战略对接，提升广西文艺的国际知名度和影响力，从而带动广西文化的全面发展。广西理协工作活动思路的转化，通过这些具体举措与措施落实于现实实践中，强化了其研究的现实针对性、实际应用性、问题对策性意识。

其五，深化广西理协的制度、体制、机制改革，强化其合理性与保障力。广西理协具有一个有利条件，就是与广西文联的文艺理论研究室合在一起，具有共同的工作运作机制与活动运行机制，具有文联行政工作体制功能与专业群众团体活动功能及其资源整合功能。尽管这一特殊体制也会存在一些制度性与体制化弊端，工作活动存在一些问题与不足，但确实也给工作活动带来很多便利，其制度、体制、机制的保障作用是显而易见的。因此，针对存在问题与不足以及为了更好适应社会时代的发展，必须深化制度、体制、机制改革，如文联与理协内部机构调整及其内部规章制度完善，理协工作活动机制的进一步强化与效率提高；建立理协学术委员会与专业工作委员会；加强主席团与理事会的工作机制与决策水准；理协秘书长与文联文艺理论研究室主任的职能分工与协作机制应该加强，建立广西理协或广西文艺理论批评网站以更有利于交流沟通，等等。更为重要的是建立理协工作活动的制度化建设的长效机制，进一步强化制度管理、科学管理、人文管理的质量与水平，通过制度创新、体制改革、机制转换、政策完善提供广西理协工作活动及其广西文艺理论批评发展的切实有效的保障。

目前我国已经进入"十二五"规划全面建设小康社会、构建社会主义和谐社会的关键时期，广西理协要以社会主义核心价值体系与科学发展观统领工作，结合广西文学发展及文艺理论批评建设实际，与时俱进，开拓创新，努力探索新形势和新环境中广西文艺发展的新规律与特殊性，加强社团工作活动的运行机制与保障机制，促进广西文艺理论批评队伍更好更快发展，实现理论批评桂军崛起及"文化广西"发展战略目标。

第三节　广西文学院体制改革与建设

20 世纪 90 年代初，一种悄然兴起的新兴文学体制形式逐渐形成发展和成熟，在文坛引起很大震动和反响，这就是文学院这一新型体制形式。最初文学院体制的建立大约是受到恢复高考后高校逐渐走入常规办学轨道的一个创举：创办“作家班”或“创作班”影响所致，如北京大学中文系开办的“作家班”，为当时文坛输送了一批文学人才，解决文学队伍断层问题。此后相继在文联系统以体制设置的方式成立了文学院，这比目前高校中文系陆续更名为文学院的潮流要早了近20年。从中国文联一直到省、市文联，几乎都在80年代末90年代初相继建立起从上到下不同层次的文学院，中国文联属下有鲁迅文学院，广西文联属下有广西文学院，广西各市文联属下有市级文学院。这一体制的设置，不仅具有组织机构形式，而且也有人员编制和经费的保障，使之成为文联管理机构中的一个部门，同时也成为文联属下的一个独立自主的二级机构以及事业单位。从文学院职能角度而言，它虽然隶属于文联行政管理机构，但其职能并非行政管理，而主要是类似于教育培训机构一样具有文学创作人员及文学青年的培养、培训的功能，此后文学院职能不断扩大和完善，又兼有组织文学活动，包括创作笔会、改稿会、作品研讨会、文学沙龙、文学讲座、文学研究与评论、文学活动策划与实施等多种职能。

广西文联文学院于1990年成立，为作家业务培训机构，前身为广西文学讲习班，设培训部、函授部、教务部和专业创作员资格评审委员会等机构。文学院主要有两大职能：一方面是隶属于文联管理机构，因而也具有文联下属部门的某些管理职能，起着组织、管理某些文学活动的职能作用；另一方面是文学院作为独立建制和体制的事业单位，具备培训、培养、教育以及独立开展各项活动的职能作用。自治区人民政府从1990年开始，每年从财政拨出专款招聘专业创作人员进行创作，开展文学写作基础理论学习培训活动，至2006年共开班32个，招聘创作员486人次。文学院有一级作家5人，编审1人，兼职教授8人。广西文学院的建立对促进文学桂军的崛起及广西文学的跨越发展起着重要的推动作用。目前，广西文学院由前广西作协主席、著名作家冯艺担任院长，由广西作协副主席、著名作家、“广西文坛三剑客”之一的文学桂军领军人物鬼子担任副院长，使广西文学院在文学活动的策划、领导、组织、管理上更为严谨周密、力度更大、措施更有力，为文学桂军的可持续发展提供制度保障、机制推动、人才队伍集结、优秀作品与精品产出、出版与传播渠道流通的更为有利条件。各市文联文学院也积极加强制度化建设和机制完善，在充分履行文学院职能的同时，也为积极推动地方文学及其作家群发展发挥重要作用。我们仅以桂林市文联文学院建设为例说明这一文学制度及其体制建立的作用及意义。

一、文学院体制职能作用以及所取成效

桂林文联文学院于1990年建立，至今走过近20年的发展历程。首任院长为著名作家黄继树。在此之前，黄继树曾在部队和工厂工作，是部队和工厂培养起来的业余作家，调进桂林市文联之后，尤其是担任文学院院长之后成为专业作家。其后，黄继树担任桂林市文联主席、市作协主席、广西区作协副主席等职，享有国务院政府津贴专家、广西优秀专家等称号，多次获广西区党委“五个一工程”奖，广西区政府文艺创作“铜鼓奖”，为桂林市作家群领军人物。黄继树创作成就主要集中在小说创作上，他与人合作长篇传记文学《第一个总统》，就奠定他在文学界的地位，之后创作的长篇历史传记小说《桂系演义》享誉文坛，持续影响至今不衰，奠定了他在广西文坛以及桂林文坛的领军地位。他担任首届桂林文学院院长后，着眼于以改革开放精神指导创作发展及队伍建设，着手于建章立制的制度化整体建设，对于文学院的发展具有开拓之功和耕耘之劳。20年来，桂林文学院发展取得了令人瞩目的成绩和效果，这主要表现在四方面：

其一，建立起文学院人才培养机制，培育了一批批青年创作人才，形成桂林作家群队伍。桂林素称“文化城”，早在两千多年前秦始皇挥军南下在兴安修建灵渠使中原文化与岭南文化融合始，历代旅桂文人骚客络绎不绝，文化名胜文物古迹遍及桂林，科举状元不断涌现，桂林山水诗潮词派独占鳌头，享有“历史文化名城”称号。抗战时期，全国各地文化名人云集桂林，西南剧展演出数月盛况空前，抗战

文艺作品传播全国，抗战文化精神影响海内外，在学界享有“抗战文化城”之美誉。因此，桂林拥有“山水甲天下”的国际旅游名城与历史文化名城两顶桂冠，桂林文学发展具备“天时、地利、人和”的优势和基础条件。但“文革”浩劫十年，桂林文学发展百废待兴、桂林作家队伍面临青黄不接的挑战和危机。桂林市文学院成立后，首先着手于文学创作人才培养的工作，着眼于文学队伍建设及其作家群建设。文学院通过短期创作培训班、作品改稿班、文学讲习班、文学青年进修班以及开设文学讲座、学术讲座等形式培养了一批批文学新人，形成老中青三代人衔接交替的创作队伍，也培养出三级梯队青年作家队伍。第一梯队的青年团队崛起于 20 世纪 90 年代初，代表人物有鬼子、张宗栻、龚桂华、李时新、周昱麟、王咏、马玉成、沈东子、毛荣生、庞俭克、朱叶葵等；第二梯队的青年团队崛起于 20 世纪 90 年代后期，代表人物有盘文波、刘春、黄伟林、张谦、莫雅平等；第三梯队的青年团队崛起于 21 世纪初，代表人物有徐强、杨丽达、刘永娟、伍维平、蒋育亮、唐沁、唐女、刘莹、李浦松、罗玉等，形成桂林青年作家群，也构成桂林创作队伍的先锋和骨干。2009 年 6 月，桂林文学院高级青年作家班开班仪式在广西师范大学文学院举行，作为第三梯队青年作家群的 12 位学员正式入文学院青年作家班进修深造，第一堂课由文学院前院长黄继树与广西师范大学张利群教授主讲，揭开文学院文学教育和人才培训新的一页。

其二，建立灵活机动的创作机制，实施作家聘任制，保障了创作活动的持续开展，创作成果的数量和质量不断提高。随着社会主义市场经济的建立及文化体制改革的深化，文联作协体制内的专业作家或职业作家逐渐减少，创作力量主要来自各行各业各单位的兼职作家或业余作家。文学院立足于制度创新、体制改革、机制转换，率先实施作家聘任制。也就是说在文学院的编制中除院长、副院长等负责领导、管理职责的专职人员外，不再设专职作家编制和职务，而是采取灵活机动的聘任制方式，面向社会公开招聘兼职作家或业余作家，不受体制的限制和人事管理的限制，实行双向选择、双向约定的招聘制的弹性制度以及合同或合约动态管理的弹性制度。文学院招聘经过报名、面试、选拔，发现创作苗子和培养对象，尤其是带有创作构思和创作半成品的青年作家，聘任他们为文学院作家，视创作周期分短期、中期和长期的不同签约时限，提供创作必要的场所、设备、工具等必要硬件条件和以老带新的师傅带徒弟的传、帮、带式的传艺方式与之进行策划、调研、看稿、改稿、校稿、推荐等必要的软件条件，使创作获得时间、硬件、软件保障的同时也使创作提高质量和水准。如文学院与青年作家尹文兰签订作家招聘协议后，尹文兰成为文学院招聘作家，在文学院的支持帮助下，尹文兰在任聘期间创作出反映桂林山水风光和桂林文化的电影剧本《五色蝴蝶》，由广西电影制片厂上报国家广电部立项，正积极筹备拍摄；同时创作了 20 万字的长篇纪实文学《四十岁女人》，也正在联系出版中。这种文学院聘任制制度和机制，保证了在一定时限内产出长篇大作品，又保证了作品的质量和数量的提高。近 20 年来，据不完全统计，在文学院的支持帮助下，桂林作家共创作出版了长篇小说、长篇报告文学、长篇儿童文学作品达 20 多部；长篇电视剧、电影文学剧本近 10 部；散文集、中短篇小说集、报告文学集近 10 部，以及上千篇的小说、散文、诗歌、影视文学、网络文学作品发表于全国各级报刊及网络平台上，形成了桂林文学及其桂林作家群的战斗力和影响力，也有力地支撑了文学桂军的崛起和广西文学的跨越式发展。

其三，建立文学活动机制，策划组织文学调研采风、作家作品研讨会，在推进文学创作发展的同时也促进文学评论队伍建设。文学院作为平台和桥梁，起着五方面的联系作用：一是加强文联作协与作家的联系；二是加强作家群之间的联系；三是加强本土作家与省市外作家的联系；四是加强作家与批评家的联系；五是加强作家与文学青年以及读者的联系。文学院加强联系和交流的目的是为了推动文学发展以及作家队伍建设，因此，文学院的一个重要职能就是策划、组织、领导各种形式的文学活动。首先，组织作家下乡、下厂、下兵营、下学校调研采风，桂林文学院及其桂林作家的足迹不仅踏遍了桂林山山水水，而且沿着西南大通道，穿越了大西南的崇山峻岭、左右江河谷、西江平原。2004 年到桂林苏桥工业园区建设工地、临桂保宁乡采风；2005 年到永福凤山、百寿，临桂两江，湖南崀山等地采风；2006 年到资源、龙胜采风；2007 年深入广西师范大学、航天专科学校采风；2008 年到全州抗冰雪救灾第一线采风，等等，使作家贴近生活，贴近群众，贴近现实，感悟新生事物，触发创作灵感，掌握第一手资料和丰富多彩的生活资源。其次，每年不间断地召开作家作品讨论会，使作品发表后的传播、评价和接受的范围更为扩大，也使作者在与读者和批评家的讨论交流中知其创作得失，不断提高质量和水准。近年来，文学院主持和协作组织的研讨会达 20 多次，计有黄继树、周昱麟、雷熹平、康泽祥、王成林、盘文波、龚桂华、刘春、杨丽达、马玉成、曾广良、邓荔华、伍维平、覃翘以及桂林市青年作家作品选《水莲》等研讨会，参会者除作者外，还有文艺理论家协会的批评家，包括高校教授、博士后、博士等高层次学者，以及省市外的专家，使研讨会的质量和水准得到提高。再次，文学院为加强自身建设，近 20 年来组织了四次大型的纪念活动及研讨会。1991 年 10 月，桂林文学院成立之时与市作协联合举办第一届桂林本土文学创作研讨会；2000 年 12 月在桂林文学院成立十周年之际，与市作协联合举办第二届桂林本土文学创作研讨会；其后又举办了第三届研讨会，专题研讨桂林旅游文学创作；2008 年 12 月与市作协举办第四届桂林本土文学创作研讨会。四次研讨会都是强调桂林本土文学创作以及旅游文学创作这一主旨和主题，打造桂林本土文学及桂林旅游文学品牌，取得了良好效果，扩大了知名度和影响。

其四，建立文学院对外交流活动机制，积极组织作家参与社会各项活动，广开文学活动面和文学青年群以及读者群，在社会上赢得良好声誉。近年来，文学院扩大文学活动渠道，与群众性文学活动结合起来，组织作家进入社区，协助社区举办各种类型的文学活动和文化活动。例如文学院协助象山区街道办事处开展社区诗歌创作比赛活动，参与评选优秀作品并编辑出版作品集《象山诗花》；协助安厦世纪城举办安厦世纪城社区街道路名征集和评选活动，积极开展社区精神文明建设活动；担任第二届桂林高校“起点”文学征文活动的顾问、评委，积极支持和扶持高校文学社团活动；协助象山区街道办事处举办“让理论知识在社区实践活动中升华”有奖征文活动，担任征文的评委，并帮助选编出版征文集《升华》；协助桂林市献血办举办“献血感言”征文活动，担任征文评比的评委；协助安厦房地产公司举办“安厦房产 20 年”有奖征文活动，担任征文的评委，等等。文学院在协办和参加各种社会活动中，不断发现文学新人或文学苗子，也不断在活动中培养、扶持文学青年，扩大文学活动范围，扩充文学创作队伍和评论队伍，在培养文学青年的同时也培育了读者群，营造桂林文学创作的良好环境和氛围。

此外，桂林文学院还协助桂林市文联作协，积极组织各种类型的文学评奖活动，使桂林作家在广西文艺创作“铜鼓奖”的历届获奖成果，在各地市排名第一，无愧为文学桂军的排头兵、先锋队；协助《南方文学》杂志社组稿、编稿、出刊工作，组织编辑了《南方文学》“王成林作品专辑”、“阳朔旅游文学专号”、“文学院创作专号”以及开辟“青年作家创作专栏”、“本土文学创作专栏”、“旅游文学创作专栏”等具有特色的栏目；帮助和扶持作者，尤其是青年作者创作，推荐作品到出版社出版和文学期刊上发表，使桂林本土文学创作的特色更鲜明，创作质量和数量不断提高，青年作家队伍日益扩充壮大，桂林文学院的影响力与日俱增。

二、文学院制度化建设的措施以及理论依据

文学院体制建立二十多年的实践证明，它是新时期以来文学发展的需要，也是改革开放时代文化体制改革的需要，这既是新事物、新形式、新成果，又是顺应时代潮流和历史发展趋向以及人民群众需求的文学体制。因而，文学院的建立是适合于中国国情及其中国文学实际的，而且也证明在实践中取得良好效果和优秀成绩。从理论

上探讨分析，文学院体制具备合理性、合法性的依据还在于：它是制度创新、体制改革、机制转换的结果。

其一，文学院在体制改革方面的举措与依据。文学院体制的建立本身就是体制改革的结果。新中国成立后，中国文学发展进入一个崭新阶段，由之文学体制也发生重大的变革，文学被纳入国家体制的轨道而进入行政管理序列。新中国成立初期，中央政府从三大渠道将文学活动由体制外纳入体制内：一是通过从中央到地方的行政管理机关及其领导机构，将文学管理纳入国家行政管理序列，党的系统中设置的宣传部主管文艺工作；国家行政系统的文化部、广电局、新闻出版局，也从行政体制上主管文艺工作。二是通过文联、作协这类半官方、半民间的群众专业团体的领导、管理机构主管文艺家社团活动，其体制特殊性在于，文联领导机构是从国家行政序列的公务员系统中产生的管理机关，并非专业群众社团，而是对专业群众社团实施管理的行政机构，在文联内部系统中是实行行政管理制度的；但对于下属的各群众文艺团体，如作协内部管理而言，则并非行政管理，而是社团管理。这两者长期以来不加区分，结果就由之产生文艺管理以行政命令、政府指令、领导意志的方式统得太死，管得太严，强化文艺的意识形态性而忽略文艺的特殊性和艺术性，从而产生偏离文艺规律和特点的某些弊端。三是由文艺单位进行文艺家及其文艺活动的具体管理，这主要是由国家政府管理下的一些国营、事业性质的文艺单位，如剧团、出版社、杂志社、报社、研究院所等单位实施文艺行为与活动的管理职能，作家艺术家身份隶属“单位”编制，领取国家工资，套用国家行政级别，也就是通常说的“铁饭碗”体制内的国家工作人员。这三大体制渠道几乎将所有作家、艺术家都涵盖在内，故而“体制化写作”，也就是由“体制化身份的人”造成的。文学院体制的建立，在一定程度上打破了三大体制垄断的格局，文学院体制的灵活性主要体现在以作家“聘任制”的形式打破“终身制”的体制身份的限制和约束；以“项目制”的项目责任人兼职作家或业余作家打破了“工资制”的专业作家或专职作家的体制内外的鸿沟的区别；以多样化、多元化的创作状态和形态打破了单一性、大一统的创作模式，这不能不说是体制改革的结果和成效。

其二，文学院在制度创新方面的举措和依据。文学院产生后即着手于制度设计和制度建设，使之有别于文艺行政管理的传统方式和途径。这主要表现在五个方面：一是实施作家聘任制，改革和创新了文学院人事制度；二是实施项目签约制度，改革了创作经费、资金投入制度；三是实施人才培养制度，加强文学教育、创作培训的长期建设与短期建设结合的机制，达到快出人才、优出人才、培养人才梯队、增强人才后劲的目的；四是实施文学活动制度，将过去单纯的个体创作活动扩大为个体与集体结合的调研采风、策划构思以及改稿会、研讨会、座谈会等多种有利于对话交流的文学活动形式，在注重结果的同时也注重活动和过程；五是实施文学创作监督、检查、评估制度，作家聘任制、创作签约制、培训考核制中都设置监督、检查、评估环节，保证创作质量和数量的提高，同时也通过批评和研讨，保证了作品产生后的传播和接受效果。这些制度的建立以及制度化建设措施充分说明文学院对制度设计、制度创新、制度改革的重视和推行，同时，也以文学院作为制度保障和政策机制支撑，促进文学发展和繁荣。

其三，文学院在机制转换方面的举措和依据。过去在计划经济时代，文学创作机制主要是根据由上而下的行政指令以及党和国家的中心任务来确立的。作家必须按国家计划和时事大局来进行“体制化写作”或“计划性写作”。进入市场经济时期后，市场需求和消费需求就成为一个重要的机制，调节和推动作家的创作。市场和消费主体的多样性以及不同需求的多样性，必然会影响到创作的多样化和多元化，因此，文学创作机制也就会呈现出多元化和多样性。也就是说，作家创作动机和意图的驱动机制，创作经费和项目资金的投入机制，社会需求、市场需求和人民群众精神需求的市场需求机制，文学接受、消费、传播、流传、影响的期待效果的机制等多样化、多元化的机制要素，都会通过市场机制综合体现，都会影响到文学创作和文学活动。因此，文学院运行机制就必须从计划经济转向市场经济，使之能更吻合市场经济规律和市场经济发展，这就需要在考虑文化资本、文化产业、文化市场、文化生产、文化消费、文化生产力、文化生产方式的同时考虑文学的生存和发展问题。在文学院所开展的文学活动中方式、形式、渠道、途径就更为多样化和灵活性。如与一些企业联合开展活动，在解决文学活动资金困难的同时也帮助和扶持了企业文化的提升；以企业资助方式出版作品，召开发布会、研讨会、座谈会；桂林市"两江四湖"建设工程指挥部每年投入 20 多万资助《南方文学》由通俗文学刊物成功转轨为纯文学刊物，取得了文学与经济结合的双赢效果。

三、建立文学院制度化建设的长效机制

文学院作为改革开放的一个产物和新生事物，虽然经过 20 多年的磨炼，取得了一定的成绩，但也存在一些问题和不足，这主要表现在三方面：一是归属于文联系统下的文学院体制，在体制改革上还未能完全摆脱旧体制的痕迹和限制，行政管理体制和计划经济体制遗留下来的弊端和问题在文学院身上也不同程度地存在，不可避免地存在某些"体制化写作"的后遗症和"计划性写作"的弊端。二是文学院职能还不够清晰，介于文联领导机构与文联下属各文艺群众团体之间的文学院，某些职能有越位之嫌，也就是既有替代了文联的领导管理职能之越上位之嫌，又有代替了作协等文艺群众团体的具体组织实施活动的越下位之嫌；但倘若文学院仅仅定位于文学教育和培训职能，似乎又有限制文学院活动之嫌。故而在许多活动中，文学院只能发挥"协作"单位的作用。三是文学院的制度创新、体制改革、机制转换力度不够，或者说尚未到位，甚至一些文学院体制不健全、编制不到位、有名无实、有牌无人，有的文学院一般只设兼职管理人员，有的除院长、副院长之外就无任何人手，工作开展难度大，活动范围和频率逐渐缩小，显然不利于文学院发展。至于在作家聘任制、创作

签约制、人才培养制度等制度建设方面也有待完善。当然，文学院存在的问题不仅仅是其自身内部的问题，很大程度上是外部困难和问题，因而并非头痛医头、脚痛医脚就能根治病痛的，关键在于建立制度化建设的长效机制。

其一，提高对文学院重要性和必要性的认识，准确科学地为文学院定位，提高文学院地位。作为领导，对文学院的认识要不断提高，关注点并不在于文学院这一机构是否存在，而是在于如何有效发挥文学院的职能作用，如何推进文学院制度、体制、机制的改革；同时，关注点也不能仅仅放在如何立竿见影地利用和使用这一机构，而且应关注、重视它的长期建设和发展。作为作家，对文学院的认识也要不断提高，不能简单认定作家创作是作家个人的事，与文学院无关，或将文学院视为一种摆设，一种形式，可有可无；作家应该将文学院视为信息的窗口、交流的平台、活动的空间，应在文学院提供的基础和条件上，不断提高自身的创作素质和修养。作为文学院，关注点不仅在于履行职责、服务作家，而且在于如何强化自身内功和影响力，加强自身制度化建设，完善制度、体制和机制，凸显文学院的独立性和自主性。因此，文学院的制度化的长效机制建立首先是进一步解放思想，加快改革开放步伐，践行科学发展观，使文学院工作进入创新发展的快车道。

其二，加强文学院工作监督机制和评价机制作用。文学院的制度、体制、机制还需要通过制度化建设来完善，说明文学院在制度、体制、机制建设上还存在许多问题，需要不断发现问题、解决问题，这就需要加强文学院工作的监督机制和评价机制的作用。作为文联下属机构的文学院，它的领导、管理部门就是文联，因而文联对其有监督、评价职能。但仅由上级机关来监督、评价不够，还需要有作协等文艺群众团体及其广大作家的监督和评价，使制度、体制、机制的改革和完善不仅关涉到领导层，而且也关涉到群众层，关涉到每一位作家的责任和义务。这就需要文学院建立与领导层和群众层沟通交流的渠道和平台，建立起长效监督机制和评价机制，寻找到行之有效的监督和评价形式。如文学院应聘任一些著名作家与批评家作为顾问，聘请文学院兼职教师（教授）或特聘教师（教授），从而在完善文学院人事制度的同时也完善监督和评价机制。

其三，文学院应引入批评与自我批评机制以加强制度化建设。这一方面需要文学院在强化创作功能的同时强化批评功能，在培养创作人才的同时培养批评人才，因而文学院在建立起批评与自我批评的机制的同时，也必须树立起批评与自我批评的意识，并将其作为办院宗旨和原则。因此，创作要提高，不仅有赖于作家自身的批评与自我批评，而且也有赖于批评家的批评与自我批评，更有赖于文学院建立起批评与自我批评的制度和氛围。同时，文学院要改进工作、克服困难、解决问题也需要作家、批评家与文学院自身的批评与自我批评。批评与自我批评机制的建立，其实也就是文学院制度化建设的长效机制的建立。从某种角度看，文学院其实也是一种批评和评价机制，它以其制度保障、机制推动的方式促进文学创作发展；同时，作家创作和批评家的评论也是对文学院的一种批评和评价机制，对文学院的制度、体制、机制建设有积极促进作用。当然对文学院来说，应引入文学批评的评价机制加强自身建设，一方面吸引批评家对文学院工作的关注，对文学院现象和文学院活动进行评论和研究；另一方面文学院也应在对工作的总结中进行批评与自我批评，发现问题，解决问题，以批评家的态度进行自我批评和批评。

文学院的制度化建设是一项长期持久的工作，因而是需要有长效机制来推动的，也需要有制度、体制、机制来保障和支撑的；当然，也需要我们每一个作家、批评家以及各级领导关注和支持。因此，办好了文学院，也就办好了作家的人才库、资源库、信息库和成果库。

注释：

①冯艺:《广西作家协会第七次代表大会工作报告》,见于 http://www. gxwenlian. com/index/8wdh/zlhb/20070907/042925. html,2007-09-07/2008-01-10。

②李建平、黄伟林:《文学桂军论——经济欠发达地区一个重要作家群的崛起及意义》,2—3 页,北京,中国社会科学出版社,2007。

③冯艺:《营造良好文学氛围,繁荣广西文学创作》,载《广西日报》,2002 年 5 月 30 日。

④冯艺:《广西作家协会第七次代表大会工作报告》,见于 http://www. gxwenlian. com/index/8wdh/zlhb/20070907/042925. html,2007-09-07/2008-01-10。

⑤冯艺:《广西作家协会第七次代表大会工作报告》,见于 http://www. gxwenlian. com/index/8wdh/zlhb/20070907/042925. html,2007-09-07/2008-01-10。

⑥贝佳:《南方气象》,载《文艺报》,2001 年 12 月 4 日。

⑦见于广西文联网站:http://www. gxwenlian. com/index/index. asp。

⑧李建平等:《广西文学 50 年》,310 页,桂林,漓江出版社,2005。

⑨蒋锦璐:《知识经济时代的文化批评》,载《广西日报》,2006 年 1 月 26 日。

⑩文新:《广西作家走进北大百年讲堂》,载《文艺报》,2006 年 6 月 15 日。

第四章　广西文学评价机制建设

文学评价机制是推动文学发展和文学作品选拔、竞争、激励以及优胜劣汰的综合机制。文学评价机制主要由三方面力量构成：一是文学批评的评价机制，通过文学与批评的并驾齐驱、联合互补、协作双赢来体现，广西文学理论批评队伍伴随着文学桂军的崛起而不断发展壮大，也构成文学桂军中的主力军，其批评的评价作用既是推动文学发展的动力机制，也是批评自身应该具有的评价机制功能。二是文学评奖的评价机制，通过广西文艺创作“铜鼓奖”、广西社会科学优秀成果奖、广西青年作家“独秀奖”等评奖机制的推动，建立起人才选拔制度、精品选拔制度和文学交流制度，有利于选择精品力作向全国性文学大奖发动冲锋，并取得优异成绩。广西文学在鲁迅文学奖上的连续突破，在全国少数民族文学“骏马奖”上取得优异成绩，与广西文学评价机制建设不无关联。三是发表出版、传播流行、接受影响等评价机制，文学必须获得社会与读者的认同与接受，才能产生价值意义，从这一角度而言，认同与接受也是一种评价机制，通过评价，文学价值才得以实现，作用才得以发挥，影响才得以扩大，从而成为推动文学发展的动力机制。

第一节　广西文艺创作“铜鼓奖”评价机制

广西文艺创作“铜鼓奖”是由自治区人民政府颁发的广西最高文艺奖，每四年评奖一次，从1988年第一届开始至今已历六届。“铜鼓奖”与广西文学艺术一同成长，见证并参与了20世纪80年代广西文学兴起、“88新反思”思潮、90年代文学桂军崛起、新世纪大繁荣大发展的文学桂军发展进程。“铜鼓奖”作为文学评价机制是制度化建设的重要一环，在广西文学发展道路上起着引导与激励作用。对“铜鼓奖”的评奖机制进行研究，能一窥改革开放三十多年来广西文学的发展历程，从一个侧面揭示广西文学发展的制度化建设及其评价机制建设与广西文学生存、发展之间的关系。

一、广西文艺创作“铜鼓奖”的制度与机制设置

广西文艺创作“铜鼓奖”于1988年经广西壮族自治区党委与人民政府批准设立，首届“铜鼓奖”评奖方案由自治区党委宣传部与广西文联共同制定。方案规定了评奖意图和指导思想、对象内容及其作品类型，数量、质量及要求，评奖方法、时间与经费，评委会构成与领导小组组成等。其中有几个要点值得关注。

其一，指导思想。评奖方案明确规定评奖意图与指导思想：“为了推动广西的文学艺术创作，促进社会主义文艺事业的发展，经区党委和区人民政府领导同意，我区决定在今年庆祝自治区成立30周年时举行首届‘振兴广西文艺创作铜鼓奖’评奖。这次评价活动，在区党委宣传部领导下进行，并在评奖领导小组的具体指导下开展工作。”方案明确了评奖意图与目的，确立了评奖作为文艺评价的核心价值取向，明确了评奖的指导思想及其发展方向，确定了工作方针与

组织原则。“铜鼓奖”为“自治区级最高文艺创作奖”，以此确定自治区级政府奖的奖项级别与性质，与其他非政府行为和非自治区级的其他文艺奖项区别开来，此后建立的广西青年作家“独秀奖”、广西文艺评论奖以及一些民间和群众组织的奖项级别均非自治区级政府奖，由此确立了“铜鼓奖”的身份、性质与定位。历届评奖方案也会有一些变化调整，如当初规定评奖对象主要为文艺创作的作品与编辑，评选文学编辑确实与作品发表有关，但作品发表并非仅仅限于广西报刊，加之后来另外设有传播出版方面的奖项，故而“铜鼓奖”后来专门针对文艺创作的作品奖而取消编辑奖了；再如当初“铜鼓奖”分有一、二、三等级以及特别荣誉奖，后来就取消了等级以及特别荣誉奖了，统一了奖项的共同级别及含金量；再如当初规定：“已经在国际性或全国性（必须是中国作协、中国文联各协会、文化部、广播电影电视部等文艺主管部门所主办的）评奖中获奖的作品，另外授予特别荣誉奖，不再参加评选。”现在取消特别荣誉奖，可以参加“铜鼓奖”评选，等等。经过历届“铜鼓奖”评奖方案的修订，使其章程规定更为完善和完整。

广西壮族自治区人民政府办公厅下发《关于开展第六届广西文艺创作铜鼓奖评奖活动的通知》（桂政办发[2010]175号）更为明确提出：“‘广西文艺创作铜鼓奖’是由自治区人民政府颁发的全区最高文艺奖，用于奖励符合社会主义先进文化建设要求、坚持‘二为’方向和‘双百’方针、代表广西水平、在区内外产生较大影响的优秀文艺作品。按照‘铜鼓奖’章程，结合实际情况，第六届‘铜鼓奖’评奖于2010年举行。为了做好这次评奖工作，经自治区党委、政府同意……”其评奖指导思想与评奖取向以及价值导向非常明确，突出“代表广西水平、在区内外产生较大影响的优秀文艺作品”的精品导向性激励机制作用。

其二，评奖方法。首届评奖方案提出：“1.由各协会通过主席团或理事会议，以民主的方式，经过评议推荐作品，进入初选。各协会初选的作品总数应超过入选作品总数2—3件，每件作品要附上推荐意见。同一等级的作品，要排出名次。……3.评委会对初选的作品、编辑进行评定，采用无记名投票或其他民主方式评出入选作品、编辑。4.由评奖领导小组审核评委会评出的作品、编辑，然后在报刊上正式公布。”评奖实行的是由初选到终选的层层递进式选拔方式，以保证优秀作品在层层筛选中的质量把关。

第六届评选方法提出：“1.各市参评作品先送市文联，由市委宣传部和市文联组织筛选后，于 2010 年 10 月 10 日前分类报自治区文联 13 个协会（综艺晚会报戏剧家协会，广播剧报电视艺术家协会）；区直参评作品直接送自治区文联各协会。2.自治区文联各协会组织初评，于 2010 年 11 月 10 日前将评选结果上报到评奖领导小组办公室。3.评奖领导小组办公室负责组织若干评委会进行复评后，报评奖领导小组审定。4.参评作品要附推荐表一式 15 份（推荐表可在广西文联网下载，统一用 A4 纸打印，并盖推荐单位公章），文本作品附作品原件或复印件一式 15 份，其他作品附录音或音像带一式 2 份。材料不齐的，评委会不予评奖。”可见，历届评选方法基本一致，由基层文联组织筛选后报送区文联后再经过区协会初选到终选的选拔方式；采取无记名投票的科学民主评选方法，有利于实现评奖的公正性与公平性；采取在报刊上公布结果的方式，具有一定的公开性与透明性，现在多增加了一个更为公开与透明的环节，评奖结果先在报刊及其网络平台上公示，欢迎社会监督和群众提出意见后最后再公布。其实任何评选重要的不仅仅是结果，而且是过程、程序、方式；程序的合理性与合法性往往决定了过程与结果的合理性与合法性，体现出评选的公正性、公平性与公开性。这在一定程度上说明了制度设计与机制运作的重要性，好的制度也必须有好的机制来执行，机制运行良好就能保证制度的优越性及有效性。

其三，评委会的组成。首届评奖方案提出：“1.由各协会广泛征求意见，分别推荐出 3 名作风正派、大公无私、有权威性的专家和评论人员，经领导小组研究同意后，组成评委会。2.由领导小组聘请一些专家参加评委会。3.评委会分文学与艺术两个组，分别开展工作。……4.有作品或本人参加评奖的人员，原则上不参加评委会；确因工作需要参加评委者，当对自己或自己的作品进行讨论和表决时，本人应进行回避。”评奖关键在于评谁和谁来评两个要素，谁来评往往决定了评谁，作为主体的“谁”都是具体的人，因此难免会带有一定的主观人为因素，影响评奖的客观性与科学性，因此，制度保障是十分重要的。制度设计必须充分考虑评委会的合法性与权威性，对评委会的产生也必须有一个科学合理的遴选制度及当事者回避制度以及自我约束机制，通过制度设计来保证评委会产生与行为活动的可信度。由此，方案规定了评委会的产生有由下而上的群众推荐与由上而下的领导小组邀请两者方式结合，保证了评委会的合理性与权威性，同时也保证了评选过程与结果的公正性。

历届评奖活动都专门成立了领导小组。第六届“广西文艺创作铜鼓奖”评奖领导小组成员为：组长沈北海，自治区党委常委、宣传部部长；副组长李康，自治区副主席；成员王士威，自治区党委副秘书长；吴建新，自治区人民政府办公厅副主任；唐华，自治区党委宣传部副部长；余益中，自治区文化厅厅长；唐正柱，自治区文化厅副厅长；阳建国，自治区广电局局长；彭钢，自治区广电局副局长；黄著诚，自治区广电局副局长；邓纯东，自治区新闻出版局局长；黄德昌，自治区文联副主席；李启瑞，广西日报社社长；周文力，广西人民广播电台台长；李华荣，广西电影制片厂厂长；办公室主任石才夫，自治区党委宣传部文艺处处长。领导小组成员构成有自治区党委、政府及各文艺管理部门领导，包括自治区文化厅、广电局、新闻出版局、广西文联及广西日报、广西电台、广西电影厂等，涉及“铜鼓奖”评选文艺创作及作品所属部门单位，其意图和目的也是为了充分体现评奖的公正性、公平性与代表性，也有利于系统协调与整体把握评奖方向及取向。

尽管历届“铜鼓奖”评奖方案还有一些根据实际情况变化的调整与修改，但基本内容与精神则是贯彻始终的，实践证明，对推动广西文艺大繁荣大发展具有积极作用及激励机制意义。

评奖制度与机制的建立建设渠道主要包括三方面：一是党委政

府决定及其机关下发的有关文件精神;二是评奖章程及方案;三是评奖通知与告示。内容主要包括指导思想及方针方向、意图与目的、规章制度与机制、机构设置及责权分工、评选对象条件及标准、评选原则及纪律、操作程序与方法等内部要素构成。

"铜鼓奖"评奖机制的正常运作以及其导向和激励作用的发挥还需要一个良好的外部环境。近十年来,广西文学艺术事业不断向前发展,呈现出前所未有的良好发展态势,全区各级财政加大对文化建设的硬件与软件投入,尤其是对文艺人才培养及其团队培育,对文艺精品打造和民族文化品牌塑造,文学院体制设立与创作基地建立,都是新中国成立以来最为辉煌的时期。全区文化设施存量不断增加,文化基础建设有了明显改观,各种新闻媒体充分发挥阵地作用,各文艺报刊克服经费短缺困难,坚持正确、健康的办刊宗旨,成绩引人注目,为积累民族地方文化、培养文艺新人作出了积极的贡献。此外,建立创作签约制、项目责任制、骨干培训制、创作采风制、下乡服务制、创作基地制、评奖激励制等都对广西文艺生存发展的良好环境建设起到了巨大的推动作用。

二、"铜鼓奖"评奖机制的价值评价取向

20 世纪 90 年代以前,我区的文艺事业远远落后于全国许多省、市、区,尤其是我区的文学创作,虽偶见佳作,但总体上缺乏活力,是我区文化艺术事业的薄弱环节。基于这种情况,广西文艺创作"铜鼓奖"自设立之初就明确了活跃广西文艺创作、繁荣广西文艺事业、激励中青年文艺人才、促进精品力作问世的努力方向。"铜鼓奖"的这种导向作用主要体现在以下评价取向上。

其一,大力培养中青年作家,努力营造朝气蓬勃、积极进取的创作氛围。文艺事业繁荣的首要条件是人才,然而在 90 年代以前,广西文艺人才相当匮乏。广西是经济欠发达的西部省份,引进外来文艺人才非常困难,而且本土人才极容易流失。因此,广西把发展目光

主要投向中青年人才身上，注意发现、培养、用好并奖励人才，建设一支朝气蓬勃、充满青春活力的文艺桂军中青年骨干队伍。“铜鼓奖”是激励人才的一个重要手段，它为广大中青年作家提供了大展才华的平台。从历届“铜鼓奖”文学及文艺理论获奖者的年龄比例可充分体现“铜鼓奖”对中青年人才激励的引导取向。

表 4—1　历届“铜鼓奖”文学创作与文艺理论部分获奖者年龄比例一览表（统一按评奖当年年龄计算）

	60岁以上人数/比例	51—60岁人数/比例	41—50岁人数/比例	31—40岁人数/比例	21—30岁人数/比例	50岁（含50岁）以下比例
第一届30人	1/3.3%	12/40%	4/13.3%	1/3.3%	1/3.3%	约57%
第二届11人	2/18.2%	3/27.3%	4/36.3%	2/18.2%		约55%
第三届19人	2/10.5%	8/42.1%	3/15.8%	6/31.6%		约47%
第四届19人	2/10.5%	4/21%	11/57.9%	1/5.3%	1/5.3%	约68%
第五届15人		1/6.7%	8/53.3%	6/40%		约93%

很明显，50岁（含50岁）以下的获奖者在总获奖人数中所占的比例呈上升态势。第五届“铜鼓奖”的评选结果表明，正值青壮年的第三代作家群已经成为广西文学发展的中流砥柱和先锋骨干。

第一代广西作家以陆地、秦似、林焕平、贺祥麟、李英敏、韦其麟、莎红、周民震、海代泉、包玉堂、农冠品、何培嵩、孙步康等为代表，他们是广西现当代文学的开拓者，也为广西新时期文坛奉献了第一批佳作，他们在全国有一定的知名度，但其影响力主要在广西区内。第二代广西作家以潘琦、蓝怀昌、韦一凡、黄继树、张宗栻、潘大林等为代表，作为承前启后的一代，他们在思想艺术上追求突破，打破地域限制与全国文坛构成交流对话状态，在中短篇小说创作领域的成就十分抢眼，但进入21世纪以后逐渐淡出文学创作的前沿阵地。第三代作家以冯艺、东西、鬼子、李冯、林白、凡一平、海力洪、张燕玲、沈东子、黄佩华、杨映川、李约热、刘春、非亚等为代表，他们出生于20世纪六七十年代，受外国文学及现代主义思潮影响较深，更受到90年代市场经济及改革开放与思想解放潮流影响，他们陆续在《人民文学》、《诗刊》、《收获》、《大家》、《花城》等国内重要文学期刊上发表了一批影响较大的中篇和长篇小说，连续获得第一、二届鲁迅文学奖，以及“《人民文学》奖”、“《小说选刊》奖”、全国少数民族文学创作“骏马奖”、庄重文文学奖等各种有分量的奖项。第三代广西作家的活跃使近年的广西文坛处于前所未有的昂扬向上、团结奋进的精神状态之中。潘琦指出：“文学桂军的崛起靠一大批作家，其可持续发展同样靠一批批新生代的作家。要继续实施培养青年作家的人才工程，加强对文学桂军后继作家的培养，注重推荐中青年作家及其作品。要促进区域之间作家的文学交流，扩大广西作家的影响。”[①]没有朝气蓬勃的创作人才队伍，就没有朝气蓬勃的广西文学，也就没有文学桂军的崛起。

其二，重点推进小说创作，尤其是长篇小说创作。广西文艺要摆脱落后的面貌，必须有重点、有层次、有步骤地发展。广西文联在自治区党委政府指导下综合分析全区文艺综合实力，决定实施振兴广西文艺“五大战役”，将文学桂军崛起作为第一战役，依次以戏剧、音乐舞蹈、影视、美术为第二、三、四、五战役，集中力量打开突破口，在全国打响广西文艺品牌。而这个“广西文艺品牌”首先是广西文学，其重点就是广西的小说创作。这一思路也体现在“铜鼓奖”的评奖结果中。在文学类与文艺理论类获奖作品中，第一届总共评出26件，其中小说12件，约占总数的46%；第二届共评出10件，其中小说3件，占30%；第三届共评出15件，其中小说5件，约占33%；第四届共评出16件，其中小说5件，约占31%；第五届共评出11件，其中小说5件，约占45%；第六届共评出15件，其中小说7件，约占47%。如果撇开文艺理论，小说在文学创作获奖作品中历年所占比率等在50%以上，也就是半数以上。而在小说中，长篇小说尤其受到重视，历届“铜鼓奖”获奖作品中，长篇小说占当年获奖小说总数的比例依次为:42%、67%、40%、40%、40%、75%,可见长篇小说在获奖小说中比例之高。

这种评奖导向体现出在所有文艺样式之中重点发展文学、在文学之中重点扶植小说创作、在小说中重点促进长篇小说创作的策略,评奖的激励机制是卓有成效的,近年来广西文学在全国文坛的巨大突破以及长篇小说的崛起就足以证明这一点。广西作家的群体性崛起以及优秀作品的不断出现,使"文学桂军"成为中国文坛上一支不容忽视的力量,同时广西小说创作,尤其是长篇小说创作在全国也备受瞩目。"铜鼓奖"获奖作家东西、凡一平的小说作品《天上的恋人》、《耳光响亮》、《寻枪》、《理发师》等接连被搬上银幕。1997 年,广西青年作家东西的中篇小说《没有语言的生活》荣获首届鲁迅文学奖,填补了广西 18 年没有获得全国性文学大奖的空白。2001 年,广西青年作家鬼子又以中篇小说《被雨淋湿的河》荣获第二届鲁迅文学奖。文学桂军已经成为中国文坛最有影响力的区域性作家群体之一。

其三,扶植少数民族创作人才,重视民族特色题材挖掘。广西位于祖国南疆,是多民族聚居的地区,这里世代居住着壮、汉、苗、瑶、侗等多个兄弟民族,各民族都有着悠久的历史和灿烂的文化,广西充满着浓郁的少数民族风情。作为广西文艺最高奖的"铜鼓奖"必然渗透着这种少数民族风情,它得名于壮族最有代表性的民间乐器、壮族历史文化的标志——已有 2000 多年历史的壮族铜鼓。所以,本土性和民族性是"铜鼓奖"与生俱来的属性,发挥少数民族区域文化优势、扶植少数民族创作人才、重视民族特色题材的挖掘是它的必然倾向。在已经评出的六届"铜鼓奖"中,文学创作与文艺理论部分共有 109 人次获奖,其中少数民族获奖者为 31 人次,比例约为 28.4%,而获奖作品更有将近 1/3 书写或涉及少数民族题材。这些少数民族作家的作品在取材选题、主题思想、故事环境、人物关系等各方面都带有鲜明的民族性与本土性;在语言方言、体裁体式、结构章法、表现方式、形式手段上也都带有浓郁的地域风俗、风土人情、文化传统、审美风尚等方面的民族区域特征。广西多民族聚居的社会文化环境是文学创作的大语境与大背景，壮族的山歌、瑶族的歌舞、苗族的服饰、侗族的楼桥建筑是渗透到他们骨血之中不朽的缪斯。民族社会生活及其文化、传统、精神，孕育、养育、培育了一代代广西民族作家及其民族文学作品，从陆地、李英敏、韦其麟、莎红、海代泉、周民震、包玉堂、农冠品、何培嵩、孙步康、潘琦、蓝怀昌、韦一凡等广西老一辈作家到冯艺、鬼子、海力洪、黄佩华、盘文波、黄伟林、唐克雪、唐玉文、吴门、谭亚洲等青年一代作家，立足于民族文化开拓以确立起广西文学的根、本、魂，走向全国，面向世界。

其实不管作家身份是否为少数民族，也不管作品题材对象是否为民族题材，也不管作家生活地域是否为少数民族区域，长期生活工作在广西的作家，其血肉中就已经渗透民族文化的血脉，其思想行为中就已经贯通民族传统，其心灵和灵魂中就已经蕴含民族精神。民族文化、传统、精神不仅仅是文学的外观形态，而且更是文学的内在精神气质。

三、“铜鼓奖”作为文艺评价机制的作用与意义

“铜鼓奖”是既“面对现实”又“指向未来”的广西文艺评奖机制，也是文艺评价机制及其通过评价推动文艺发展的动力机制。这一评价机制“面对现实”的一面体现在其激励作用和评价功能上；“指向未来”的一面落实在其导向功能和发展动力的长效机制建设意义上。“铜鼓奖”的导向功能与发展机制意义是其激励作用和评价功能的延伸，“铜鼓奖”的导向与机制意义通过其激励与评价功能转化为未来广西文学发展的方向目标。通过“铜鼓奖”评选在一定程度上揭示出当下广西文学的现状及其优点和不足，总结了创作经验与清点了创作成果，推出一批拔尖人才与优秀作品，凸显出价值导向与发展方向，并通过激励机制推动广西文学“面对现实”又“指向未来”的更好更健康发展。

其一，“铜鼓奖”的奖励先进、激励再进的作用与意义。奖励对于

人类行为活动的价值评价作用与激励鼓励的作用不言而喻，对于文学活动及其作家、创作、作品的价值评价意义与激励鼓励意义也是显而易见的。文学奖励是对在文学创作领域作出较大贡献、具有良好的影响、受到社会和读者好评、得到业界认可和高度评价的优秀作家作品的嘉奖。文学奖价值意义在于：一方面重在精神奖励而非物质激励，对于"铜鼓奖"而言，奖金固然要有，而且与时俱进在增多，但相对于精神奖励而言则微不足道，精神奖励因素更多于和优于物质奖励因素，因此"铜鼓奖"不仅是奖励，而且是荣誉；另一方面文学奖不仅仅是对获奖者个人的奖励与鼓励，而且更是对获奖作品的认定与肯定，作为作品获奖就会不仅关系到作家，而且关涉到编辑、批评家、读者及其他各种因素，甚至关涉作家其他作品以及作品与作品关系，因此作品获奖的影响就会更大；再一方面是评奖意义不仅在于获奖本身，而且在于通过获奖作品对文学创作产生的辐射力与影响力，不仅激励获奖作家的再创作、再生产，而且也激励其他作家的再创作、再生产。因此，"铜鼓奖"对于获奖作家作品而言荣誉意义大于奖励意义；对于广西文学发展而言激励意义大于奖励意义，也就是说，"铜鼓奖"意义超越了"铜鼓奖"价值本身而具有更为深远而重大的意义。

其二，"铜鼓奖"的文学评价意义。文学行为活动及其发展需要评价机制的推动才能更好进行，因此评价是文学的动力。作品是文学创作及其行为活动的结果，也是文学赖以存在的本体，作品价值也有赖于评价而得以实现，批评也就成为作品评价的主要方式。现代社会又提供了作品评价的多样化方式，如读者及阅读的评价、图书销售量及排行榜的评价、网上点击率的评价、新闻报道及传播媒介的评价，等等。文学奖显然也是对文学作品的一种评价方式，甚至比起批评及其他形式的评价更具有影响力、权威性与聚合性。因为评奖不仅仅是评委评定的结果，而且也是充分考虑和聚合各种评价形式的结果，更好整合官方的、民间的、学者专家的与业内的多方面评价，从而使奖励的评价更为公正合理，更为公平民主，更为科学准确。事实上，文学奖也是由评奖行为、活动、程序、过程、结果等要素、环节构成，评委会及其每一评委的行为活动实质上就是文学评价行为活动，有的还会对评选作品作出评审意见，对获奖作品还会作出获奖词，对获奖作品作出精到的评价，这些都构成评价行为活动，甚至在评委会讨论、投票、宣布投票结果等评选环节，也都与文学评价行为活动密切相关，或者说就是一种评价行为活动。

其三，"铜鼓奖"对于评奖制度及其评价体系建设的意义。批评对文学作品的评价而言，无疑是一个具体的、个体的批评行为。如果从文学活动的角度来定义，它既包含有批评家个体的各种主观性因素和主体性行为，又包含批评活动本身所包含的批评制度、批评标准、批评原则等要素综合而形成的社会性规范和文化惯例。批评的价值评价功能是批评最本质和最重要的功能。一般而言，文学评价系统的构成要有两个最基本的要素：作品的价值评价标准和评价的价值取向，可以分别作为价值评价的主观性因素和客观性因素。作家在创作中不论写什么内容，也不论采取何种形式，其作品都应当具有和必须具有一定的思想、艺术、社会价值。为此作家在创作时就要不断地进行价值建构与追求，而实现价值建构和追求的条件就是必须有明确的价值导向。价值导向使特殊性与普遍性、理性与感性、个体性与社会性、趣味性与规范性等二元对立因素有机统一起来，从而确立一个统一而灵活的文学评价系统。价值导向通常是文学评价必须首先考虑的根本问题。

文学评价系统首先要充分考虑作品的价值。作品的价值有两方面的含义：一方面指作品本身的独立价值内容、内涵和意义，这无论是指作品的显在价值还是潜在价值，都应该是一种客观存在，是一种价值事实，或是作者已完成的价值创造和生产的产品；另一方面指将作品放置在文学活动中通过作者、读者和批评者的对话和交流而由潜在价值到显在价值过程中实现的价值以及价值增值。文学评价系统还要充分考虑价值取向的要素。价值取向是以人的需要和愿望的实现而设立的价值结果判断的思想、情感倾向，从而决定其对作品优劣、高低、是非、好恶的取舍，集中表现于批评家的批评观、文学观、审美观中，也体现于批评的性质和功用中。目前我国的文学批评，作为一种成熟的评价体系往往会综合历史、社会、文化所包含的哲学、政治、道德、审美等要素，其价值取向往往带有人民性、社会性、时代性、民族性以及社会主义取向特色。由此我们试图将“铜鼓奖”作为文艺评价制度中的个案进行研究，探索其制度和机制建设情况，进而明晰我国文艺评奖制度和机制建设状况，由此指导文艺评价制度及其评价体系的建设。

当然，任何评奖结果都会一些争议，评奖制度与机制也会存在一些问题与不足，这需要通过制度化建设与长效机制建设来不断完善和健全。即使像鲁迅文学奖、茅盾文学奖这样的全国性文学大奖，也会存在争议和某些问题与不足，也需要以加强制度、机制建设来完善与健全。值得我们借鉴与启发的是：2011 年 8 月 22 日第八届茅盾文学奖揭晓，中国文联主办报纸《文艺报》公布了最终投票，也是第五轮实名投票情况，列出来自全国各省市 61 位评委双实名投票结果，评委有一半来自各省市文联作协推荐，有一半由中国文联作协聘任；不仅评委实名，而且评奖对象实名；投票结果票数公开，获奖者张炜《你在高原》获 58 票；刘醒龙《天行者》获 56 票；莫言《蛙》获 54 票；毕飞宇《推拿》获 48 票；刘震云《一句顶一万句》获 45 票。[②]“此次评奖试行实名投票和评委投票情况公布制，大评委制，提名作品、评委名单和评选日期提前公布，各轮评选结果即时公布，纪检和公证监督等制度，使得评奖过程公开、公正、透明，对茅盾文学奖评奖的改革有积极意义。”[③]这种制度创新、体制改革、机制推动的评奖活动过程以及结果得到社会认可，也更有利于加大评奖的民主化进程步伐，这对于广西文艺“铜鼓奖”的评奖制度机制改革与建设，应该具有借鉴和启迪意义。

广西文艺创作“铜鼓奖”尽管是一个自治区级的文艺奖项，与全国性鲁迅文学奖、茅盾文学奖、“骏马奖”等文学大奖及其他艺术大奖相比，层次、质量、水准都有很大差距；尽管在评奖中也还存在一些问题与不足，但它对广西文艺的推动与贡献是有目共睹的，它的自我完善功能与自我调节机制也是值得肯定的，建立广西文学发展的制度化保障的长效机制的不懈努力也是卓有成效的，我们有理由相信广西文艺创作“铜鼓奖”会越办越好。

第二节　广西社会科学优秀成果奖评价机制

2008年第十次广西社会科学优秀成果奖揭晓，李建平、黄伟林等《文学桂军论——经济欠发达地区一个重要作家群的崛起》一书荣获一等奖。这对于广西文坛，尤其是广西文学理论批评界而言无疑是一个标志性事件，因为在这之前，对当代广西文学的进行时态研究，甚至广西文学理论批评研究还未曾获得这一殊荣，还未能获得广西社会科学优秀成果的最高级别的大奖。这是否意味着广西文学理论批评发展的新阶段，是否意味着文学理论批评桂军的崛起，是否意味着广西理论批评滞后于文学发展的格局已被打破，这还有待观察，也还有待于深入讨论。但不争的事实是，评奖作为一种评价形式和评价机制，在大大振奋了广西文学理论批评者精神的同时也推动了广西文学理论批评的长足发展。

广西文学理论批评及其文学研究，相对于广西文学的跨越式发展和突破式跃进而言，显然长期处于滞后和被动状态。常言道：文学与批评如鸟之双翼，车之两轮，并驾齐驱才能飞快前进。但对于广西文学发展来说，与文学桂军并肩作战的似乎更多地来自全国各地，尤其是北京、上海的著名理论批评家。广西本土理论批评家的声音或边缘化，或被遮蔽掩盖，只能发出微弱的、近乎敲边鼓、凑热闹的配角声音。从广西文学理论批评界而言，长期以来存在着两种取向：一方面是重基础理论研究而轻应用理论研究，追求纯学术化和纯理论化的“学院派”研究取向；另一方面是重作家作品评论而轻系统、全面、整体和深层次的学理研究，追求实用功利主义效果的“热点式”、“应景式”研究取向。故而以此断言广西文学理论批评的疲软、苍白、孱弱是有一定道理的。

近年来，伴随文学桂军的崛起，广西文学理论批评界也在反思、自省，也在寻找突破口和矛盾焦点，收获了一批厚重的本土文学理论批评成果，如李建平等《广西文学 50 年》，蓝怀昌主编《世纪的跨越——广西文学艺术十三年现象研究》，黄伟林《转型的解读》、《中国当代小说家群论》，王杰《审美幻象与审美人类学》，张利群《民族区域文化的审美人类学批评》、《文艺制度论》，张燕玲《感觉与立论》，温存超《小说的边界——东西论》，王绍辉《当代广西文学的审美文化研究》等。但这些广西文学理论批评成果在广西历次社会科学成果评奖中成绩不佳，仅获二、三等奖，还未能取得一等奖的突破，这似乎成为广西文学理论批评界的一块心病和情结，瞄准大奖的突破也就成为一种行为动机和预设目标。因此，以广西社会科学评奖机制来推动广西文学理论批评的发展是有必要性和可能性的。

一、广西社会科学评奖体系的制度化建设成效

“广西社会科学优秀成果奖”是广西社会科学研究成果最高奖，与广西文艺创作最高奖“铜鼓奖”平行，均为广西政府奖。自 1978 年创立这一奖项以来至 2008 年已评奖十届，第一届为 1978－1984 年，时限为 6 年；第二届到第六届均改为时限 3 年；从第七届开始改为每两年评奖一次，已形成定期性的评奖制度形式。受广西壮族自治区政府委托，组织领导和承办评奖活动的单位为广西社会科学联合会，已形成稳定和固定的评奖体制和活动运行机制。评奖制定了一整套规章制度和原则，充分体现出评奖过程、程序和结果的公正性、公平性和透明性，使评奖制度和机制具备权威性、民主性和影响力。更为重要的是，广西社会科学评奖通过其制度、体制、机制建设以及评奖程序细则、指标体系的制定以及评奖效果，表现出明显的学术取向性和导向性，对推动广西社会科学研究及其文学研究的发展起着重要

作用。广西社科评奖机制设置30年来，伴随改革开放30年的步伐，在评奖制度、体制、机制及活动原则、准则、规则等方面体现出制度化建设成效。

其一，建立评奖的领导组织机构。评选、评奖最重要的是公平性，因而制定评奖活动的原则、规则、准则，并在实践经验中不断补充和完善是保障公平公正性的前提条件和基础。广西社科联在自治区党委政府领导下组成评奖委员会及其下属的各方面工作机构。如"广西第八次社会科学优秀成果"评奖活动首先是成立评选委员会，主任由自治区党委常委、宣传部长沈北海担任，副主任由自治区党委宣传部副部长邬善康、自治区社科联主席庞汉生、自治区社科联副主席庞隆昌担任，委员由高校教授、研究所专家、部门领导等43人担任，组成由专家、领导和学者结合的评审队伍。同时在进入专家评审阶段之前还设置有匿名初审的通讯评议专家29人，分别来自社会科学的各个专业领域的专家学者，形成评选委员会及其专家队伍的权威性和公信力。④

其二，确定和完善评奖办法与实施细则。如，第八届制定《广西壮族自治区第八次社会科学优秀成果评奖办法》，共有二十二条，包括评奖指导思想和思路、基本原则和规则，评价导向和目标、方法和步骤，奖项类型与层次，要求和规定等，从各方面进行全局、系统、完整的表述，评奖办法既具有原则性和导向性，又具有针对性和应用性。同时，为了更好落实评奖办法，还相应制定了《〈广西壮族自治区社会科学优秀成果评奖办法〉第八次实施细则》，针对评奖对象和范围、申报审核推荐、评审费、评选方法和步骤、评奖数额等具体细节制定实施细则，使评审办法更具可操作性。⑤

其三，制定《广西社会科学优秀成果评奖指标体系》，分别按著作类、论文类、调研报告类从"创新程度"、"完备程度"、"难易程度"、"成果价值"上设计指标类型，并针对调研报告的应用研究特点，将"成果价值"放在首位而取消创新程度，更能体现调研报告的实用性、应用性和对策性特征。在每项评估指标中又细分具体的分项指标，如"完备程度”项中又分项为“系统性”、“可靠性”、“引证规范性”等分项指标，并配有针对分项指标不同分值和不同等级，从而构成系统、完整、科学的评价指标体系[6]，以方便评委依照评价指标体系给成果打分，以获得科学性、针对性和公正性的评价结果。

其四，制定体现民主集中制原则的评审程序。第一步匿名通讯评审及其排序；第二步评审委员会分成各专业小组讨论评审；第三步评奖结果公示；第四步报批自治区党委、政府；第五步公布评奖成果。这一程序由下而上又由上而下不断反复，体现了民主、公平、公正原则，从而使评奖程序具备合法性、合理性、科学性。

由此可见，广西社会科学优秀成果奖评奖制度、体制、机制是健全并良性运转的，同时，也通过实践检验是行之有效和合理合法的。更为重要的是，这一评奖制度在活动中不断补充、完善和健全，不断加强制度化建设，从而在制度设计、制度创新上更为科学，不仅保障了评奖机制的正常健康运转，而且也保障了广西社会科学研究的正常健康发展。

二、广西社科评奖机制的改革对广西文学的推动作用

广西文学研究有两层含义：广义是指广西文学理论批评界的文学研究，包括基础理论研究与应用研究；狭义是指广西文学理论批评界对广西本土文学的研究。广西社科评奖范围包括广西文学理论批评及广西文学研究成果。广西社科评奖按专业划分，文学类成果是大项，故而按一定的评奖比例分配，往往文学类成果基数大，评奖成果也多。但长期以来，广西文学研究重基础理论研究而轻应用实践研究，重全国性文学研究而轻地方本土文学研究，重理论而轻批评的倾向，往往导致广西文学的研究成果较薄弱，获奖率以及奖励级别层次较低。如果对广西文学研究内容和类型细分，可划分为三类：第一类为地方文学概论式的基础理论研究，以理论性、学术性、学理性为特征；第二类为地方文学史研究，包括古今地方文学史、经典作家作

品、古籍文献整理、文学普及等，以学科性、普及性、应用性为特征；第三类为广西文学研究，包括广西民族文学、民间文学、通俗文学作家作品评论，以民族性、本土性、地域性为特征。但三类成果中，往往前两类成果获奖比例较大，而后一类成果获奖比较少。其原因一方面是由于成果本身的学术含量和研究程度高低所决定；另一方面是由于评价制度和评价指标体系设计还存在一些问题，评委观念和认识也还存在一些分歧。这就需要对广西的文学研究和广西文学的研究现状和方向作出准确的判断和辩证分析，通过评价体系及其评价机制加以指导和引导，从而在不断加强广西社科评奖机制的制度化建设的同时加大制度创新、体制改革和机制转换的力度。

其一，确定对地方应用对策性研究成果予以倾斜的导向。作为地方性的社科奖评选该如何认识和引导学术研究和科研发展方向？如何在理论性与实践性、学术性与应用性、全国性与地方性的关系中寻找到合适的平衡点？如何使地方性评奖制度、体制、机制更趋合理和完善？广西社科奖评选委员会在广西壮族自治区党委政府领导下，积极主动地进行改革和调整，在确立成果的学术性、学理性的基础上确立科研为地方经济社会文化服务的导向，强调成果的应用性、对策性和地方性特色。如在广西第八次社会科学优秀成果评奖中明显表现出评奖导向：对地方经济社会发展服务的应用对策研究成果作适当倾斜，应用对策研究成果获奖比例达到70%，比历届都有较大提高。[7]这在学术导向和科研方向上明确强调向应用对策研究倾斜的导向性，实则也充分考虑到基础理论研究的应用性和实践性。同时，强调对应用对策性成果倾斜的导向，也必然涉及为地方经济社会文化服务的主导价值取向，对地方性课题研究的倾斜从文学研究而言，也就会引向对文学现实、实践与实际问题研究，其应用对策性会推动文学研究更多地关注现实问题、解决现实问题，推动文学的发展和创新；同时，也会引导广西文学研究落实于广西文学的研究上，关注广西文学的发展历史、现状、问题与对策，从而对广西本土文学发展起着积极推动作用。

其二，广西社科评奖成果类型的调整和改革。广西社科评奖前七届均为单纯的等级制，即将所有获奖成果划分为一、二、三等奖。在前五届还设有“佳作奖”，从第六届开始取消了“佳作奖”。从第八届评奖开始，将成果划分为著作类、论文类、调研报告类分别评出一、二、三等奖，充分考虑到成果发表类型形式的区别的同时也说明对应用对策型成果的倾斜导向。[8]广西第八次社会科学优秀成果评奖还有两大特点：“一、参评成果数量多、质量高。申报成果高达 1319 项，比第七次评奖高出 478 项，增长 57%。申报成果宽领域、多门类，许多作品达到省级乃至国家级科研水平，精品佳作众多，质量较高。二、改革创新。在广泛征求意见的基础上，对《评奖办法》及《实施细则》进行修订，改进评奖办法和操作程序。”[9]具体表现在按成果形式分类设奖，划分著作类、论文类、调研报告类三大类分别评奖，各类成果获奖比例，由申报成果基数以及评委们参照历届情况协商确定。这种分类评奖办法的改革，一方面使应用对策性研究成果得到高度重视，尤其是通过调研报告的类型序列使之独立出来，单独进行评奖，必然使应用对策性研究成果的获奖比例较大增加，也使得地方性项目研究成果的获奖比例较大增加；另一方面也使论文、调研报告的单篇型或系列型成果相比著作类而言的数量弱势得到一定程度的缓解，引导评委更多地注意成果质量和水准，而不是篇幅大小，字数多少，此导向也会影响到科研学术从重数量到重质量的转向，从讲容量篇幅到讲质量水平的转向；再一方面，通过对“著作类”含义和范围的严格限定，从而将教材、论文集、汇编等排斥于“著作类”之外，由此强化了研究著作的学术性、创新性和系统性，同时也大大减轻了申报、评审的累赘和负担，使获奖成果类型分类更具有科学性。

其三，改革评奖程序，增加通讯评议程序。评奖分通讯评议、集中评审两步进行，先由评奖办聘请专家学者以通讯方式对参评成果进行评审，然后才由评委会集中评审，也就是从初评到终评，由匿名评审到实名评审，保证了评审“分评—总评、初评—终评”的程序和过程，也保证了评审的合理性、合法性和科学性。对于文学研究成果而言，虽然在当前“物质化”、“功利化”、“实用化”的社会背景下，学术价值取向日益被边缘化或不被重视，但在社科评奖中分专业、分成果类型的评奖办法、评奖程序、评奖制度和机制的保障下，按成果基数比例评出不同等级的奖项，实则还是保护和保证了文学研究成果的学术价值和地位；同时也使文学研究得到高度重视，尤其是带有地方性、应用对策性的文学研究成果得到充分重视和肯定。

《广西第八次社科评奖办法》及其《细则》的改革促进了评奖制度、体制、机制的改革，文学研究成果获奖情况有了良好转变。从著作类来看，毛水清《隋唐五代文学史》获得一等奖，在评出3项一等奖中占了1/3的比例；袁鼎生《审美生态学》、韩晖《隋及初盛唐赋风研究》、麦永雄《文学领域的思想游牧：文学理论与批评实践》、马树春《中国当代流行歌曲的文学阐释》等四部著作获二等奖，在评出30项二等奖中所占比例为13.3%；文学研究有9项三等奖，在53项三等奖中所占比例为17%。从论文类来看，2项一等奖文学研究空缺，所占比例为零；二等奖46项，文学研究6项，所占比例为13%；三等奖91项，文学研究6项，约占7%。从调研报告类看，文学研究空缺，所占比例为零。评奖结果说明，文学研究的优势还是在著作类，尤其是高级次奖的比例较高；论文类比例偏低，调查报告类比例为零。评奖结果证明：一是文学研究成果在整个社科评奖结果中所占比例说明其地位和影响还是有保证的，尤其在偏重于学术性、理论性和基础性的著作类和论文类中一般占有超过10%以上的比例，情况和状态还是较为乐观的。二是说明文学研究的弱项主要在调研报告类，所占比例为零说明文学研究在这方面既不重视又不被重视，既不积极提供申报成果又无法提供高质量高水平的成果，同时也说明调研报告类评奖或许并未将文学研究纳入这一范围，认定这并非文学研究的内容。三是说明文学研究还存在重基础理论研究轻应用对策研究的倾向，也还存在着重全国性文学研究而轻地方性文学研究的倾向。四是说明获奖作者绝大多数来自高校教授学者，“学院派”的纯学术研究风气和“金字塔”式的科研模式使高层次高水平研究成果呈纯学术化和塔尖化倾向，与社会现实需求和理论的应用性、实践性品格有一段距离；同时也说明文学研究的队伍主要集中在高校，还未形成文学研究的社会整体氛围和环境，文学研究应引起全社会的关注和重视。

从广西社科评奖结果分析广西文学研究的状况是值得深思和反省的。我们既可看到广西文学研究的长处和优势以及特点，又可看到其弱势、劣势以及问题与不足。从这一角度看，广西社科评奖制度及其评价机制对广西文学研究的推动作用和导向作用是不言而喻的。

三、广西文学研究成果获奖的启示和趋向

从广西第十次社科评奖结果来看，李建平、黄伟林等《文学桂军论》荣获著作类一等奖，这意味着三大突破：一是对广西本土文学研究成果荣获社科一等奖的突破；二是对过去由高校作者基本通揽文学研究大奖的作者范围的突破，李建平为广西社科院文史所研究员，该书主要作者来自该研究院所[10]；三是对广西文学当下进行时的文学桂军的研究，具有强烈的现实针对性和应用对策性，是文学研究在这一学术转向上的突破。仔细分析和认真研究该成果荣获广西社科一等奖的原因主要有五方面：

其一，该成果是以国家社科项目为依托的结题成果，通过国家社科项目选题、论证、评审、批准等一系列严密、严格的审查才批准立项，与其前期工作和前期成果以及周密独到的项目申报内容密切相关；其次，项目负责人组织包括科研院所、高校、文学期刊以及广西文艺理论家协会的精兵强将组成作者队伍，历经三年，数易其稿，形成结题成果形式；再次，经国家社科规划办组织专家评审，提出意见后修改结题，可谓通过国家级评审验收；最后由中国社会科学出版社出版，由著名文论家杨义、著名作家和出版家聂振宁作序，出版后产生重大影响和反响，在报刊上发表该书书评多篇。

其二，该成果在资源利用上形成三大优势：一是作者队伍的人才

资源优势，集中了广西文艺理论批评界的优秀人才，主要有广西社科院文史所所长李建平，广西师范大学文学院教授黄伟林，《南方文坛》主编张燕玲，广西民族大学副校长、广西文艺理论家协会主席容本镇，广西区党委宣传部文艺处处长唐正柱，广西大学文化与传播学院王建平等。二是材料资源优势，李建平等长期对广西文学进行评论研究，积累了丰富翔实的第一手材料。三是前期研究成果的优势，作者在这之前已出版《广西文学 50 年》，部分作者参加《世纪的跨越——广西十三年文艺现象研究》编写，积累了广西文学系统、整体研究的经验和成果。这三大资源优势必然会形成成果的优势，具备天时、地利、人和的条件。

其三，该成果具备三个明显特色：一是鲜明的地方本土性特色，以广西本土文学作为研究对象和内容，必然在发掘对象的地方本土性特色的同时形成研究的自身特色和成果的特色；二是鲜明的时代性特色，成果立足广西文学发展的现实实际，以享誉全国文坛的"文学桂军"作为焦点和亮点，回应了时代要求，彰显了时代精神；三是鲜明的文化研究特色，该书对广西本土文学研究在运用文学理论与方法的同时彰显文化研究的理论与方法特色，从而将文学研究与文化研究结合，不仅有利于更好揭示文学桂军崛起的原因，而且也深掘广西文学的文化内涵和底蕴，尤其能从民族地区的民族文化之根、本、魂立足来把握广西文学的优势和特色。该成果的特色也就造就了它与其他同类成果的区别和超越其他成果的优越性和亮点。

其四，该成果理论与实际、形上思辨与形下实证、宏观视野与微观作家作品分析结合，既达到理论批评化、批评理论化的目的，又使学术研究具有实践应用品格和应用对策研究具有理论学术品格，故而无论是从学术理论专著研究角度评价，还是从应用对策研究角度评价，都吻合评价体系指标系数和标准，都能获得读者与专家的认同。当然，这种跨学科的综合研究方向，理论应用的学术范式转型，为地方经济社会文化服务的导向，均能吻合广西社科评奖的指导思想和评委的价值评价取向。

其五，该成果具有良好的社会应用效益和深远的影响力。该成果对广西文学发展及文学桂军崛起的研究，并未仅仅停留在描述历史、寻找原因、分析评论作品的经验总结上，而是在此基础上寻根溯源，深入发掘广西文学的根、本、魂所在，更重要的是能在总结经验的同时查找不足和问题，提出前瞻性和应用性的对策建议。这对于广西文学发展和文学桂军建设具有积极的作用和深远影响，该书出版后曾由广西文艺理论家协会主办研讨会，会上文学家与文学理论批评家共商广西文学发展大计，从而将理论研究成果转化为应用实践成果，产生明显的社会效益和影响力。

更为重要的是，该成果充分说明广西社科评奖机制对文学研究的推动和促进作用，从而也对广西文学的发展、文学桂军的崛起起着重要影响和作用。进入21世纪以来，从中央到地方各级党委政府高度重视社会科学研究工作。《中共中央关于进一步繁荣发展哲学社会科学的意见》指出："在全面建设小康社会、开创中国特色社会主义事业新局面，实现中华民族伟大复兴的历史进程中，哲学社会科学具有不可替代的作用。必须进一步提高对哲学社会科学重要性的认识，大力繁荣发展哲学社会科学。"[11]胡锦涛指出："紧密结合新的实践不断创新，是我国哲学社会科学繁荣发展的必由之路。哲学社会科学界要切实担负起自己的历史责任，瞄准学术发展前沿，打开认识视野，拓展思维空间，既立足当代又继承传统，既立足本国又学习外国，大力推进学术观点创新、学科体系创新和科研方法创新，努力建设具有中国特色、中国风格、中国气派的哲学社会科学。"[12]党中央和胡锦涛总书记充分肯定了哲学社会科学研究的重要性和必要性，同时也从指导思想和目标方向上明确改革、创新、特色的社会科学研究价值取向和目标追求。各级党委和政府也从制度、体制、机制上提供社会科学繁荣发展的保障和支持。广西社科评奖也从评价机制角度对广西社会科学发展起着重要推动作用。

时任广西壮族自治区党委副书记、宣传部部长潘琦指出："要注意把精品意识贯穿于项目评审、经费支持、成果鉴定和资助出版的全过程。抓紧完善社会科学研究成果奖励办法,对优秀成果要给予重奖;对有突出贡献的哲学社会科学工作者要给予应有的学术荣誉和价值肯定。大力营造尊重社科、关心社科、关注社科的良好的社会舆论氛围。"[13]广西社科评奖机制建立的目的就是要推出精品,奖励精品,激励精品更好更多地生产。《文学桂军论》荣获广西社科优秀成果大奖,在一定程度上说明广西社科评奖机制的推动作用和导向作用。从广西文学研究角度而言,其意义在于:

首先,强化了精品意识和品牌意识。评奖机制的作用就在于通过选择、比较、评审来确定优秀成果,从而产生出精品和品牌。《文学桂军论》可谓广西文学研究的精品和品牌,它的典型和示范意义是重大而深远的。它不仅在同类型研究中能脱颖而出,成为一花独秀的佼佼者;同时它又能带动同类型研究的精品意识和品牌意识的增强,表明了精品的导向作用和典范作用。广西社科评奖机制明显呈现出优秀成果的精品化、品牌化导向。

其次,强化了地方本土文学研究的优势和特色。文学研究十分强调个性风格,文学个性往往通过创作主体的个性、地域特征、民族特点表现出来,文学研究个性也是通过研究主体、研究对象、研究思路、观念和方法表现出来。广西作为少数民族地区,其传统、当代社会以及文化文学形态颇具地域性和民族性,从而也颇具文学研究的优势和特色,因而广西文学研究应在优势和特色基础上形成优秀成果。广西社科评奖机制也明显呈现出强化优秀成果的优势和特色的评价导向。

再次,倡导文学研究关注现实实际、关注实践、关注发展趋向的应用对策性研究。理论必须运用于实践,理论必须解决现实实际问题,理论必须具备实践性、应用性、针对性品格,这是广西社科评价机制在引领学术潮流、引导学术创新、推动学术范式转型的一个重要思路。文学研究的基础理论研究和应用对策研究有如鸟之双翼,车之两轮,其和谐与协调正在于双翼与两轮结合为整体的生命体运动,在于鸟的机体协调作用和车之主轴枢纽作用。因此,基础理论研究与应用对策研究并驾齐驱的原因在于基础理论研究必须具有应用对策性，应用对策研究必须具有理论基础，从而将基础理论落到实处，使应用对策研究站得更高、看得更远、想得更深。广西社科评价机制明显呈现出这种理论应用对策研究的导向。

最后，倡导改革创新的学术发展趋向。社科研究以及文学研究的生命力和活力在于改革创新，改革创新不仅是推动学术研究的机制，而且也是学术研究成功的标志。广西社科评奖机制要达到推动学术创新的目的，就必须首先使其评价机制也具备改革创新的条件，这就需要评奖制度创新、评奖体制改革、评奖机制转换，建立合法、合理、公平、公正的评奖平台，建立行之有效的评奖程序和评价指标体系，并不断加强评奖机制的制度化建设，强化评奖机制的公信力和权威性，从而通过评奖机制来引领学术创新的导向。

时任广西区党委副书记马庆生在广西第七次社会科学优秀成果颁奖大会上讲话指出："要加强社会科学基础学科建设，繁荣学术园地。同时要高度重视应用理论的研究和推广，加强对我区经济和社会发展具有战略意义的理论研究。"[14]广西文学研究亦如此，基础学科研究在于固根，应用研究在于立本，发挥区域文化与民族文化的优势和特色，在于树魂。因此广西社科评奖机制应在根、本、魂上确立导向。

第三节　广西文学理论批评的评价机制

文学桂军的整体崛起，不仅包含广西文学理论批评力量的构成内容，而且也包括理论批评作为评价机制对文学的推动力量。从这个角度看，文学桂军的整体崛起中就意味着理论批评正在崛起，这是理论批评自觉的标志。中国作协副主席陈建功认为："广西的一批中青年作家们，以其雄厚的生活积累和领异标新的探索精神，在小说、诗歌、散文、纪实文学、文学理论批评领域均有建树，成为中国文坛不可忽视的力量。”[15]这似乎昭示出广西文艺理论批评作为文坛不可忽视的力量，在理论批评领域和推动广西文学发展中也有建树，伴随着文学桂军的崛起，理论批评桂军也正在崛起。探讨广西理论批评桂军崛起这一论题，无论是从其推动文学桂军崛起的作用而言，还是从作为文学桂军的构成部分而产生的整体崛起效应而言，都是极其重要和必要的研究论题。这对于从经验总结和理论升华角度探索文学桂军崛起的原因，从理论批评和文学评价机制建设角度探索文学桂军的跨越式发展与可持续发展也是极有价值和意义的；同时，也是为了更好地彰显广西理论批评的自觉，进一步推动理论桂军的崛起。

一、文学理论创新开拓，为文学桂军的崛起架桥铺路

文学理论是对文艺活动实践及规律的理论总结和升华，同时又为文学实践提供理论依据和支撑，是保障和推动文学更好更快发展的动力源。文学桂军的崛起无疑也有深厚扎实的理论基础，是由创新开拓的理论成果支撑的。新时期以来，广西文艺理论发展伴随着广西文学的起伏跌宕，荣辱与共，在艰难跋涉中创业，在时代大潮中拼搏，留下了一串串理论批评桂军奋进的足迹。

在这支理论队伍中，始终活跃着老中青三代文学理论家。第一代文艺理论家的代表、老一辈著名文艺理论家林焕平是“左联”老战士，从 20 世纪 30 年代开始就从事文艺创作和理论批评活动。在其 90 岁高寿时仍笔耕不辍，参与当时文坛关于“朦胧诗”、“文学主体性”、“文艺多元化和多样化”等重大文艺问题的论争及中国当代文学理论建设，直到去世前还不忘他作为广西文联名誉主席的身份，对广西文学振兴的关注。在他身后留下近千万字的著述，有《林焕平文集》9 卷、《林焕平选编著作集》5 卷、《林焕平译文集》5 卷、《林焕平作品选》、《林焕平诗选》等，为广西文艺理论发展树立起一座高大雄伟的里程碑的同时，也为广西文学发展道路铺下一块厚重的理论基石。

第一代文艺理论家还有冯振、秦似、贺祥麟、王弋丁、林志仪等，他们都在新时期披荆斩棘地开拓，铺平广西文艺理论发展道路。第二代理论家主要有“文革”前接受大学教育的潘琦、黄海澄、江建文、丘振声、王敏之、陈学璞、梁超然、杨炳忠、江业国、巫育民、林宝全、黄绍清、彭会资、徐治平、陈运佑等，他们着力于耕耘和播种，不仅为广西文艺理论园地增色添彩，为广西文学大厦增砖添瓦，而且也着力于理论队伍的建设和发展，理论新军的培养和锻造，起着承前启后、后浪推前浪的队伍组建和衔接作用。第三代理论批评家多是新时期以后受到大学教育的青年队伍，主要有王杰、袁鼎生、张燕玲、李建平、黄伟林、唐正柱、彭洋、杨长勋、容本镇、黄祖松、张利群、莫其逊、朱寿兴、廖国伟、黎东明、王建平、危磊、顾凤威、李江、刘铁群、黄晓娟等，这是一支高学历、高职称、高素质的理论队伍，他们着力于打造理论批评桂军队伍，更为自觉而紧密地投身于广西文学批评及文学桂军崛起的实践活动中，在广西文艺理论园地中开辟了一个个新的领域，开放出一朵朵绚丽多彩的理论之花。广西三代文艺理论家人才济济，梯队整齐，齐心协力推动广西文艺理论车轮滚滚向前。

这些文艺理论家来自不同的职业、单位，主要有高校、科研院所、机关、新闻以及企事业单位。如何将分布零散的力量组合成团队，凝聚成一股合力，这是理论批评桂军形成的首要条件。1995 年，广西文联正式成立文艺理论家协会，由陈运佑担任第一届主席，意味着广西文艺理论的多股力量开始集结，整合队伍，标志着理论桂军的初步形成。2000 年，由广西师范大学教授王杰博士出任第二届文艺理论家协会主席，意味着高校的理论批评力量汇入广西理论桂军队伍，不仅使广西文艺理论资源得到优化组合，而且也意味着理论批评桂军开始崛起。2007 年，广西民族大学教授容本镇出任第三届文艺理论家协会主席，预示着理论批评桂军将保障和支撑广西文艺实施“五大战役”的跨越式发展及文艺桂军整体崛起之后向更高更新目标冲击，理论批评桂军也将迎来新的辉煌。

广西文艺理论队伍，经过三代人不断开拓，辛勤耕耘，收获丰硕成果。2005 年，广西壮族自治区党委、政府举办“广西文学艺术十三年成果展”，选拔入展的 133 名文艺家中有文艺理论家 8 人，为黄海澄、江建文、王杰、张燕玲、张利群、徐治平、黄伟林、李建平，如果再加上各文艺门类的理论批评家，其比例应该在各文艺门类中是名列前茅的。这充分显示出理论批评桂军的力量和实力，也显示出广西理论批评的自觉。

其一，在全国学术界形成颇有影响的理论建树。广西文艺理论研究从 20 世纪 80 年代开始，对全国学术界都产生过影响和作用，所发生的理论冲击波持续到现在。黄海澄在 1985 年前后全国兴起的“新方法论”文艺思潮中，以其《系统论、控制论、信息论美学原理》及几十篇厚重扎实的新方法研究系列论文，使其处于全国学术界前沿的重要地位，与当时的林兴宅、鲁枢元、季红真、傅修延等构成新方法大潮的基本格局，影响了当时文艺理论批评走向。其后，黄海澄又以其“价值论文艺学”和“艺术哲学”等理论新话题，不断持续引起文坛轰动效应，不仅奠定了他在全国文艺理论界和美学界的地位，而且也使广西文艺理论研究令全国学术界刮目相看。

江建文以其作家的艺术气质和美学家的理论素质形成了其独特而清新的理论个性风格，构筑起富于感性与理性交融的审美新视域和文学理论园地。他以《文艺美的拓展与超越》、《美的感悟》、《文艺理论问答》等著述，在广西文艺理论界与美学界享有盛誉，为广西文艺理论和美学走向全国奠定了厚实的基础。

王杰作为数所重点大学博导，将其哲学的功底、美学的眼光和文艺理论的素养结合在一起，构成其丰厚扎实的理论基础和多学科结合的知识结构。在其博士论文基础上所形成的专著《审美幻象研究》一举成名，奠定了他在全国文艺理论界与美学界地位，其在全国学术组织中的职衔就可见影响之一斑：全国马列文论研究会副会长、中华美学学会副会长、中外文论学会副会长。他在获得两项国家社科基金项目的资助下对中国当代马克思主义文论建设和对西方马克思主义文论的研究，以其颇负盛名的专著《马克思主义与现代美学问题》、

《审美幻象与审美人类学》、译著伊格尔顿的《审美意识形态》等，在全国文艺理论和美学研究领域中产生重大影响。

这支理论队伍中还有袁鼎生的生态美学研究、张利群的批评理论研究、黄伟林的文学家群研究、莫其逊的马列文论研究、朱寿兴的审美文化研究、李建平的抗战文化研究、王建平的影视艺术理论研究、黄晓娟和刘铁群的女性文学研究等均有不俗的理论建树。他们在《文艺研究》、《文学评论》、《文艺理论研究》等全国重要文艺理论刊物上发表论文，在学界形成不断扩展延伸的理论冲击波。

其二，形成在全国颇有影响的三股理论势头，构筑理论前沿阵地。进入 21 世纪后，广西文艺理论研究整合资源，聚集力量，发挥特色和优势，逐渐形成三股足以冲击全国的理论势头：一股势头是以王杰为领军人物的广西师范大学文艺理论群体，通过对文艺学、中国现当代文学、中国少数民族语言文学、民俗学、人类学、民间文学等学科整合，开拓审美人类学研究方向，使美学形上思辨研究方法与人类学注重田野调查的实证方法结合起来，开辟文艺理论和美学理论研究的新途径。审美人类学研究群体关注当下实际问题，关注广西民族、民间、区域文化发展历史和现状，关注文学桂军的发展，以个案研究对广西黑衣壮文化、南宁国际民歌艺术节、“印象·刘三姐”、“广西文坛三剑客”等文化和文学现象进行审美人类学研究，连续在全国重要学术刊物《文艺研究》、《文学评论》、《文艺理论研究》上发表论文，出版“审美人类学丛书”8 种和“南方文论丛书”5 种，在全国学术界引起重大反响，确立了审美人类学这一新兴学科及这一跨学科综合研究方法的作用和地位。另一股势头是以袁鼎生为领军人物的广西民族大学生态美学和生态文艺学研究。这一学术群体立足广西文化生态、民族生态、文学生态的理论与实践结合的研究，以生态理念和生态学理论回应当前生态学发展潮流，契合广西区党委政府提出的“和谐广西”的战略思路，他们出版了专题研究的系列著作和系列论文，其研究成果不仅为文学桂军崛起、为跨越式发展与可持续性发展的结合提供理论支撑，而且也为广西各级党和政府的政策、措施、规划制定提供理论依据和参考借鉴。再一股理论势头是以李建平为领军人物的广西社科院学术群体对广西文学史及其理论的研究，包括广西当代文学史、广西抗战文学史、桂林抗战文化城研究。出版著作《广西文学 50 年》、《文学桂军论》、《桂林抗战文艺概观》、《桂林抗战文学史》、《抗战时期桂林文学活动》、《抗战时期文化名人在桂林》等。汇同广西高校文学史研究队伍，其成果还有《广西散文百年》、《壮族文学史》、《壮族当代文学史》、《壮族文学发展史》、《桂林文化城大全》、《桂林抗战时期戏剧研究》等著作，使广西文学史研究和抗战文化史研究的视野进一步从广西推向全国，不仅充分体现了地方文化研究的特色和优势，并且也以其特色和优势多次获得国家社科基金项目和全国性学会协会的奖项。除这三股理论发展势头外，还有不少正在孕育、萌芽和崭露头角的新势头，共同汇集起广西文艺理论研究的朵朵浪花，逐渐形成汹涌澎湃的理论大潮，推动广西文化建设和文艺的发展。

其三，通过文化研究保护、利用、开发地方文化资源，为文学桂军崛起提供创作资源和文化保障。广西是一个沿边、沿海的南方少数民族地区，有极为丰富的民族文化资源、民俗文化资源、革命文化资源、历史文化资源。如何保护、利用、开发文化资源，将文化资源转化为文化资本及创作材料，广西文艺理论界进行了长期而艰难的地方文化调查研究。在广西区党委宣传部的组织领导下，广西文艺理论队伍集中高校、科研院所、文化团体等力量，对广西文化资源进行全面系统的调研，出版系列研究著作:《刘三姐文化品牌研究》、《桂北文化研究》、《环北部湾文化研究》、《红水河文化研究》、《花山文化研究》等;还出版“壮学研究系列丛书”，“广西各民族民间文艺丛书”。广西高校利用学科队伍和学术研究的优势，形成两大广西文化研究的重镇。在广西师范大学设立“人文强桂工程”省(区)级重点研究基地“审美人类学研究中心”和“八桂文化与文学研究中心”，创办《东方丛刊》，出版“南方文论丛书”和“审美人类学丛书”;在广西民族大学设立“中国壮学研究”省(区)级重点研究基地，出版“中国壮学文库丛书”，创办《中国壮学》年刊。同时，广西理论界还着力打造广西文化研究三大刊物：《南方文坛》、《民族艺术》、《广西民族研究》，形成在全国有重要影响的民族文化文学研究阵地。

这些研究不仅为广西民族文化保护、利用、开发及其文化产业发展打下坚实的基础，而且也为广西文化文学跨越式发展创造了有利条件，也为广西区党委、政府制定文化发展规划，确定“文化广西”的思路，将广西建设成为文化先进省（区）的战略决策提供理论依据和智力支撑。

二、文学批评斩荆披棘，为文学桂军崛起保驾护航

如果说文学与批评如鸟之双翼、车之两轮，并行不悖才能飞得高、跑得远的话，那么理论与批评更是相辅相成，融为一体。但长期以来，理论与批评各自为政，不仅导致两者脱节，而且也导致两者与文学脱节。广西文艺理论家协会成立后，不仅提出理论与批评协同发展的思路，更重要的是提出理论与批评作为合力，与文学共同发展的思路。由此，理论的批评化和批评的理论化的双向交融为文学发展提供了更为切实可行而又不乏理论深度剖析的批评模式，形成广西批评的特色和优势，克服了重理论轻批评的偏向，将一大批高校的文艺理论、美学理论和文化理论研究者吸引到关注广西文化活动实践、关注广西当下文学发展现实、参与广西文学批评活动上来，形成了广西文学批评良好发展态势和建立起批评团队，凝聚起人才力量。在广西文学批评队伍中涌现出黄伟林、张燕玲、李建平、陈学璞、杨长勋、张利群、唐正柱、容本镇、王建平、李江、黄晓娟、刘铁群等中青年文学批评家。这支批评队伍强健精干，自觉性和主动性强，战斗力和突破力大，很快就形成与文学桂军并肩作战的态势，也形成了文学桂军崛起不可或缺、更不能忽视的重要力量，逐渐形成“理论批评桂军”的阵容和状态。潘琦提出：“要建立文艺评论的正常机制，注意搞好服务，有计划，有步骤、有成效地开展文艺评论，不断推出新作、新人、

新成果。”[16]从广西文学批评发展历程及其成果来看，作为广西批评形态和批评模式主要有三个特点：

其一，在对文学现象的反思中体现出批评的批判性。广西批评的自觉早在20世纪80年代末的文化反思思潮中就初露端倪，广西文学界和批评界的理论反思引起广西文坛振兴最初的萌动。1988年，广西电台连续用5周时间播发了广西5位青年作家黄佩华、杨长勋、黄神彪、韦家武、带弼宇的《广西文坛’88新反思》系列文章；《广西文学》1989年第1期以“广西文坛三思录”为题发表了系列文章的部分内容，对广西文学的传统思维定式、作家人格、文学生态等提出反思和批评；引发了1989年在《广西文学》、《南方文坛》、《广西日报》文艺部等6家单位联合召开的有150多人参加的“振兴广西文学大讨论”。广西多家报刊刊发相关文章，在讨论和争论中形成了共识：突破“刘三姐模式”，逃离“百鸟衣圆圈”，超越建国17年广西的文学成就，以打破广西文坛长期以来故步自封。停滞不前的困境，提出广西文学跨越式发展的最初思路。[17]显然，反思和批判不仅是对历史、现状的审视，而且是对当下行动的策划和未来前景的前瞻。在这次“广西文坛大反思”和“振兴广西文学大讨论”中，明确表达出批评的自觉性和主动性，不仅标志着广西文学的自觉，而且也标志着广西文学批评的自觉。在文学和批评自觉中，最可贵的是从中产生出的反思意识和批判意识。从这个角度而言，说明广西文学与批评都对自身进行了反省和自我批判，从而产生出强烈的危机感和振奋精神，变压力为动力，转被动为主动，解放思想，轻装上阵。这种反思和批判意识构成广西批评的批判性特点，在此后的批评发展中始终保持这一特点和优势，才会有广西文学和批评的“诤友”关系，才会有客观、公正、实事求是的批评原则和态度，才会有批评对广西文学发展的真正推动。

其二，在对文学发展的规划和文学活动的策划中显示出批评的前瞻性。广西文坛振兴和文学桂军的整体崛起，意味着将过去单兵作战、各自为政的创作状态转变为以团队合力构成的战略与战术结合的文学活动和文学现象方式表达的创作态势，因而整体的规划性和活动的策划性是重要而且必要的。文学桂军的聚集和整合一方面得力于自治区党委宣传部、文联作协的组织领导；另一方面也得力于文学批评力量的推动和联动。1996 年，自治区党委宣传部召开广西老中青作家艺术家座谈会，会议的最大收获是决定实施“213 工程”，落实作家创作签约制度等措施以保障人才队伍建设；同年，自治区党委宣传部在花山召开全区青年文学艺术家座谈会，会议的最大收获是决策实施“五大战役”，以文学桂军崛起作为第一战役，由此拉开了振兴广西文坛的序幕。在这一年召开的两次重大会议上，自治区党委、政府的决策和战略部署及其战役规划是最为重要和关键的，体现出党对文艺工作领导的导向性、前瞻性和规划性。参与这两次会议的文艺理论批评家，最为深切的感受无疑是批评在振兴广西文坛中的责任和义务，明确评价机制的核心价值体系的导向性、前瞻性和策划性作用。这不仅表现在对文学创作成果的评价、文学作品作家研讨、文学史研究及文学批评活动的策划上，而且也表现在对文学发展的规划和战略决策、战役部署的策划上，这大大改变了批评滞后于创作发展的活动惯性，在创作之前批评与文学就共同开始了策划，从而使文学活动和文学发展更具有自觉性和有效性。诸如杨长勋等参与策划“广西文坛’88 新反思”活动；彭洋、李建平等参与策划“振兴广西文学大讨论活动”；潘琦策划广西文化调研活动；黄伟林参与策划桂林文学作家群活动；张燕玲等策划和推出广西新生代作家群、广西新生代女性作家群和天门关作家群的创作活动；冯艺、张燕玲策划《这方水土：广西签约作家小说精选》出版以打造新锐生力军的活动；李建平等策划广西当代文学史和桂林抗战文艺研究活动；容本镇等策划“相思湖作家群”活动；银建军等策划“桂西北作家群”活动等等，大大地增强了批评的策划意识和前瞻意识，使批评更具现实针对性、战斗性和有效性。

其三，在对文学桂军打造过程中显示出批评力量的整体性。文学桂军崛起的理论批评主要来自三股力量：一股力量是自治区党委宣传部、文联作协及其各级党委、政府的正确领导和精心策划，以其"三大战略"、"213 工程"和"五大战役"，不仅为文学桂军提供了制度、政策、机制的推动和保障，而且为文学桂军集结队伍、整合资源、确立目标、正确导向起着关键决定作用。当然这其中也不乏这些文艺领导者、管理者作为批评家，从战略规划与政策指导角度对文学桂军的创作动态和现象进行整体评论和评价。潘琦、蓝怀昌、傅磬、容小宁、唐正柱等一批文艺领导管理型的批评家，以身作则，率先垂范，始终引导和关注文学桂军的成长和发展。潘琦论著《风格就是人品》、蓝怀昌主编《世纪的跨越——广西文学艺术十三年现象研究》、唐正柱论著《谈诗》、《真与美的握手》等，既具有宏观全局的整体研究意义，也有微观的个案分析的作品评论的价值。另一股力量是来自广西区外的国内著名理论批评家对广西文学发展的推动。这些评论高瞻远瞩，慧眼识珠，恰如高山流水觅知音。更为重要的是能将其评论放置在全国文坛的大背景下审视和观照，从而为广西文学发展准确定位和有力拉动，对文学桂军崛起起着不可忽略的重要作用。"邵健、徐肖楠、洪治纲、陈晓明、李敬泽对于东西的解读，李敬泽、汪政、晓华、王干、丁帆、陈思和、陈晓明、程文超、冯敏对于鬼子的解读，徐肖楠、陈晓明、李敬泽对于李冯的解读，贺俊超对于常弼宇的解读，洪治纲、葛红兵对于海力洪的解读，丁帆、阎晶明对于沈东子的解读，洪治纲、石一宁对于凡一平的解读，张颐武对于黄佩华的解读，陈晓明、洪治纲对于杨映川的解读，贺俊超对于蒋绵璐的解读，葛红兵对于贺晓晴的解读。"[18]这些全国批评界的大腕推介和拉动了广西文学的新锐力量和精品力作的产生。第三股批评力量是广西理论批评家，他们与文学桂军长期并肩作战，唇齿相依，既能零距离地贴近审视，又能冷静反思自省；既能"入乎其内"，又能"出乎其外"；一方面能满腔热情地讴歌和支持，鼓励"这方水土"的本土文学的崛起；另一方面又能以其"诤友"的姿态，真心诚意地为文学桂军"把脉"、"会诊"，以一双批评的锐眼发现问题，纠正偏颇，为文学桂军保驾护航。他们形成了一支特别能战斗、特别能拼搏的批评队伍。其批评活动及业绩给文学桂军崛起以更为有力的推动，其批评成果有“评论家接力丛书”五种，以个人评论集方式收入杨长勋的《话语的边缘》、李建平的《理性的艺术》、黄伟林的《转型的解读》、张燕玲的《感觉与立论》、彭洋的《视野与选择》；张燕玲主编“南方论丛”系列评论丛书，收入陈祖君的《两岸诗人论》、顾风威的《美的解放》、黄伟林的《文学三维》、江建文的《美的解读》、徐治平的《散文春秋》、吕嘉健的《兼美的文化批评》、朱慧珍的《民族文化审美论》、张燕玲和张萍选编的《南方批评话语》等八种；李建平等的《广西文学 50 年》、李建平与黄伟林等的《文学桂军论》、陈学璞的《玫瑰园漫步》、杨炳忠的《桂海文谭》，陈运佑的《为时集》、黄伟林的《中国当代小说家群论》、张利群的《批评重构》、《多维文化视阈中的批评转型》、《文艺制度论》及《区域民族文化的审美人类学批评》、温存超的《秘密地带的解读——东西小说论》等百部理论批评论著及上千篇的评论文章。这些成果获得全国少数民族文学“骏马奖”、中国作协“庄重文文学奖”、中国文联文艺评论奖以及广西文艺创作最高奖“铜鼓奖”、广西哲学社科优秀成果奖等奖项。这构成了理论批评桂军强劲的冲击力和战斗力，不仅是为文学桂军从理论上架桥铺路，从批评上保驾护航，而且也是为理论批评桂军的崛起奠定坚实的基础。

三、以《南方文坛》为阵地，为文学桂军崛起架设批评平台

广西文学桂军崛起最初是以《广西文学》和《南方文坛》两大本土刊物集结起步从而走向全国的；广西文艺理论批评队伍最初也是在《南方文坛》上集结、积蓄、呐喊、冲刺的。同时，《南方文坛》作为广西唯一的文艺理论批评专业性刊物，从其 1986 年创刊以来，就承担了推动广西文学与广西文学理论批评发展的重任，在广西文学发展中的每一重大活动和每一重要阶段都起着重要作用。可以说，《南方文

坛》是广西文学与理论批评的一面旗帜，一个标志，一座丰碑，一个重要阵地。在《南方文坛》为文学桂军崛起开道的同时，它也在全国文艺理论批评界迅猛崛起。

《南方文坛》获得的荣誉大大超越了作为广西地方期刊的最高限度：全国中文核心期刊，中国期刊方阵双效期刊，第五届全国当代少数民族文学研究“园丁奖”，《中国期刊全文数据库》(CJFD)全文收录期刊，《中文社会科学引文索引》(CSSCI)来源期刊，《中国学术期刊》(光盘版)全文收录期刊，《中国学术期刊综合评价数据库》来源期刊，《中国核心期刊(遴选)数据库》全文收录期刊，《中文科技期刊数据库》收录期刊。为此，它被广西文联系统记集体二等功，连续两届被评为“广西十佳社科期刊”。金炳华在《中国作家协会第六次全国代表大会上的工作报告》中充分肯定《南方文坛》的成就：“克服种种困难，始终坚持自己的严肃的理论品格……办成了一份相当活跃和有影响力的刊物。”[19]学界评价如谢冕、陈思和认为：“中国当代文学最有影响的两家杂志，辽宁的《当代作家评论》和广西的《南方文坛》，一北一南，承担着对中国文学理论的责任，它们不仅是地方的，更是中国的，是中国文学理论家之家。”[20]外界评价《南方文坛》“集结起一支有生气的批评力量”，“催生了中国新生代批评家的成长与成熟”，“业已成长为中国文坛最具影响力的文论园地之一”[21]，等等。由此可见，《南方文坛》已成为广西文学理论批评及文学桂军崛起的一面旗帜，成为中国文学理论批评的重镇，也成为全国文艺理论批评界的重要阵地。这意味着广西文学的自觉，文艺理论批评的自觉和文学期刊的自觉。

《南方文坛》的崛起和自觉，离不开自治区党委宣传部的关心和帮助，离不开其主管单位广西文联的正确领导，更离不开历届刊物主编的精心策划和设计，历任主编李超鸿、陈运佑、郑继馨、彭洋、张燕玲，可谓呕心沥血、倾心尽力地精心打造这一品牌。现任主编张燕玲从 1996 年接任主编 10 多年来，大胆改革，锐意进取，使《南方文坛》在改版后令人耳目一新，精神振奋，使其迈入全国优秀期刊的行列，也进入全国文艺理论批评的前沿阵地，不仅推动了广西文学及其理论批评的发展，而且也影响了中国文学及其文学理论批评的发展，从而也使其刊物具有鲜明的特色和优势：

其一，立足广西、面向全国的开放的办刊思路宗旨。一个地方性理论批评刊物办得好坏，不仅仅推动地方文学和批评发展，而且有责任将地方文学与理论批评推向全国，从而推动中国文学的发展和理论批评建设。这在某种意义上说超越了地方封闭性和自足性的局限，而更具全国性、开放性和灵活性，使刊物能广纳天南地北英才，放眼五湖四海天地，不仅在这一阵地上集结了理论批评桂军队伍，而且也集结了全国著名理论批评家队伍，由此而成为全国理论批评前沿阵地。这既促使广西文学及其理论批评进入全国文坛的视野，又能吸引全国著名理论批评家关注和评价广西文学，推动广西文学发展。在一大批全国著名批评家进入广西文坛视野的同时，广西一大批批评家也进入了全国文坛视野，如文艺理论家王杰、小说评论家黄伟林、文学史批评家李建平、文学批评家张燕玲、批评理论家张利群等。《南方文坛》创立了广西与全国交流沟通的平台，也打通了广西文学与理论批评崛起的通道和全国文坛关注广西文学的通道。

其二，打造活泼、新颖、富有特色的栏目和选题。《南方文坛》理论批评的自觉充分体现在其鲜明、突出、独异的特色上，使期刊特色能在全国学术界独树一帜，独领风骚。特色的形成既来自长期的积累和稳定一贯的风格个性，又来自灵活机动、与时俱进的创新策划。《南方文坛》通常所设置的专栏具有一定的稳定性，但又不乏创意的策划和构思，如“点睛”、“今日批评家”、“文艺状态”、“批评论坛”、“新潮学界”、“批评家扫描”、“理论新见”、“现象解读”、“绿色批评”、“打捞历史”、“当代艺术视角”等。显而易见，这些栏目的设置既全面、系统、多样化，又能点面结合；既关注历史传统，更关注当下和未来；既有理论型的长篇大论，又有评点式的三言两语的点睛之笔；既有对话，也有独语。这足以从栏目上窥见其办刊的开放性、灵活性和创意思路，为理论批评家提供百花齐放、百家争鸣的自由空间。更为重要的是形成其风格个性特色，如“点睛”栏目中每期都有一位批评家自由表达“我的批评观”，构成批评主体性张扬和批评观念更新及其批评形态多样化的多元共生语境；“绿色批评”栏目将理论的“灰色”转变为“绿色”，提供更为鲜活、生动和富于审美感性的批评形态，不啻是对批评的活力、生命力和战斗力的强化；“文艺状态”和“现象解读”栏目紧扣当下进行时的文学及其一些重大问题进行辨析和论争，针对“状态”、“现象”不仅有所发现，而且发人深省；“对话笔记”设置了交流对话的平台，不仅有作家与批评家在心灵的精神共鸣中交流，而且也有不同观点、不同视角在论争中交流，以表现标新立异的个性特色。我们不妨在这些栏目命名中提取关键词，如“点睛”、“新潮”、“素描”、“对话”、“现象”、“绿色”、“视角”……就可见其特色所在。《南方文坛》除在栏目设置上体现出特色之外，还在每期都针对文坛的一些焦点问题而设置的创新和创意的专题和话题中彰显出话题批评特色。如“1998 年第二期的关于当代女性文学写作和批评实践的讨论，1998 年第四、五两期通过独特的形式——分别邀请资深‘知青’评论家和‘知青后’评论家对‘知青情结’进行深度的学术剖析，以纪念‘知青文学’诞生二十周年，1998 年组发的最有代表性的‘晚生代’作家的自观文，1990 年初展开的‘70 年代生’文学新人的讨论”；“还有近年关于‘文学呼唤什么’、‘重写文学史’、‘80 后讨论’、‘呼唤文学人物’、‘暴力叙事和叙事暴力’等话题讨论，尤为读者称道”。[22]《南方文坛》能紧贴文坛前沿的焦点和亮点设置话题，表现出鲜明的时代性、当下性和新锐性，对当前文坛现象不仅具有聚焦、曝光、发现、传播的作用，而且也具有导向、评价、策划、前瞻的作用。

其三，聚焦广西文学，打造文学桂军，推动广西文学跨越式发展和文学桂军的崛起。作为广西理论批评刊物，《南方文坛》义不容辞地担当起振兴广西文学的重担，连续不断地集中力量，设置栏目推出对广西文学的评价文章。如在“南方百家”栏目中推出广西实力派作家的评价，并使之与外省知名作家并置参照进行评介。《南方文坛》还多次组织、策划广西文学研讨会和笔会，如“广西三剑客”专题讨论、“杨映川、贺晓晴作品恳谈会”、“桂西北作家群研讨会”、“相思湖作家群研讨会”、“仫佬族作家群研讨会”、“天门关作家群研讨会”等。正如有评论指出的：“《南方文坛》有意把广西的创作让一些本身就在思考当代文学整体性、具备整体性把握能力的批评家去研究，以一个整体性的眼光来研究广西的文学，对广西文学的推介作用就难能可贵。”[23]由此可见，《南方文坛》作为理论批评阵地不仅依靠广西理论批评力量，而且依靠全国理论批评力量推动广西文学发展，在文学桂军崛起中功不可没。同时，也在推介和打造文学桂军的同时，不断打造自身，打造广西理论批评队伍，理论批评桂军崛起指日可待。

2007 年在广西文联第八次代表大会上，时任文联主席的蓝怀昌在大会工作报告中以“文艺批评工作活跃，理论研究成果斐然”[24]作为小标题充分肯定了广西理论批评的成绩；时任广西壮族自治区党委书记刘奇葆也在会议讲话中充分肯定了广西文学艺术发展的成就：“长期以来特别是近年来，我区广大文艺工作者在党的领导下，以讴歌人民，昭示光明，凝聚力量，鼓舞人心为己任，辛勤耕耘，精心创作，创造了大批优秀文艺作品，为我区经济社会发展提供了强大的思想感情保证、精神动力和智力支持。”[25]这标志着广西文艺及其理论批评的自觉，标志着广西文艺进入一个百花齐放、百家争鸣的新春。

注释：

①潘琦：《文学桂军的崛起与发展——在广西第七届文艺评论奖颁奖仪式上的讲话》，见“广西文联网”，2008-02-23。

②《第八届茅盾文学奖第五轮实名投票情况》，载《文艺报》，2011

年8月22日第二版。

③《第八届茅盾文学奖获得者畅谈获奖感受》,载《文艺报》,2011年8月22日第一版。

④《广西第八次社会科学优秀成果评选委员会》,《2004广西社会科学年鉴》,119—121页,北京,线装书局,2004。

⑤《广西壮族自治区第八次社会科学优秀成果评奖办法》、《实施细则》,《2004广西社会科学年鉴》,121—124页,北京,线装书局,2004。

⑥《广西社会科学优秀成果评奖指标体系》,《2004广西社会科学年鉴》,124—126页,北京,线装书局,2004。

⑦《广西第八次社会科学优秀成果评奖·综述》,《2004广西社会科学年鉴》,114页,北京,线装书局,2004。

⑧《历次广西社会科学优秀成果评选获奖项目》,《2004广西社会科学年鉴》,112—142页,北京,线装书局,2004。

⑨《广西第八次社会科学优秀成果评奖·综述》,《2004广西社会科学年鉴》,114页,北京,线装书局,2004。

⑩李建平、黄伟林等:《文学桂军论——经济欠发达地区一个重要作家群的崛起及意义·后记》,330页,北京,中国社会科学出版社,2007。

⑪《中共中央关于进一步繁荣发展哲学社会科学的意见》,2004年1月5日。

⑫胡锦涛:《要大力推进哲学社会科学繁荣发展》,载《人民日报》,2004年5月30日。

⑬潘琦:《努力繁荣广西哲学社会科学》,《广西第八次社会科学研究优秀成果奖获奖项目评介》,3页,南宁,广西人民出版社,2005。

⑭马庆生:《在广西第七次社会科学优秀成果颁奖大会暨广西社科界迎春茶话会上的讲话》,《2003广西社会科学年鉴》,44页,北京,线装书局,2003。

⑮陈建功:《勇敢的推广　谦虚的请教》,载《文艺报》,2006年6

月15日。

⑯潘琦:《开展文艺评论,繁荣文艺事业》,《潘琦文集》,第一卷,103页,南宁,广西民族出版社,2011。

⑰李建平、黄伟林等:《文学桂军论——经济欠发达地区一个重要作家群的崛起及意义》,72—73页,北京,中国社会科学出版社,2007。

⑱李建平、黄伟林等:《文学桂军论——经济欠发达地区一个重要作家群的崛起及意义》,51页,北京,中国社会科学出版社,2007。

⑲金炳华:《始终坚持先进文化的前进方向》,载《求是》,2003年第1期。

⑳蒋锦璐:《广西文坛大动静》,载《广西日报》,2001年11月30日。

㉑蓝怀昌主编:《世纪的跨越——广西文学艺术十三年现象研究》,下册,576页,南宁,广西人民出版社,2007。

㉒蓝怀昌主编:《世纪的跨越——广西文学艺术十三年现象研究》,下册,576页,南宁,广西人民出版社,2007。

㉓蓝怀昌主编:《世纪的跨越——广西文学艺术十三年现象研究》,下册,580页,南宁,广西人民出版社,2007。

㉔蓝怀昌:《牢记庄严使命,坚持开拓创新,进一步推动广西文艺事业的大发展大繁荣——在广西文联第八次代表大会上的工作报告》,2007年7月28日。

㉕刘奇葆:《在广西壮族自治区文学艺术界联合会第八次代表大会上的讲话》,2007年7月28日。

第五章　广西高校文学教育机制建设

文学发展与人才相关，人才培养和建设与高校相关。尤其是进入知识经济、文化经济时代后，高校文学教育和文学学科建设为文学发展提供了知识理论储备、人才储备、思想储备以及智力支撑和资源支撑。广西办有文学学科专业教育的有二十多所高校，其优势在于三方面：一是拥有高职称、高学历、高素质的文学教育师资队伍，其中一部分高校教师也是作家与理论批评家；二是拥有具备文学素质和能力的本科生、硕士生、博士生组成的庞大的文学后备军，其中有一些学生早已介入文学创作和文学研究；三是拥有高校得天独厚的文学发展硬件、软件条件，学科建设、科研教学、产学研一体化以及校园文化、校园文学、青春文学、青春写作发展，创造了良好环境和氛围。广西高校文学教育制度、体制、机制改革及其教学改革取得明显成效，在广西民族大学形成了“相思湖”作家群；广西师范大学形成了广西文学研究的重镇；广西大学形成了文化产业开发研究中心；河池学院形成了桂西北作家群摇篮及其文学创作与写作重点基地，从高校走出去的广西作家在文学桂军中占据半壁江山。

第一节　广西高校文学研究与理论建设

文学桂军以其响亮的称谓享誉文坛，不仅因其鲜明的地方特色和优势，而且因其令人刮目相看的成果和业绩。文学桂军在地处南疆的少数民族地区从边缘崛起，在全国文坛引起巨大冲击波和震撼力。在文学桂军雄壮的队伍中，有一个个整齐强劲的小说、诗歌、散文、戏剧文学军团，还有一支与文学并驾齐驱的理论批评队伍，这正如中国作协副主席陈建功指出的："广西的一批中青年作家，以其雄厚的生活积累和领异标新的探索精神，在小说、诗歌、散文、纪实文学、文学理论批评等领域均有建树，成为中国文坛不可忽视的力量。"[①]这说明文学理论批评队伍是文学桂军不可忽视的重要构成力量，这不仅直接以理论批评的方式介入文学桂军崛起的进程，而且为落实广西区党委、政府提出"文化广西"的战略决策而实施的文学桂军崛起、戏剧强省工程、影视建设工程、振兴八桂歌海舞风工程、打造漓江画派的"五大战役"铺平道路，推波助澜地促进广西文艺的整体发展和重点突破。文学桂军理论批评队伍构成主要来自高校、研究院所、文联作协机构及其党政机关的专职、业余理论批评家。高校无疑是这支理论批评队伍的基础和主干，它不仅是广西文学桂军的坚强后盾，而且为文学桂军的崛起提供坚实有力的智力保障和理论批评的支撑。文学桂军崛起的原因有其全国文坛的大气候、大背景；也有其广西地方独具的特色和优势以及地方经济、政治、文化、历史、风俗等诸多因素；更有广西文学发展的自身传统和内在运行规律与机制的推动因素；但不可忽视的是广西高校从文学教育和文学研究的角度提供的智力保障和理论批评的支撑，应是文学桂军崛起的一个重要因素。故而从广西文学与高校关系的角度考察文学桂军崛起的原因是必要的。

2000 年，广西师范大学教授王杰博士，担任第二届广西文艺理论家协会主席，吹响了高校力量汇入广西文艺理论批评队伍的集结号。尽管广西至今还没有一所中央直属的国家重点大学，也没有更大的财力支持除广西大学之外的更多高校进入“211 工程”的国家与地方共建的百所重点大学行列，但广西还是不惜倾全区之力努力办好地方高校。就文科而言，办好以人文社科研究见长的广西师范大学，以民族和民族文化研究见长的广西民族大学，以新闻传播和文化产业研究见长的广西大学，以地方文化研究见长的广西师范学院，使之在区内外、西部地区、东南亚地区日益发挥影响。除此之外，还有以培养文学人才见长的河池学院等十多所地方高校，共同构成广西高校的文学教育、文学研究的整体环境和地方办学格局，共同为文学桂军的崛起提供保障和支撑。广西人民政府主管文教工作的副主席吴恒在视察广西师范大学时曾说：广西高校有其自身的特色和优势，应该为广西经济、文化发展提供“智力库”、“思想库”、“人才库”和“信息库”。[②]为此，广西高校在办学理念、教学改革、科学研究、人才培养、制度体制调整、机制转换等方面明确了为地方经济、文化服务的思路。广西近二十所办有文学院、中文系的高校也在文学教育和文学研究等方面逐步进入广西文学发展视野，汇入文学桂军崛起的进程中。

一、以文学教育培养人才梯队，充实和扩大文学桂军队伍

近年来不少高校相继开设地方文化课程，其中不乏广西文学研究、广西民族文学研究、广西民间文学研究、壮族文学史等课程；同时也在一些课程中设置了广西文学研究的章节和专题，从课程体系、课程结构和课程设置等课程建设和课程改革上增添了地方文化和文学内容。另外，在写作、中国现代文学、中国当代文学、文学概论、文学评论、文学欣赏、美学、文化学等课程中，也强化了文学创作、欣赏、批

评、理论等素质和能力的培养，为文学桂军的创作队伍和理论批评队伍培养了大批人才。

高校文学教育形成以广西师范大学为平台的桂林作家群、以广西民族大学为平台的相思湖作家群和以河池学院为平台的桂西北作家群现象，培养了以东西、凡一平、黄佩华、杨映川、黄咏梅、盘文波、刘春等一大批在全国文坛上崭露头角、先声夺人的文学桂军的领军人物和先锋人物，明显地表现出学院派文学创作的特色和优势。

高校人才培养还在地方文化和文学课程开设的同时配套加强教材建设，出版和使用具有鲜明地方特色的课程教材。如欧阳若修等《壮族文学史》、黄绍清《壮族当代文学史》、彭会资《民族民间美学》、周作秋主编《民间文学概论》、覃德清主编《中国文化概论》、张利群主编《文学批评原理》和《汉语言文学论文写作》、覃可霖《写作思维学》、陈广林主编《大学写作教程》、顾凤威和巫育民《文艺学批评方法概论》等课程教材。同时，为更好培养高层次文学创作和批评人才，在硕士研究生教育层面也从文艺学、美学、中国现当代文学、中国少数民族语言文学、民俗学、人类学、新闻学等专业招收广西文学创作与理论批评研究生。广西大学与广西师范大学还分别与广西区党委宣传部合作举办了两期研究生作家班，为文学桂军培养和培训了一批批高层次创作与理论批评人才。高校教师也在教学和人才培养中逐步介入广西文学创作和研究的队伍中，在培养人才的同时也不断提高自身素质，使之成为文学桂军队伍中重要的构成力量。高校教师中涌现出诸如诗人韦其麟，散文家徐治平，散文诗作家徐敏歧，青年作家张民、何波、龙子仲，青年诗人施秀娟、陈广林等，为文学桂军的创作队伍增添了力量。更为可贵的是，一些著名作家也积极加入高校的教学活动，成为高校兼职教授，如著名作家潘琦，就曾受聘为广西师范大学文学院兼职教授，现为广西民族大学兼职硕士生导师。理论评论家李建平受聘为广西民族大学兼职教授。同时，高校还吸引作家进入高校工作，成为专职驻校作家，著名作家东西、凡一平应聘广西民族大学教师，成为广西首批驻校作家，从而大大加强了广西文学与高校的联系，在加强高校文学创作和文学研究力量的同时也加强广西文学桂军的理论批评力量。

二、以学科建设确立特色研究方向，加强广西文学理论批评力量

高校学科建设打破了长期以来在“学院派”的封闭型学科体制下进行传统教育的模式，强调开放式的基础学科研究与应用学科研究、理论研究与实践研究、专业研究与跨专业研究的结合，从而搭建起高校与社会现实实践结合的平台，开拓了高校学科教育与研究的新途径。广西师范大学文艺学专业面向广西文化、文学发展实际、开辟审美人类学研究方向，确立将美学的形而上理论思辨研究方法与人类学的形而下实证调研方法结合起来的思路，对广西文化与文学现象进行文艺学、美学、人类学、中国现当代文学、中国少数民族语言文学、民俗学等多学科综合的跨学科研究。他们着重对广西黑衣壮文化、南宁国际民歌艺术节、“印象·刘三姐”、“广西文坛三剑客”等广西文化与文学的个案与现象进行理论研究，出版了“审美人类学丛书”八种、“南方文论丛书”六种，从而创立了这一颇有地方特色和理论优势的新兴学科，在国内学界有重大影响，开辟了地方文化、文学研究的新途径，从而也确立了文艺学学科发展的新方向。广西民族大学的文艺学、美学、民族学、人类学等专业整合各学科力量倡导生态美学研究，以生态文明、生态和谐、生态平衡的理念和思路对广西民族文化可持续发展、非物质文化遗产保护和广西民族语言文学研究等理论课题和实践应用对策的研究对广西发展起了重要作用，出版《审美场论》、《审美生态学》等生态美学系列论著，形成广西民族大学在人类学研究、民族文化与文学研究、生态美学研究方向的特色和优势，在全国学界产生良好影响，为文学桂军提供了理论支撑和发展思路。广西民族大学还充分发挥其基础课程——写作学在培养创作

和文学研究人才上的作用，系统、全面、整体地对写作理论及其写作应用技巧进行研究，形成学科研究的特色和优势，形成以广西民族大学为平台的“相思湖作家群”，为文学桂军不断注入新鲜血液。广西大学早在20世纪70年代就在“七七级”中设立文学创作专业，为广西文学发展培养创作人才。长期以来致力于从文艺美学和文化产业理论研究切入广西文学、新闻及其影视艺术研究，跟踪调研广西电影制片厂的发展轨迹、广西影视创作及其文化市场发展，加强对广西文化产业个案研究和应用开发研究，为政府制定文化政策和推动文化体制改革、文化机制转换和文化产业发展起了重要作用。更为重要的是，江建文、王建平等教师针对广西文学的影视化转向及其作家的“触电”现象进行重点研究，从而推动更多的文学作品影视化、市场化，使广西大学成为广西文学创作、影视艺术研究的重要基地及其文化产业理论研究的策源地。

三、改革高校科研体制，打通学术研究与地方应用研究结合通道

长期以来广西高校存在重理论研究而忽略实践研究、重基础研究而忽略应用研究、重文学史研究而忽略对当下文学现象研究的偏颇，导致学术研究与现实实践脱节的弊端。

进入21世纪后，学术研究转向、学术方法转型、学术机制转换的学术发展新趋势，使广西高校科研体制和学术研究方向也发生了重大变化。有学者指出：“理论工作者的工作对象，不是仅仅坐在屋子里就能操作的所谓作家活动和作品文本，而同样包括日新月异的社会生活，走出‘象牙塔’，反映时代潮流，这应是新世纪文学的基本姿态。”[3]许多高校为了加强人文社科研究的管理和领导而在原有的科研处基础上增设了人文社科领导机构；高校的人文社科研究所、研究中心也转换运作、活动机制，以课题、项目、工程等形式增强研究活

力，激活纵横项经费投入的机制运行；加强高校科研成果的奖励和激励机制，并将科研作为教师的本职工作和职责，使科研工作量与教学工作量能同等对待，激发了教师科研积极性和自觉性。广西区党委和政府为了更好地推动广西高校的人文社科建设，并使之面向广西经济文化建设重大问题的实际，决定在广西高校设立省（区）级人文社科基地。广西师范大学承担自治区“人文强桂”工程，并相应建立起五个广西省（区）级人文社科研究基地，三年内由区党委和政府投入1200万元经费，用于广西人文社科的建设。其中由文学院承担的“八桂文化与文学研究中心”和“审美人类学研究中心”就直接面向广西文化和文学建设的重大问题研究，并且获得六个重大课题的高额项目费资助，推动了广西文学史、壮族文学史、广西文学发展的制度化建设等重大项目研究。广西民族大学也设立了省（区）级重点研究基地“壮学研究中心”，依据基地平台，创办《中国壮学》年刊和出版“中国壮学文库丛书”。高校改革和加强科研项目的申报和管理制度，引导课题申报更多地面向地方现实实际，强化项目的应用性、实践性和地方性。近年来，广西高校获国家社科项目数量逐年增加，据统计，70％左右的项目来源于面向地方的应用课题研究，如文学桂军研究、广西文学史研究、广西黑衣壮研究、桂林抗战文化城研究等课题都获得国家社科基金项目资助。与此同时，广西高校注重对地方应用课题研究，也越来越多地获得广西社科基金、广西教育规划基金、广西艺术规划基金、广西软科学研究基金的项目资助。与广西文学发展建设有关的一些项目，如“广西新时期文学研究”、“广西区域小说家群研究”、“广西新时期文学批评研究”、“广西民族文化的现代发展研究”、“广西文学发展的制度化建设及其文学评价机制研究”等，形成高校文学研究的整体而多维的视域。广西高校还积极参与党和政府为解决广西重大理论与实践问题而在社会上进行招标项目的竞标活动。如广西师范大学参与“广西文化体制改革及其对策研究”的重大项目招标，竞标成功后主动积极组织学术团队完成了任务，为广西文化体制改革及其文化发展作出了贡献。更重要的是高校通过面向社会、面向现实问题的学术方向及学术方法的转型，促使高校科研管理体制、科研制度、学术机制改革和转换，一大批面向社会现实的成果不断面世，加强高校在广西地方经济文化建设中的地位和作用，成为广西人文社科研究和文学研究的先锋和主干。

在高校科研机制和学术氛围的推动下，高校一大批专家学者、博士教授，甚至博士生导师，如王杰、袁鼎生等积极投入文学桂军的打造和广西文学研究，形成高校文学理论批评队伍的整体力量和高素质、高质量的效应。

四、以高校为平台，搭建广西文学理论批评的重要阵地

为落实自治区党委和政府建设“文化广西”的战略决策，使高校成为广西经济文化建设的思想库、智力库、人才库、信息库，广西高校积极搭建与社会联系交流的平台。广西师范大学文学院依托“人文强桂”工程，率先建立起广西文化和文学研究资料库，并在资料库中专门开辟广西当代文学研究和文学桂军研究专架。高校利用学术交流的条件和优势，采取请进来、走出去的方式，邀请全国著名的文学家、理论家、批评家到校讲学的同时也邀请广西作家，如东西，鬼子、凡一平、黄继树、刘春等到校讲学。并利用外出参加学术会议机会，广西高校教师也不断将广西文学研究成果和信息在全国传播。广西高校还积极搭建理论研究和文学评论的平台，不断主办和承办广西文学及其作家作品研讨会。在广西师范大学文学院，就曾召开过鬼子、东西、周昱麟、盘文波、刘春等文学桂军重要作家作品研讨会。除此之外，各高校还积极将教学与科研、第一课堂与第二课堂、学生的专业学习与社会活动紧密结合起来，引导教师和学生自觉主动地投身到广西文学建设中来。各高校文学院中文系学生社团在教师指导下，成立文学社、记者团、读书会、文学评论协会、影视评论协会等，积

极开展文学创作和批评活动。广西师范大学文学院学生社团创办文学刊物《嘤鸣诗刊》;河池学院学生社团创办文学刊物《南楼丹霞》,聘请东西、鬼子、凡一平、彭匈、宋安群、席战强、刘春等文学桂军重要作家为顾问,并刊发他们的作品和文章,从而使广西作家零距离与高校教师学生沟通交流。高校积极自觉地搭建广西文学交流平台,从而也逐渐使高校成为广西文学理论批评的基地和重要阵地。

五、发挥高校参与地方建设的积极性,创新文学理论批评成果

高校的教学科研不仅培养和造就了人才,为文学桂军培养了大批文学家和理论批评家,而且也造就和培养了自身,一大批教师也成为文学桂军的先锋和骨干力量,成为广西文艺理论家和批评家。广西高校一贯都有优良的人文精神传统和文学传统,早在抗战桂林文化城时期,广西高校教师就积极投身于抗战文化建设和桂林文化城建设,产生了一批著名作家和理论批评家,如秦似、林焕平、沙少海、李耿、林志仪等。新中国成立后,广西高校涌现出一大批著名作家和理论批评家,如韦其麟、贺祥麟、王弋丁、蓝少成、欧阳若修、冯振、彭泽陶、刘泰隆等。进入新时期,广西高校文学研究进入高潮期,涌现出黄海澄、梁超然、农学冠、卢斯飞、林宝全、江建文、江业国、巫育民、朱慧珍、林建华、彭会资、杜奋嘉、唐韧、姚代亮等作家和理论批评家。文学桂军崛起的近十年里,广西高校人才辈出,再创辉煌,广西师范大学的王杰、黄伟林、张利群、李江、莫其逊、朱寿兴、黎东明、王朝元、廖国伟、单小曦、肖百容、刘铁群、龙子仲等;广西民族大学的袁鼎生、容本镇、陆卓宇、黄晓娟、冯仲平、范秀娟等;广西大学的王建平、滕福海、张西宁等;广西师范学院的危磊、罗坚、顾凤威等;河池学院的银建军、温存超等;玉林师院的王志明、杨丁有、徐一周等。这些高校教师都具有高职称、高学历、高素质的特点,是广西理论批评队伍的基

础和骨干，也是文学桂军的重要构成力量。李建平认为："近十多年来，三代批评家共同创造着广西文坛理论的扎实和批评的活跃，为繁荣中国文坛文论建设和打造文学桂军做出了卓著业绩。"④同时，李建平还将其视为文学桂军的"重要军团"。可以说，高校的理论批评力量是这支"重要军团"中的核心和主力。由这些博士、教授、学者构成的理论批评力量大大提高广西文艺理论批评队伍的素质和质量，提高了文学桂军的战斗力和活力，一大批对广西文化、文学的研究专著和论文为文学桂军崛起创造了有利条件和奠定了雄厚基础。高校文艺理论研究成果有：黄海澄《艺术的哲学》、《艺术价值论》，江建文的《文艺美的拓展与超越》、《美的感悟》，王杰《审美幻象研究》、《审美幻象与审美人类学》，张利群《批评重构》、《多维文化视域中的批评转型》、《区域民族文化的审美人类学批评》，黄伟林《中国当代小说家群论》，袁鼎生《审美生态学》，江业国《生态技术美学》，徐治平《散文美学论》、《当代散文艺术论》等一大批文艺理论著作；文艺批评的著述有：张燕玲主编"南方论丛"包括高校教师黄伟林《文学三维》，徐治平《散文春秋》，江建文《美的解读》，朱慧珍《民族文化审美论》等；"评论家接力丛书"收入高校教师杨长勋《话语的边缘》，黄伟林《转型的解读》等；容本镇主编《悄然崛起的相思湖作家群》；温存超《秘密地带的解读——东西小说论》等；文学史研究论著有：高校教师徐治平《广西散文百年》(上下)、《中国当代散文史》，欧阳若修等《壮族文学史》和《壮族文学发展史》，黄绍清《壮族当代文学史》；一些高校教师还参与蓝怀昌主编《世纪的跨越——广西文学艺术十三年现象研究》(上下)；李建平主编《文学桂军论》；张燕玲、张萍选编《南方批评话语》；潘琦主编《刘三姐文化品牌研究》、《红水河文化研究》、《桂北文化研究》、《广西环北部湾文化研究》；唐华主编《花山文化研究》等。这些理论批评成果的出版，获得文坛广泛好评，推动了文学桂军的崛起。有的著作获全国少数民族文学"骏马奖"、中国作协"庄重文文学奖"、中国文联文艺评论奖、广西哲学社会科学优秀成果奖、广西文艺创作"铜鼓奖"等重大奖项，为广西文艺发展添上了浓墨重彩的一笔。

显而易见，广西高校文艺理论批评的成果不仅是丰硕的，而且与广西文艺理论批评发展紧密相关，相互促进，从人才培养、学科建设、学术导向、理论支撑、批评指引，以及制度、体制建设和机制推动等方面对文学桂军崛起产生了重要影响和作用。毫无疑问，这是文学桂军崛起的重要力量，也是文学桂军崛起的重要原因之一。总结高校文艺理论批评建设介入广西文学发展经验，有四方面的意义和启示：

首先，广西文学发展与文学理论批评建设唇齿相依，休戚相关，共同构成文学桂军崛起的壮丽景观。李建平认为："作为文艺事业两翼中的一翼，广西的文艺理论与批评始终关注着中国文艺理论的前沿和广西文学创作的动态。"⑤这说明文学与理论批评是互为促进的两支重要队伍，而且也说明文学与批评相互交融为文学桂军的整体力量，从而为文学桂军的崛起铺路架桥，增砖添瓦，奠定坚实的基础和创造有利条件；同时，高校文学理论批评也为文学桂军增强实力，激发战斗力和活力，提高人才队伍的素质和质量。显然，文学理论批评队伍中的高校力量起着不可替代的先锋和骨干作用。

其次，建立起高校与社会联结的桥梁，促使高校投入社会经济文化建设的大潮中。高校文学教育和文学研究极大地促进了地方文化和文学发展，尤其在文学桂军崛起中起到的积极作用无疑具有一定的示范和典型意义：一方面，高校将理论结合实践，知识运用于实际，更好地使其为社会服务，解决社会经济、文化的重大现实问题；另一方面，社会各界高度重视高校在社会中的作用，积极发挥高校在人才培养、学科建设、科学研究以及人才资源、理论资源、信息资源和学术资源上的优势，更好借助高校的平台和优势解决社会重大疑难问题，从而开辟出高校与社会结合进行突破式的创新和跨越式的发展的新途径。广西文学发展更应在此基础上建立起与高校互动创新模式，更深更广地发掘高校在文学教育和文学研究上的潜力，使文学桂军更有后劲和实力，实现文学桂军崛起之后的可持续发展、科学发展和创新发展目标。

再次，加强文学桂军崛起的理论探讨和学术研究，从文学桂军的发展历程及其崛起原因的探讨中寻找广西文学发展的规律和特点。正如广西区人大副主任、文联主席潘琦在广西文艺理论家协会第三届新当选的理事会上讲话提出的：文艺理论批评应加强对“文学桂军”这一命名概念的理论研究，弄清其界定、含义和范围及其理论内涵和构成，总结经验，寻找规律，增强文学桂军的自觉性和团队意识。因此，广西文艺理论批评界和高校的文艺理论批评研究应针对文学桂军崛起现象进行深入的理论研究和学理剖析，不仅使这一文学现象发生原因和发展过程及其成果经验得以总结和升华，而且也有利于文学桂军崛起之后的进一步发展和提升，为广西文学发展奠定坚实的理论基础和储备后续力量，明确崛起之后发展的方向。

最后，充分利用制度优势，加强文学发展的制度化建设和文学体制改革及文学机制转换。制度、体制、机制是文学发展和运行的保障，广西文学桂军崛起得力于广西区党委和政府的一系列正确有效的文艺政策、措施的保障。如为实施“文化广西”战略和加快广西文化发展的“九大工程”，具体在文艺战线实施人才战略、精品战略和文化资源可持续发展战略的“三大战略”和“五大战役”。作为第一战役的文学桂军崛起一炮打响，在全国文坛抢占前沿滩头阵地，四面冲刺，八方出击，享誉文坛，震惊全国。这些成效显然与党委政府的文艺制度、体制、机制的建设紧密相关，与高校文学教育、文学研究制度、体制、机制相关，从制度建设、体制改革、机制转换上提供了文学桂军崛起的保障和支撑。从某种意义而言，高校力量对地方文学的介入，其实质也是制度化建设的不可缺少的构成部分，从而也说明制度的优越性和高校的优势，对推动作为社会公共文化事业和精神文明重要组成部分的文学繁荣和发展，起着巨大的推动作用和保障作用。毋庸置疑，继续加强广西文学发展的制度化建设是非常必要和重要的一环。

文学桂军的崛起是一个新的起点，从“广西文坛三剑客”的异军突起到文学桂军的整体崛起经历过一个漫长而艰苦的过程，今后文学桂军前进的路更长，艰难险阻更多。正如潘琦所言：“我真诚地希望广大文学艺术工作者，惜时如金，与时俱进，永葆创作的激情和活力，勇当时代的弄潮儿，以超越自我的身姿，迈过新的更高的门槛，书写新的辉煌。历史绝不会辜负那些勇敢的跋涉者。我们热切地企盼在令人仰止的文学艺术的历史高峰，闪动着新文艺桂军的身影，回响着新文艺桂军的足音！”⑥我们期待广西文学桂军再次吹响集结号，聚集起包括高校力量在内的文学队伍整体出击，向新的前沿高地发起冲锋。

第二节　广西高校文学教育人才培养模式改革

文学桂军的崛起在全国文坛产生重大冲击波，“从 1989 年到 2002 年，广西文学经历了一个跨越式的发展，从 20 世纪 80 年代的边缘寂寞状态到 90 年代中后期的异军突起，广西文坛人才辈出，佳作纷呈，他们逐鹿中原、南征北战，叫响了“广西文坛三剑客”和“文坛新桂军”两个名词，引起了中国文坛的翘首注目，一举改变了广西文学平庸落后的局面，以一个边缘崛起的姿态造就世纪之交中国文坛一个绚丽而奇异的景观”⑦。文学桂军的领军人物东西、鬼子分别荣获鲁迅文学奖；鬼子、黄佩华、岑隆业、韦一凡、蓝怀昌、包晓泉、海代泉、韦其麟、黄伟林、冯艺等荣获全国少数民族文学“骏马奖”；李冯、凡一平、黄佩华、黄继树、张宗栻、沈东子、海力洪、黄土路、王咏等在全国获各类文学大奖；青年作家杨映川、黄咏梅、蒋锦璐、李约热、伍维平、贺晓晴、盘文波、刘春、杨丽达等持续在大型文学刊物上发表作品，并获各类文学期刊大奖；一批优秀作品纷纷“触电”，《寻枪》、《理发师》、《姐妹词典》、《天上的恋人》、《英雄》、《十面埋伏》等被搬上银幕银屏，在全国文坛产生重要影响。时任广西区党委副书记，现任广西文联主席潘琦认为：“一支崭新的，富有活力的文学艺术桂军在神州大地崛起。伟大的时代孕育了一代在改革开放的大潮中茁壮成长起来的文艺新人。他们的出现标志着广西当代文学艺术史上的一种全新的现象的出现，标志着社会主义先进文化在八桂大地蓬勃发展，如日中天。”[⑧] 文学桂军经过改革开放三十年的磨砺和艰苦奋斗，已形成一支打得响、过得硬、队伍整齐、实力雄厚的文学团队，这是广西文学崛起的最根本和最重要的因素。探讨文学桂军人才队伍的形成原因，其中一个重要因素是广西文学教育长期以来注重对文学人才的培养。

一、广西文学教育对文学桂军人才培养和文学发展的推动作用

2008 年 11 月 2 日，第七届茅盾文学奖揭晓，人们惊喜地发现，在获奖的四位作家中，有两位曾就读于西北大学。这所大学培养的作家有贾平凹、迟子建、雷抒雁、朱文杰、王刚、孙皓晖、钟晶晶、熊正良等，成为“西北大学作家群”及其“西北作家群现象”。这些由西北大学培养的作家成为“文学陕军”的骨干与基础，也成为全国文坛的耀眼明星。这引发社会和文坛对大学教育、文学教育与作家培养关系的讨论。何西来认为：大学教育与作家成长的关系“就像是船和水的关系，大学的读书和培养就像是给你水，而你就像是船。有了水，你才可起航；有了大水，你才能成为大船，才能走得更远”[⑨]；於可训认为，“作家非常需要大学，大学也非常需要作家在里面学习来提升自己”[⑩]；李星认为，“大学是作家的摇篮，生活是创作的源泉，个性是作家成长的关键”[⑪]；谢有顺认为，“大学通过对文学人才的培养，直接或间接地影响到民众的生存观念和价值意义的实现”[⑫]。这都充分说明高校文学教育对文学人才培养和文学发展有着积极推动作用。

广西文学教育与文学桂军的崛起也有着十分紧密的联系。广西文学教育长期以来注重对文学人才的培养，对文学发展的推动，对文

学的评论和研究，形成文学教育制度、体制和机制。文学桂军人才培养渠道呈现多元化和立体化，这主要体现于三股力量的推动上：一股力量来自广西各级党委政府所建立起的文学制度、体制、机制，给予路线、方针、政策及各项措施的保障和支持，如广西壮族自治区党委实施的“213”人才培养工程，即培养20名在全国有影响的著名文艺家，100名在全区知名的文艺杰出人才，3000名在全区地市有影响的文艺优秀人才，为此建立区党委政府与高校合作培养人才、向高校输送人才及社会办学的多渠道人才培养制度。另一股力量来自文联、作协等专业与群众组织机构设立的文学院、创作基地、文学研究所建立起的文学培训、文学教育体制，集中了社会资源和社会力量进行短期培训和长期培养结合的文学教育活动，予以制度与机制的保障和支持，如广西文联文学院，曾多次举办青年作家讲习班，培养一批批青年作者，形成文学桂军青年团队的重要力量；桂林文学院也举办本土文学青年作家高级讲习班，着力打造桂林本土文学新锐。再一股力量来自广西高校的文学院、中文系等文学教育体制，形成本科、硕士、博士三层结构的文学教育体制，建构起厚基础、强能力、高素质、重创新、显个性的人才培养模式，着眼于长期培养和训练的学历教育制度建设。当然，广西区外高校的文学教育也为文学桂军人才培养提供了强有力的支持和帮助，如“广西文坛三剑客”的鬼子出自西北大学，李冯出自南京大学；还有潘琦出自中南民族大学、冯艺出自中央民族大学、林白出自武汉大学等。因此，文学桂军人才队伍的素质和创作数量质量不断提高。据不完全统计，进入“213”人才培养工程计划的创作人才具有大专以上学历者在90%以上，具有研究生以上学历者在10%以上。以2008年广西师大出版社出版桂林市青年作家中短篇小说选《水莲》入选的十二位作家为例，具有大专和本科学历以上者达100%，具有研究生学历以上者达24%。从历届广西文艺创作“铜鼓奖”获奖者的学历构成来看，也是呈逐年提高的态势，获奖者不仅有本专科学历，而且有硕士、博士高学历，已形成学历化和高学历的发展趋势。这说明，高校文学教育体制对文学创作、评论、研究人才培养已成为最为基础和最为重要的支柱力量。

从广西高校文学教育情况分析，目前广西文学队伍主要分为五大作家群，黄伟林认为："第一个是云集南宁的小说家群体"，"第二个是北部湾的小说家群体"，"第三个是河池的小说家群体"，"第四个是与广东相邻的广西东部，即由贺州、梧州和玉林组成的桂东地区作家群"[13]，"第五个是桂林作家群"。这实际上是按"文学地图"的地理区域板块划分的作家群，每一区域都有该区域所在高校文学教育为支撑。南宁市的广西大学、广西民族大学、广西师范学院；北部湾地区的钦州学院；河池市的河池学院；百色市的百色学院；玉林市的玉林师院；贺州市的贺州学院；梧州市的梧州学院；桂林市的广西师范大学及桂林旅专、桂林师专。尤其是广西民族大学、广西师范大学和河池学院三所高校，已成为文学桂军人才培养的摇篮，依托广西民族大学的"相思湖作家群"，依托广西师范大学的"桂北作家群"，依托河池学院的"桂西作家群"，享有文学教育"金三角"的美誉。如广西民族大学培养的作家黄佩华、黄神彪、徐治平、容本镇、鲁西、董迎春、大雁等；广西师范大学培养的作家黄咏梅、杨映川、杨丽达、刘春、盘文波、周昱麟等；河池学院培养的作家东西、凡一平、黄土路、王卓、何述强、冯文东等，形成高校文学教育的三足鼎立的支柱力量，也形成因学历、学缘、学院所构成的作家群或文学流派，显露出因此而形成的创作理念、思维、方法和风格，表现出各自的特色和优势。此外，广西大学和广西师范大学还举办两期广西作家研究生班，着重于高层次文学创作人才的培养，提供文学桂军集结的平台。正如温存超指出："在文坛新桂军的队伍中，有很大一部分人毕业于广西区内的高等院校，科班出身的年轻作家们底气十足，具备高层次的文学素养。正如国家体育健将选自基层一样，他们在这些院校中得到良好的前期培养和训练，广西区内的几所高等院校为文坛新桂军的崛起，作出了不可忽略的努力与贡献。"[14]因此，探讨高校文学教育体制与文学发展及其人才培养的关系具有必要性和重要性。

二、广西高校文学教育体制及其人才培养机制建设成效

高校教育体制的建立是伴随着中国现代化进程及现代社会转型而建立的。五四运动标举的“民主”、“科学”大旗也可谓现代教育体制始终高举的大旗。故而因“民主”而有学术自由、大众教育、文化普及之举；因“科学”而有现代制度、体制、政策、规划之举。尤其是新中国建立和改革开放三十年来，经过百年艰难曲折的奋斗和开拓，形成颇为成熟的高校现代教育制度。其特点是从中央到地方的各级各层教育管理体制；带有国家指导性行为和学校自主性行为统一的学校办学体制；课程体系、课程设置、课程结构所构成的教学体系；学科建设、学术研究、教学研究所构成的大学精神传统、校园文化传统等，构成学院教育和人才培养的优势和特色。文学教育无疑是高校教育的重要组成部分，经过百年的制度化、体制化、学院化的建设，已形成科学、系统、完整的文学教育制度、体制和机制。

其一，文学教育专业、学科合理布局形成文学人才培养的摇篮。除理工农医经法等专科性高校外，其余大部分高校都办有文学院或中文系及中文专业，甚至在一些理工高校也因近年来对人文教育的重视而增设文科教育及其文学教育的专业。广西大学、广西师范大学、广西民族大学、广西师范学院等成立了文学院，玉林师院、河池学院、百色学院、贺州学院、梧州学院、钦州学院、南宁师专、桂林师专、柳州师专等办有中文系，还有广西教育学院、广西广播电视大学及其各地市的电大、业大、函大、自考助学，加上依托各高校而又相对独立的二级民办学院和社会民办大学，从而构成高等教育中最为庞大的文学教育体系，分布于南宁、桂林、柳州、梧州、钦州、玉林、百色、宜州、贺州、崇左等城市中，覆盖桂北、桂中、桂西、桂东、桂南等区域，构成较为科学的合理布局，不仅为地方文学人才培养提供保障和支持，而且也为高层次人才培养创造了基础和条件。在本科人才专业培养

的基础上，文学教育的学历层次提高和学科教育密不可分。广西师范大学文学院建有中国古代文学博士点及汉语言文学专业一级学科硕士学位授权点，意味着所属的所有二级学科均有硕士授予权；广西大学、广西民族大学、广西师范学院也都建有各类文学教育硕士点，为文学博士、硕士、学士培养和高层次文学人才培养提供了学科教育保障。随着对外交流和经济的拓展，北部湾经济大开发步伐加快，各高校相继开办对外汉语专业和大量招收留学生，并由语言培训发展为本科、硕士等学历教育。文学专业、文学课程、文学学科教育成为留学生教育的基础和主要专业学科构成。如广西师范大学文学院就承担了本科、研究班、硕士生等不同层次教育的越南留学生达200人。广西各高校留学生在校人数已达千人之多，其中大部分为语言文学教育专业的留学生。这不仅为对外文化、教育交流提供了条件，而且也在培养留学生人才的同时使广西文学人才培养的视域扩大到国外，比较文学的视野无疑使学生的基础和素质更扎实。此外，高校学生文学社团和学生自办的文学报刊也十分活跃，形成浓厚的校园文学、青春文学的大学文化氛围。

其二，文学教育课程体系、结构更富有个性和特色。中文专业课程体系一般由十多门专业主干课和二三十门选修课构成，其科学性和逻辑性能使学生达到高素质、厚基础、强能力、重创新、有个性的人才培养目标，具备古今中外文学语言的合理知识结构和听、说、读、写、做的综合素质能力。在此基础上，广西各高校依据自身办学特点，不断开发和建设一些具有地域、民族、本土特色和优势的课程。如广西民族大学开设的生态美学、瑶族文学史、壮学研究、文学创作等课程；广西师范大学开设的审美人类学、壮族文学史、广西民族民间文学、广西当代文学等课程；河池学院开设的广西新时期文学作品选读课程；广西大学开设的广西影视文学、文学创作、影视艺术课程等。更多的是以专题研究、专题讲座、专章专节讲授等形式进入课程，如东西研究、鬼子研究、刘三姐文化研究等专题进入课堂教学中，形成地方文学研究课程系列化、专题化、系统化的趋向，使广西文学，包括民族文学、民间文学、区域文学进入高校课堂。这不仅使广西文化、文学传统得到继承和认同，而且也更有利于对本土文学人才的培养。如河池学院开设“广西新时期文学作品选读”新课程，于2005年获得广西教育厅“新世纪广西高等教育教学改革工程”项目立项，他们在课程教学的同时也在进行课程建设和教学改革，编写出版《广西新时期文学作品选读》教材和《广西新时期文学研究文集》，努力将这一课程打造为富有地方特色、具有区域优势的文学特色课程，极大地推动了该校文艺学学科建设及其科研发展。该校文艺学学科建设富有特色和优势，学科方向确立为文学写作人才培养研究、红水河民族文化、历史文化与民间文学研究、广西当代作家群研究四个方面。文艺学学科被批准为广西高校重点建设学科，文学写作人才培养基地被批准为广西高校重点建设实验室，桂西北少数民族非物质文化资源研究基地被批准为广西高校人文社科重点建设研究基地，为人才培养创造了良好条件和环境。他们将教学与科研结合起来，出版和发表了一批广西文学研究的论文和论著，其中《秘密地带的解读——东西小说论》、《本土文学的解读与阐释》等论著和论文不仅对文学人才培养产生重大影响，而且也通过批评与研究对文学桂军的发展起了积极推动作用。

其三，通过开发本土文学资源，丰富课程内容和彰显课程特色。中文专业和课程既具有传统性和基础性，又具有现代性和知识性，故而形成课程的特色和优势，强化专业课程的应用性和现实性。广西高校的文学教育课程在加强课程建设的同时，也不断吸纳和开发本土优势文学资源来丰富课程内容，形成教学特色。本土文学资源分别在文学概论、美学、中国现当代文学、民间文学、民族文学、写作等课程中得到有效应用。如广西师范大学“文学概论”课程为广西高校重点课程和精品课程，他们依托广西人文社科重点基地“审美人类学研究中心”，致力于审美人类学研究，注重对本土文化文学资源的开发和利用，形成课程和教学的特色；在讨论文学的民族性和中国特色的文学理论构建问题时，以广西民族文学及“广西文坛三剑客”为个例分析，取得良好教学效果。他们主编文学概论教材《新编文学理论》、《文艺学原理》、《文学原理》及《文学批评原理》等，均引入广西优质文化、文学资源，打造教材特色和品牌。《现代美学原理》、《新编文学理论》获广西高校首届优秀教材二等奖；《文学批评原理》获广西第二届高校优秀教材一等奖。为更好地开发广西文学课程教学资源，他们还与《广西文学》、《南方文学》等广西文学期刊建立校刊间联系，在广西及桂林市文联、作协、理协建立文学教育实践基地，在加强高校与文学界的联系的同时也加强课程建设和教学改革，使广西文学及文学桂军走入高校的同时也使高校教学科研走向广西文艺现实，走向社会。广西高校教师陈学璞、黄伟林、容本镇、张利群、银建军、温存超、刘铁群、陆卓宁、黄晓娟、王建平、单小曦等进入广西文艺批评与研究的领域；作家东西、凡一平调入广西民族大学，成为“驻校作家”；作家潘琦、李建平等也受聘于广西民族大学担任硕士生导师和兼职教授；潘琦、东西、鬼子、凡一平、黄继树、彭匈、刘春等一批作家走进高校开设文学讲座和讲学，极大地推动了高校文学教育活动，提供了更好更多的课程教学资源。广西高校和广西文学界联手提供文学桂军培育和文学人才培养的最佳环境和条件。

三、广西高校文学教育存在问题及其解决途径

广西高校与其他省市高校、文学教育与其他学科教育一样均会存在一些问题，一方面是因社会发展、文化转型、时代要求而使教育存在一些差距；另一方面是教育制度、体制、机制长期运行中所形成的制度化、体制化的弊端；再一方面是文学教育自身存在的传统教学模式问题。从广西高校文学教育状况来看，这些方面的因素和问题都有，或多或少会在影响文学教育和人才培养质量的同时，也影响到广西文学的发展和文学桂军的培育。

其一，文学教育观念滞后和狭窄，从而扩大高校与社会的距离。文学教育观念的滞后不仅是指文学观念和教育观念滞后，而且是文

学教育落后于文学发展实际。长期以来，高校秉承的精英教育、经典教育、主流教育观念，或多或少会排斥大众文化、边缘文化、本土文化，故而无论是文学史还是文学理论，都是以精英文化、经典文化、主流文化为内容，强调基础性、知识性、理论性，从而形成学院派教育传统和特色，这是可以理解的。但是随着“全球化”和“现代化”进程，文化多元化、文学多样化对特色和优势的强调已成为共识，思想解放、观念更新、体制改革推动着教育教学改革的步伐。因而文学教育的观念也应该进一步解放和更新，一方面应从狭义的小文学观走向广义的大文学观；另一方面也应从主流、精英、经典文学观走向多元共生的更为包容、和谐、生态的文学观；再一方面应从特色和优势角度加强对本土、地域、民族文化与文学的教育，使教育能更好地为社会服务，为地方经济文化服务。就广西高校文学教育的现状看，尽管有一部分高校具有较明显和自觉的服务意识，但大多数教师观念还停留在“两耳不闻窗外事，一心只读圣贤书”的封闭孤立的状态中。这就需要一方面通过搭建高校与社会交流平台，引导教师走出课堂，走出“象牙塔”，走向社会，走向实践；另一方面通过教学改革转换教学观念和文学教育观念，增强广西文学教育和广西文学人才培养意识。

其二，文学教育模式化而忽略其特殊性。现代教育的一大特点是模式化教育，现有教育制度、体制、机制导致课程、教材、教学形式、教学方法模式化，像大工业机器生产一样成批生产同一规格的产品。但人才培养，尤其是文学人才培养应具有特殊性和自身规律，在加强基础知识和基本理论的同时，更应注重素质和能力的培养，尤其是个性、独创性和主体性的培养。模式化生产固然能生产更多的同一规格产品和符合标准化生产要求，但模式化教育也会产生人才培养的弊端和问题。就广西文学教育而言，这种模式化教育是明显存在的，不仅产生出高分低能的现象，而且也会出现理论脱离实践、知识脱离应用的问题。高校培养出东西、鬼子、凡一平、黄佩华、杨映川、黄土路这样的优秀作家甚少，开列出“广西新时期文学作品选读”课程甚少，广西高校教师中像容本镇、陈学璞、黄伟林、刘铁群、黄晓娟这样关注广西文学发展的评论家、学者甚少。当然,试图打破文学教育的程式化、类型化、封闭式教学的模式而致力于教育教学改革者甚少。因而,我们应该一是在教学改革的基础上更着力于教育制度、体制、机制的改革,在更新教育观念的基础上改革传统教学模式和人才培养模式,使文学教育能更好地遵循自身规律和特殊性,创造更佳的教育效果和人才培养效果。二是在文学教育中引入创作、鉴赏、批评、研究整体化、系统化、个性化的教育内容和教学形式,打破传统封闭的文学史论教育模式,强化文学教育的实践性、应用性和开放性。三是改革课堂教学封闭单一模式,引入个案分析、案例解剖、专题讨论、答疑解惑、热点热议、对话交流等形式,加大多媒体教学应用力度,强化课外社会调研和社会实践活动,建构开放式、立体多维的文学课堂教学新模式。

其三,文学教育的课程体系、结构及其课程设置存在着陈旧、保守、脱离实际的弊端。文学教育课程体系大体分为三大板块:文学、语言和文学理论,均以知识性和理论性构成课程体系、板块、结构的突出特征。对于文学教育而言,知识体系和结构的构成是必要的,但仅仅以史论方式来建构课程体系是不够的,更重要的是在史论基础上搭建文学与社会现实对接的桥梁,也就是说,一方面需要加强史论课程的现实性、实践性、应用性;另一方面也需要在史论课程之外增设与现实发展相关的新知识、新理论、新实践,这集中体现在新课程的开设上。在充分考虑课程体系的科学性、系统性和结构性的基础上,可将文学教育课程分为三大层次:一是专业基础课程,重在厚基础、强素质;二是专业选修课程,重在强能力、彰特色;三是专题课程,重在重创新、显个性。故而新增课程可在选修课和专题课中开设,如地方文化、地域文学、民族民间文学、文学热点、文论前沿、文学批评、文学鉴赏等课程可以让学生根据自身需要进行选修,有利于实现个性化教学、特色化教学、提高性教学的目标,从而有利于培养文学教育、创作、评论、研究的人才。广西高校多年来已建设一批具有地方特色和优势的课程,对文学桂军崛起有着重要作用。但总体而论,这类特色优势课程不多，且无法与建设多年的传统课程的优势相比，故而处于弱势或小课程的地位，往往不受重视；此外，这类课程设置往往都是各校依据自身办学特色而采取的措施，未能形成高校办学的共识及其教育制度、体制和机制的社会行为，故而影响和效果有限。因此，广西各高校除仍需加大特色课程建设力度之外，还需要政府的扶持和倡导，也需要文学界及全社会的关注和帮助，使高校能将文学教育与文学人才培养更为紧密地结合起来，建构起有利于文学人才培养的文学教育课程体系和结构。

文学桂军崛起的事实证明，文学教育对文学桂军建设关系重大。文学教育不仅支撑文学桂军的孕育、崛起和发展，而且以文学教育军团构成文学桂军重要组成部分。文学桂军崛起之后该如何发展，文学桂军能否有后劲和潜力，均有待于文学教育的基础和实力的加强，有待于文学教育的制度、体制、机制的改革，有待于文学人才培养的制度化建设和机制的完善。当前，在“全球化”和“现代化”的双重语境中，文学发展确实与社会、文化、教育等各种因素的推力相关，因而文学发展更应具备前瞻意识和策划意识。正如李建平等提出：“广西文学发展的历程显示，经济欠发达地区发展文学事业，不能仅仅借助作家个体力量自发地生成和推动，应当加大策划力度，将策划锲入文学事业发展要件之中，创作、批评、策划并重，将专家策划、领导决策和作家个人创造紧密结合，齐头并进，促成文学的崛起和文化的大步发展。”[15]这不仅意味着文学发展需要策划，文学教育也需要策划。事实上，文学教育对于文学发展而言也是一种策划，更是一种战略和策略的规划，是文学可持续发展与跨越式发展的依据。我们相信，广西文学教育一定能通过制度创新、体制改革、机制转换更好地成为文学桂军不断发展和突破的推力和助力。

第三节　广西师范大学“独秀作家群”形成机制

坐落在桂林市中心独秀峰下的广西师范大学是一所办学历史悠久、学术传统深厚、人才培养成效显著的广西重点大学。该校文学院（前中文系）以文学教育的优势和特色培养了成千上万的毕业生，其中不乏作家、文学研究者和文学教育者。2010 年 5 月 21 日，“独秀作家群研讨会”在广西师范大学隆重举行，来自国内外近百名曾在该校工作和就读的作家聚集一堂，首次以“独秀作家群”的命名集体出台亮相，这对于广西文学界不啻是件值得庆贺和纪念的大事，也是继广西民族大学“相思湖作家群”、河池学院“桂西北作家群”之后，广西师范大学“独秀作家群”崛起的标志。广西文联主席潘琦到会祝贺并作了重要发言。这也正如他在广西民族大学“相思湖作家群”研讨会上指出的那样，这是一个“别开生面的研讨会，是对从高校走出来的一个文学群体，一种文学现象，一种将文学教育与人才培养结合起来的综合研究，其价值和意义重大而深远”[16]。

被称为“作家摇篮”的广西师范大学文学院从 1932 年建系至今已有 78 年文学教育及文学人才培养的传统。首任系主任为著名学者陈望道，历任教师中著名学者、作家有夏征农、沈起予、沈西苓、欧阳予倩、焦菊隐、谭丕模、吴世昌、穆木天、王西彦、高天行、舒芜等。新中国成立后历届系主任有冯振、林焕平、黄海澄、林宝全、苏兰鑫、王杰、张利群、王德明等，历任教师中著名学者、作家有秦似、贺祥麟、林志仪、李耿、蓝少成、欧阳若修、刘泰隆、刘焕林、许敏岐、林焕标、黄绍清、周作秋、彭会资、姚代亮等。他们既是文学教育者，又是作家、文学评论家、文学理论家、文学研究者；既是“独秀作家群”的开垦者和践行者，又是“独秀作家群”的培育者和耕耘者。如今，广西师范大学培养的文学人才与作家遍及全国各地，也有不少为海外华人作家，许多作家在中国文坛颇负盛名，在广西文坛享有盛誉。这一作家群的代表人物及主要人物有：老作家王一桃、柳苏文、程贤章、韦一凡、农冠品、鲁西、覃富鑫、杨军、何培嵩、黄钰、徐治平、凌渡、潘荣才、彭匈、陈学璞等；中年作家张燕玲、周昱麟、龙子仲、秦立德、张东、常海军、施娟、师小玲等；青年作家杨映川、黄咏梅、黄土路、刘春、盘文波、杨丽达、刘永娟、徐强等。“独秀作家群”无疑是文学桂军的中坚和骨干力量，对文学桂军的崛起发挥了重要作用和影响。

正如第七届茅盾文学奖的四位获奖者中贾平凹与迟子建同为西北大学所培养，从而引发学界对文学教育与作家培养的热点话题一样，“独秀作家群”现象也引发本土作家群现象与高校作家群现象热议，引发广西师范大学文学教育及文学人才培养与“独秀作家群”关系的讨论。从这一视角探讨“独秀作家群”成长和形成的原因是非常必要的。

一、寻根：孕育“独秀作家群”的文学教育基础和人才培养条件

广西师范大学王城校区地处独秀峰下，南朝颜延之有诗赞曰：“未若独秀者，峨峨郛邑间。”由此而得山名，作家群也因之而取名。王城为明代靖江王府、清代贡院、北伐时期孙中山驻军大本营、民国广西省政府所在地。新中国成立后成为广西师范大学校园，新时期成为校本部王城校区。独秀峰不仅赋予了这所广西重点大学深厚的历史积淀和文化传统，而且也给予了这所大学的文学教育更多的灵气和神韵，也为“独秀作家群”的形成奠定了基础。

其一，充分利用专业学科优势培养文学人才。文学院发展至今，拥有国家文科基地、国家优秀教学团队、国家特色专业、全国教育系统先进单位等荣誉；建有“中国语言文学研究所”、“中国诗学研究所”、“马克思主义美学研究所”、“南方少数民族语言文学研究所”等八个学术研究机构，建有广西“人文强桂”工程两个重点基地：“八桂

文化与文学研究中心”与“审美人类学研究中心”；建有中国古代文学博士点以及文艺学、中国现当代文学等12个硕士点，其中中国古代文学与文艺学为广西重点学科，在校研究生达500多人；建有汉语言文学、编辑出版学、文秘教育、对外汉语等四个本科教学专业，在校本科生达1500多人。文学院现有教师近90人，其中教授33人，博士44人，师资力量雄厚，教师队伍整齐，为“独秀作家群”的形成与培养打下了坚实基础，创造了有利条件，形成文学教育鲜明的办学特色和优势。在本科教育课程体系中，写作课列为专业基础课和必修课，许多颇有文学创作经验的作家型教师，如林焕平、李耿、许敏岐、黄绍清、袁明光、沈华岱、张民、丁来先、陈广林等都曾教授写作课，并相继开出“小说读写”、“诗歌创作”、“散文创作”、“影视艺术”、“科研论文读写”、“诺贝尔文学奖作家作品研究”、“创作心理研究”、“文学评论”等写作系列课程为选修课，提供教师根据自身专长和特点开课、学生根据兴趣和个性自由选课的更大空间。同时，围绕中国古代文学、中国现当代文学、民族民间文学、外国文学等专业主干课和必修课开设了系列选修课程，构成古今中外纵横交错的文学课程体系及其知识谱系和知识结构；并通过古代汉语、现代汉语等语言课程与文学概论、美学、语言学概论等理论课程，夯实学生的写作语言基础与文学理论基础，旨在培养厚基础、高素质、强能力、重创新的专业复合型人才。研究生教育也在专业教育基础上从学科及学科方向设置硕士生课程和博士生课程，在强化其不同层次学位教育目标定位的专业素质教育的同时也重视对学生的科研能力、写作能力、创作能力、评论能力的培养，研究生中也产生了不少作家，如文艺学研究生杨映川，中国现当代文学研究生黄咏梅、张东、罗小凤，比较文学与世界文学研究生刘永娟，汉语言文字学研究生周昱麟，等等。为了更好地落实广西文艺发展的“三大战略”、“五大战役”以及文艺人才培养的“213工程”，“为了提高广西文艺家的素质和水准，广西区党委宣传部还与高校联合开办文学创作研究班和讲习班，先后在广西大学和广西师范大学培养了一批作家、文艺家、评论家研究生”[17]。文学院为此专为广西作家人才培养开办研究生教育“作家班”，黄土路、常海军、盘文波、刘春、徐强、施娟、师小玲等30多位作家在职学习，为文学桂军输送了一批创作骨干和青年作家。倘若将“独秀作家群”做广义理解的话，那么这支作家队伍，除文学创作外，还应包括文学评论家、文学理论家、文学研究者、文学教育者的庞大团队。他们活跃在区内外高校、科研机构、新闻出版、文化宣传等不同单位中，毕业生中有著名学者蒋述卓、蒋寅、王晓芸、李新风、陆扬、王杰、胡大雷等，都为了文学事业这一共同目标而在不懈努力和不断创造，为母校增光添彩，再创辉煌。

其二，充分利用高校科研学术优势提供理论支撑。广西师范大学以文科见长的优势与文学院以文学研究见长的优势都集中体现在人文学科的学术研究上。长期以来，文学院秉承基础研究和应用研究结合、理论研究与实践运用结合、学术前沿研究与地方文化研究结合的科研宗旨，始终将研究视域关注学术前沿与广西地方文化建设和区域文学发展的结合点上，为其提供理论支撑和学术资源。同时，在教学与科研两条腿走路的学研结合的办学理念引导下，以教学促进科研，以科研带动教学，使文学专业学科教育与人才培养取得明显的效果。尤其是面向地方文化与文学的研究成果，在积极促进地方经济文化发展的同时也极大地推动了文学教育与人才培养特色和优势的形成。文学院科研的地方性研究成果丰硕，如欧阳若修等《壮族文学史》、《壮族文学发展史》，黄绍清《壮族当代文学史》，蒙书翰等《侗族文学史》及《侗族文学作品资料选编》，彭会资《民族民间美学》等，形成了广西民族文学史论研究系列；王杰、覃德清主编“审美人类学研究”丛书共八部系列著作，运用审美人类学理论与方法对广西审美文化现象进行个案研究，尤其是对“民歌节”、“黑衣壮”、“花山崖壁画”、“印象·刘三姐”、“铜鼓文化”、壮族史诗《布洛陀》、瑶族史诗《密洛陀》等文化经典案例的研究，构成了广西民族文化研究系列；黄伟林《转型的解读》、《文学三维》、《中国当代小说家群论》及作为第二作者的《文学桂军论》，黄伟林、张利群参编的《世纪的跨越——广西文学艺术三十年现象研究》等，对广西当代文学发展及其文学桂军崛起历程的探索，形成广西当代文学研究系列；王杰《审美幻象研究》、张利群《批评重构》、《文艺制度论》，朱寿兴《人的美感性存在研究》，莫其逊《元美学》，单小曦《现代传媒语境中的文学存在方式》，王朝元《审美人格的批判与重构》等文艺理论、美学著作以及“南方文论”丛书五种。除著作外，文学院教师还在《民族文学研究》、《民族艺术研究》、《南方文坛》、《民族艺术》等刊物上发表广西文学研究论文、评论200多篇，使文学院成为广西文学理论批评重镇。广西壮族自治区政府原副主席吴恒在视察学校工作时曾指出：广西师大以文科优势见长，应该为广西经济、文化发展提供“智力库”、“思想库”、“人才库”和“信息库”。因此，这些研究及成果不仅推动了广西文学发展，为文学桂军崛起提供理论支撑，而且也奠定了文学教育坚实的科研基础和提供了有利的人才培养条件，促进了“独秀作家群”的形成和发展。

其三，合力搭建高校与社会联结的文学桥梁。文学院与广西文联作协及桂林市文联作协建立多样化交流共建渠道，不仅为培养和培训作家、批评家提供条件，而且采取“走出去”与“请进来”的方式拓宽办学渠道和为地方服务渠道，取得了高校和地方的双赢成效。一是经常邀请作家来校讲学、讲课，著名作家潘琦、黄继树、东西、鬼子、彭匈等在文学院开设文学讲座达20多人次，并在开设“作家班”时聘请潘琦担任兼职教授。二是教师经常应邀到广西各地文联作协讲学授课，如张利群、黄伟林等在桂林市文学院“青年作家高级讲习班”以及桂林市文联业务学习会上开设文学讲座，胡大雷、王德明、黄伟林、沈家庄、李乃龙等在桂林市“百姓大讲坛”开设文学讲座，等等。三是文学院主办或协办作家作品研讨会，对本土作家黄继树、东西、鬼子、周昱麟、盘文波、刘春等作家作品研讨达10多次；师生与作家、评论家面对面的交流对话，使创作与评论真正达到“车之两轮”、“鸟之两翼”的互动互利的整体效果。四是积极参与广西文学界各项活动。王杰曾任广西文艺理论家协会主席，黄伟林现任副主席，张利群担任桂林市文艺理论家协会主席。通过协会工作和活动引导高校教师积极参与地方文学建设工作。有评论指出，这“意味着广西高校的文艺批评力量与广西文坛有了更紧密的结合，广西既有的文艺理论资源得到了一次优化整合”[18]。五是搭建一些与地方文学机构联系的平台，2001年《广西文学》杂志社在文学院设立了联络站，负责组织校园文学的稿件，在文学刊物上开辟校园文学、青春文学专栏；目前文学院也正在积极筹建广西文学评论基地和校园文学创作基地的工作。六是在文学院建立了广西文学研究室，设立广西文学研究资料库，积极筹建广西文学批评网站工作，为广西文学建设和发展提供学术资源和交流平台，同时也为“独秀作家群”集结和发展创造了有利条件，一批本科生、研究生利用和依靠这些平台和桥梁走上文学创作和评论之路，成为文学桂军中的一员。由此可见，文学院为“独秀作家群”的形成和发展提供了教育资源、人才支持、理论支撑、智力支援，合力推动文学桂军崛起及“独秀作家群”的形成和发展。

二、固本：优良的校园文化环境成为“独秀作家群”成长的摇篮

高校文学院或中文系素来是莘莘学子实现“文学梦”之殿堂圣地，学生不仅能在高校课堂中遨游文学神圣之太空，聆听学者专家对文学经典的解析和评论，从而在文学教育及人才培养的优良环境中成长，而且高校提供优质的硬件、软件条件和自由宽松的校园文化氛围，为学生的创新才能和个性发展提供了优良的校园化环境。“独秀作家群”的孕育和成长必须有赖于校园文化环境和氛围的熏陶。学生在课外的第二课堂活动中，尤其是在文学活动中不断提高自身的文学素质和能力，培养文学兴趣和文学个性，努力追寻文学梦。

广西师范大学校园文化形成的基础条件主要为：一是名校、名师传统，不仅建校历史悠久，办学经验丰富，而且名师荟萃，学术积淀深厚，从而形成名校的优良校风、教风、学风和校园文化传统；二是师范大学的教书育人传统，“学高为师，身正为范”，“学为人师，行为世

范”，学生自然形成在校时的双重身份，即学生身份与未来教师身份，故而有十分明显的主体性、自主性和创造性的自觉意识，从而形成教学相长、师生互动、独立思考、自主创新的校园文化特征，有利于育才、成才、用才的校园文化环境的建设；三是学校第二课堂活动活跃，既有校学生会、校团委组织的各种学生工作和活动，也有学生自发组织的各种社团组织与活动，每年还举行全校性的五四校园文化节，形成校园文化及其节庆文化品牌，使学生活动有一个良好的环境与平台；四是学校搭建与社会交流的平台，通过暑期社会调研活动、高校为地方服务活动、志愿者行动等活动形式使学生有更多机会走出校园，服务社会，从而形成理论与实践结合、知识与应用结合的校园文化精神。文学院学生活动丰富多彩，突出表现在文学活动培养文学人才上，形成校园文化活动与文学活动的特色。

其一，校园文化构成中的文学社团活动特色。除学校团委、学生会组织的全校性文学社团外，文学院团委和学生会组织的学生社团就有 13 个，其中文学社团是核心构成部分，包括采薇文学社、古诗词协会、影视艺术赏评学会、文艺评论学会、半塘社、“五月风”话剧社等，曾办有《芦笛》、《绿阳雨》等文学期刊，现办有《嘤鸣》院报、《采薇》文学期刊。文学社团及文学期刊均邀请教师加盟，聘为顾问和指导老师的有沈家庄、莫道才、单小曦、向丹、陈广林、施秀娟、丁来先等，教授、博士积极参与学生社团活动，指导学生进行创作、表演、欣赏、评论、研究，通过社团活动培养了一批文学青年，为“独秀作家群”培养文学新人。现活跃在文坛的张燕玲、秦立德、张东、肖建华、黄宗信、韦元刚等均为当时文学社团的负责人及活动骨干。除学生工作组织形成的文学社团外，还有不少是按年级、班级以及学生自发组织的文学社团，他们以年级刊、班刊及其文学期刊的平台集聚学生中的文学爱好者开展活动，热衷于文学创作和评论，使之初露文学锋芒，显文学才华，在校园留下他们追寻文学梦的履痕，也留下他们步入文学殿堂的最初尝试。其间不少在校学生创作的作品发表于《诗刊》、《星星》、《青春》、《解放军文艺》、《青年文学》、《广西日报》、《广西文学》、《南方文学》等报刊上，也有不少学生积极参加全国各种文学类型的创作大赛并获得不同层次奖项，取得了他们在踏上文学征途上的最初成绩，甚至以之确立他们毕生为之奋斗追求的文学目标。

其二，校园文学活动的多样性和丰富性特色。校园文学在中国文学的大家庭中虽是一枝初长成的幼苗嫩芽，但其蓬勃向上的青春朝气和积极进取的创新力也为文坛注入新鲜的血液和强劲的推力。当20世纪80年代文学最为活跃显赫的十年盛世的时期，校园可谓是新时期先锋文学、新潮文学的策源地，校园文学先声夺人，令人刮目相看；当90年代在大众文化和市场经济大潮中，文学处于边缘化十年时期，校园内仍不失文学热潮之势，校园文学足以称得上是喧哗闹市中的一块“净地”；进入21世纪后的十年时期，在全球化、信息化浪潮中，新媒介艺术产生与文学多元化发展格局下，校园文学及校园新媒介艺术的“DV”创作、网络文学、艺术设计、动漫艺术等以实验创新姿态在文艺百花园中一枝独秀，独领风骚。广西师范大学文学院的学生活动及文学活动也更趋多样化和开放性，学生自编、自导、自演“DV”电影、戏剧、音乐、舞蹈及各种表演和演艺，形式丰富多彩，如学生独立制作“DV”小电影《最好的时光》以表现大学四年校园生活的全景，其中也有对学生自编、自导、自演校园诗剧情景的表现，可谓是校园文学最为珍贵、最为深刻和最为美好的记忆。文学院重视学生写作能力培养，以写带动听、说、读、思、做、演等综合能力提高。如“文革”后“七七级”首演当时轰动一时的话剧《于无声处》，一直作为历届学生戏剧演出的传统和保留剧目，不断重排、重演、重评；经典话剧《雷雨》也作为文学院戏剧演出的保留剧目，常演不衰，经典常在，不仅为教学实践和经典重读提供了有利条件，而且也为增强学生的文学艺术修养、提供素质和能力打下基础。研究生也从文学评论和文学研究的角度，创办“独秀学术沙龙”的活动平台，每月一期，坚持至今，已办有十五期，不断吸引了教师、学生以及校外作家参与，针对当前文坛出现的新现象、新问题、新文学艺术样式进行研讨，在学术性与应用性结合、学理剖析与对策性建议结合中创新文学观念和思维，强化了学术精神和文化底蕴,增强了学生的理论素质和批评能力。

其三,校园文学从校园走向社会的开放性特色。校园文学的创作灵感不仅来源于高校所提供的古今中外文学经典及其丰富深厚的文化传统,也不仅来源于对校园文化生活的感悟和体验,以及青春激情与蓬勃朝气的驱动,而且来自社会现实生活肥沃丰腴土壤的滋润和复杂深刻的社会现实对人生体验和经历的磨砺。一到暑假寒假,一支支社会调研队伍、志愿者服务队伍、智力支援小分队纷纷奔赴各地,开展各项针对性的社会实践活动。笔者也曾跟随学生队伍前往临桂五通镇调研“农民画”文化产业发展状况;前往桂林市县考察广西文场的非物质遗产保护的现状;前往那坡弄文屯调研“黑衣壮”民族文化传承现状;前往南宁“民歌节”以及各地“三月三”歌节考察广西民歌文化、节庆文化发展现状,等等。通过社会实践活动及调研过程,在锻炼学生的社会实践能力的同时也取得了文化调研的成效;在完成了一篇篇论文、调研报告写作成果的同时也为地方文化建设出谋献策;在吸纳地方文化与民族文化资源更有利于素质与能力提高的同时也为文化创新与文学创作打下坚实的基础,提供了取之不尽、用之不竭的创作源泉。这不难从学生文学创作题材的选择中寻觅到踪迹,也不难从学生的作业及课程论文、毕业论文选题中看到痕迹,更不难从学生的创作素养和文学修养中透视出烙在心灵深层的印记。校园文学因之而具有了更为广阔的开放性和多样性,也因之而具有更为内在的本色和特色,更因之而搭建起从校园文学走向“独秀作家群”的通道与桥梁。

三、树魂:“独秀作家群”的文化内涵与文学精神构建

严格而论,“独秀作家群”的绝大多数作家是在离开学校、踏入社会后,在社会实践磨炼中成名成家的,但大学文学教育及其人才培养

对他们的文学基础和素质以及文学理想追求信念的确立起着重要的作用和影响。从这个意义上而论，“独秀作家群”是在广西师范大学立足和起步走向文坛的。高校文学教育及其人才培养的基础条件是其扎根的土壤。校园文化环境是其立足的起点，校园“文学梦”的理想追求是其树魂的依据，因此，毕业后的文学校友虽各居一方，各立其业，但对文学理想的共同追求使他们都具有相同或相近的血脉和彼此间的关联；虽然每位作家都有着不同创作风格和个性特征，也有着不同的文学类型的特长偏好和各自选择的方法技巧，但其文化素养和创作精神中都具有共同和贯通的文化内涵与文学精神，表现出殊途同归的文学价值取向和艺术追求，也表现出“独秀作家群”的特质和特征，从其特质和特征中不难透视出其所蕴含的文化内涵和文学精神。

其一，学院经典教育所形成的扎实丰富的文学素养和完整的知识结构。“独秀作家群”带有一定的学院派作家的特质，其创作的作品也具有开阔的社会视域、深刻的文化内涵、广博的知识积累、厚实的理论素养的特征。在他们中间不仅具有本专科学历，硕士、博士学历，而且也具有在广西师范大学就学从教的人生经历和校园文化活动的经历。广西师范大学文学教育课程体系除了在专业学科课程设置上充分考虑古今中外文学、知识、理论的系统性、完整性和谱系性之外，更重要的是强调文学经典教学对文化传统传承和文学知识体系合理建构的重要性。从这层意义上而言，学院教育本质上是经典教育，经典教育也就形成学院教育的突出特征。这不仅使学生具备深厚的文化素质与合理的古今中外知识结构，而且也使之具有立足于文学经典和文学传统的高起点、高标准和高目标，文学追求的理想和信念就会更为宏大和坚实，其创作和作品也就具有更为深厚的思想文化内涵和更为丰富博大的社会内容及多姿多彩的艺术形式。如现当代文学硕士黄咏梅在《人民文学》、《大家》、《收获》、《诗刊》、《散文》、《钟山》、《花城》等期刊上发表的文学作品及评论，其小说《负一层》、《单双》曾分别列入 2005 年、2006 年中国小说学会短篇、中篇排行榜。近期由花城出版社出版的小说集《隐身登录》十四篇中短篇小说，集中反映出作家的创作成就，体现其底层叙事的独特角度和深厚文化内蕴。文艺学专业硕士杨映川为广西第三届、第六届签约作家，在《人民文学》、《作家》、《上海文学》等期刊上发表小说，作品获广西独秀文学奖，2004 年度人民文学奖，作品入选 2004 年度中国小说排行榜。长篇小说《女的江湖》，中篇小说《我困了，我睡了》、《不能掉头》，短篇小说《宋响的玫瑰》从女性体验的独特视角，为女性文学注入新的血液，其中不难窥见其文艺理论功底的厚实与性别理论文化内涵的丰富。就读于研究生"作家班"的盘文波、刘春、常海军、徐强等创作的艺术形式及创作方法技巧，也无不显露出在彰显各自的个性特色的同时汲取古今中外文学经典的养分，表现出追求精品力作的价值指向。

其二，学院深厚的文化积淀及其文学教育传统影响"独秀作家群"的整体素质和品质。广西师范大学的名校学术风气及大家学者风范，影响了一届又一届学生，也影响了一代又一代的学人和作家。古代文学教授冯振的严谨扎实，文艺理论教授林焕平的执着真诚，外国文学教授贺祥麟的敏锐灵颖，都给"独秀作家群"留下了难以忘怀的珍贵记忆，直接或间接影响到他们的创作和评论。作家潘荣才表示："我非常感激母校，是母校培养了我……所以我写那个《海是山的摇篮》，有感于目标永远在彼岸"[19]；散文家凌渡认为："大学生活老师的影响是有的，认认真真读一些经典作品还是很有帮助的"[20]；小说家韦一凡指出："大学阶段的学习给我后来的事业打好基础。我对老师，特别是教过我的老师，一直怀着感恩的心情"[21]；广东作家程贤章谈到校园生活是"弥漫着乡土味的心灵之旅"；张燕玲感慨地说："校园生活的那种对文学的信仰，对理想的追求和坚持，一直在影响我，也在影响我们一代人。"[22]在"独秀作家群"研讨会上，来自国内外四面八方的师大毕业生作家都在纷纷表达对母校培养的感激之情的同时也表达了追求文学梦的珍贵记忆以及对文学理想的坚定信念。来自香港的作家王一桃还激情朗诵自己在校园时创作的诗篇以回报母校的培养。校园生活不仅给这些学生的文学梦提供了平台，而且也深深影响了“独秀作家群”的创作，影响了这些作家的心灵和品格。诚如刘永娟在其小说《水莲》创作谈中说到的那样：“我开始喜欢这样的生活，它是一种可以远离自己正在过着的世俗生活的另一重生活。它可以很远，时间，空间，想象。但它又真的很近，沉入内心的底层，进入灵魂的暗室。”[23]这正是“独秀作家群”的精神和灵魂的真实诉求。

其三，大学教育使文化传统薪火相传，形成“独秀作家群”创作的本土文化特色。广西师范大学文学院文学教育以古代文学见长，建有广西唯一的中文专业博士点，他们“以古典情怀，做现代事业”，以博大精深的中国文化传统和文学史经典夯实学生的专业基本功和文学知识基础，通过教学传承弘扬文化传统，既为中国文学发展提供薪火相传的依据，又为文学人才培养和成长奠定扎实基础。“独秀作家群”的显著特征是传统文化基础扎实，底蕴深厚，知识丰富，内涵深刻，视域宽广，其创作的作品从整体上体现文化厚重感及文化创新的特色。作家彭匈被称为文化散文家，散文集《向往和谐》、《云卷云舒》，融文学、历史、哲学、文化、民俗等为一体，神思和妙语都集中体现出深厚的文化底蕴和深刻的文化内涵；作家徐治平的散文兼学者与作者为一体，散文集《在金芦丛生的地方》、《边境八万里》、《旅人的凝望》等注入了作为学者教授的丰富知识、理论和文化学养，呈现出学者化散文的特色；小说家周昱麟在其长篇小说《世家》和《土皮》中以其汉语言文字学硕士的文化素养和知识结构对小说描写的家族文化传统和根源进行艺术透视，其文化意味和意义颇为深长；张燕玲也将文学、评论、研究集于一身，其散文与评论更以深刻、敏思、精到的专业性见长。“独秀作家群”这一明显的文化蕴含和特征的意义昭示出一种可贵的文学精神，从当下文坛一些作家缺乏文化传统、缺少中国经验、缺失文化底蕴和文化内涵的不足和问题而论，也在一定程度上说明高校文学教育和文学人才培养的合理性和必要性，说明作家的培养和培训以及不断提升作家创作素质和能力的重要性和迫切性。

潘琦认为：“当我们认真审视广西师范大学多年来的文学发展历

程时，发现独秀峰下集结了一大批老中青作家，他们在各个时期表现出独秀的文学表现力。人们对这一文学现象开始关心和关注，对其谱系和发展前景进行研究。所有伟大而独创的作家，以其伟大、以其独创为准，创造出各自的趣味来。”[24]文学是对人类心灵和灵魂的探索，是诗意栖居的精神家园，是人性的提升和精神的升华，因而“独秀作家群”无论是本土作家也好，还是海外华人作家也好；无论是在校园中默默耕耘培养文学人才的教授学者也好，还是与作家并肩携手奋斗的理论家、批评家也好，都留下“独秀”校园的履痕和大学教育的印记，都与广西师大有着一脉相承的血缘关系，都曾共同放飞美好的文学梦，共同开拓文学理想的美好明天。

注释：

①陈建功：《勇敢的推广　谦虚的请教》，载《文艺报》，2006 年 6 月 15 日。

②2005 年，广西区党委、区人民政府为贯彻中央《关于进一步繁荣发展哲学社会科学的意见》精神，决定在广西师范大学实施“人文强桂”建设工程，自治区副主席吴恒批示：“依托广西师范大学，通过‘工程’的形式支持哲学社会科学的发展是十分必要的。”

③李建平等：《广西文学 50 年》，551—552 页，桂林，漓江出版社，2005。

④李建平、黄伟林等：《文学桂军论——经济欠发达地区一个重要作家群的崛起及意义》，72 页，北京，中国社会科学出版社，2007。

⑤李建平、黄伟林等：《文学桂军论——经济欠发达地区一个重

要作家群的崛起及意义》,71 页,北京,中国社会科学出版社,2007。

⑥潘琦:《世纪的跨越·序》,《世纪的跨越——广西文学艺术十三年现象研究》(上),5 页,南宁,广西人民出版社,2007。

⑦蓝怀昌主编:《世纪的跨越——广西文学艺术十三年现象研究》(上卷),34 页,南宁,广西人民出版社,2007。

⑧潘琦:《文学桂军在崛起·序》,《文艺桂军在崛起》,1 页,南宁,广西人民出版社,2003。

⑨谷鹏飞:《文学沃土,作家摇篮——"大学教育与西北大学作家群现象学术研讨会"纪要》,载《文艺报》,2009 年 1 月 6 日。

⑩谷鹏飞:《文学沃土,作家摇篮——"大学教育与西北大学作家群现象学术研讨会"纪要》,载《文艺报》,2009 年 1 月 6 日。

⑪谷鹏飞:《文学沃土,作家摇篮——"大学教育与西北大学作家群现象学术研讨会"纪要》,载《文艺报》,2009 年 1 月 6 日。

⑫谷鹏飞:《文学沃土,作家摇篮——"大学教育与西北大学作家群现象学术研讨会"纪要》,载《文艺报》,2009 年 1 月 6 日。

⑬黄伟林:《广西文学格局中的桂林小说——代序》,《水莲》,1 页,桂林,广西师范大学出版社,2008。

⑭温存超:《生长文学之树的一方红土》,载《南方文坛》,2005 年第 2 期。

⑮李建平、黄伟林等:《文学桂军论——经济欠发达地区一个重要作家群的崛起及意义》,13 页,北京,中国社会科学出版社,2007。

⑯潘琦:《造就新世纪文学的新桂军》,《风格就是人品》,345 页,北京,中国大百科全书出版社,2003。

⑰蓝怀昌主编:《世纪的跨越——广西文学艺术三十年现象研究》(上卷),16 页,广西人民出版社,2007。

⑱李建平,黄伟林等:《文学桂军论——经济欠发达地区一个重要作家群的崛起及意义》,74 页,北京,中国社会科学出版,2007。

⑲《走向永远的彼岸——潘荣才访谈录》,载《广西师范大学校报》,2010 年 3 月 18 日第 5 版。

⑳《为了那颗跳动的心——凌渡访谈录》,载《广西师范大学校报》,2010 年 3 月 18 日第 7 版。

㉑《小说,少年才情的延长线——韦一凡访谈录》,载《广西师范大学校报》2010 年 4 月 1 日第 5 版。

㉒《在文字张力里生长——张燕玲访谈录》,载《广西师范大学校报》2010 年 4 月 15 日第 6 版。

㉓刘永娟:《灵魂的暗室》,《水莲——桂林青年作家中短篇小说选》,78 页,桂林,广西师范大学出版社,2008。

㉔潘琦:《关于独秀峰作家群的形成与发展》,《潘琦文集》,第五卷,南宁,广西民族出版社,2011。

第六章 广西文学发展的新机制

广西文学在自治区党委、政府的关心支持下，在广西文联作协的组织领导下，在制度、体制、机制、政策的保障下有了长足的发展和突出成效。从可持续性发展潜力状态和趋向看，广西文学呈现出明显的多元化发展态势：一是文学与影视联姻而呈现出“触电”的文学影视化发展态势；二是文学借助网络平台，使新兴的网络文学、网络批评、网络写作现象异军突起，文学呈网络化发展态势；三是广西民族文学以其特色和优势在南方文坛上独占鳌头，使文学呈民族化和地域化发展态势；四是文学桂军聚集力量，吹响“决战长篇”集结号，广西文学呈长篇小说发展态势；五是创作题材丰富多彩、创作流派纷呈、创作方法多样化，形成文学的多样化发展态势。这些态势形成广西文学发展的良好势头，也是广西文学发展制度建设与机制保障的必然结果。因此，在新形势下探讨建立文学发展新机制及其机制转换问题是非常必要的，新机制为广西文学发展提供新动力。

第一节　广西文学"触电"的影视化发展机制

随着社会时代的发展，文学进入信息化、全球化、知识经济时代，现代媒介及科学技术对文学影响越来越大，电子媒介、数字媒介、全媒介极大地推动了大众传播、艺术生产、文化产业的发展，文学时代转换为图文时代、读图时代、图像化时代。因此，文学与影视联姻、文学影视化与文学产业化成为文学转型和发展的一种重要趋势，文学媒介的转换在"媒介优先"理论及其媒介权力日益扩张的现实实践中为文学提供机遇与挑战，也提供了文学发展的新思路、新途径、新机制。

纵观当今的文学界，"春江水暖鸭先知"的作家们纷纷将文学创作与影视"联姻"，掀起了一股"触电"热。作家们有的将自己的作品改编为影视剧本，期待被影视导演及影视圈看中；有的则从文学创作转型为影视创作，开始写起了原创剧本；有的在文学创作中自觉或不自觉地进入影视文学创作套路，作品呈现出文学影视化倾向；还有的干脆直接与影视导演合作，以期获得双赢效果以及社会效益与经济效益；甚至有的干起了自编自导的文学与影视"双肩挑"兼容工作，文学转换为影视文学，等等。

从边缘与洼地迅猛崛起的文学桂军"触电"现象也格外引人注目，一大批作家，尤其是骨干与领军人物的文学作品纷纷被改编为影视剧，在影视界形成了一道靓丽的风景线。当下走红的一些影视作品，如《英雄》、《十面埋伏》、《理发师》、《寻枪》、《幸福时光》、《姐姐词典》、《响亮》、《寒秋》等，都是来自广西作家的文学作品。他们在为影视创作提供优秀的文学资源的同时，也为广西文学发展开辟了更为广阔的天地，在文学与影视联手打造视听影像艺术时，广西文学及其文学桂军的影响力就大大拓展了地域边界与文学边界，文学的跨界行动及其发展新动向与新趋势，意味着文学机制的转换以及创作方式与文学存在方式的转换，在不断创新与提高文学生产力的同时，也调整与改变了文学生产关系，从而推动了文学生产方式的转型与发展。

一、影视文学桂军崛起与作家“触电”现象

早在20世纪60年代，电影《刘三姐》就以其传播优势将广西民间文学、广西彩调剧和歌舞剧的刘三姐传说故事搬上银幕，在国内外享有盛誉，大大提升了广西文化的影响力；80年代，周民震编剧《甜蜜的事业》、王云高编剧《彩云归》等电影蜚声海内外；90年代前期，广西作家不仅在电影创作而且在电视剧创作上颇有成就，尽管是个别作家开始的“触电”尝试，但却昭示出一条新的发展路径。王云高编剧《雍正皇帝》、《戚继光》、《黄河魂》以及与人合作编剧《光明之恋》；黄德昌编剧《热潮》、《布壳街的夏天》；孙步康编剧《边贸女人》、《当代兄弟》、《天平的故事》、《税标》；林超俊编剧《枯萎的花环》、《冬雨》等等。90年代后期，伴随着文学桂军的崛起，广西作家“触电”势头迅速增大，以“广西文坛三剑客”为代表的“触电”大军迅速地进军影视界，并取得了令人瞩目的成绩，形成影视文学领域独特的“广西现象”。

进入21世纪后，“广西文坛三剑客”之一的鬼子根据莫言的小说《师傅越来越幽默》改编成张艺谋导演电影《幸福时光》，开始了鬼子等广西作家与著名电影导演张艺谋合作的先声。其后，“广西文坛三剑客”之一的李冯与张艺谋合作《英雄》、《十面埋伏》等影片在全国引起重大反响，在获得社会效应的同时也收获了经济效益，同时也使文坛对广西作家创作刮目相看。“广西文坛三剑客”之一的东西将其中篇小说《没有语言的生活》改编成电影《天上的恋人》，将其长篇小说《耳光响亮》改编成电影《姐妹词典》的同时套拍电视连续剧《响亮》，将其中篇小说《猜到尽头》改编成电影《猜猜猜》，将其中篇小说《美丽金边的衣裳》改编成电视连续剧《放爱一条生路》，他还根据铁凝中篇小说《永远有多远》改编成同名电视连续剧，等等。凡一平将其小说

《寻枪记》改编成电影《寻枪》及其同名电视连续剧剧本，将其小说《理发师》改编成同名电影，将其长篇小说《跪下》改编成电视连续剧，其长篇小说《顺口溜》被北京某影视公司购买了电视剧版权，他还探索电视电影创作，编剧《十月流星雨》、《鲁镇往事》。蓝怀昌编剧《虎将李明瑞》以及《忻城古月》、《血融》、《月香》、《花山情》等；孙步康编剧《五色场》、《红问号》、《反伪先锋》、《心的回归》等；胡红一将其新闻特写《感天动地父子情》改编成电影《真情三人行》；林超俊编剧《苦楝树开花的季节》、《我爱警察》；张仁胜编剧《那年秋天》，将东西小说改编成电视剧《我们的父亲》；柯天国编剧《红蜻蜓》；黄继树将其长篇小说《桂系演义》改编为同名电视连续剧；龚桂华将其长篇小说《寒秋》改编为同名电视连续剧；赵东编剧《公安局长 3》、《心戒》，将长篇小说《山村复仇记》改编成电视连续剧《桂北剿匪记》，等等。[1]

广西作家创作或改编的电影、电视剧作品不仅取得很好的社会效益与经济效益，而且也获得许多重要奖项，产生良好的社会影响。《天上的恋人》获得第 15 届东京国际电影节最佳艺术贡献奖；《鲁镇往事》获得第五届广东省“五个一工程”奖；《光明之恋》获得中南六省(区)优秀电视剧“金帆奖”三等奖、西南五省市优秀电视剧二等奖；《边贸女人》获得全国电视剧“飞天奖”提名奖、全国少数民族题材电视剧“骏马奖”二等奖、中南六省(区)优秀电视剧“金帆奖”一等奖；《真情三人行》获得中宣部“五个一工程”奖、中国电影“童牛奖”优秀儿童故事片奖、“人口文化奖”、开罗国际电影节最佳长故事片“铜开罗奖”；《五色场》获得全国少数民族题材电视剧“骏马奖”评委会奖；《苦楝树开花的季节》获得中宣部“五个一工程”奖、全国少数民族题材电视剧“骏马奖”一等奖、“神农奖”；《我爱警察》获得“金鹰奖”优秀短篇电视剧评委会奖、中南六省(区)电视艺术“金帆奖”二等奖；《红岸——邓小平在 1929》获“金鹰奖”中篇电视剧最佳作品奖、“飞天奖”提名奖、全国少数民族题材电视剧“骏马奖”三等奖；《那年秋天》获得“金鹰奖”优秀短篇电视剧提名奖、全国少数民族题材电视剧“骏马奖”二等奖；《虎将李明瑞》获得全国少数民族题材电视剧“骏马奖”评委会奖;《红蜻蜓》获得“飞天奖”二等奖、“金帆奖”一等奖,等等。

以上的描述只是广西作家“触电”的代表和缩影,另外还有很大一部分作家也正在进行影视剧本的创作和改编,同时还有许多作家的文学创作也自觉或不自觉地出现影视化现象与倾向,他们期待着与影视“联姻”的时机,尝试文学“触电”的感觉。因此,从这个意义而言,广西影视文学伴随文学桂军崛起而开始兴盛,影视文学桂军开始聚集队伍,形成崛起之势。

二、文学桂军“触电”的特点

文学“触电”现象并非广西独有,文学和影视牵手的消息不绝于耳,海岩、二月河、池莉、苏童、刘恒、麦家、张海瓴等在中国文坛上各领风骚的作家,也都在影视界里施展拳脚,取得文学与影视的双赢效果。从全国范围来看,与其他发达省市的文学“触电”现象相比,文学桂军的“触电”实力与成效并非那样显赫,但也显示出自身独有的一些特点。

其一,文学创作先于影视改编的文学性优先的特点。文学桂军的领军人物与一批骨干率先进入影视界,自觉进行跨界创作与改编,其立足点与起点是文学,从而夯实了影视的文学基础。被誉为“广西文坛三剑客”的东西、鬼子、李冯都是广西首届创作签约作家,前二者分别获得第一、二届鲁迅文学奖,其创作成效与影响力主要在文学界。也就是说,他们在文学上的成功才带动其影视创作与改编的成功。因此,在其影视作品中文学性并不亚于影视性,在其文学作品中也并非牺牲文学性而一味影视化。在对其荣获鲁迅文学奖的作品改编时,他们都十分谨慎与认真,不愿意轻易放弃自己的文学追求去迎合市场与世俗需求,始终考虑在视觉影像中如何更好地表达文学性,如何更好地传达创作个性、风格与独创性,如何使文学性与影视性有机统一。因此,改编难度并不亚于创作难度,其影视作品的价值也并不亚于文学作品价值,其最终原因就是为了在影视作品中更好保留与发扬文学性。正如温存超对东西评论所言:“按照东西自己的说法,他是不知不觉地被‘触电’,影视剧的写作只是偶然为之。在小说与影视作品二者之间,东西似乎更钟情于小说。根本的原因在于影视剧作为集体影视,在很大程度上要照顾到各方面的因素,作家的艺术个性往往不能全面伸展,有时甚至缩手缩脚,写作不能尽兴;而小说写作却是个体劳动,是真正意义上的个体创作,可以随心所欲地表现作家的思想,可以淋漓尽致地发挥小说文本和语言文字的优势。”[②]东西小说《没有语言的生活》改编为电影《天上的恋人》,荣获第十五届东京国际电影节“最佳艺术贡献奖”,评委高度评价“本片具有很好的感情世界和人文主义情怀”,可谓一语中的道出其作品所蕴藏的艺术真谛。李冯与张艺谋多次合作,作为电影《英雄》、《十面埋伏》的编剧,确实知晓电影这种大众文化传播方式与市场与观众的紧密联系,但他始终清醒明白自己的作家身份与文学情缘,尽管其编剧电影遭到各种批评与责难,但却在传播电影影响力的同时也扩大了其文学影响力。李冯明言,“我不喜欢那种贵的(商业性写作),我宁肯花时间敲五分钱一个字的纯文学”(《拯救逍遥老太婆》)。张燕玲对李冯评论道:“李冯是一个对文学绝对价值笃信不疑,以文学为事业为生命的人。2002 年的大制作电影《英雄》使他获得比单纯作为一个作家更为广泛的社会认可。但是他说那是世俗的成功,而非纯文学意义的。”张燕玲十分感慨:“在新生代整体走向颓势的今天,‘三剑客’没有陷入世俗的庸庸碌碌之中,没有迷失自己的终极关怀,令人欣慰。”[③]“触电”面广,并显示出很强的地域性。中国当下走红的影视作品很大部分都是出自广西作家之手,影响巨大。由上所述,全国享有盛名的广西“三剑客”都与影视结缘,并且都收获颇丰,形成了名家加精品的良好效应。例如作为广西最有影响力的作家之一,东西作品在影视界备受关注,并且反响强烈。从《天上的恋人》到《永远有多远》,从《响亮》、《姐姐词典》到《我们的父亲》,东西可以说是广西作家中“触电”最频繁的一个。2007 年 3 月,20 集电视剧《没有语言的生活》也由“金牌导演”杨亚洲在桂林开拍,它将与《响亮》、《我们的父亲》共同构成他的“后家庭伦理剧三部曲”。短短几年时间，东西及其影视作品的影响力，已经远远地超出了八桂大地。而李冯通过和张艺谋联手，陆续打造了轰动全国的《英雄》、《十面埋伏》，成为影视界不得不关注的重要事件。凡一平改编电影《寻枪》，创造了2002年全国电影最高的票房后也成为影视界炙手可热的人物，因其个人作品被影视界高度关注，故被评为“2002年中国十大文学现象”之一。由他亲自操刀改编的同名电影《撒谎的村庄》也引起很大的关注。在这些主将的带领下，文学新桂军在影视的前沿阵地攻营拔寨，显出了巨大的影响力。同时在“触电”的规模上，也呈现出不断扩大的趋势。其实从20世纪90年代末开始，广西作家群中就有相当一部分人开始有意识地将作品与影视创作“挂钩”，每年有四五十人“触电”，形成了一种以点带面、以老带新的群体效应。而在文学新桂军崛起之后，这种效应就更加明显。从2007年广西作家的创作计划中可以看出，绝大部分的作家都有影视剧本的创作或改编计划。此外因为很多广西作家的“触电”作品本身所散发的南国气息，加上影视是在广西拍摄，使其显示出很强的地方特色。例如孙步康创作的中国首部壮族电视剧《五色场》就是典型的代表，被认为是“一部好民族电视剧，全国观众在电影《刘三姐》之后，多年没有看到过这样有特色的、民族性强的好作品”[④]。再如《我们的父亲》，因为东西的号召力，包括凡一平、胡红一、杨长勋等一批广西作家都在这部电视剧中亮相，不仅在荧屏中展示了他们的演艺才华，而且成了广西作家的形象宣传片。

其二，无论从“硬件”还是从“软件”条件来看文学新桂军的“触电”优势明显。一部优秀的文学作品要拍摄成影视作品必须具备一定的条件，首先便要有影视公司愿意拍摄。在这一方面来说，广西作家“触电”无疑是具有一定优势的，即广西电影制片厂为作家“触电”提供了一个良好的平台。广西电影制片厂被誉为“中国电影第五代导演的摇篮”，张艺谋、陈凯歌等优秀导演从这里起步，由于拍摄出《一个和八个》、《黄土地》、《大阅兵》等具有开创性的影片，展示出他们出众的才华，谱写了中国电影的新篇章，声名鹊起。毋庸置疑，广西电影制片厂励精图治，后来居上，为广西影视的发展奠定了坚实的基础，立下了汗马功劳，成为广西影视兴盛的重要因素。广西作家成功利用这一个平台，完成了文学与影视的“亲密接触”。如《幸福时光》、《姐姐词典》都是由广西电影制片厂拍摄的。另外，鬼子、东西、李冯、凡一平等人的作品频繁“触电”，无不与张艺谋、陈凯歌等大牌导演有着深厚联系，他们的合作或多或少也是得缘于广西电影制片厂这一平台。广西作家“触电”的另外一个优势就是其作品本身。为什么这么多有名的导演选择广西作家的作品，这说明广西作家是有实力的。正如曹文轩所说：“远离经济中心的广西，它的文学竟然是先锋的，20 世纪末 21 世纪初，它一直在展现它的先锋品格。这个在经济上还不发达的地域，在文学上常常是率领潮流的，一批年轻作家所创作的作品，经常成为中国当代文学的话题。”[5] 广西作家的作品是具有先锋品质和丰富内涵的，有优秀作品作为保障，广西作家的这种影视集体冲锋，当然会在中国影视界掀起狂风骤雨，令人刮目相看。如东西的小说文体探索意识极强，风格诡秘，充满了奇特的叙事智慧，以及对现实存在的深邃思考。凡一平小说故事情节曲折、引人入胜，他总是津津乐道地沉入那些奇特的现实生存中，在一些反庸常的伦理秩序中，建构他独特的叙事。他常常让人物在各种世俗的羁绊中疯狂地撕开自己，裸露出种种让人惊悸的人性本质，使我们看到现实伦理与生命伦理之间的尖锐对抗，世俗欲望与人性本质的尖锐冲突，带给人们一种强劲的情感冲击。李冯的作品则带着后现代的精神姿态，不断地将传统文化中那些积淀已久的价值系统拿到现代层面上进行重新考量，试图建构某种现代意义上的审美趣味。正是由于广西文学具有一种大方优雅、超凡脱俗的鲜明的艺术特质，当成功地改编为影视作品时就显得别具一格。因为作品风格独特及其富有浓郁地域风情的叙事性有利于打造影视作品，使得雄心勃勃的影视导演们在寻找富有潜在影视张力的文学文本时，往往也把目光投向润湿氤氲的美丽的南方。

三、文学桂军"触电"的主要原因

作家"触电"及文学与影视联姻这种在当下大有愈演愈烈趋势的现象背后的原因确实值得探究，文学的影视化发展趋势有其复杂的内因及外因，是社会时代以及文学艺术现代发展与转型的必然结果。

其一，从内在因素来看，文学与影视之间的共通性为作家的"触电"提供了可能性。尽管各种艺术样式之间存在显著的不同，但它们彼此之间也有密切的联系。文学与影视虽然是两种不同的艺术形式，但是它们之间存在着很多共通之处，文学与影视的亲缘关系从影视诞生的那一天起就产生了。影视与文学一直处在一个相互碰撞和彼此影响的过程中，"它们之间不像人们所想象的那么密切，也不像人们想象的那么疏远，二者都是在现代意义上产生的叙事样式，而且都带有某种大众文化的印记，都作为最广泛的被接受和阅读的样式，它们之间的影响是相当直接的"[⑥]。我们也该不容置疑地承认电影中有文学特性的存在。"我们应该看到，文学除了为电影化的移植提供作品之外，它还应该（而且能够）为真正的银幕创作提供丰富多样的题材和形式：神话和传奇、主题、情境、体裁风格、美学观念，尤其是语言风格、人物心理和读者心理等方面的宝贵经验。因此，归根结底应当把两种语言之间有益的关系这一方面放到共同的美学和文化背景中考察。"[⑦]影视作为一种综合性的艺术，恰恰表现在它可以把不同的一些艺术因素（包括文学）包容在自己身上，把原本独立存在的各种艺术形式特征转换成依于自身的艺术特性。文学是影视的基础与母体，正如剧本乃一剧之本一样，文学乃影视立足之本；如果没有文学特性，那么影视作为一种综合艺术就无从谈起。张艺谋就文学对于影视的重要作用曾说过："我一向认为中国电影离不开中国文学。你仔细看中国电影这些年的发展，会发现所有的好电影几乎都是根据小说改编的。看中国电影繁荣与否，首先要看中国文学繁荣与否。中国有好电影首先要感谢作家们的好小说为电影提供了再创造的可能。"[⑧]如果没有各艺术门类之间、各门艺术内部之间的相互利用和相互吸收，就没有艺术形态的丰富多彩。基于此，作家的“触电”并不是一种越俎代庖似的盲打莽撞，而是建立在艺术共性上及艺术交流基础上的相得益彰。

广西文学大面积触电的内在原因亦如此。广西文学在改革开放三十年建立起的新传统主要表现在三方面：一是叙事性文学传统得到传承与弘扬，无论是长篇小说在陆地《美丽的南方》基础上有了新的拓展，尤其是具有浓郁地域文化与民族风情特色的小说创作有了长足进步；二是抒情叙事性作品在韦其麟《百鸟衣》基础上也有了新的发展，尤其是将广西作为民歌之乡的优势与民间传说故事的优势结合，使抒情性与叙事性有机融合，民间文学资源得到合理发掘与利用；三是在戏剧、电影《刘三姐》文化传统基础上的民间叙事、平民叙事、日常生活叙事的文学创作颇为活跃，刘三姐原型、刘三姐故事模式以及刘三姐叙述方式提供了文学与影视联姻的最佳范例与最好途径，也意味着文学创作资源与创作指向具有影视化的潜质与潜在实力，为文学影视化及其影视改编创造了有利条件。当然，这也与广西青年作家的现代意识与后现代意识的自觉有关，文学影视化及文学与影视联姻成为其创作的自觉追求与自觉行为。作为文学桂军领军人物的“三剑客”都率先垂范，在文学崛起的同时也向影视发动冲击。

其二，从外在因素来看，作家的“触电”是一种与时俱进的必然选择。刘勰所言“文变染乎世情，兴废系乎时序”，一代有一代文学的主要承载形式和存在方式。首先，在现代信息时代里，影视作为最为强势的电子传播媒介，不仅主导传播潮流，而且主导生产潮流与消费潮流。影视在一定程度上支配了人们的生活，甚至生存方式与行为方式，使过去常说的艺术模仿生活转变为生活模仿艺术或相互模仿，艺术生活化与生活艺术化导致艺术与生活边界模糊；同样也导致文学与影视及其他艺术形式边界模糊。作为最为年轻的艺术形式的影视成为时代宠儿、艺术先锋、时尚潮流，使其从一种传播媒介方式转化为一种艺术形式及艺术生产方式。影视凭借现代电子媒介、数字媒介、高科技等优势在信息资源采集、储存、整合、配置、加工以及生产、流通、传播、接受、消费等方面形成媒介强势与艺术强势，从而成为文学最大的竞争对手，文学甚至在面临影视挑战而产生危机，文学的传统生产方式、活动方式、生存方式与存在方式、传播方式、接受方式也面临转型。其次，影视一方面以其自身特有的直观形象性和生动丰富性对人们审美视觉、听觉以及感觉，造成强烈的冲击，显示出强大的艺术威力和魅力；另一方面影视的大众化普及功能及其复制性跨时空传播优势，无疑使之成为这个大众传媒时代的主流艺术形式。而传统的以纸质媒介为存在方式的文学在电子媒介的冲击下，确实从中心走向边缘，从精英走向大众，从纯文学走向包括影视文学的大文学，文学转型、文学变革、文学开放逐渐成为趋势。在社会各种因素影响下，文学这个带着诗性气质的大家闺秀也不得不放下她的高傲与影视这位财大气粗的豪门公子联姻了。这也许是社会时代选择的结果，当然也是文学自身发展的必然选择。再次，文学"触电"也是市场经济利益驱使下作家的一种必然而又痛苦无奈的选择，其中酸甜苦辣的复杂性、矛盾性与双刃剑悖论或许提供文学创作更大的空间，或许意味着文学在电子媒介时代的宿命与终结，人们当拭目以待。但一个不容置疑的事实是，作为创作个体的作家在其新的尝试与探索过程中获得社会效益与经济效益的双丰收，更为重要的是开辟了文学影视化发展的新途径。诚然，作家必须面对实际生活，毕竟他们都不是不食人间烟火的神仙；作家还必须面对市场经济的发展，文学及其创作也面临着市场经济的考验与检验，"触电"其实就是市场经济规律主导下作家们一种"生存本能"式的应急反应。[9]作家们为影视艺术创作，并非完全是为影视剧本的高额报酬所诱惑，也并非仅仅是为了编故事，侃本子，迎合观众趣味与消费心理，更非仅仅为了经济效益，一剧几十集，收入百十万，成全黄金梦；而是在探寻文学生存发展的新途径与新方式，探索文学与影视联姻以达到双赢效益，这种探索当然有成功也有失败，但这是传统创作与纯粹文学无法比拟的，也是市场经济语境下文学的一种必然选择。

广西作家"触电"现象当然也有这方面的原因。东西坦言："写作者首先是人，然后才是写作者。如果不用吃饭也能生存，我赞成所有的写作者都不考虑稿费。写作者要有一个基本保障，那就是温饱。在这个基础上才能谈自由之思想，否则天天为下餐着急，哪还有时间来写作。破落者曹雪芹能写名著，那是因为他尚有稀饭。”[10]他还说：“作家的生活相对清贫，有钱后我能更专心地写小说了。”他认为作家“触电”不仅是为了文学的自救，而且“触电”既扩大了作家创作的影响，又让他们过上了好生活，何乐而不为呢？[11]李冯认为纯小说的收入总不多，靠这个生活很难维持下去。生活上有问题，就得赶快赚钱去，文学并不是如很多人所说的多么崇高，不能以此为借口当作不去劳动赚钱的理由。生活困难就应该把生活的问题解决掉再说。[12]广西作家创作从计划经济体制转型到市场经济体制，在 20 世纪 90 年代的“下海”潮中，不仅表现为作家脱离体制保障，一方面寻找体制外创作途径，另一方面寻找文学外生存的途径；而且表现在文学一方面向通俗文学、大众文学、审美文化的转向，另一方面表现为文学影视化趋向，尤其在进入 21 世纪以后这一趋向越来越明显。因此，文学影视化不仅仅是作家放下架子、放下铁饭碗、寻找文学致富途径的问题，而且是文学在市场经济中生存发展的问题，是作家创作的活动方式与生产方式变革问题。更为重要的是证明文学发展不仅仅是依赖于文学内部自身动力机制，而且还需要有社会时代的外部动力机制，在市场经济体制下还需要建立起经济的动力机制，文学必须找到各种推动机制的合力，才能构成新的文学生产力，或变革生产力，或提高生产力。

其三，作家“触电”原因尽管是多方面的，但从作家的主观动机而言，主要还是为了提高其作品的传播力与影响力。作家力图通过搭乘影视的快车扩大作品的影响力从而获得更多的读者与受众，其初衷往往将影视媒介作为传播媒介来利用；但一旦为此形成一种创作模式后，形成文学影视化的一种文学类型后，影视作为一种艺术类型的特征与优势越来越明显，文学改编与专业化的影视文学创作潮流也就形成趋势。作家们通过把自己的小说改编成影视剧本的再创作行为，从而将文学形式转换为影视文学形式，再通过影视艺术创作与制作将文学转换为影视艺术，借助影视的大众文化与大众传媒的力量可以跨时空传播，由此在扩大影视影响力的同时扩大文学的影响力。这比单纯依靠纸质媒介阅读的文学传播速度要快得多，广度要大得多。据统计，中国人平均每人每天用在收看电视的时间是179分钟，而文学阅读时间人均不到30分钟；电影《英雄》在上映10天内的票房收入是1.3337亿元，这是任何一本小说所不可能达到的经济效益；一部成功的影视作品的受众少则上亿，多则几亿、几十亿，相比之下一部小说拥有的读者量难以企及。这样的事实与现状不能不对作家产生影响，其创作动机也不得不瞄准影视这一聚焦点，不得不打开创作的思路。影视传播的力量不仅仅是使文学在传播上获得更宽广的空间与更充裕的时间，获得更多的读者与受众认同，获得更为直观生动的审美效果，而且在于文学作品一旦被成功地改编成影视作品就会获得新的生机或商机，文学转换为影视本质上就是一种新的创作方式与作品形式。王一川认为："小说本来并没有畅销，或者只是在文学圈内受赞誉，但由于被影视改编并获得成功，就会反过来引起热销，征服读者。这是一种'借力打力'方式，借助影视改编并以影视方式而重新赢得公众。"[13]从这个意义上来说，文学创作确实需要借力，借助影视传播之力形成文学与影视合力以及文学叠加之力。

广西文学的崛起和发展其实很大程度上也应该受益于这样大面积的"触电"行为。正是凡一平的小说《寻枪记》、《理发师》等作品被改编为电影后使他越来越多地为人所知；李冯也是因为与张艺谋合作拍了《英雄》、《十面埋伏》，便一夜之间成为人们关注的焦点，其知名度迅速延伸到文坛以外更广阔的领域；东西、鬼子的文学作品被成功搬上银幕荧屏后更为提升其文坛知名度；黄继树、张宗栻、龚桂华、郭其中、康泽祥等桂林作家群的创作进入影视后产生出更大的本土文学效应。当今社会有不少人可以不看文学作品，但没有不看电影和电视剧的，许多人习惯于将影视欣赏作为文学阅读的替代品，通过影视作品来欣赏文学作品；同时，也有不少读者是通过影视作品来选择文学阅读对象，影视热带来了阅读热和重读热，影视热播带来了文学作品畅销；甚至在影视成功后，还会带来影视文学化趋向，根据影视故事进行文学创作与再创作以及后续创作。从这个意义上说，影视成功进一步激发了作家创作热情，是其创作动机发生的一个重要渠道。由此文学与影视联姻的双赢效应还在于两者互动性生产、复合性生产、连锁性生产，从而大大提高文学艺术生产力。

四、文学桂军“触电”的意义

文学桂军“触电”现象不是个别行为而是集体行为，也不是被动行为而是主动行为，更非实用功利行为而是文化自觉行为。文学桂军向影视创作集体冲锋，对于广西文学的发展来说，到底是利是弊呢？是利弊兼有的双刃剑效应还是强强联合的叠加效应呢？我们认为，广西作家向影视创作大面积“战略转移”是一种与时俱进的表现，只要合理正确地处理好二者的关系是有利于文学的发展的。正如东西所认为的，广西是一个文学边缘地带，文学桂军在文坛上的崛起令人们对广西的文学创作有了一个新的认识，但这些认识仅仅是文学圈子范围内的，而新桂军的频繁“触电”，扩大了广西作家的影响，这些影响不仅是文学圈子范围内，还应该是立体式的，这会更有利于把广西作家的作品推出广西。[14] 因此，对于文学“触电”现象的评价不能局限在就事论事和实用功利的眼界内，其意义远远大于“触电”本身的意义，也远远大于一加一等于二的意义。

其一，文学“触电”具有现代艺术生产的意义。当代艺术的重要特征是艺术与科学技术的结合、艺术类型之间的融合、艺术资源的整合与共享、文化与经济的统一、艺术以新媒介形式为依托，等等。当然，最为重要的是文学创作进入艺术生产轨道，生产与消费的循环互动在一定程度上支配文学创作方式、存在方式、传播方式及推动文学发展。有学者认为，随着电子技术的发展，当今已经由书籍时代转到了电子时代，新的技术正创造着人们新的生活方式和感知方式，由此必然会对文学和文学研究发生影响，文学在旧式意义上的作用越来越小。于是，随着电信时代的图像化转向及其扩张，电影和电视毫不客气地将文学和其他艺术挤到了相对边缘的位置，然后自己却占据了中心而成为当今艺术的主角，于是文学的危机就出现了甚至有可能会走向“终结”。[15]敏锐的作家面对这种形势，不可能视而不见，不可能没有感触，不可能无所作为。因此，文学顺应时代变化，积极创作影视文学及与影视联姻，便是自然而然的事情了。一方面，影视与文学是分不开的，文学本身已经包含了很多形象性的影视元素，影视也必须以文学为基础，所以文学与影视的联姻并不是“乔太守乱点鸳鸯谱”，而是一种彼此之间的内在需求与适时之举。作家参与影视创作对自己是一种提高，“触电”的经历不仅可以带来观察和思考以及创作方式的变化，而且作家们在文学创作时可以通过自觉地吸收影视剧的手法，以不断丰富和强化文学的表现力。另一方面，在现代生产语境中，文学与影视联姻不失为文学转变创作方式、活动方式、生产方式的一条路径，影视的艺术生产对文学生产颇有启发，生产方式的变革也会大大提高文学生产力，调整生产关系，创新生产制度、体制与机制，激发文学的活力与生命力，这是文学走出困境、摆脱危机、抵制边缘化的一条途径，也是回应所谓“文学消亡论”的切实措施。

早在19世纪的资本主义发展的机器工业生产时期，马克思主义就提出艺术生产、精神生产的概念及其理论，艺术生产论是马克思主义重要的理论贡献，也是马克思主义理论体系中不可分割的组成部分。20世纪的资本主义大工业生产与全球化市场经济建立时期，西方马克思主义根据现实发展需求不断丰富完善艺术生产理论，尤其是本雅明、伊格尔顿、杰姆逊、鲍德里亚等从现代主义与后现代主义发展角度论述艺术生产方式变革与转换意义，特别对现代电子媒介对社会生活的影响、影视对社会及其文学艺术的影响、科学技术对生产力及其生产方式的影响进行了有益的探索。中国在改革开放30年、市场经济体制建立20年、跨入新世纪10年中，从引进西方艺术生产理论到市场经济大潮中的艺术生产实践，再到中国化的艺术生产理论形成，经历了历史与时代的检验，也经过了理论与实践的检验，证明艺术生产是文学艺术发展的必经之路，也是正确之路。

其二，文学“触电”具有艺术市场化、产业化、商品化的意义。讨论文学艺术的市场化、产业化、商品化问题，放在20世纪还会有许多非议与质疑，尤其是所谓“化”总让人感到别扭与不舒服，似乎消解了文学艺术的本质与特征，认定必须坚守纯文学、纯艺术观念及其二元对立思维。但随着社会时代发展，所谓全球化、民族化、本土化、多元化、现代化等都带有所谓“化”的概念范畴逐渐为人们所接受与认同，对其含义理解也不再纠结与褊狭，而使之具有辩证性、整体性、总体性的语义与语用功能，并不排斥其中的化合、融化、转化之义。另一方面文学艺术发展及其实践也提供其作为商品、必须在现代大工业生产语境下转换艺术生产方式、形成产业化规模效应、走向市场拓展流通与传播渠道的例证与昭示。

文学“触电”的对象是影视艺术，其实就是“春江水暖鸭先知”的艺术生产先行者。电影从其诞生之日起，就是一种大投入、大制作、大回报的综合性艺术，不仅综合了各门艺术形式，而且也综合了社会各种专业与劳动，更重要的是按照工业生产规制而建立的新型艺术生产方式。因此，电影业往往被称为电影工业、电影工厂、电影制片厂、电影公司等带有浓厚经济、生产、产业、商品、市场、消费的色彩意味，一些发达国家的电影业构成国民经济的支柱产业或重要产业，不仅成为国家综合实力中的软实力，而且也是硬实力。中国是一个拥有13亿人口的大国，因此也应该拥有最大的生产市场与消费市场，但作为发展中国家，其电影生产与消费还无法与泱泱大国地位匹配，2010年中国电影市场总产值才达到100亿元，与发达国家和其他产业产值相比还有很大差距。然而电影与文学及其他艺术形式相比则有许多优势与特点，尤其是作为现代大工业生产的产物，其生产方式、生产流程、生产制度、生产技术、生产规划及其市场、流通、消费等都能提供文学艺术可资借鉴的经验与模式。电影生产的特征，如复制性生产、复合性生产、综合性生产、序列化生产、附加值生产、循环性生产等也对文学艺术产生很大影响。因此,文学"触电"的意义在于:首先,通过文学与影视联姻,在影视产业化的基础上实现文学产业化,一方面在影视产业中建立作家队伍,另一方面在文学创作中建立事业与产业队伍;其次,推动文学创作机制自身的产业化,改革文联作协体制,集结作家团队,形成一定的专业化作家群与创作群队伍;再次,强化文学创作的生产意识、市场意识与接受意识,实现文学生产方式的转换,解放文学生产力,提高文学的社会效益与经济效益;最后,建立文学与影视结合的联动机制,形成复合性、连锁性、综合性生产效益,形成互动双赢效应。由此,在大力发展文学事业的同时,努力开辟文学产业化、市场化、商品化发展的新途径。

其三,文学"触电"的意义在于探索文学与影视结合的新途径。法国的艾·菲兹利埃说过:"文学和电影的关系可以归结为两大问题,电影能够为文学带来什么?文学能够为电影带来什么?"[16]当我们在看到文学与影视共通性以及对于文学发展有利因素的同时也不能忽略它们的差异性以及影视对于文学的负面影响。文学与影视,虽然都是艺术,但其艺术形式、表现方式、媒介形式都有所不同。文学运用语言文字叙事传情,擅长描写、叙述、抒情、议论,特别擅长心理描写与细节刻画;影视运用影像镜头表演叙事,擅长以直观生动的图像画面诉诸视听感官,尤其是以线条、色彩、构图、音响渲染情境与气氛,达到如闻其声、如见其人、如临其境的真实性与虚幻性高度统一的效果,电影院还具有集体性、从众性、仪式性的"黑屋子效应"特点。在生产方式上的差别更大,文学是个体的个性化、独创性的创作;电影是集体性、综合性、技术性、制作性的复制性生产,两者在生产方式与产品形态及其传播、接受、消费方式上有所区别。因此,不能简单地将两种不同的艺术形式混淆,把文学要素平行移到影视中来,或者将影视要素平行移到文学中来。"触电"后的文学,必然会发生一定程度的变味、变形或再创造,与原来的文学相比可以说是一种"脱胎换骨"。从这一意义而言,文学影视化及其改编确实存在双刃剑效应,在有利于影视表达的同时既对文学有所创新发展,又会在一定程度上削弱文学的某些特点。

首先，由于媒介的不同，改编在语言文字上的特点会有所损耗。金惠敏认为："影视对文学的整编，它们挑挑拣拣，只选取语言中能够转化出形象的那些部分。……本质上并非在语言与图像之间建立一种新的张力关系，即图像从语言的压迫下解放出来并反过来统治语言，如此文学尚可卑微地奔走效劳于图像之前，而且文学在被榨取之后即不再是原先意义上的文学，在影视中仅留下文学的残迹。因此从一个方面说，影视的诞生就是文学的死亡。"[17] 在文学文本到影视文本的转换流程中，改编者首先以个人的"一己之见"替代了无数受众对文学文本"千差万别"的解读，造成文学文本信息的第一次流失。从文学到影视还存在着从一种表达方式（文字）到另一种表达方式（图像）所必然面临的"图不达意"的现象，造成文学文本信息的第二次流失。东西说，每一部作品改编为影视剧都会有一点东西丢失。一般来说，小说的内涵比较丰富，小说中许多荒诞、批判、尖锐的东西在影视作品中都不会表现出来。影视作品需要收敛，比如分别根据他的小说《耳光响亮》、《没有语言的生活》改编的电视剧《响亮》和电影《天上的恋人》，与小说相比就有所再创造，《天上的恋人》只留下了爱情这条线索，《响亮》除了讲人的命运，还留下了爱情亲情。反映了影视具有排斥"深度阅读"的特性，是一种"浅阅读"。凡一平也认为自己的文学作品就像一个鸡蛋，当被导演拿走之后孵出什么样的小鸡就不是他能控制的。

其次，从接受方面来看，改编者的接受会影响影视接受，从而影响到对文学的再接受。因为"触电"文学的情节、形象、结构、话语、行动、意味等都是以导演为主的图像制作者（包括改编者、演员、摄影师、剪辑者等）对文学文本阅读后进行选择的结果，制作者们才是文学文本初始的接受者，而"触电"的影视文本的读者（即观众）的接受是基于他们的初次接受的基础之上的，相对于文学文本的直接阅读来说，读者（或观众）对"触电"影视文本的接受是一种再接受或次接受。当文学进入影视这类新媒介之后，"其形象之美被放大、强化，而语言之美不是被取消就是被边缘化，成了可有可无的点缀。充满精彩对白或唱词的是莎士比亚戏剧或是王实甫的《西厢记》，而不是视觉取向的张艺谋等的影视制品。……没有语言仍可以是影视，没有图像则不成其为影视"[18]。把文学从文字文本改编成音像结合的影视文本，正是在缩小文学与受众之间的"疏离性"间距，文字所描写的场景、塑造的人物、行动化的故事在读者想象域界里本是虚幻的真实，提供了读者想象的空间；而影视将它们转换为具体实在的场景，扮演成具体可观的形象，还原为身边实在的生活，导致文学与生活的距离消失，有距离并不必然是文学，但是没有距离肯定就没有文学。距离是文学得以产生的必要条件，也是审美距离说存在的理由。文学存在的理由其实就在于语言媒介的符号化功能及其"陌生化"语言对艺术与生活的间离与想象功能。文学以语言文字作为表现方式与存在方式，读者通过阅读文字文本，借助想象进入无形的梦幻般的想象世界，而这个想象世界是极其自由与个性化的，它能够融会每个阅读者自身独有的解码方式，因此会出现"一千个读者就有一千个哈姆雷特"的现象。而文学"触电"后其接受方式由文字符号想象接受转向直观图像的感官接受，由个体性接受转向大众化接受，由私人性接受转向公共性接受，语言文字的特征与优势势必受到影响。这种直观性、公共性、大众化的接受打破了传统的个体阅读的文本接受范式，同时也将个体阅读的多元化审美效应置换成了单元化审美效益，将个体的多样差异性置换为群体的一元共通性，将审美特殊性、立体性置换为审美一般性、平面性。如《天上的恋人》虽然获得了第十五届东京国际电影节最佳艺术贡献奖，但是因为其"曲高和寡"而成为叫好不叫座的圈内作品。邓烨认为："因为电影的扩大再生产很大程度上取决于影片的上座率与票房。从这一点来说，电影的经济原则不仅抑制着创作者的个性发展，而且还部分地规律着影片的题材和内容以及风格和样式。"[19]这确实对于"触电"者来说是应该充分警惕与重视的，在文学与影视之间找准契合点与突破口，不能为影视化而牺牲文学特征，也不能强加文学色彩而牺牲影视特征，两者联姻以达到双赢,成功者有之,失败者也有之,关键在于找到契合点及确立辩证协调的和谐观念。

再次,以文学积极主动的创新精神探索文学走出困境的途径。电子媒介时代文学确实面临挑战与危机,我们是否可以说,当文学与影视联姻之后就必然会出现文学的危机甚至是终结呢?文学一旦影视化之后是否就消失了呢?事实证明,影视在更加活跃的同时,文学仍然活跃,其活力、生命力并无枯竭,“但它是以不断更新的方式活着,没有更新就没有文学的生生不息。而这反过来也可以说,文学总在‘终结’着,‘终结’着其自身内部不得不‘终结’的部分。文学作为‘家族’没有‘终结’,而这家族之结构则在与时俱变”[20]。当今的文学已经顺时而变走向“泛化”,比如与图像结合或与网络联姻,生成某些混合体的新媒体文学形态,它越来越成为混合体,这个混合体是由一系列的媒介发挥作用的,除了语言之外,还包括电视、电影、网络、电脑游戏等。然后,传统的“文学”和其他的这些形式,它们通过数字化进行互动,形成了一种新形态的“文学”,它不是“literature”(文学),而是“literality”(文学性),也就是说,除了文字文本形成的文学外,还有使用各种不同符号而形成的一种具有文学性的东西。[21]所以那种认为“电”是电老虎,“触”摸不得,此路单程、有去无归的观点是很片面的。

最后,文学“触电”对于推动文学桂军崛起的意义。“触电”对广西文学跨越式发展及文学桂军崛起有重要影响与作用,广西文学与影视的联姻是顺时而变的明智选择。正如张颐武所说,广西作家对于电影的介入使他们的文学想象力为中国电影的新一波发展提供了有趣的可能性。“这是广西对于中国电影的又一次贡献。这次的贡献是广西本土作家主动地加入新的电影想象,将自身的文化资源转化为一种影像艺术的表现。这是值得我们关切的。这可以说是一种‘走出去’的文化行为。”[22] 20世纪八九十年代,在文学桂军尚未成气候之前,广西电影就在全国影坛崭露锋芒,以张艺谋、陈凯歌、张军钊为代表的一批“第五代”导演在广西电影制片厂创造了超越“第四代”

导演的奇迹与神话，生产了《黄土地》、《一个和八个》、《一个都不能少》、《我的父亲母亲》、《长征》、《百色起义》、《幸福时光》等经典影片。广西电影及广西电影制片厂的崛起，其成功的一个重要原因就是对文学作品的成功改编。这不仅振奋了广西文学精神，而且也为广西文学发展及文学桂军崛起铺垫了道路，更对广西作家“触电”以极大的启发与昭示。广西作家依托这一雄厚资本与资源，在文学与影视之间架起了联姻的桥梁，一大批青年作家在广西“文坛三剑客”等领军人物引领下，进军影视创作领域，取得不凡的成绩。

但不能不承认这样一个事实，首先，广西大部分作家尚缺乏把小说转化为影视剧本的驾驭能力，在这方面广西作家应该进一步熟悉和把握好影视艺术的特色和规律，并在大量的创作实践中不断地提高自身的“触电”功力和技巧。其次，目前广西作家的“触电”作品大多是他们以前成功创作的作品，由于忙于影视作品的改编与再创作，许多作家无暇于新作品的创作。其实，影视创作水准的提高有赖于文学创作基础的厚实，只有将文学作品品质保持在一个较高的水准之上，并继续保持迅猛的发展势头，不断推出精品力作，才能使广西文学“触电”的优势继续保持下去和发扬发展下去。再次，广西作家在进行影视剧本创作时尚缺乏自己的独特性和自主性。王建平指出：“广西电视剧现象辉煌的背后隐含着一个尴尬。那就是广西在合作中创作主体的弱化及创作内容中广西特色的淡化。”随着主体的弱化、特色的淡化必然会影响到自身优势丧失。应该注意到广西大部分作家不仅缺乏把小说转化为剧本的驾驭能力，在这方面作家还未熟悉和把握好影视艺术的特色和规律，缺少改编实践中不断提高自身的“触电”功力和技巧；而且缺少主体性与自主性，主动积极寻找改编机会的作家不多，而等、靠、要的被动状态居多，甚至改编中难以持守文学精神，以牺牲文学迁就影视、市场、受众的也有不少。最后，广西作家尚缺乏文学艺术整体观的大文学、大艺术视野，还应该进一步解放思想，弘扬改革开放精神，在强化区域、本土、民族特色优势基础上突破限制与局限，加强文学艺术交流与跨区域、跨文化、跨专业交流。冯艺认为:“广西的作家要真正成为影视剧的行家里手,得放宽胸怀、拓展视野,改变目前这种小圈子里自娱自乐、孤芳自赏现状,勇于把作品放到更大的平台接受评赏。”[23]

尽管广西作家“触电”还存在这样或那样的问题,但并不影响文学“触电”对于广西文学发展的贡献,更不能影响文学“触电”的价值意义所在。经验与教训都应该成为广西文学发展的动力机制,更应该将“触电”作为广西文学发展新的突破口与新的途径。“触电”意义在于:一是影视文学创作与影视改编在一定程度上推动着长篇小说创作,这对于弥补广西文学在长篇小说创作上的弱项与不足是具有现实意义的。二是通过影视艺术的优势加强文学的传播力与影响力,文学成功推进影视成功,影视的成功反哺文学成功,同时还可激发后续创作与再创作,形成文学创作的良性循环。三是促使作家更好适应社会时代语境,建立起新的文学观与创作观,更为熟练地掌握与运用文学语言与影视文学语言,不能顾此失彼。关仁山认为作家可以两条腿走路,但文学创作和影视创作这两条“线”千万不要“短路”,“短路”了两样全完。“触电”作家应该像盏灯,要让“两条线路”为自己输送电力,照亮路程,绝不能因“短路”而“触电”身亡。[24]四是明确文学“触电”的目的并非仅仅是为了影视发展,而且更为重要的是为了文学发展,因此“触电”并不意味着对文学的抛弃,而是为了使文学获得更好更大的发展空间,对于作家而言,文学创作是其立身之本、立根之源、立命之神。五是应该切实加强文学“触电”的环境与条件建设,搭建文学与影视联姻平台,制定两者联动的制度、体制、机制、政策、措施,将文学“触电”行为落实到实处。

广西文学的边缘崛起因素当然是多方面的,但是成功地利用影视这一平台提升其影响力和竞争力是不容忽视的重要因素之一。文学“触电”行为与现象不仅更有利于资源整合与合理配置,也不仅有利于文学与艺术交流互补、互动双赢,更不仅是促进广西文学发展的契机与机遇,而且具有文学生产方式转型、文学产业化发展、文学制度创新、体制改革、机制转换的更为重要和深远的意义,从而超越文学“触电”本身的意义。相信在文学新桂军崛起的基础上，更好地将其自身资源与外部资源成功整合，广西文学与影视的美满姻缘将会结出硕果，有力地推动广西文学的跨越式发展步伐，给中国文坛以及中国的影视界带来更多的惊喜。

第二节　广西文学的网络化发展机制

随着现代信息社会的发展和科学技术的进步，信息传播媒介的作用日益凸显，特别是电子媒介已成为人们日常生活与生产中不可或缺的媒介工具。传播媒介的巨大变化对文学的影响更是深刻和长远的，尤其是在网络时代的今天，互联网作为一种新型的传播媒介对文学的广泛深远的影响力更是不可忽视的。文学依托网络媒介迅速衍生、传播、普及，文学的生存环境和条件、创作方式、活动方式、生产方式、存在方式、传播方式、接受方式，乃至价值取向都正在发生根本性的转变。文学进入了一个网络化的时代，一种新型的文学形态——网络文学正在兴起和崛起，在文坛引起重大反响；各种报刊、图书、影视媒介充分利用网络平台优势跨时空进行文学传播，扩大了文学影响力；各种名目繁多的文学网站如雨后春笋般地兴起，为文学作品上网、阅读、传播创造有利条件；网络作家、网络写作、网络创作、网络阅读、网络互动交流、网络传播等现象蔚为时尚，越来越成为作家及其文学作品的一种生存发展状态。广西文学的网络化建设正是在这样的社会时代背景下逐步展开的，充分利用网络平台及其网络化发展机制推动了广西文学发展进程。

一、广西文学网络化建设的社会时代背景

互联网是在20世纪60年代末开始发展起来的新型媒介形式，

最初是美国专门用于军事研究的专用计算机网，90 年代中期专用计算机网技术的迅速发展，使它变成了一个普及全球及其各个领域的信息网络系统。作为"第四媒介"的互联网的出现，使人们的感知方式和认知模式发生了巨大的变化，也对人类存在方式、生存方式、活动方式、生活方式发生重大作用。

随着科学技术与信息技术的不断发展，互联网越来越广泛而深刻地影响着社会发展与人类进步，当今世界俨然已经进入了一个网络化时代。互联网相对于其他传播媒介而言，具有许多优势与特点，如具有强大和强势的功能，其中包括电子邮件(E-mail)、远程登录(Telnet)、交互式信息查询(WWW、Gopher)、文件传送(FTP)、电子论坛(BBS)、交互式多用户服务(Talk、Chat)，等等。加拿大著名传播学家麦克卢汉在《理解媒介》一书中提出了"媒介即是讯息"的理论，并认为它"是人体的延伸"，而"电子媒介是中枢神经系统的延伸"[25]。也就是说，人类只有创造与利用某种工具媒介，才可能使人体各种器官功能扩大及人的素质能力的提升，才能从事与之相应的社会活动与人类相互交往活动。因此真正有意义的讯息不仅仅是各个时期的传播内容，而且更是这个时代所使用的传播工具的性质，以及它所带来的可能性和造成的社会后果。这是麦克卢汉对传播媒介技术在人类社会发展中的地位和作用的高度概括，强调了传播媒介是社会发展的动力，也是区分不同社会形态的标志。

毋庸置疑，媒介对于文学而言，所带来的作用和影响也是巨大而深远的，因为文学离不开媒介，包括写作媒介、工具媒介、语言媒介、承载媒介、传播媒介、接受媒介等。文学发展历程也经历了口头语言媒介、纸质文字媒介、印刷符号媒介、电子数字媒介等阶段，每一次文学媒介的变革都引发文学革命和转型以及跨越发展。在这个".COM"的时代里，文学的内容形式、创作方式、传播方式、接受方式等都发生了前所未有的变化。从媒介革命角度而言，网络媒介作为一种现代新型媒介形式，对传统媒介而言确实具有革命与颠覆的意义，其功能作用是其他媒介无法比拟的，将其称之为媒介之王、媒介之冠、媒介之首并不过分。因此,文学与网络结合,文学建立网络平台,文学的网络化建设,已成为文学发展的必然趋势。

从区域文学的角度来看,广西文学的网络化建设和发展对于文学桂军崛起与广西文学发展有着密切的联系,广西文学网站及其网络系统日益发挥出越来越重要的作用,广西文学也逐渐形成网络化发展态势与趋势,形成文学发展的网络化机制。在此着重从广西文学网站及其网络化建设角度探讨其制度化建设的长效机制作用,通过广西文学网站可以对本区域的文学活动进行组织、管理、引导、指导及信息发布与传播、作品宣传与推介、作家与读者对话交流,等等。广西文学的网络化建设,旨在通过网络平台与网络技术不断提升文学创作、评论、理论研究的能力与实力,集结文学桂军队伍及其作家群、读者群、评论家群,加强专业群众组织管理、活动管理与信息化管理,加强文学信息交流与作品交流,充分发挥文学网络媒介的优势与影响力,从而推动广西文学更好更快地发展。

二、广西文学网站及其网络化建设状况

随着信息社会与网络技术的飞快发展,网络文学与文学网站迅猛崛起,文学运用网络工具与网络媒介实现了下一轮的工具改革、媒介革命与文学转型。文学桂军崛起在全国文坛抢占滩头阵地的同时也开始进军网络阵地,其工具与媒介的意义并不亚于武器对于战斗的意义。广西文学的网络化建设就此逐步展开,以党政官方文学网站建设为主导,以专业群众组织机构的文学网站、大学校园文学网站、文学期刊网站、图书出版网站等建设为重点,以民间性文学网站、文学主题网站、文学栏目论坛网站、作家个人博客为主体,形成了广西文学网络系统,构成广西文学网络化建设的基本格局与发展态势。其主流与主体形态可分为四种类型。

其一,广西文联作协系统的文学网站建设。广西文联是自治区党委领导下的文学艺术家协会的行政管理组织机构,是党和政府联

系广大文艺工作者的桥梁和纽带。作为行政管理机构，负责对所属文艺协会的领导、指导、管理工作。广西作协是在文联领导下的群众性专业社团组织机构，负责对所属作家及其文学活动的组织管理，具有官方与民间的双重属性。目前，广西文联作协以广西文联名义已经建立网站。与其他文学网站以及刊发、转发、挂网的各种类型的文学作品的网站相比，广西文联网站更加凸显它的官方行政公务管理性质，是一种信息化管理的典型体现。广西文联网站主要以公布最新的文联活动及相关信息为主，包括全国文联和各地文联活动的情况，充分凸显其官方网站的色彩。在网站主页，设置了文联工作动态、文联创作活动、基层文联看台等板块，发布党和国家的文艺工作方针、政策和法律、法规，以及政府组织的文艺活动通知等，如鲁迅文学奖、茅盾文学奖以及广西文艺创作铜鼓奖等评奖活动以及其他的征文评奖活动，及时报道文联的工作动态以及文艺家的最新创作情况等。在网站上还上传了文联的内部刊物《广西文艺界》，以及展示文联管理和主办的文艺刊物如《南方文坛》、《广西文学》等。广西文联网站分别以下属各个协会作为基本单位设置了文学、美术、书法、戏剧、音乐、摄影、曲艺、舞蹈、杂技、电视、电影、民间艺术、文艺理论等十三个协会网页，具体介绍了各个协会的基本情况和及时公布协会的活动状况。其中广西作协的文学网页最为丰富多彩，是广西文学发展状况的一个缩影。同时还会展出一些文艺家创作的作品和评论，这些作品多为文艺家的代表作或者新作。网站还设置了“广西文艺家博客”板块，通过网络链接可以查看广西文艺家的博客，如黄佩华、黄伟林、谭延桐、刘春、光盘、黄土路、刘美凤等文学评论家和作家的博客都可以通过网站的链接直接进入。从这一点而言，广西文联网站在组织管理、指导协调、服务监督等公共空间平台管理的同时也在一定程度上兼顾了作为文艺专业群众团体的特点，网络空间的相对自由性、主体性、个体性等特点得到有效体现。但总体而言，其官方色彩以及文艺“圈子”的味道还是比较浓重的。

除广西文联网站外，各市文联也相继建立了自己的网站，如桂林市文联网站，大体按照广西文联网站板块结构设置，各协会网页同样是以作协的文学网页内容最为丰富；文联发布的各种信息及其活动内容也以文学为主。广西各县的文联单位也逐步建立了网站，如隆林县、苍梧县、平南县（花洲文艺网）等。目前，广西基本上形成了一个自治区、市、县三级梯次垂直网状的文联网络系统。

广西各级文联作协网站建立及其网络化建设的作用与意义在于：一是有利于针对文联作协的专业性特点与群众性社团组织特点进行管理与指导，在强化党对文艺工作的领导与指导的同时，强化管理、协调与服务的工作职能，密切党和政府与文艺工作者的联系；二是有利于信息公开透明与共享交流，有利于加快民主化、科学化、人文化管理建设步伐，也有利于利用网络公共平台更好宣传党的文艺方针、政策与举措，提高方针政策的公信力与影响力；三是作为平台与窗口，有利于集结文学桂军队伍，联络作家群、批评家群、读者群，以及跨区域、跨专业、跨时空交流，同时也有利于信息传播、成果展示、资源共享，让广西了解世界与让世界了解广西，使其成为关注广西文学发展的聚焦点；四是以网络建立上下左右信息沟通与传播的渠道，在文联作协系统之间、文学界之间、文学与社会之间形成协调、联动、合作机制；五是建立起文学网络化制度、体制、机制，强化现代电子媒介的文学生产与传播功能，由此影响作家充分利用网络工具技术，转换文学创作方式与文学活动方式以及文学存在方式与传播方式，探索广西文学发展方式转变的新途径。因此，文联作协网站的建设对广西文学发展具有重要的引导作用和现实意义。

其二，地方综合性网站中的文学栏目以及作家博客。在广西的各大综合性的网站中，基本上都设置了文学栏目。这些文学栏目中主要包括各类文学作品展示以及与文学相关的新闻信息等。当然，这些网站内容往往不拘泥于广西文学范围之内，而是拓展到全国，甚至世界。综合性网站中的文学栏目在一般情况下，没有太多的原创性文学作品，而主要是转载、转发作品，特别是对网络中近期流行的具有较大传播力和影响力的作品以及重要报刊发表的作品进行转载与转发。也有一些文学网站是设有在线投稿的,其原创性的文学作品就会多一些。例如,在"广西在线"这一综合性的网站中,其文学板块"在线文学"就办得较有特点,其网站界面模式采取全国知名文学网站"榕树下"的界面模式,主要以纯文学为主,设置了包括小说、诗歌、散文等文学栏目。可以说,"在线文学"是一个广西本土作家和文学爱好者"以文会友"的平台。人们可以在网上进行自由投稿,网站设有专人进行审稿与编发,界面分有六个相应内容的板块,这些板块主要是根据作品类型来划分的,作者可以根据自己文章内容投到相应的板块类型中以方便读者阅读。

网络具备互动交流的功能与优势,最为适合个体、群体在公共平台上自由对话与交流。在网络上流行的博客也成为文学交流的最好工具,博客不仅成为发表言论的最流行方式,而且自然也成为发表和展示文学作品的重要途径。任何人都可以申请博客,并且在自己的博客上自由发表自己的言论、文章、文学作品。值得一提的是,在博客网站建设方面,广西的红豆博客网在规模和知名度上都达到了相当的水平。红豆博客网采用了网络最流行的博客模式,这里发表的不仅仅是文学作品,还包括摄影等其他样式的艺术作品,对当下流行的、热点的文化现象发表个人见解和进行探讨。虽然红豆博客网并不是专门的文学博客网,但其设置的文艺栏目很有特色,也很有人气,凸显了红豆博客博主的大众化和平民化特征。同时,在相关的文学网站或栏目中,链接了大量的个人博客。其中,除了网站的管理员的博客外,还有一些推荐圈友、新圈友、热门圈友等板块链接了很多个人的博客。这不仅可以与好友提供链接,扩大自己文学的网络空间,而且也能引起他人的关注,便于他人直接访问、交流,增加访问量,从而扩大自己的文学交往圈。

"广西新闻网"作为广西官方、主流的综合性网站,其传播力与影响力也颇大,在其网站的文化板块中,有相当一部分是关于文学的内容,设置了文化沙龙、文学原创、读书出版、影视动漫等栏目,可以看到大量的地方性的文化、文学信息。广西一些著名作家如东西、黄佩华、凡一平、彭匈、蒋锦璐、杨映川、胡红一等在此开有博客，一批有影响力的广西青年作家也都在这里开设了自己的博客及在此漫游，形成一定的博客群与作者群圈子，也形成其网络世界的知名度与影响力。作家博客多采取实名制的形式，通过他们的博客可以了解其作品和创作状态。同时，与一些文学网站（如文联网）把文艺家的博客（不管是在那个网站上开设的）通过超级链接的方式放在一个板块上不同，这里的博主都是集中在广西新闻网开设博客，可以说是广西文艺家相对集中的集体亮相。作家的博客内容主要有：个人生活经历与工作经历；对现实生活的感受与看法；杂感随笔与闲谈对话；最新作品的发布与对文学现象以及作品的评论，等等。作家与作家、作家与读者之间也会针对作品进行交流，而且还可以通过作家博客链接到一些知名作家的博客和文学网站，进行更为广泛与深入的文学交流。文学博客的优点是作者和读者可以进行自由地交流，这种跟帖式的评论无论是肯定还是否定，都是对作品、作者的一种态度和一种交流。

总体而言，广西的综合性网站的文学栏目功能作用在于：一是带有更多的个体性、自由性和灵活性，在栏目设置上内容丰富多彩，形式变化各异，体现出不同风格与特色；二是多采取在线投稿、即时挂网、自由漫游的方式提供方便快捷的通道，作家博客更能自由表现个体性、个性、趣味与特色；三是这些文学栏目与作家博客往往依托一些大型综合性网站，具有更大的传播力与影响力。

其三，文学刊物的网站及其网络化建设。当网络高度发展之后，网络刊物的出现成为一种必然的趋势。一些文学刊物已经开通了电子刊物等新的传播方式与阅读方式。这些网络刊物的运作方式，通常是将其刊物电子化与网络化，制作出与其纸质文本相同内容的电子版刊物，但为了保证纸质文本的销售量，电子刊物往往采用付费方式阅读，同时为了引起网络读者的兴趣，也会免费一部分让读者阅读，以期引发读者兴趣与关注。因此，杂志社一般都办有自己的杂志网站，除在网站上发布所办刊物的电子版之外，也会在投稿者中选择一些作品发到网上。广西的文学杂志数量不是很多，比较有影响力的杂志有《南方文坛》、《广西文学》、《红豆》、《南方文学》等，这些杂志已经不同程度地展开了网络化建设，一些文学杂志社建立了自己的网站或者通过相关的网络平台（如期刊网等）把作品发到网上。

《南方文坛》作为广西文联主办的文学批评专业期刊，是全国一流的文艺理论和文学批评刊物，被誉为“中国文坛的批评重镇”。《南方文坛》在网络化建设上没有建立自己的独立网站，主要是通过“广西文联网”发布每期刊物目录以及索引等信息，同时也通过“中国期刊网”将作品挂到网上。《南方文坛》是《中国期刊网》全文收录期刊、《中国学术期刊（光盘版）》全文收录期刊、《中国学术期刊综合评价数据库》来源期刊、《中国核心期刊（遴选）数据库》全文收录期刊、《中文科技期刊数据库》收录期刊，通过期刊网及权威报刊与大型网站的转发、转载、复印，传播面一直很大，影响力也不断扩展与提升。

《广西文学》作为广西文联主办的纯文学期刊，在广西文学界的影响力无疑是首屈一指的。《广西文学》网络化建设主要依托“广西文联网”发布刊物目录与信息，并将纸质文本电子化，提供电子刊物发到期刊网上。目前《广西文学》通过博客的方式在网上建立了自己的博客网站。博客的首页分为推荐日志、新日志、热门日志，讨论区都是一些被其列为精华的原创作品。在这一栏中分别列出了点击率、回复、文章的标题、作者以及最后回复的时间。在“推荐作品”这一栏中，设置了现代诗歌、散文、旧体诗、散文诗、杂文、小说等文体以及散文精品、小说精品、杂文精品、诗歌精品等子栏目。这些作品一般都是原创性作品。截至 2009 年 5 月已发有一万多篇数量的文学作品。

《南方文学》作为桂林文联主办的文学杂志，在广西具有相当的知名度。目前，《南方文学》建立了自己的网站并设置了在线投稿。网站上发表的文章与《南方文学》纸质文本的文章关联性不大，与时下流行的纸质文本杂志网络化有着出入。这个网站目前还是单向性的网络交流，作者把作品刊发在网上，读者通过网站看到作品，未能进行双向互动交流。《南方文学》设在新浪的博客反倒是有网络杂志的感觉,设有征稿信息、各期目录以及作品,为编辑、作者和读者建立起一个良好的网络交流平台。

与广西文学期刊的网络化建设同步的还有广西所属出版社、报社、电视台、电台等新闻出版机构所建立的网站与网络化建设,电子图书、电子出版物、电子报刊以及网上电影、电视节目等都呈现电子化、数字化、网络化发展趋势,在其信息传播中不乏文学信息内容。一些出版社为了提高图书质量,往往利用网络点击率来检验书稿质量和预测效果,有意将书稿一部分挂在网上让读者试读以决定出版与否和印数多少,借助网络机制规划与规范出版行为。文学作品的出版也是如此,以保证文学出版物质量与效益。因此,广西文学依托这些现代媒介的网络化机制也得到更好传播和发展。

文学期刊网络化建设的意义在于:一是实现传统纸质媒介向现代电子媒介的转型,使媒介及其媒体更好运用电子工具以及网络媒介以提高生产力和转变生产方式,从而更具有活力与生命力,也不仅标志电子媒介时代的到来,而且也标志全媒介、全媒体时代的到来;二是文学期刊以纸质文本与电子文本的双文本形式呈现,无疑既可强化文学期刊的活力与生存力,又可更利于信息的传播与储存,有利于文学刊物影响力与传播力的提升;三是文学期刊进军网络阵地,更有利于作者、批评家、读者的交流沟通,也更有利于文学队伍的集结与展示,在一定意义上说,今后的文学竞争不仅在于发表出版体制内的竞争,而且也在于网络世界及其网络市场与读者网民的竞争,它昭示出不仅需要文学刊物、出版物进入网络,也需要作家及其作品进入网络,文学网络化作为一种运作机制,必然会推动广西文学更好地发展。

其四,大学校园文学网站及其网络化建设。大学校园的文学网站建设是依托于本校的校园网,一般是通过文学板块的设立来完成的。校园文学网站的管理者、行为主体与接受对象主要是大学生,其承载与传播信息自然是以在校大学生创作的校园文学、青春文学为主,反映的内容也主要是大学校园生活及学生的青春生活。所以,校园、青春、激情、浪漫、理想及其纯粹性、原创性成为校园文学网站的关键词和重要特征。在广西高校中比较有影响力的网站有广西大学的空谷校园网、广西民族大学的相思湖网、广西大学生网等。

空谷校园网前身为广西大学文化与传播学院主办的、有着二十多年历史的《空谷》校园文学杂志，它的办刊理念是“绽放空谷幽兰，谛听空谷足音”。2000 年 9 月《空谷》杂志网络版诞生，将杂志内容全部上网，并更名为“空谷足音文学网”。该网站管理有序，建设得力，版面始终保持定期更新。网站设置了在线投稿，可以方便学生直接在网上投稿。2000 年 10 月，在全国高校大学生刊物网络版大赛中荣获最高奖——优秀刊物奖。著名作家东西为网站欣然题词：“空谷传响，入耳佳音。”台湾著名学者余光中也为网站题词：“空谷不寂寞，必有健者的足音。”可以说，空谷校园网的运行和管理都是走在广西各高校前列的。但是随着空谷网的不断发展，内容范围逐渐扩大，文学板块的分量已经逐渐减弱。目前在空谷网的文学网、文学频道中虽然设置了文坛琐事、散乱情怀、诗海拾贝、大说小事、空谷文学擂台、长篇连载、写手专栏等栏目，但是作品的数量还是较少(原来上传网上的《空谷》杂志的电子版现在也没有放在网上了)，很多信息内容都是从其他网络资源上转载的，原创性的文学作品少了很多。

在广西的校园网中，广西民族大学的相思湖网也是一个建设较好的网站。由于相思湖作家群崛起，使得广西民族大学的文学资源更加丰富，文学氛围更加浓厚，文学活动及创作更为活跃。这些自然也会表现在文学网站的建设中，从而使相思湖网办得卓有成效，小有名气。相思湖网中的文学版块有文悦星空，设置了创作、评论专区，文学类型分有小说、散文、随笔、诗歌等，还设置了驻站写手、现场作文大赛、80 年代、在线投稿等栏目。文悦星空突出的特点是原创性文学作品较多，更新速度快、质量水平较高。特别是在“驻站写手”这个栏目中，把一些较活跃的校园写手的简介、照片和作品以超级链接的方式发到网上，给浏览者很直观的感受，点击进去之后就是写手的作品列表，可以具体查看每一篇文章并发表言论。这里的作品一般都采用图文并茂的形式展示给读者，文字与画面融为一体，使人赏心悦目。可以说，在广西校园文学网站中，文悦星空在内容和形式上都算得上很出色的。

相对于大学校园文学网站，广西大学生网则是一个以广西所有大学生为服务对象的网站。这里除了设置家教、就业、考研等各个方面的栏目之外，也设置了文学栏目。该网站的文学栏目设置的一个显著特点是，可以对长篇小说进行连载，广西在校的大学生作者，可以利用这个网络平台来展示他们的长篇小说作品。连载的长篇小说一般都是通过在线投稿以及读者推荐出来的，还可以视读者点击率与评论情况决定继续连载与否，在一定程度上保证了作品质量及其拥有的读者群。

其实，在所有广西高校的校园网站中都会设置文学栏目。除了以上介绍的校园文学网站之外，在各高校的校园网中，文学栏目或文学论坛做得较好的还有广西师范大学校园网的校园文化栏目、广西财经学院的院报文学网、广西民族大学的文学艺术论坛、广西民族师范学院论坛和贺州学院校友论坛中的校园文学论坛等。

校园文学网站及其网络化建设的意义在于：一是有利于将文学创作与校园文化、校园生活和青春写作的特定语境结合，彰显校园文学的特色与优势，并通过校园网更便捷更畅通地传播，拥有稳定的作者群与读者群；二是有利于将文学创作与文学教育、人才培养、课外活动、社会实践结合，在出成果的同时出人才，为文坛积蓄后备力量与人才梯队；三是有利于凸显校园文学、青春写作的特征与优势，为文坛注入新鲜的活力与生气，尤其是由学院派形成的文化底蕴、知识结构、思想内涵、人文精神与科学精神结合的大学传统与大学精神，更好滋润校园文学的成长与青年作家的成熟；四是提供在校大学生作品创作展示的平台与窗口，也提供大学生参与文学活动及社会实践活动的机会，他们自己设计网页，设置栏目，自己管理网站，组织活动，体现了大学生自主、自立、自强精神；五是将校园文学网站建设与校园文学社团、校园文学刊物、校园文学活动结合，不仅提供了丰富多彩的校园文化内容，而且也使校园文化与校园文学得以更好传播。

除以上所述主要文学网站情况外，还有一些民间及个人建立的文学网站与博客，主要呈现出私人化、个体化、自由化写作趋向，要么纯文学化，要么文学世俗化，构成网络文学的重要组成部分，也造就了一些网络写手与网络文学作家，甚至产生出网络明星与网络偶像。这是储存在民间与大众中的一股潜在的文学力量，具有巨大的潜力与能量，发掘和开发这一资源对于广西文学发展而言也是十分必要的。

三、广西文学网络化建设中的存在问题与对策

广西文学的网络化建设虽然取得一些成效，但相对于发达省市以及广西文学发展态势而言还是滞后的，还处于水平较低的欠发达阶段。其不足主要表现在：

一是各级单位、领导以及作家对网络媒介价值意义认识不足，观念不够开放，思想不够解放。这集中表现在媒介的工具性与本体性、方法性与目的性、科学性与人文性、实用功利性与人的自身发展关系的二元对立与矛盾上，因此，仅仅将媒介视为工具手段和科学技术方法是有所偏颇的，应该确立对媒介性质、功能、特征、价值、意义的整体认识，认清信息时代、媒介时代的大背景，树立媒介优先的观念。尤其是在网络时代，更要顺应时代潮流与社会发展趋势，认清全媒介中网络媒介的先进地位与巨大作用，认清其对于文学生产力、生产方式、活动方式、传播方式与接受方式的变革意义，切实把握和运用好网络这一新的媒介形式与机制，以更好推动文学发展。

二是广西文学网站的规模、知名度、影响力不够大，独立的文学网站不多。与国内的榕树下、起点中文网、幻剑中文网、红袖添香、小说阅读网等知名文学网站的强势与优势相比，广西文学本土网站确实缺乏竞争力，一方面还没有建立一个或几个成规模、上档次、有效应的独立文学网站，更不用说知名度高、权威性强的大型网站，依托

于广西主流媒体的一些文学网站往往被其他综合性信息所遮蔽，难以体现出文学网站的独立性与自主性；另一方面文学网站及其文学栏目缺乏文学及其区域文学的特点与特殊性。换言之，文学的专业性、地域性、民族性特色与优势不强，信息含量大于文学含量，文学作品往往被误读为新闻信息，浏览往往替代阅读与欣赏。

三是文学网站的信息内容及其表现形式不够丰富多彩，设置栏目不够新颖别致，难以吸引读者眼球。只要稍加比较就不难看出与国内其他知名文学网站在栏目设置上和表现形式上的差距，一方面是栏目不多，分类不细，读者难以辨别与选择，无法提供多样化选择的精细对口栏目；另一方面栏目名称大都为惯例式的设置，言词过于直白朴素，缺乏文采与新意，更缺乏活力与生气，难以吸引读者目光；再一方面模仿复制其他网站栏目设置和名称过多，缺少属于自己的特色栏目和主打栏目，给人千篇一律、似曾相识的感觉。换言之，文学网站及其文学栏目缺少文学性。

四是文学网站贴出的作品质量良莠不齐，缺乏审定、选择、评价、竞争机制。一个网站的成败或者说运营成功与否，往往在一定程度上取决于该网站的点击率。文学网站也是同样的道理，也依赖于网站的点击率和关注度，但点击率与关注度并非意味着降低标准与门槛，盲目迎合市场与世俗。不少文学网站一味地追求点击率，以迎合低级趣味，使得网上作品出现庸俗、媚俗、低俗的迹象；一些文学网站为了赢得点击率，肆意炒作或恶意炒作各种所谓的新闻消息，以娱乐性遮蔽了文学性；一些网站还为作品贴上让人触目惊心的标签，披上了色情、暴力、恐怖、惊悚等暧昧的外衣，作品的标题也打出了这样的招牌，如《不好色的男人不可爱》、《嫖妓》、《名医巧降风流妻》、《鬼打灯》，等等。姑且不说这些作品的内容如何，光是标题就会给人感官上的刺激与庸俗之感，无疑给作品带来了负面影响。这说明不仅是网站管理者监管不力，缺少作品审定、选择、评价、竞争制度与机制，而且网站管理者价值取向迷失和偏误，导致网站存在问题与不足。

五是网站硬件与软件设施及其技术水平不够到位，网站功能无法更好实现。网络及其网站是一个科技含量很高并且不断更新换代的技术设施，需要高投入、高科技、高水平的支撑和改造，也需要不断更新设备和条件，提高其硬件与软件水平。但广西目前一些文学网站设施与网络技术条件还未能及时跟上发展步伐，网站及其网络功能未能很好发挥。首先，现阶段的大多数文学网站没有很好发挥网络的功能与潜力，网页更新慢，信息内容陈旧，有的几个星期，甚至更长的时间都没有更换；其次，许多网站只有单向传播而没有双向互动功能，读者的意见无法表达，即便可以表达读者评论、留言也没有得到很好的、及时的回应，甚至有些网站只允许读者阅读文学作品，但是却不允许读者对作品进行评价；再次，一些文学网站囿于自己的文学空间限制，离群索居，孤芳自赏，无法提供其他网站与网页的链接，各文学网站之间缺乏必要的链接与联系。这些因素使文学创作和文学接受关系受阻，无法顺畅地进行交流，影响到广西文学的网络化发展。

针对广西文学网站及其网络化建设中存在的问题与不足情况，需要查找原因，寻找对策，找到解决问题的办法与弥补不足的途径，探索广西文学发展网络化建设的长效机制。针对广西文学网络化还处于较低水平状况，除需要在整体上进一步提高外，还需要进一步在制度、体制、机制、政策、资金、技术等各个方面采取措施，建立起一套科学有效的网络化建设机制，以全面提升广西文学发展的网络化水平。

其一，需要充分发挥政府的主导作用，加强对文学网站及其网络化建设的政策支持与引导。在国家“十一五”与“十二五”发展规划纲要中对网络技术的功能作用与应用提出了明确的要求，在文化事业与文化产业发展中需要加强数字化和网络化等核心技术的研发和应用，推动文化与科技的融合，丰富表现形式，拓展传播方式。网络化是时代发展的重要趋势，广西文学发展也应当充分利用网络的优势，提高文学的生产力，扩大文学传播途径，增强传播效率和拓宽传播范围。在文学网络化建设中要充分发挥政府的主导作用，各级政府应对文学网站的建设予以高度的重视，加强政策引导和支持。政府可以设立文学网络建设的专项资金和基金，重点扶持一到两个具有较好基础、较大规模和发展潜力的文学网站，在进行重点建设过程中打造网站精品与典型，从而通过这些网站的示范性作用，带动其他文学网站的建设。

其二，充分发挥市场机制的重要作用，在不断增加文学网络化建设的资金支持和政策扶持的同时，不断增强网站自身运行的活力。文学网站的建设、维护和运行需要大量的资金。目前广西的文学网站主要还是依靠单位机构本身的办公经费（如文联网、校园网等）以及大型综合性网站本身的经费（如广西新闻网、广西在线等综合性网站）来运作。网站资金来源渠道比较单一和狭小，运行资本总量较少。这需要有专项资金的投入与支持，当然，更需要在文学网络化建设过程中充分发挥市场机制的作用，吸收和借鉴国内外比较成熟的文学网站运作的经验，通过市场化运作获得一定的建设资金，以保证网站的良性运行。同时，可以考虑利用合资、融资渠道，以产业化运作模式对文学网站进行生产方式与传播方式的改革，如通过网络广告代理、网上付费阅读等方式实现文学网络的有偿服务，从而为文学网站的持续发展提供强大的资金保障。

其三，加强文学网站的质量建设，不断提升网络产品的品质与文化品位。丰富多彩的信息内容是网站吸引用户浏览的基本因素，文学网站如果没有优质的网络资源与网络产品，即优秀的作品作为支撑的话，是无法提高自己的知名度的。虽然在网络时代文学作品的写作会更加多元化和多样化，写作的门槛也大为降低，但是并不代表文学不再需要优秀作品，也不意味着读者不需要选择和阅读文学精品，更不说明不需要净化网络环境。首先，文学网站建设必须建立监察、审核、评价的制度与机制，保证网络空间的健康良性环境与氛围。网站建设成效不仅表现为点击率，更重要的是提高网站质量及提升网络资源和产品的质量。其次，办好文学网站首先必须拥有优秀资源，建立和扩大作家群与读者群，吸引广西知名作家提供优质资源与产品。就目前情况而言，广西一些知名作家一般都选择在新浪等著名的网站上开设博客，不会把自己的优秀作品挂在本土的文学网站上，关键在于本土网站影响力和竞争力不够，因此提高网站质量与吸引优秀资源相辅相成，需要加强双方合作、协调与良性互动机制。再次，应该建立网络媒介与其他媒介与媒体合作、协作、互动联系，吸纳其他媒介优秀资源产品，构建全媒介整体活动语境，下大力气办好文学网站，就像办好《广西文学》、《南方文坛》等优秀期刊一样，提高广西文学网站质量，提升知名度与影响力，着力打造广西文学网站品牌。

其四，加强网络技术保障，不断提升网站的服务水平。网站运转需要网络技术支撑，如果没有搭建好网络技术平台，是无法办好网站的。目前广西的文学网站在技术水平上还有待于进一步提升，有的网站的页面打开速度很慢，直接影响读者的浏览效率。因此，必须采取必要措施：首先，应该进一步地提高网站的技术水平和管理水平，配备专业技术人员和管理人员对网站进行维护，不断提升网站的服务水平，让读者能够方便、快捷地在网上阅读；其次，加强新技术、新设施、新设置的更新换代，加强硬件、软件建设，使网站及其网络技术不断升级；再次，加强网页、页面、版面、栏目的技术设计，强化网络信息内容与形式的技术含量和技术水平。

2011 年 8 月 22 日，第八届茅盾文学奖揭晓，获奖者张炜在谈及获奖感言时意味深长地指出："今天的文学写作对于数字时代，已经不是简单的迎合与反抗的问题了，而是到了全面认识自身的危机与困境、突围求生并进而重新赢得尊严的时刻了。这里必然需要讨论方法和手段。数字时代的文学不会是凭空出现的怪胎，不会是全新的物种，它只能来自传统文学，同时要求写作者更加深入地理解和秉承传统的精髓；它也只能对应自己的时代，同时要求写作者不是跟从和接近，而是从形式到内容都进一步与数字时代的一般化呈现方式拉开距离，即内容上保持和强化批判的锋芒和力度，形式上突出其异类品格。"[26]这种在数字网络时代保持清醒头脑、坚守文学精神家园的品格是难能可贵的，数字网络对于文学发展而言的双刃剑效应也是十分明显的，关键在于我们如何正确运用和利用它，使其构成文学发展的积极因素。作为广西文学发展而言，在文学桂军崛起的基础上开拓数字化、网络化发展途径是必要的，也是必然的，但确实应该保持清醒头脑和正确认识，保持文学性与文学精神，在使文学创作和传播接受数字化、网络化的同时，也必须使网络文学增强文学性，使网络空间成为文学发展的新领域和新途径，成为文学发展的新的动力机制，由此带动广西文学全面发展。

附录：部分广西文学网站网址

广西文联网：http://www.gxwenlian.com.cn

广西在线.在线文学：http://www.gxol.com/art/

红豆博客：http://blog.gxnews.com.cn/

广西新闻网.文化频道：http://culture.gxnews.com.cn/

隆安教育信息网.文学天地：http://www.laxjyj.com/www/wxtd/index.html

南方文学：http://www.nfwx.com http://blog.sina.com.cn/nfwx

广西文学：http://q.163.com/ygchou2008

广西大学生网：http://www.gxu.com.cn/

空谷校园：http://www.konggu.net

相思湖网站：http://xsh.gxun.edu.cn/

广西民族大学论坛.文学艺术：http://bbs.gxun.edu.cn/forum—31—1.html

广西民族师范学院论坛.校园文学：http://bbs.gxnnsz.com/forumdisplay.php? fid=5

贺州学院校友论坛.校园文学：http://bbs.hzkoo.com/forum—17—1.html

广西财经学院院报文学网：http://www.cywxw.com/

第三节 广西文学“决战长篇”的发展机制

广西文学以“蛙跳式”的跨越发展和“洼地崛起”的边缘突破赢得了“文学桂军”的响亮称谓，文学桂军享誉文坛，引发文学界和评论界一片赞扬声和喝彩声，也引发人们对其“崛起”之后的持续发展的关注和讨论。广西文学界并未沉醉于“崛起”的欢庆声中，而在认真反思和反省，思考新的目标、新的思路、新的崛起。从广西文学自身发展来看，相对于长期处于沉寂和缓慢的发展状态而言，确实已进入跨越式发展状态：由“三缺”的缺全国性大奖作品、缺全国性有影响力的大作家、缺全国性大型文学期刊及全国评论界关注的精品，发展到跨越式的突破和对自身现状的超越；从广西文学在全国文坛的地位来看，相对于长期处于“边缘化”的弱势状况而言，确实也因“边缘活力”、“边缘崛起”、“边缘突破”而引发全国文坛的冲击波及社会的普遍关注。但我们越是在成绩和赞扬面前越应该保持清醒头脑，越是应该具有警醒意识和反省意识，成绩属于过去，眼睛永远盯着现在和未来，一切从零开始。文学桂军应重新从起跑线上出发，迎接更大的挑战和考验，以新的跨越和超越姿态，向更高目标冲刺。

冷静而理性的警醒和反省与文学桂军的崛起同步并行。来自外界的警醒无疑是良药。杨义认为：“文学桂军虽然有了一定的成就，但把它放在西部文学范畴来审视，更为合适，更有参照性，也更有启示意义。”[27]引申而言，文学桂军在西部文学范围内虽有重大突破，但对中国文学的突破还需努力。聂震宁指出：“要说文学实绩，新桂军尚不足以与大多数地域作家群全面抗衡。”[28]言外之意，文学桂军与其他地域作家群如湘军、陕军、晋军、鲁军、粤军、豫军等还有差距，当然更不用说与京派与海派的实力悬殊。来自自身的反省和反思更为可贵，李建平等《文学桂军论》一书在《结论——决战“长篇”及其他》中专门讨论文学桂军的不足：一是长篇乏力，决战在即；二是大师空缺，令人期待；三是产业自觉有待深化。“我们客观地看到，文学桂军尽管已有了不少的成绩，但跟文学陕军、文学湘军、文学晋军等作家群体以及全国一些‘文学强省’相比，文学桂军还有不少差距，文学事业的发展之路，还很长很长；在适应时代的发展变化和满足人民群众的文化需求方面，面临的任务还很重很重。”[29]潘琦也意识到应“经常请全国的‘名医’来为广西的文学发展诊断、治病，以期发现广西文学今后发展的突破口和潜在的力量源泉”[30]。有自省意识才能不断突破和超越，有警醒意识才能不断奋斗和创新，我们应该在自省和警醒中认真思考文学桂军崛起后的持续发展问题。

一、“决战长篇”对广西文学发展中存在的问题的自省和反思

人们普遍关注的是广西文学作品纷纷在全国性重要奖项上的获奖业绩，虽然文学桂军已连续两届荣获“鲁迅文学奖”，但一直未能突破长篇小说的“茅盾文学奖”，故而存在着“决战长篇”及冲刺全国文学大奖的情结。这无疑证明广西文学发展中存在着一些不足和缺陷，也说明文学桂军与其他文学的湘军、陕军、鲁军、豫军等的差距。2008 年评出的“茅盾文学奖”的四位作家中有两位毕业于西北大学，引发文坛对“西北大学作家群”、“西北作家群”、“陕军作家群”的关注。这更能刺激文学桂军的神经，“决战长篇”的心态和“茅盾文学奖”的情结会更为郁积，对广西文学发展的现状和前景会更增焦虑，对自身的反思和警醒也会更为强烈。透过这一现象的剖析，我们应探寻更为深层的问题和原因。

其一，长篇小说队伍相对薄弱，有待于重新调整，凝聚力量，蓄势待发，决战长篇。文学桂军的领军人物东西、鬼子也在其中短篇小说对“鲁迅文学奖”的突破后，将写作重心转移到长篇小说写作上；一批

颇有成就而又颇有后劲的中青年作家,如凡一平、黄佩华、龚桂华、盘文波、周昱麟、杨映川等也纷纷投入长篇小说的创作中,形成文学桂军"决战长篇"的姿态和趋势。我们有理由相信,经过长期积累和砺磨的文学桂军一定会在长篇小说的薄弱环节上有所突破;我们更有理由相信,"决战长篇"意味着文学桂军的成熟和提升,具备更为自省的和自觉的意识,它将带动广西文学的整体发展和全面突破,带动文学桂军新的崛起。但必须着眼于并着手于切实可行、行之有效的措施和行动,着手于创作队伍的调整、充实和建设。首先,应在文学桂军中建立起一支长篇小说创作军团,培育队伍和梯队,依据广西文学传统的优势和特点与现代社会的审美需求,扬短篇之长,补长篇之短,找准广西长篇小说发展的正确途径。文学发展既要立足传统的积淀,又要面向现代社会的需求,引导作家小说创作由短篇到中篇、再到长篇的循序渐进的发展的同时,更注重培养长篇小说作家的成长和作家群形成,引导小说创作向长篇小说的重心和中心转移。其次,在长篇小说整体实力提高的基础上培育和形成领军人物。文学队伍需要有领军人物才能有冲锋陷阵的先锋和旗手,也才能有精品突破和标志性的成果;但更重要的是形成队伍和梯队,才会形成整体,才会有实力和后劲。广西长篇小说的突破和队伍的形成,也需要有领军人物,当然并非自封或册封的,而是自然形成和长期培育的结果。再次,应针对广西长篇小说创作的问题集思广益,对症下药,如能否专门针对长篇小说创作进行研讨、笔谈、笔会;能否借助文学院及高校平台培训长篇小说创作青年人才;能否借助报刊电视广播等传媒平台提供长篇小说发表、传播园地,等等,解决长篇小说创作的实际问题和困难。最后,除自觉向长篇小说转移的作家外,还应通过激励机制有意识地推动和以鲜明创作导向吸引更多作家投入长篇小说创作,在发挥作家的创作积极性的同时注意发掘新生力量和创作新人。如广西师范大学附中一名 90 后的高中生,创作长篇小说《生活是这样子》由中国文联出版社 2008 年出版,鲜明表现校园文学、青年文学的活力和生气。类似这样的创作萌芽和创作资源是需要开发和发掘的，当然就更不用说蕴藏在广西作家身上的潜力和资源更有待于深入发掘了。

其二，广西长篇小说的创作不能急于求成，而应着眼于长期建设，这样才能有水到渠成的突破。广西长篇小说的薄弱并非仅仅表现在奖项上，也并非仅仅表现在作品数量和质量的不足上，更重要的是表现在长篇小创作积累的功力和火候的欠缺上，更为深层的根源是文学桂军的基础和实力还有待加强。当茅盾文学奖尚未突破时，我们就会认为这是广西文学的软肋，也是突围和崛起之后面临的难关，故而产生急迫攻坚和攻关的获奖心结和焦虑，急于奔奖项而速成；当广西中短篇小说频频获奖时，我们也会意识到长篇小说的欠缺，故而产生“决战长篇”的决心和信心，力图振兴长篇小说创作。但我们千万不能产生这样的错觉，以为这仅仅是因为集结力量、重点投入、集中选择、目标设定的结果，或者以为是仅仅依靠团队冲锋、突击冲刺就能一蹴而就的结果。当然，长篇小说创作的薄弱与此不无关联，但更重要的是创作基础和实力的不足，故而更应在厚基础、强素质、重建设、养心气上下工夫。“决战长篇”既需要攻坚、强攻，更需要修炼、磨砺。冯艺认为应以“十年磨一剑”的精神打造自己的长篇[31]；张燕玲提出，“当市场力量对作家冲击越大的时候，需要潜心创作，需要对文学更加虔诚，对文学品质的追求更加执着”[32]；黄祖松提出“作家不仅需要创作的热情，更需要静心的‘孕育’”[33]；黄伟林向作家提出“建立一种博大精深的哲学意识和历史意识”[34]的告诫；李建平等认为“拿出史诗性的长篇小说，这是文学桂军的主攻方向”[35]，等等。我们不难从这些推心置腹的告诫中明白，广西长篇小说创作不缺才华和智慧，而缺历史文化积累和思想的深厚和大气；不缺激情和悟性，而缺长期磨砺的功力和修炼到家的品性；不缺技巧和写作能力，而缺“入乎其内”与“出乎其外”的“写之”和“观之”整合的思路和途径。因而，广西长篇小说的突破不仅要有齐心、雄心和决心，而且要静心、潜心、养心，才能集中精力、强化内功、修养精神、提升水平，形成“决战长篇”之势。

其三，应根据广西文学的特点和传统文化优势发掘决战长篇的本土资源。广西是一个少数民族自治区（省），壮乡素有能歌善舞的传统，“三月三”的歌节、歌圩、歌堂、歌会的习俗传统及民歌文化孕育了歌仙刘三姐的传说故事，也培育了广西民族、民间文学的抒情性和浪漫性的特质和特征，故而形成广西抒情性文学的传统和定势，从而也形成“刘三姐”唱山歌、说故事的文学模式。但广西文学传统中叙事性文学相对于抒情性文学而言较为薄弱；文人文学相对于民族民间文学而言也相对薄弱；叙事性文学的长篇小说相对于中短篇小说而言也相对薄弱。这固然与长期以来所形成的文学创作传统模式有关，当然也与广西文化、文艺的自身特质、特征有关。故而针对目前广西长篇小说较为薄弱的现状产生出焦虑和情结是可以理解的，从薄弱环节的加强以期创作的突破和发展也是无可非议的，着眼于传统文化、文艺向现代的转换从而着力于现代小说的打造更是理所当然的；但必须依循广西文学发展的传统和规律加以创新和发展，必须确立广西文学的基本特质和特征而立足本土，走向全国，面向世界，必须在长期的培育和积累中厚积薄发，以期水到渠成，借助广西抒情文学的优势和特点以开发叙事文学的潜力和培育长篇小说的功力。文学家经常用形象的比喻来说明文学积累和发展过程：诗歌是文学的少年；散文是文学的青年；小说是文学的壮年；长篇小说及长篇叙事作品是文学的老年。这足以说明长篇小说无论在生活积累、人生体验、思想储备、技巧运用及对内容和形式的把握上都有更高的要求和准则，故而需要积累一定的功力和火候才能呼之欲出。这说明，只有在文学整体水平和能量不断提高及诗歌、散文、报告文学、中短篇小说整体成熟的基础上才会结出长篇小说的硕果。当然，文学的每一种体裁和类型都有其自身的特质和特征，也都会有其自身的生长期和成熟期；但不可否认，文学的体式之间是具有相关性和互动性的，文体间性和文本间性必然会有新的生长点和亮点。我们虽然不能期望诗人改写小说，但诗歌的成熟无疑对小说发展是有推动作用的。从创作个体而言，一位作家的成功也会经历从抒情性到叙事性，从浪漫性到现实性，从短篇到中篇、再到长篇的叠加积累交错发展过程。

二、制定“决战长篇”的战略规划及对策

“决战长篇”不仅已成为文学桂军的自省和自觉意识，而且也成为广西文学界的共识。从文学桂军崛起的经验和历程来看，战略决策和规划、对策策划和部署是十分重要的一环。广西区党委及其宣传部、区文联和作协对广西文学发展进行精心设计和战略规划，部署实施人才培养的“213 工程”、“三大战略”、“五大战役”，提供推动广西文艺全面整体发展的保障，才有文学桂军的崛起。因而，文学桂军在长篇小说上的新突破和新崛起也必须依靠精心设计和安排，也就是说在对广西文学及文学桂军发展总体规划下应作出对长期建设和人才培养的战略规划和对策策划。在诗歌、散文、报告文学、中短篇小说不断突破的基础上，重点考虑和策划长篇小说的突破和发展，着眼于长篇小说的培育和建设。

其一，应根据长篇小说培育的需要及“决战长篇”的决策进行战略规划，强化文学策划的自觉意识。这既需要在原有的传统和积累基础上认真总结经验、吸取教训、查找原因、寻找出路；又需要有开拓创新的精神、反省与自觉的意识和真抓实干的行动；更重要的是针对现实问题和发展趋向进行“决战长篇”的规划和策划。从战略规划角度而言，应考虑将跨越发展与持续发展结合，整体发展的面与重点突破的点结合，宏观规划与微观策划结合，长期培育积累的蓄势待发与短期立竿见影的打造结合。从战术策略角度而言，应考虑逐步推进、逐层深入的稳扎稳打的战法，亦即有计划、有安排、有节奏地逐步推出作家和作品，由短篇到中篇、再到长篇，逐层推进。从文学桂军队伍建设角度而言，根据“213 工程”人才培养规划，是否也能考虑中间开花、全面推进的突击式战法，亦即在文学桂军的领军人物及其骨干以“领军”的导向先期突破，其后引导文学桂军不断扩大战果，全面出

击，不断持续递进式整体推前。从步骤安排角度而言，应确定出短期、中期、长期的不同阶段和实施过程的时段安排，明确每一阶段的目标、任务和责任，如同实施“五大战役”一样，在“决战长篇”中部署各个战役。就广西小说创作的积累和发展现状来看，最有可能产生重大影响有所突破的重点在于：一是具有深厚的历史文化和思想深度内蕴的民族文学作品；二是具有浓厚的地域和民间特征的本土文学作品；三是具有鲜明的时代和现代特点的面向现实的作品；四是面向“南博会”和北部湾大开发新题材的作品；五是传统与现代、本土与世界、个体与群体交流对话的和谐共生、生态平衡的多元化特征作品。当然，这需要讨论和认同，因而应专门组织关于广西文学发展的研讨会，在集思广益的基础上制定出“决战长篇”的规划和措施，策划文学桂军新的崛起的行动和活动。

其二，制定和完善文学制度和政策，为优先发展长篇小说创造有利条件。广西文学发展得力于制度的保障和政策的机制推动。改革开放三十年，广西文学界已初步建立起适合于自身发展和社会时代发展的文学制度、体制、机制及其政策措施，制度的优越性和制度化建设成效也逐步显现。但不可否认，文学制度、体制、机制还存在一些问题及其制度化、体制化所带来的弊端，故而也需要与时俱进地进行改革和完善。针对广西文学“决战长篇”的战略思路，应对文学制度、体制、机制进行调整，政策上有所倾斜，聚集力量解决重点和难点问题。例如广西在全国首创的作家创作签约制度，在签订协议合同中引入市场经济机制，调动作家创作积极性，改善作家创作的生存生活环境。这些经济、文化条件等切实可行的政策和措施，极大地推动了文学桂军的崛起和广西文学的跨越发展。在 20 世纪 90 年代末就有 16 位作家与广西作协签约长篇小说创作；作家创作签约制度从 1997 年开始实施到 2008 年已有七届近百人次作家签约。首届签约作家的东西、鬼子、李冯已形成“广西文坛三剑客”创作之势，东西、鬼子荣获“鲁迅文学奖”；2003 年，冯艺、张燕玲主编《这方水土——广西签约作家小说精选》，收录 26 位签约作家的小说作品，整体推出签约作家成果，在文坛引起重大反响。更为重要的是，这一举措不仅在广西各地区、各市作协普遍推广，也不仅从文学延伸到其他艺术门类，而且影响全国各省市也相应建立起作家创作签约制度，其制度建设的意义并不亚于创作成效的意义。但在实施过程中还应根据各地实际情况和社会时代发展而有所改革和调整。首先，创作签约的导向和思路能否在多元化的基础上对长篇小说创作有所偏移和倾斜，根据签约周期长短和经费多少以适合于长篇小说创作的特点和规律，突出签约的重点和特点。其次，应完善与签约相应的审批、检查、验收、评价、监督的一系列保障措施，对过程和结果实施监控和保障，使制度、程序、体制、机制更为合理。再次，进一步加大加强投入机制，应根据选题的性质、特点、难度、篇幅、类型的区别而在项目经费投入上有所差异，对长篇小说的投入应相对多一些。最后，应考虑对较为成熟的作家创作签约制度的经验和成果进行适时总结和提升。创作签约制度固然是面临广西文学发展困境而采取的突围应对举措，但决非一项临时性的急功近利的措施，而是着眼于长期建设和积累的战略规划，故而应考虑如何建立起长效机制，着眼于打基础、厚功底，形成团队及其梯队，培育领军人物和骨干作家群，建立起与签约制度配套的人才培养培训制度、创作基地建设制度、创作成果奖励制度、创作出版基金制度等，从而使文学制度、体制、机制及其政策措施更为完善，更为有效。

其三，搭建文学与影视联姻的平台和桥梁，开发文学产业化发展和扩大文学影响的新路。文学“触电”现象越来越引起文学和社会的关注，现代传播媒介的力量也越来越成为文化权力和文化传播的强势，文学借助影视传媒的平台才会有更大发展。广西长期打造的“刘三姐”文化品牌，从刘三姐传说故事及其民歌、山歌所构成的民间文学形态，经过戏曲彩调《刘三姐》的改编和传播，再经过电影《刘三姐》的改编和传播而蜚声海内外，成为文学艺术经典。广西文学界不少有识之士，也积极参与文学“触电”的行列，如李冯编剧的电影《英雄》、《十面埋伏》，均借助电影力量使其名声大噪；凡一平的中篇小说

《寻枪记》和《理发师》改编为电影后反响甚大；东西的长篇小说《耳光响亮》改编成二十集电视连续剧《响亮》和同期套拍的电影《姐妹词典》，中篇小说《美丽的金边衣裳》和《猜到尽头》也被改编为电影、电视剧，《没有语言的生活》被改编为电视剧后在 2009 年中央台播出引起重大反响，获得社会效益和经济效益的双丰收；龚桂华的长篇小说《寒秋》改编成 24 集电视连续剧，2008 年在全国各电视台热播，等等。文学搬上银幕银屏，不仅是扩大和传播文学影响，而且也反哺文学，使作品热议热销。更重要的是文学不仅通过“触电”走向产业化之路，走向市场之路，开拓了更为广阔的文学发展空间；而且也促使叙事文学，尤其是长篇小说的创作有了更为广阔的前景。2008 年“茅盾文学奖”的获奖作家麦家的《暗算》最为引人注目，因为首次将谍战题材的大众文学、流行文学引入评奖视野，不能不说根据其小说改编的电视剧所引起的轰动效应、连锁反应在文学评奖乃至整个文学界引起了重大冲击波，人们不禁会认为《暗算》在文学界获大奖无疑是得益于电视剧的热播。由此可见，文学与影视联姻已成为互动双赢的文艺发展趋势，构筑和打通文学与影视结合的渠道是必要的，也是可能的。广西文学的“触电”还处于自然而非自觉阶段，还未形成共识和联动意识。这一方面是囿于地域和边缘的限制而相对封闭；另一方面也是囿于思想不够解放，观念不够创新。坚守纯文学观念而抵制世俗化虽无可厚非，但刻意轻视文学影视化、大众化、市场化的发展就大可不必。作为从边缘崛起的广西文学而言，更有必要大力搭建文学与影视联姻的平台和桥梁，营造文学影视化发展的氛围和环境。首先，应搭建连接广西文学与广西电影制片厂、广西电视台、广西电台及区内外大众文化传媒的桥梁，强强联手合作来策划一些共同关注的选题，建立合作、协作的机制。其次，增强广西文学界和影视界的产业化意识，既应在文学界中建立影视文学创作机制，引导文学借助大众媒介走向市场，走出一条文学影视化的新路；又应在影视界中建立艺术生产机制、引导影视业借助文学力量，提升产品质量和水准，走出一条影视艺术化、审美化的新路。再次，转换作家的创作模式，更新作家的创作观念，将艺术生产、文学活动的新理念、新模式引入创作中。这既需要在题材、主题、语言、结构、方法等内容和形式诸要素的创新中拓宽视野，解放思想；又需要在如何使文学更好地影像化、视觉化、艺术化上多下工夫，形成文学生产的自觉意识。最后，作为文艺领导管理部门的宣传部、文化厅、广电局、文联、作协，也应在制度、体制、机制改革基础上制定和建立保障文学与影视联系的政策措施，使之具有打破行业部门壁垒的可操作性。当然最重要的并不仅仅是在管理层面上建立机构，增加设施，而是应在领导层面上确立战略规划和战术措施，制定行之有效的实施方案和行动部署。倘若搭建好文学与影视联姻的桥梁，文学就会进入发展的快车道，尤其是长篇小说的创作与影视关系更为紧密，依托影视拉动长篇小说的创作不失为一项切实可行的举措。

三、"决战长篇"需要建立和完善批评策划和评价机制

创作与批评的关系如鸟之双翼、车之两轮，缺一不可。创作为批评提供基础对象和材料，批评为创作提供不断发展和提升的动力机制。文学桂军的崛起与批评的推动有很大关系，批评作为评价机制不仅建立起一个公平、公正、合理的文学健康发展和创新的平台和环境，而且以其评价标准及核心价值体系引领文学发展的方向，提升文学品质，实现文学价值，扩大文学影响。但就广西文学现状而言，还存在着批评滞后于创作、创作主动而批评被动、创作的强势与批评相对弱势的不平衡发展问题。从批评推动文学崛起的角度看，其主要力量还是来自广西区外的批评家，诸如陈建功、贺绍俊、程德培、黄宾堂、陈晓明、邵健、洪治纲、李敬泽、王干、汪政、丁帆、程文超、邵燕君、葛红兵、石一宁等国内著名理论家、批评家。他们对广西作家作品的评论及对广西文学现象的研究，在不断扩大和提升广西文学的创作力、影响力和冲击力的同时也提炼了"文学新桂军"、"广西文坛三剑客"、"边缘崛起"、"井喷之势"、"冲锋队"等广西文学的关键词。当然

广西批评界关注文学桂军发展进程的批评家不乏其人，比如陈学璞、张燕玲、容本镇、唐正柱、李建平、黄伟林、张利群、彭洋、杨长勋、黄祖松、温存超、刘铁群、黄晓娟等，他们对文学桂军崛起的推动作用不言而喻。但总体而论，一是相对于区外批评实力和推力而言稍欠力度和深度；二是相对于文学桂军庞大整齐的创作军团而言批评队伍略逊一筹；三是相对于广西理论界而言，直接或间接介入广西文学的批评家不多，且多呈自发、零散、分割的状态，还未形成整体合力的理论批评桂军队伍。故而文学桂军崛起之后的反思和自省的一个重要内容，应着力于理论批评建设和理论批评桂军的打造。

其一，广西文学理论批评界应从文学桂军的崛起中逐渐产生反思、自省和自觉意识，尤其是要让批评先于创作而形成主动积极策划、规划和引导的意识。理论批评桂军队伍在集结、重组、蓄势的基础上应着眼于三方面考虑和策划：一是如何全面、系统、整体地总结和研究文学桂军崛起的经验；二是如何更好地推进文学桂军的跨越发展与持续发展，找准问题、差距、弱项，确立目标和方向；三是如何调整批评自身的状态，改变批评滞后状况，提升批评的战斗力和影响力。为此，李建平等的著作《广西文学 50 年》、《文学桂军论》，黄伟林专著《文学三维》、《中国当代小说家群论》，张利群专著《批评重构》、《多元文化视阈中的批评转型》，蓝怀昌主编《世纪的跨越》，容本镇主编《悄然崛起的相思湖作家群》，温存超专著《秘密地带的解读——东西小说论》以及广西文艺理论家协会的“评论家接力丛书”、“南方文论丛书”、“南方批评书系”等一批著作及论文陆续出版和发表，形成理论批评桂军集结的姿态。

其二，针对广西文学长篇小说创作问题，理论批评界率先提出“决战长篇”的思路。这一思路的最初孕育和萌发其实是在 2004 年的一次创作座谈会上，时任广西区党委副书记的潘琦提出：广西文学创作，要实现四个转移：中短篇小说向长篇小说转移，长篇小说向影视剧转移，城市题材向农村题材转移，一般题材向重大题材转移。“以此次会议为标志，文学桂军拉开了决战长篇的序幕”。其后，黄祖松的《决战“长篇”》、黄伟林《艰难的突围——论广西长篇小说的现状、存在的问题和发展途径》、李建平、黄伟林等《文学桂军论》一书中的《结语:决战“长篇”及其他》等,专门研讨广西长篇小说创作现状、问题和对策,这不仅仅是着手于“决战长篇”的策划和运筹,更重要的是着眼于广西文学发展的战略决策的讨论。当然,这仅仅是“决战长篇”的开始,更重要的是对文学桂军的发展提供更多和更坚实的理论支撑和批评动力,将自觉意识转化为自觉行为。

其三,广西理论批评界应解决批评滞后、乏力的问题,着力打造理论批评精品。理论批评桂军能否如文学桂军那样崛起?文学桂军“决战长篇”的新一轮冲锋中理论批评何为?广西理论批评的滞后和乏力问题该如何解决?其对策主要有四方面:首先,应努力打造广西理论批评活动平台,扩大批评生存活动空间,有利于集结理论批评桂军队伍。这一平台最佳选择无疑是广西文艺理论家协会,2008年新一届广西文艺理论家协会理事会产生,以广西民族大学副校长容本镇为主席的领导班子不仅年轻化、高学历化、高职称化,而且形成新的思路和规划,有利于团结和凝聚广西理论批评界力量,也有利于吸引高校理论批评力量加入,从而扩大理论批评桂军队伍,使理论批评更好地进入文学桂军团队,构成创作与批评并驾齐驱的态势。其次,应努力打造理论批评桂军队伍,加强队伍的战斗力和影响力。目前较为活跃在广西批评界的大都是中老年批评家,急需使队伍青年化并构成老中青梯队,以解决后继乏人问题。此外,针对理论相对批评而言较为薄弱的问题,一方面急需在加强理论建设、加强学术研究的同时也使理论向批评转移,也就是说应创造条件促使理论研究和学术研究在更好地推动批评发展的同时也更多地介入批评,关注文学创作的现实;另一方面,批评也应不断提高质量和水平,更具理论透析力和研究的学术性。再次,转换和更新批评模式,提高批评质量和水平。批评自身存在问题不少,无论是“捧杀”还是“棒杀”,无论是“吹评”、“炒评”还是“酷评”、“骂评”,都不能视之为真正意义上的批评;但在广西批评界中还是存在这类不良之风,这一陋习是要根除和摒弃的。但更重的是长期以来形成的说大话、空话、套话的批评惯例，千篇一律、众口同声、趋众求同的批评恶习，优点加缺点、内容加形式、作品加作家的批评模式所形成的顽疾，不仅导致批评的“内伤”而且也会导致文学的“外伤”。因而整治批评模式的“内伤”更为重要，开出的良方是批评自律、批评的批评和批评的多样化。批评自律强调批评家自身的建设和批评意识的自觉、批评素质能力的提高；批评的批评强调对批评的监督和争鸣，以提高批评的战斗力和影响力；批评的多样化强调批评模式的更新和转换，以使批评更为活跃和创新。最后，应在制度、体制、机制和政策上给理论批评桂军的崛起提供保障和支持。批评的重要性不仅是理论认识问题，而且更是当下实际问题。作为文学领导者和管理者更应确立创作与批评两个拳头都要硬的观念，为批评发展创造有利条件。如作家创作签约制度能否扩大到理论批评家签约制度；出版广西文学作家文库能否考虑理论批评家文库；举办作家作品研讨会能否也对理论批评问题进行研讨；区内外理论批评家与文学家能否建立更为畅通的交流和对话的平台；理论批评家能否更便于参与文学的战略决策、策划和实施过程，等等。我们相信，文学桂军崛起之日也应是理论批评桂军崛起之时，广西文学的自觉也应意味着广西理论批评的自觉，理论批评的自觉也将会进一步推动广西文学新的崛起。

广西文学桂军“决战长篇”已具备天时、地利、人和条件，“决战”是在长期积累、充分准备、条件具备的前提下水到渠成的结果，故而“决战”应在“持久战”与“攻坚战”结合中获得跨越发展与持续发展结合的科学发展结果。文学桂军的新崛起，以长篇小说创作作为突破口，再次向文坛发动全面冲击，将带动文学桂军实力的整体提升和取得更佳成效。

注释：

①李建平、黄伟林等：《文学桂军论——经济欠发达地区一个重要作家群的崛起及意义》，169—175页，北京，中国社会科学出版社，2007。

②温存超：《秘密地带的解读——东西小说论》，131页，北京，台海出版社，2006。

③张燕玲：《这方水土(代跋)——广西签约作家作品札记》，冯艺、张燕玲主编：《这方水土》，698—699页，桂林，漓江出版社，2003。

④《我国首部壮族连续剧〈五色场〉深受央视青睐，将获在黄金频道播出》，载《南国早报》，2002年6月30日。

⑤苏丽萍：《文坛"桂军"对话北京四大名校》，载《光明日报》，2006年6月14日。

⑥赵凤翔、房莉：《名著的影视改编》，207页，北京，北京广播学院出版社，1999。

⑦[法]艾·菲兹利埃：《文学与电影的关系》，载《世界电影》，1984年第2期。

⑧李而崴：《当红巨星——巩俐　张艺谋》，211页，北京，北京出版社，1989。

⑨张文红：《"结盟"中的凯旋与失意——从90年代作家"触电"和"影视同期书"现象谈起》，载《文艺评论》，2004年第1期。

⑩陈坚盈:《中国作家死了?》,载《南都周刊》,2006年11月15日。

⑪刘江华:《东西:作家触电可救文学》,载《北京青年报》,2005年10月7日。

⑫陈坚盈:《中国作家死了?》,载《南都周刊》,2006年11月15日。

⑬王一川:《汉语形象与现代性情结》,142页,北京,首都师范大学出版社,2001。

⑭刘江华:《东西:作家触电可救文学》,载《北京青年报》,2005年10月7日。

⑮[美]J.希利斯·米勒:《全球化时代文学研究还会继续存在吗?》,载《文学评论》,2001年第1期。

⑯[法]艾·菲兹利埃:《文学与电影的关系》,载《世界电影》,1984年第2期。

⑰金惠敏:《媒介的后果——文学终结点上的批判理论》,37页,北京,人民出版社,2005。

⑱金惠敏:《媒介的后果——文学终结点上的批判理论》,37页,北京,人民出版社,2005。

⑲邓烨:《电影作为大众传播媒介》,载《当代电影》,1988年第6期。

⑳金惠敏:《媒介的后果——文学终结点上的批判理论》,37页,北京,人民出版社,2005。

㉑《"我对文学的未来是有安全感的"——希利斯·米勒访谈录》,载《文艺报》,2004年6月24日。

㉒张颐武:《"广西电影"的启示》,载《北京青年报》,2006年6月11日。

㉓覃咏梅:《助力广西影视重拳出击》,载《广西日报》,2007年4月18日。

㉔杨少波:《作家"触电"》,载《人民日报》,1998年3月20日。

㉕[加]马歇尔·麦克卢汉:《理解媒介》,北京,商务印书馆,2000。

㉖《第八届茅盾文学奖获得者畅谈获奖感受》，载《文艺报》，2011年8月22日第一版。

㉗杨义：《文学桂军论·序一》，《文学桂军论——经济欠发达地区一个重要作家群的崛起及意义》，4页，北京，中国社会科学出版社，2007。

㉘聂震宁：《文学桂军论·序二》，《文学桂军论——经济欠发达地区一个重要作家群的崛起及意义》，9页，北京，中国社会科学出版社，2007。

㉙李建平、黄伟林等：《文学桂军论——经济欠发达地区一个重要作家群的崛起及意义》，315页，北京，中国社会科学出版社，2007。

㉚潘琦：《小人物也能出大作——与青年作家座谈》，《风格就是人品》，454页，北京，中国大百科全书出版社，2003。

㉛李建平等：《文学桂军论——经济欠发达地区一个重要作家群的崛起及意义》，318页，北京，中国社会科学出版社，2007。

㉜李建平等：《文学桂军论——经济欠发达地区一个重要作家群的崛起及意义》，318页，北京，中国社会科学出版社，2007。

㉝黄祖松：《决战长篇》，载《广西日报》，2004年1月6日。

㉞黄伟林：《艰难的突围——论广西长篇小说的现状、存在问题和发展途径》，载《南方文坛》，2004年第2期。

㉟李建平等：《文学桂军论——经济欠发达地区一个重要作家群的崛起及意义》，320页，北京，中国社会科学出版社，2007。

第七章　广西文学发展的长效机制建设

广西文学在改革开放三十年的发展中形成自身的传统、经验、特色和优势，认真总结经验、吸取教训、反思不足、寻找差距，这是广西文学自觉的标志。从人的自觉到创作的自觉，都说明广西文学的不断发展过程也就是广西文学逐渐自觉的过程。“花山”之魂的民族文化精神的提炼、刘三姐文化资源的深度开发利用、民族文学的特色和优势的培育、三十年文学传统的传承和创新，都在一定程度上说明广西文学的自觉，也在一定程度上证明广西文学三十年的发展历程，已形成自身的特色和优势，形成自身的传统和经验，形成经济欠发达地区文学优先发展的理论成果和实践成效，也进一步说明制度创新、体制改革、机制转换、政策保障对广西文学发展的重要性和必要性。

第一节　广西民族文学发展优势和特色的培育

广西作为一个全国唯一的南方少数民族自治区（省），拥有12个世居少数民族及人数达千万的最大少数民族——壮族，具有悠久的民族历史和灿烂的民族文化，形成民族文学的特色和优势。改革开放三十年，广西民族文学有了长足发展，成为南方民族文学重镇，也成为文学桂军的支柱力量。近年来，文学桂军在全国文坛的崛起，民族文学有着不可忽略的功劳。被称誉为“广西文坛三剑客”的仫佬族作家鬼子、现任广西文联主席的仫佬族作家潘琦、曾任广西文联主席的瑶族作家蓝怀昌、曾任广西作协主席现任广西文学院院长的壮族作家冯艺等，在全国文坛均有很高知名度，已成为广西文学桂军的领军人物。文学桂军中民族作家占有重要比例，形成老中青梯队整齐的民族作家队伍：老一代民族作家有陆地、韦其麟、包玉堂、莎红、李英敏、海代泉、黄勇刹、周民震等；中年一代民族作家有潘琦、蓝怀昌、韦一凡、岑隆业、冯艺、凌渡等；新一代民族作家有鬼子、凡一平、黄佩华、冯艺、黄神彪、包晓泉、海力洪、黄伟林等，在全国文坛颇有实力和影响。其中不少广西民族作家获得全国文学大奖，如鬼子获第二届鲁迅文学奖，近百人获全国少数民族文学创作“骏马奖”以及全国性各种文学大奖。21世纪初，为了更好地总结广西民族文学发展经验，广西文联作协组织编写出版“广西少数民族20世纪文学作品选丛书”，时任广西文联主席、丛书主编的蓝怀昌在丛书“总序”中认为：“广西少数民族作家文学走过不寻常的一个世纪，风风雨雨，道路坎坷，有成功，有失败，有喜悦，有忧愁。这成功与喜悦，不仅仅是几个作家之事，而是广西各级领导和几千万各族同胞理想的实现所表现出来的心情。”[①] 广西民族文学伴随着文学桂军崛起而有了跨越式发展。同时，身处广西民族地区的文学桂军，吸吮民族文化乳汁成长，开发和利用广西民族文化资源，创新和发展民族文化传统，形成广西文学鲜明的民族特色和优势，展现出文学桂军崛起之势。正如李建平等著《广西文学50年》指出：广西“五十年文学成就，是在培养民族文学作家，继承民族文化传统，努力探索民族文学发展之路的结果。五十年的文学发展事实证明，广西作为少数民族地区，文学发展离不开民族文化传统的滋养，离不开民族作家的成长和贡献”[②]。从这一角度而言，文学桂军的崛起也是广西民族文学的崛起。总结和反思广西民族文学崛起的经验和教训，有利于推动其实现跨越发展与持续发展结合的战略目标。

一、广西民族文学发展中存在的问题及其对策

当文学桂军崛起之时该如何保持可持续发展的后劲和冲力，该如何寻找跨越式发展的新机遇，该如何打造和强化自身的特色和优势，这是广西文学发展的现实境遇和战略决策的重大问题。发展既要在成绩和优势基础上趁热打铁，更要在冷静中反思，针对弱项与不足的克服和问题的解决谋求新的发展。反思广西民族文学发展三十年历程，尚存在三个问题和不足：一是相对于广西民族文化以及其他少数民族省区的民族文学及其区域文学的民族特色和优势而言，广西民族文学的民族特色和优势尚不鲜明和凸显。二是民族文学获奖作品类型中长篇小说是弱项，仅在1978—1980年第一届全国少数民族文学创作奖中壮族作家陆地的长篇小说《瀑布》获奖；相距20多年后在第二届鲁迅文学奖中仫佬族作家鬼子中篇小说《被雨淋湿的河》获奖；但广西文学至今尚未突破长篇小说的茅盾文学奖。三是面临“全球化”与“现代化”的挑战和冲击时，广西文学的民族特色及其民族文学或多或少有所削弱和淡化，这不仅表现在创作的民族题材、民族风格、民族形象、民族语言、民族主题的作品数量的减少和质量的削弱上，而且也表现在思想观念、理论批评、价值取向的模糊和迷惑上。强调民族形式而忽略民族内容，张扬表现小我而淡化大我，追求现代性而割裂传统，迎合“全球化”而未能立足本土化，等等。对于文

学创作与民族文化发展关系而言，作品往往借民族文化之名而无民族文化之实，重民族文化利用而轻民族文化保护，注重民族形式而轻视民族内容，强调民族文化发展而忽略继承，导致创作和作品缺少民族文化内涵和民族精神。这些问题与不足突出表现在2008年广西壮族自治区成立50周年的庆典上，尽管广西文学为庆典而脚踏实地地作出了巨大成绩和贡献，但明显存在着两方面问题：一方面是为了庆典献礼而突击完成一些献礼成果，明显带有未经积累而临时性应付或准备不足的痕迹；另一方面是献礼成果也明显缺乏广西壮族自治区成立50周年这一特定的民族文化发展机遇应该具有的特色和气派。由此可见，在文学桂军崛起及建区50周年成就面前，应该冷静反思问题与不足。作为民族自治区的文学桂军，究竟应该如何对民族文学发展及中国文学的民族特色形成作出自己的贡献？应该如何保持持续发展的后劲和势头？应该如何针对自身的不足和弱项采取行之有效的对策和措施？

其一，应认真总结广西民族文学发展的经验和教训，反思和自省广西民族文学发展中存在的问题，并将其放在全国民族文学发展的大背景下来审视和比较，找到广西民族文学存在的问题和差距，确定自身的优势和特色，才能取长补短、扬长避短地更好发展。对于广西民族文学发展的实践经验而言，其不足在于更为内在和深层的民族文化内涵与民族精神还有待发掘，这集中表现在对民族题材、主题、人物、语言及其风俗习性的文学表达多停留在现象上而未能深入本质，也突出表现在对民族问题与矛盾的回避和简单处理上，未能揭示出民族性与人类性、传统性与现代性、“全球化”与多元化碰撞中复杂、细腻、矛盾的民族心灵发展轨迹，更在于未能充分表现出民族文化的现代发展过程中的民族现代性问题。对于广西民族文学发展的观念认识而言，其不足在于各执一端的二元思维仍然影响创作观念的更新和变革，要么是执一种狭隘民族主义观念，其视角聚焦于内，在强调内聚性、独立性和自我保护性的同时也带来封闭性和保守性；要么执一种宽泛广义的民族观念，其视角聚焦于外，在强调多样性、交流性和开放性的同时也带来民族性及其民族特色的削弱和浅化，甚至也导致一些民族作家坚决否定其民族身份，否认其作品的民族性与民族特色。因此，在文学观念与文学实践中的偏差必然会形成广西民族文学发展的不足和障碍，这确实需要在总结经验教训的同时认真反思和自省。

其二，应努力整合和建设民族作家队伍，建设民族作家群，形成民族文学发展的合力。近年来，由于文化研究对文学理论批评的影响，学界更多的是着眼地域文学的研究，从而促进地域文学和本土文学发展。广西文学桂军的组成基础也是依靠地域文学及其作家群，如按广西区域方位划分的桂北文学及其作家群、桂西文学及其作家群，桂东文学及其作家群，桂南文学及其作家群；或以城市为中心形成的文学形态作家群，如桂林文学及其作家群、南宁文学及其作家群、河池文学及其作家群、北海文学及其作家群等。民族文学及其作家群也为学界所重视，通过文学研究和文学史研究也进行了民族文学及其作家群的打造。如广西也十分注重民族文学研究，已出版《壮族文学发展史》、《侗族文学史》、《仫佬族文学史》、《京族文学史》、《毛南族文学史》、《瑶族文学史》等，以及广西各民族文学作家作品选集等。但一方面还未能在创作实践中形成民族作家群创作与活动的自觉意识及其活动平台，也未能在理论批评研究上形成对民族文学及其作家群的整体、系统研究的专门领域和重大成果。长期以来，由于主流中心意识的影响和遮蔽，民族文学与地域文学、女性文学、民间文学一样被边缘化和弱化。文学桂军崛起的成功经验之一就是从边缘崛起，这一边缘除指地域文学边缘外，应该也包括民族文学。因此，广西民族文学发展必须坚持其民族特色和优势，必须着力打造民族作家群及民族文学领军人物，大力培养民族作家队伍和民族文学创作人才，形成民族文学发展的合力。

其三，应努力创作民族文学精品，塑造民族文学新形象，大力弘扬民族精神。广西文学有优秀的民族文化传统，形成民族文学的经典和精品。由民族文学传统发展而形成的长篇叙事诗《百鸟衣》、彩调剧以及电影《刘三姐》；长篇小说《美丽的南方》等，形成享誉国内外脍炙人口的民族文学精品。为此，“刘三姐”可谓是广西的一张名片，是广西的形象大使，人们通过“刘三姐”而了解和认识了广西；同时，广西也依托“刘三姐”这张名片更好地塑造自身形象，更好地与外界交流和对话。新时期以来经过三十年改革开放，广西文学在“刘三姐”传统基础上有了更好的发展和创新，有了更多更好的作家和文学作品，但何以人们一提及广西，还是会首先想到“刘三姐”呢？这固然有着先入为主的思维定式和文学创作模式之缘由，但不能不说文学桂军在打造精品、形成品牌上还是有所欠缺。尽管文学桂军有“广西文坛三剑客”的骄傲，也有“边缘崛起”、“蛙跳式突破”的成绩，但能叫响全国，甚至对海外有影响的精品力作，尤其是能成为广西名片、广西形象、广西文学代表作的品牌并未真正形成。最近，“广西文坛三剑客”之一的东西获鲁迅文学奖的中篇小说《没有语言的生活》改编为 20 集电视连续剧在中央 8 台热播，在全国产生重要的影响；其长篇小说《后悔录》也在韩国出版发行，在国外产生不小的冲击破，这能否昭示出广西文学的精品意识、品牌意识进一步强化的趋势，还有待时间和读者的检验。当然，我们也更期待广西民族文学的精品力作更好更多地涌现。

二、广西民族文学发展的基本思路

民族文学发展既要受到历时性的民族历史文化传统的影响，又要受到共时性的社会文化及其他民族的影响，也就是说其发展的坐标是时空纵横交错的。因此，促进广西民族文学发展的因素是多方面构成的整体综合因素，而非孤立单一因素。宋生贵指出：“民族艺术既是历史范畴，又是文化范畴。即它是随着民族的形成与发展而逐步形成的，往往都有悠久的历史渊源，其中包含着强烈而鲜明的生存状态与生命意识。所以说，不同民族不同历史时期的艺术观必然体现不同的生存观和生态观。同时，民族艺术又绝非仅仅来自种族因素。种族因素只能是它的前提条件之一，只有当来自自然的、社会的、人文的诸因素之间相互作用形成独特的民族文化结构，才能产生独具特色的、极易在本民族感应互通的艺术。”[3]就广西民族文学发展而论，其鲜明特征表现在长期以来广西各民族与汉族的社会文化交流、融合、聚居的历史传统和现实境况，从而形成多样性、开放性、包容性的文化特征，其优势和特色也不仅仅表现在其民族性上，而且也表现在跨民族性和多民族性的交融上，从而构成民族文化生态平衡、和谐发展的特征。因此，广西民族文学发展的总体思路是进一步解放思想，坚持改革开放精神，立足民族优势和特色，彰显民族文学发展的生态观、和谐观、自然观、人文观，着眼长期建设的可持续性发展战略与短期打造的突破性发展策略的结合，形成整体推进力，促进广西文学更好更快发展。具体而言，广西民族文学发展思路应体现在三方面：

其一，准确为广西民族文学定位，提高对民族文学的认识。广西民族文学是广西文学的构成部分，也是文学桂军的基础和骨干。作为少数民族自治区，从行政建制角度而言，广西文联、作协以及文艺领导、管理部门的主要负责人一般应具有民族身份，故而在广西文学发展的思路观念、战略规划、战术策划、政策措施上应更能彰显文学的民族优势和特色。但除此之外，更应在民族自治政策上倾斜以优先发展民族事业，故而应提高对民族文学的认识，强化文学民族性意识，对文艺政策的制定应优先考虑民族文学及其民族作家队伍建设问题，并在政治、经济、教育、文化等制度、体制、机制方面给予保障和支撑。作为沿边、沿海的南方少数民族自治区，从其地理位置而言，一方面是具有不同于北方民族地区的南方民族的特性和特点，南方民族文化传统和审美风尚、当地民族的生产方式和生活习性、多民族文化聚居交融和语言互通，以及南方自然地理人文风貌都聚焦于富有南国风情的文学表现中；另一方面是因边境，包括与越南接壤的陆地边境，与东南亚各国衔接的北部湾地区的沿海边境，早已开辟出“海上丝绸之路”以及南方边贸，形成社会、经济、文化、生活的对外交往传统和历史，呈现出跨境文化交流的优势和特点。因此，广西民族文学不仅具有得天独厚的生长环境和发展条件，而且具有独一无二的某些特质和特征，从而形成丰富多彩的文学创作资源。从民族文学在广西文学中的定位而言，应充分认识两者之间的辩证共生的关系，确立在广西文学发展中民族文学的优先发展地位，以及强化广西文学的民族性优势和特征，并使其在全国文坛的优势和特色真正凸显。

其二，真正树立起“越是民族的就越是世界的”的观念，立足本土、走向全国、面向世界。广西文学树立起走向全国、面向世界的雄心大志和理想目标是不言而喻的，但如何走向全国、面向世界，关键在于立足本土，立足民族文化的传统和现代发展，立足自身的优势和特色的建设。广西文学所立足之地无疑是一个民族地区，广西文学之足显然也主要是民族文学之足，只有脚踏实地才会使两足更有后劲和冲力，才能有广西文学更好的跨越和突破。当然，文学民族性是一个广义和开放的范畴，既包含着相对于全国和相对于汉族而言的少数民族的民族性；又是一个相对于世界而言的包括56个民族的中华民族的民族性。因而文学民族性是一个共性与个性、普遍性与特殊性对立统一的范畴，广西文学的民族性既具有个性和特殊性，又具有共性与普遍性。也就是说在具体的文学实践中，立足本土的含义和内蕴就是通过本土的民族个性和特殊性来体现中华民族的共性和普遍性，从而相对于世界性和人类性而言，又以其中华民族的个性和特殊性体现出世界和人类的共性和普遍性，这样才能使广西文学不仅仅是广西的文学，而且是中国文学、世界文学，才能立足本土、走向全国、面向世界。因此，立足本土不仅具有“立足”之义，而且也具有“迈足”之义，也就是说具有超越本土之义。当然只有先“立足”，才能“迈足”；只有“回归”，才会有“跨越”。广西文学“刘三姐”的创作，无疑是立足于广西民族文化土壤和对民间传说故事资源的发掘，经文学、戏剧、电影的不断创作与改编，才成为走向全国、走向世界的典型范例，为广西民族文学发展提供了有益经验和启迪，也形成有民族特色和优势的广西文学发展的基本思路。

其三，强化广西民族文学的现代意识，确立促进民族文学的现代发展的思路。民族文化应既具有传统性，又具有现代性。过去讨论民族文化，似乎过多强调传统性，这是无可非议的，因为任何民族文化都具有自身发展的传统性和继承性，尤其在现代语境中面临着文化传统的断裂和危机，从保护和传承角度予以重视是可以理解的。但更重要的是民族文学的现代发展应提到议事日程上来。文学不仅要关注民族的过去，更应关注民族的现在和将来。事实上，任何民族及其文化都是在传承和发展中获得生命力和活力的，“发展才是硬道理”对于民族文化发展来说也是有指导意义的。作为广西民族文学发展而言，应该在强化民族性的同时将过去、现在、未来贯通，立足现在，回顾过去、展望未来，着力在民族及其文化的现代发展思路上进行创作，才能更好地揭示民族精神和民族文化内涵。立足现在，才能更深入地揭示出发展中存在的问题、矛盾和冲突，才能显示出文学作为人学的作用，才能提升民族的精神力和创新力。

三、寻找广西民族文学发展的新突破口

广西民族文学发展已积累了优秀的文化传统和文学传统，已夯实了发展的基础和具备“天时、地利、人和”的条件，关键在于如何寻找广西民族文学发展的新的突破口和切入点，也就是说如何创新广西民族文学。新时期以来的改革开放三十年，与广西文学同步发展的广西民族文化研究取得了一定的成绩，尤其是广西民族文化的现代发展实践及其理论研究有了新的开拓和创新。广西区党委宣传部牵头组织专家学者考察和研究，陆续出版了《桂北文化研究》、《广西环北部湾文化研究》、《红山河文化研究》、《花山文化研究》、《刘三姐文化品牌研究》等广西文化研究系列丛书，这对于广西文化资源的发掘整合、开发和利用是极为有利的，也为广西民族文学创作提供了基础。此外，广西民族文化的现代发展还表现在现实实践的创新实效

上，如借助旅游开发以振兴民族经济文化的“龙脊梯田”、“花山壁画”、“黑衣壮山歌”、“银水侗寨”等；借助民俗文化开发以振兴民族经济文化的田阳“绣球村”、阳朔福利的“扇画村”、临桂五通的“农民画”等；借助节庆文化以振兴民族经济文化的“三月三”歌节、河池“铜鼓节”、恭城“桃花节”等。最为成功的范例是“印象・刘三姐”，将张艺谋导演的名人资源与广西民族文化的“刘三姐”资源以及桂林山水文化资源有机统一，打造了现代民族文化创新品牌，寻找到民族文化产业和民族文化现代发展的突破口，这对于广西民族文学创新发展而言是具有启迪意义的。

其一，挖掘民族历史文化重大题材，也是最能充分、全面、完整地展示民族发展的历史、现状、未来及其社会、经济、文化、宗教、民俗、风尚的史诗性题材。广西民族文化传统中早就从民间说唱文学中产生出壮族史诗《布洛陀》、瑶族史诗《密洛陀》等，对民族历史文化及文学发展产生重大影响。但这些民族史诗的创作传统在现代社会面临危机和挑战，更有一些散落在民间的民族史诗仍然未能获得有效的保护、发掘和整理，更面临着残缺，甚至消失的危险。因而从非物质文化遗产保护角度而言，急需采取抢救性的发掘和保护措施，也急需通过文学与艺术创作及现代传播的方式开辟其传播、流传和再创造的渠道，使这些民族史诗在得以保护、传承的基础上发展和创新，以彰显出其历史价值及现实意义。从文学创作角度而言，更需要充分利用和开发民族文化资源，提供创作的优质素材和题材，从而为创作现代民族史诗式的重大题材作品打下坚实基础。如对宁明花山崖壁画文化、灵山铜鼓文化、宜州“刘三姐”歌仙文化、龙胜“龙脊”文化、京族三岛“哈节”文化、三江“程阳桥”侗族文化、那坡“黑衣壮”文化等，均可考虑为民族文学的重大素材和题材。当然，更为重要的是这些民族文化资源的整合、民族之间的交融和聚合、多民族与跨民族文化的交流的共生性和开放性的思路拓展，以确立选材的动机、立意、角度、目标和途径。从政府及其文艺管理角度而言，应建立起大力发展民族文学，尤其是建立起保障和支撑民族重大题材创作的制度、体制、机制及其政策措施，制定规划确立导向和重点，设立民族重大题材创作项目基金和出版基金，重奖重大民族题材创作成果，重点培养民族重大题材创作的作家，提供更为倾斜和优惠的环境和条件的保障，提供重大题材创作改编为影视作品的渠道，等等，才有可能在民族文学重大题材创作上有所突破，也才有可能产生民族文学的精品和重大成果。

其二，找准民族文化优势和特征，以形成民族文学创作的突破口。从广西民族文化传统的角度而言，民间文学、艺术、审美文化的特质和特征是十分明显的，尤其是以歌节、歌圩、歌堂、歌会的形式而形成的山歌文化使广西无愧为“民歌故乡”的美誉，故而才有歌仙“刘三姐”的传说故事的广泛流传，享誉中外。广西文联主席、仫佬族作家潘琦认为：“‘刘三姐’作为无形的文化资产，并不为某个行业、某个专业所独有，而是一种跨行业、跨产业、跨企业的文化资源。如何利用好这文化资源，创出广西文化品牌，是我们需要认真考虑的问题。”④ 因此，广西民族文学发展应以刘三姐文化资源的优势和特色作为一个突破口，重塑刘三姐形象，打造现代刘三姐品牌，是切实可行之途。也就是说，广西民族文学传统的特质和特征主要集中于诗性化的抒情文学类型上，相对而言，抒情文学较之叙事文学更有优势和长处。即便是带有叙事性的一些史诗、传说、故事、小说、戏曲等，均因抒情性的强化而更增添诗意、诗性和诗情，其浪漫性、写意性、表现性的特征尤为明显。因此，在如何确定广西民族文学传统的优势和特征时，不仅要找准其抒情文学的定位，而且还要考虑这种抒情文学传统是如何将抒情文学与叙事文学融合统一的，是如何在叙事中彰显出抒情色彩的，是如何呈现出诗性化、浪漫化、写意化的叙事文学特征的。当然，更应该考虑其优势和特征应如何传承和发扬，如何创新和发展，如何使之更吻合现代社会发展需求；同时也更应该考虑如何以之寻找到当代民族文学创作的突破口，寻找到在现代社会“多元化”和“全球化”的杂语共生中如何发出属于自己的独一无二的声音，创造一个民族生态、和谐的精神家园。以此找准民族文学创作的突破口，才能获取民族文学的精品力作的丰硕成果。

其三，在比较中反思和自省不足，以找准广西民族文学创作的突破口。广西民族文学创作固然已取得一定的成绩，也形成自身发展的优良传统和优势与特征；但应将其放置在全国甚至世界文学的大背景下来审视，比较的视域既是交流，也是取长补短的学习，更是通过反思、自省而变压力为动力的前进机制。从全国范围而言，文学桂军崛起虽对文坛产生冲击波，但较之文坛劲旅的湘军、鲁军、川军、晋军、陕军、粤军而言仍稍逊一筹；广西民族文学创作的业绩，虽在一些民族省区中颇有实力，但从全国范围内的民族文学创作而言仍有较大差距。因而在认清自身优势和特色的同时也应认清自身的缺点和不足，针对其缺点和不足的改进以寻找创作的突破口。如民族题材较为单一和狭窄，甚至较为陈旧和重复，题材模式无法有效突破和创新，题材的深度、广度、厚度均有所欠缺，重大题材与题材多样化的辩证关系有些失衡，民族形象不够生动、鲜明，缺少个性和特征，尤其是富有时代特征和艺术魅力的民族形象并未能产生典型性和代表性等。在其文学传统中形成的“刘三姐”、“百鸟衣”经典及其创作模式，在提供学习和借鉴的积极性之外也带来模式化的局限性和消极性，超越“刘三姐”模式和突破“百鸟衣”怪圈虽在广西文学界一度形成热点，但“超越”和“突破”并不意味着割断传统，更不意味着以西方现代文学取代中华民族自身的文学传统。我们应在民族传统的基础上创新，对其模式化进行“超越”和“突破”。事实上，“刘三姐”、“百鸟衣”作为广西民族文学的经典意义和永恒魅力既是源泉，又是动力，始终贯穿着广西民族文学发展进程，也始终存在活力和生命力。关键在于我们不能仅仅坐在“刘三姐”、“百鸟衣”身上吃老本、享清福，而是在继承中创新，在基础上超越，在传统中突破，创造出新的“刘三姐”和“百鸟衣”，创新广西民族文学的新内容、新形式。因而，对于广西民族地区的优势和特色而言，对于广西文学发展而言，民族题材是广西文学创作的重大题材，民族特色就是广西文学的优势和特色，民族文学是广西文学发展的主流和基础。我们应着力发掘广西民族文化资源，确定民族文学重大题材，整合民族文学创作队伍，创作民族文学品牌和精品，形成广西文学的民族优势和特色。

在当代“全球化”与“现代化”的双重语境中，民族文学发展有了更大的场域和更广阔的空间，民族文学的内涵与外延也在扩大和延伸，狭义的民族界定及其民族主义的观念也与时俱进地更新和转换，更多地融入了民族团结、交流、融合与跨地域、跨民族、跨时空的文化交往以及由民族传统文化现代发展而构成的新质和特征，也更有利于形成民族文学的优势和特色。赵志宏指出：“与其他国家的作家相比，中国少数民族作家长期生活在自己民族的文化氛围内，其独特的民族历史、风土人情、宗教信仰与众不同，其壮丽的河川、广阔的草原、巍巍的群山令人流连。这样的环境，这样的生活，这样的情感，才是中国少数民族文学走向世界的资本。”⑤这也为广西民族文学发展带来了挑战和机遇，为“危机”提供“转危为机”的契机，也为“边缘化”提供“边缘崛起”的良机。据报道：“广西作协根据区内少数民族分布的具体情况，采用点面结合的方式，既抓成熟的作家群建设，也大力扶持人口较少的少数民族文学，通过举办一些研讨活动，取得了很好的效果。”⑥尤其令人振奋的是广西作协已成立了少数民族文学创作委员会，颁布了三届广西少数民族文学创作“花山奖”，推动了广西民族文学的发展，凸显了文学桂军的民族特色和优势。我们有理由相信，广西民族文学发展明天会更好。

第二节　广西文学“刘三姐”文化资源的开发利用

广西文化和文艺发展始终离不开刘三姐的身影，刘三姐不仅成为广西文化建设和文艺创作的原型、资源和品牌，也成为广西民族文化、区域文化以及传统文化与现代文化结合的代表和典型，更成为广西文化形象、特色、优势的集中体现。人们更多的是从刘三姐知道和认识了广西以及广西文化和文艺；广西文化和文艺发展在国内外的知名度更多地体现于"刘三姐现象"上。对"刘三姐现象"的探析对于深入把握广西文艺发展规律和特点，总结经验和形成传统，推动文艺桂军的可持续性发展和突破性发展的结合，具有现实作用和深远意义。陈学璞指出："刘三姐文化形象是广西持续时间最长、覆盖面最大、最具影响力和代表性的文化现象。"[⑦] 从广西文艺发展角度而言，"刘三姐现象"经历过三个阶段的发展历程。

一、民间文学的"刘三姐现象"在长期历史积淀中初露端倪

"刘三姐现象"最初是作为民间文学现象而发生和生成的。刘三姐是民间传说故事中的"歌仙"形象，在传播和传承中逐步丰富和扩大了"歌祖"、"歌王"、"歌圣"、"歌师"的艺术形象内涵与外延，延伸为广西山歌、歌节、歌圩、歌堂、歌会文化以及民族文化表征。刘三姐文化源远流长，刘三姐民间传说故事最早始于唐代，流传依据主要见于一些文物遗迹和历史文献记载。最早的文物遗迹见于广东省阳春县春湾铜石岩内石刻："乾化乙亥重阳日，刘仙三姐影台。"（乾化乙亥即五代十国后梁乾化五年，公元 915 年）；最早文献资料记载是南宋王象之《舆地纪胜》卷九十八《三妹山》载："刘三姐，春川人（即广东省阳春县），生于岩石之上，因名。"这一方面说明刘三姐早在一千多年前就有民间传说和文字记载，可称得上历史悠久、传统深厚；另一方面说明当初应是广泛流传于广东、广西、湖南、云南、贵州一带地区的民间传说故事，可称得上流传面宽、跨省际地域面大；再一方面说明最初流传时就已与"仙"、"山"、"石"有关，奠定衍化为"歌仙"、"山歌"的基础。此后形成传说故事的雏形，历经明代孙桂芳《歌仙刘三姐传》、清代王士祯《池北偶谈》、张尔翮《贵县刘三妹歌仙传》、陆次云《洞溪纤志余》等文献资料记载，故事叙述更为丰富多彩。清道光八年广西宜州《庆远府志》载："刘三女太，相传唐朝时下枧村壮女。性爱唱歌，其兄恶之，与登近河悬崖砍柴，女太身在崖外，手攀一藤，其兄将藤砍

断，三女太落水，流至梧州。州民捞之，立庙祀之，号为龙母，甚灵验。今其落水崖高数百尺，上有木扁挑斜插崖外，木匣悬于崖旁，人不能到，亦数百年不朽。"（"女太"为壮语译字，音"达"，意为"姑娘"，亦为壮语未婚女性词头。）[⑧] 此后传说故事从民间山歌以及对歌、赛歌等故事情节不断扩充和衍化，形成民间文学的刘三姐现象，一直流传至今。尤其在广西壮族地区流传甚广、甚深。广西壮族及其他少数民族将刘三姐视为"歌仙"，认定是山歌之"歌祖"，传歌之"歌师"，赛歌之"歌王"，甚至将歌圩、歌会、歌堂、歌节等广西少数民族文化民俗，也附会在刘三姐身上，构成"刘三姐现象"不可或缺的重要组成部分。

与民间传说故事共同流传和发展的还有山歌民谣，可称之为"刘三姐山歌"。清《庆远府志》记载文士韦相如的《咏刘三姐》七律诗："前身应是嫁文箫，误落荆门混采樵。空谷好音传逸响，枯藤抽雨陨寒潮。江流不掩秋梳盒，云气犹横木扁挑。日暮山山闻宿鸟，歌声仿佛遏层霄。"[⑨] 诗歌对刘三姐及其他山歌极尽赞美之词。清乾隆二十一年（1756）庆远知府商盘在其《宜阳行春词》中这样描写当地山歌盛况："竹院松扉绕廓多，画旗彩索问如何。蛮村儿女连群出，不打秋千但唱歌。"[⑩] 可见当时广西宜州及其少数民族地区都盛兴"唱山歌"的民俗及其民间文艺发展盛况，这些长期流传于民间及民族地区的传说故事和山歌民谣不仅成为文艺创作的资源和源泉，而且也逐渐发展形成民间文艺形态，成为南方少数民族民间传说故事的典型与代表。刘三姐传说与梁祝传说、白蛇传说、牛郎织女传说等构成中国民间传说故事中的精华和经典。刘三姐传说在上千年的流传历史中，一直在民间广泛流传，也一直引发文人学士的高度重视，其中不乏对民间文艺资源的调查、搜集、整理、发掘，由此形成"刘三姐现象"雏形。这一阶段民间文学"刘三姐现象"有以下三个特征：

其一，广泛的群众性特征。作为民间文学，刘三姐传说流传地域之广、时间之长，说明它有广泛的群众性基础。尤其在广西少数民族地区几乎是家喻户晓，老幼皆知，将刘三姐尊奉为"歌仙"来称赞，并以刘三姐为荣，以能歌善舞为能事。也就是说，刘三姐不仅成为群众的精神家园守护神，而且成为凝聚民族团结和民族进步的精神力量。尽管在口头流传中故事内容和表现形式会与时俱进地有所发展和变化，但其“歌仙”的文化内涵和审美精神则永存，从而使其生命力和活力不断扩大和延伸。同时，传说一方面不断将刘三姐“神化”、“仙化”、“理想化”，以表达对其崇拜和敬仰之心；另一方面也不断将刘三姐“生活化”、“人性化”、“现实化”，以表达民族的自豪感和自信心，此后就有刘三姐故乡在宜州，传歌在柳州，乘鱼成仙在鱼峰山的传说，并演绎为历史和传统。

其二，鲜明的民族性特征。尽管刘三姐传说故事及其山歌流传区域包括汉族和少数民族地区，但刘三姐形象的文化身份除民间性之外，更多地带有民族性特征，也就是说带有壮族的民族身份特征。据覃桂清考证：“刘三姐是汉、俚联姻的后代。从血统关系说，她既可属于汉族，又可属于俚人，即壮族。”[11]但从刘三姐传说起源于广西歌圩，尤其是壮族歌圩，壮族素有喜唱山歌以及其他一些壮族民情风俗来看，刘三姐更吻合壮族文化特征。因而覃桂清断定：“从以上考证和论述，说明刘三姐是俚人，俚人是壮族先民，因而把刘三姐说成壮族女歌手，我认为是比较符合实际的。”[12]当然，作为民间文学，刘三姐流传地域范围已超越了壮族而被广西各民族所尊奉敬仰，其民族性特征就不是狭义和封闭的民族性，而是广义和开放的民族性特征了。

其三，丰富的民俗性特征。刘三姐传说故事以及山歌中都有大量的歌节、歌圩、歌会、歌堂以及对歌、赛歌的民俗文化内容。广西壮族及其他少数民族都有“三月三”歌节的风俗，将赶“歌圩”、赴“歌会”、对山歌、赛山歌既视作节庆大事来对待，又将山歌视为与生俱来的、日常生活化的生存、存在的最自然、最本真的状态。故而在传说故事中，以刘三姐为“歌仙”、“歌祖”、“歌师”，相传广西山歌是由刘三姐“传歌”而来，广西歌圩为刘三姐所创立，这表明人们出于对刘三姐的敬仰，而将其神化、仙化、圣化的同时也将其与世代相传的风俗民情结合起来，使民俗传统具有更多的神圣性和合理性，又使刘三姐传说故事增添更多的风俗性、日常生活化的特征。但正如钟敬文指出的，“刘三姐乃歌圩风俗的女儿”[13]，也就是说，刘三姐是广西民间风俗、民族风俗的产物，是千百年来长期积累的民俗文化传统和民族文化传统的必然结果，也是广西各民族长期以来形成的“以歌代言”的民俗习惯的必然结果。

广西素称“歌海”、“民歌之乡”，山歌文化是广西文化最重要的构成部分，也是广西文艺发展的基础和传统。“如今广西成歌海，都是三姐亲口传”，刘三姐“传歌”的意义在于不仅是传承、传播了山歌文化，而且也传承、传播了民间文学。民间文学“刘三姐现象”的形成、发展和流传既形成和构建了广西民间文艺的精华和经典，形成民族、民间文化发展的优良传统，又为广西文艺发展提供了取之不尽、用之不竭的创作源泉和资源；更重要的是，“歌仙”刘三姐的丰富和完美的审美想象和创造，为广西作家、艺术家提供了创作灵感，激情和自然朴实的风格个性。

二、文艺创作的戏剧、电影“刘三姐现象”在传承中创造辉煌

长期以来，民间文艺、民族文艺、地方文艺在主流、中心、正宗思想观念的排斥下被边缘化和“矮化”，刘三姐作为民间文艺也“长在深闺人未识”。新中国成立后，在党和政府的高度重视和相关文艺政策措施支持下，以及制度、体制、机制的保障下，民间、民族、地方文化遗产和文化资源的调查、整理、发掘工作逐步深入开展，对刘三姐资源的开发、利用、提炼的文艺创作活动也逐步发展。20 世纪 50 年代初期，宜山专区及宜山县文联、文化局组织专人深入生活进行社会调查，获得许多有关刘三姐的传说故事、山歌等材料。1955 年 9 月 28 日《宜山农民报》发表民间老艺人黄文祥和黄志坚合作文章《刘三姐》。1956 年 8 月 25 日，该报又发表了县文化馆干部罗茂坤、周伟与民间艺人吴老年搜集整理的叙事山歌《“歌仙”刘三姐》。1956 年夏，

宜山高中肖甘牛在《新观察》上发表民间故事《刘三姐》,次年在上海出版单行本《刘三姐》。在大量民间传说故事和民间山歌材料的基础上,刘三姐戏剧现象开始出现。1957 年,宜山桂剧团排演桂剧《刘三姐》,演出十余场,场场爆满;第一个《刘三姐》剧本作者为邓昌龄,早在 1954 年他就创作出《刘三姐》剧本雏形,1955 年完成《刘三姐》彩调剧本初稿,1957 年由宜山桂剧团演出。此后,柳州文化馆干部曾昭文编写彩调剧《刘三姐》;1959 年邓凡平等编写《刘三姐》彩调由柳州彩调团演出,在参加国庆十周年献礼戏曲观摩演出时得到张庚、贺敬之的好评。1960 年,广西举办刘三姐文艺会演,演出了彩调剧、歌舞剧、歌剧、桂剧、木偶剧、粤剧、采茶戏、师公戏等各种形式的刘三姐剧目共 43 场,形成广西各地、各界、各单位演出刘三姐戏剧高潮,形成刘三姐戏剧现象和演出盛况。[14]刘三姐由民间文艺走上艺术舞台,走上普及与提高并行发展之路。广西在刘三姐戏剧会演的基础上,调集精兵强将综合各剧本之长进行修改,将彩调剧改编为歌舞剧,进京演出后受到党和国家领导人高度赞扬,也受到专家肯定和群众欢迎,随后在全国各地巡回演出 500 多场,在全国文艺界产生重大影响,也引起电影界的高度重视。

1960 年,长春电影制片厂根据舞台戏剧原型改编的彩色故事片《刘三姐》,由著名电影导演苏里导演,著名作家乔羽改编,著名音乐家雷振邦作曲,广西演员黄婉秋饰刘三姐,著名演员刘世龙饰演阿牛,构成影片强大的创作队伍阵容。影片在全国上映后引起轰动效应,出现个个争说刘三姐、人人学唱山歌的盛况。更为重要的是,电影《刘三姐》发行海内外,尤其在东南亚地区及港澳地区引起巨大反响。电影《刘三姐》巧妙地将广西民族文化资源、桂林山水自然风光资源与影像艺术的独特优势和特点有机结合起来,成功打造刘三姐电影形象,引起国内外阵阵“刘三姐热”与“桂林旅游热”。电影《刘三姐》借助广西最为优秀的民族山歌文化资源与桂林山水甲天下国际旅游名城的自然风光资源获得艺术创作上的巨大成功,广西的刘三姐文化与桂林秀美的自然山水也借助电影艺术而蜚声海内外,从而也使刘三姐文艺现象立足本土，走向全国，走向世界。电影《刘三姐》无疑是中国电影艺术的经典，它不仅成功塑造了刘三姐艺术形象，而且成功地利用现代大众传播媒介使刘三姐形象跨时空流传，形成比刘三姐传说故事和戏剧更为广阔空间和更为永恒时间的传播效果。

曾经创作了广西文艺经典作品叙事长诗《百鸟衣》的作者、著名作家韦其麟指出："长期以来，壮族人民带着敬爱之情传颂着刘三姐的传说，这固然和壮族是一个善歌能唱民族，唱歌是人们生活中的一个不可缺少的组成部分有关；但更重要的是，刘三姐这个人物形象所具有的意义和感人的艺术魅力。"[15]无疑这也说明包括《百鸟衣》在内的广西文艺的发展都离不开刘三姐文化精神的滋养，离不开民间文学的资源宝库，离不开"刘三姐现象"的影响。"刘三姐现象"从传说故事到戏剧舞台，从戏剧舞台到电影银幕，刘三姐创作步步深入发展，刘三姐文化传播也步步拓展。从戏剧艺术和电影艺术创作角度分析刘三姐现象有以下三个特征：

其一，由民间文艺创作进入文人创作及文人与民间合作的由普及到提高、又由提高再进一步普及的自觉创作阶段。这不仅标志着刘三姐民间文艺这一文化品牌的逐步打造和构建的成功，而且也标志着民间文艺与主流文艺合流的趋向，标志着民间文艺地位、影响和作用的提升，更标志着广西文艺在全国初露锋芒，崭露头角，在国内外文艺界和受众反应中产生重大影响和作用。广西文艺总是以戏剧《刘三姐》和电影《刘三姐》而骄傲和自豪。

其二，广西刘三姐文艺现象通过戏剧艺术和电影艺术的创作和传播，使之成为带有典型性的全国文艺现象。与之相似的地方文化资源开发和利用的文艺创作作品一经电影这一现代大众传播媒介和新兴艺术形式的改编和创造，几乎都取得了成功，如云南《阿诗玛》、内蒙古《嘎达梅林》等，其影响和意义远远超越了本地域和本民族而具有了中华民族的全国性意义及中国文艺的民族特色和民族精神建构的现实意义。

其三，从刘三姐传说故事到刘三姐戏剧、电影，大大地拓展了刘三姐故事情节的内容空间，更为丰富完美地塑造了刘三姐艺术形象。刘三姐通过戏剧与电影艺术形式获得丰富多彩的艺术存在方式和表现方式，并通过大众传播媒介使刘三姐赢得了更多的受众，扩大了流传的范围空间，确立了刘三姐艺术的经典性和典型性，昭示出民间文艺的活力和生命力，也昭示出民族传统文化在现代社会的发展途径，更昭示出广西文艺界艺术创造力和审美力的提升。

马克思、恩格斯历来都十分重视和尊重民间文学，恩格斯经常为民间文学作品作序、写评论。他在《德国民间故事书》一文中针对民间文学的魅力和作用指出："这些古老的民间故事书虽然语言陈旧，印刷错误，版画拙劣，对我来说却有一种不平常的诗一般的魅力。它们把我从我的这个混乱的现代'制度、纠纷和居心险恶的相互关系'中带到一个跟大自然近似的世界里。"[16]刘三姐民间传说故事及刘三姐山歌，正是具有恩格斯所言的"一种不平常的诗一般的魅力"，刘三姐的清新、淳朴、聪颖、机敏如同广西的桂林山水、宜山风光、龙脊梯田、阳朔田园一样自然，将我们"带到一个跟大自然近似的世界里"，带回我们赖以生存和栖居的精神家园。

三、民族文化建设的"刘三姐现象"在改革开放中再创业绩

改革开放三十年，广西文艺有了长足的进步和跨越式的发展，文学桂军从"边缘崛起"、"蛙跳式跃进"在全国文坛引起重大反响和持续的冲击波。究其原因，其中重要的一条就是在广西悠久的历史文化和深厚的民族文化传统的基础上得"天时、地利、人和"之势，聚民族团结、民心凝聚，民风淳朴之力，从而使文学桂军在经济欠发达的少数民族边疆地区崛起。作为广西民族文化传统的代表及其标志性成果的刘三姐，从民间传说故事的民间文学形态，发展到戏剧艺术、电影艺术的主流文艺形态，不仅形成了刘三姐文化传统，而且也形成

了刘三姐文艺创作传统。“文革”十年动乱期间，刘三姐的命运与其他文艺经典作品的命运一样，被“四人帮”视为“封、资、修”“毒草”而被批判。新时期初始的拨乱反正，电影《刘三姐》作为全国最早解禁的文艺作品，群众的喜闻乐见与作品本身的艺术魅力，使刘三姐在重登艺术舞台和银幕时更显风采。而除其艺术和审美的效应之外，电影《刘三姐》在国内外发生的重大影响还引发观众对电影中所表现的桂林山水美景与广西民族淳朴风俗的热切向往，络绎不绝的国内外游客以及国家元首的旅游高潮，促使桂林成为改革开放初始最早对外开放的旅游地区，它所激发游客的审美想象和神思并不亚于刘三姐的艺术创造。“刘三姐电影热”及“刘三姐旅游热”继而引发“刘三姐创作热”，广西依托刘三姐文化传统及其特色和优势，开始打造新时期刘三姐形象，从而形成新时期“刘三姐”现象。

首先，戏剧《刘三姐》重排、重演和再创作。在电影《刘三姐》热播的同时，广西彩调团于 1979 年重排《刘三姐》，作为新中国成立三十周年的进京献礼作品，荣获文化部颁发的剧本创作一等奖，演出二等奖。2005 年，广西彩调团以广西刘三姐剧团的名义对传统歌舞剧《刘三姐》进行剧本、音乐、表演、舞美等方面再创作，新版《刘三姐》创作成功，在国内外引起重大反响。《刘三姐》成为广西剧团的保留节目，常演常新，其艺术魅力经久不衰，其用意无疑是建立传统、夯实基础、强化优势，彰显特色。

其次，各种不同艺术形式的创作纷纷从“刘三姐”中获取创作资源和艺术灵感，借助刘三姐题材打造和创作各种各样的艺术形式作品。文学创作方面有何培嵩的中篇报告文学《刘三姐与黄婉秋》，由漓江出版社 1986 年出版；柯炽的长篇文学传奇《刘三姐》，由漓江出版社 1991 年出版；何敏、吴汝臣、吴伟山等总策划，柯炽编“刘三姐文化丛书”，共 12 本，其中 11 本为诗歌集《广西情歌》，1 本长篇小说《刘三姐传奇》，由广西人民出版社 2003 年出版。影视艺术创作方面，上海电影制片厂和广西电影制片厂于 1978 年摄制舞台艺术版《刘三姐》；中国国际青年艺术中心于 1996 年 10 月在宜州下枧河拍摄 16

集电视连续剧《刘三姐》;2008年电影《寻找刘三姐》在广西桂林开机拍摄。音乐舞蹈方面:广西交响乐团于1998年为庆祝广西壮族自治区成立40周年举办“刘三姐交响音乐会”,其中有幻想曲《歌仙刘三姐》,弦乐组曲《刘三姐》,钢琴《刘三姐主题变奏曲》等[17];以刘三姐为题材或围绕刘三姐而命名的音乐舞蹈作品更是不胜枚举,通过出版物、音像歌碟等形式使刘三姐音乐舞蹈创作不断持续发展。

再次,刘三姐研究引发学者专家高度重视,形成刘三姐文化研究热潮。这不仅是学者专家乐此不疲,而且也得到党和政府各级领导机关的高度重视,成为建设“文化广西”的重要内容。著名的民俗学界泰斗钟敬文曾在20世纪20年代著有《歌仙刘三姐故事》、《几则关于刘三妹故事材料》等文,1981年又著《刘三姐传说试论》。覃桂清著作《刘三姐纵横》,由广西民族出版社1992年出版;邓凡平主编“刘三姐丛书”四集,为《刘三姐传说集》、《刘三姐山歌集》、《刘三姐剧本集》和《刘三姐评论集》,由广西民族出版社1995年出版。时任区党委副书记、现任广西文联主席潘琦主编《刘三姐文化品牌研究》论文集由广西人民出版社2002年出版;过伟著《中国女神》对歌仙刘三姐进行专章研究,由广西教育出版社2000年出版;张利群著《民族区域文化的审美人类学批评》,也以刘三姐文化研究作为章节进行专题讨论,由广西师范大学出版社2006年出版;更多的刘三姐研究论文发表于各类报刊,形成刘三姐文化研究高潮,成功打造了刘三姐文化品牌。

最后,刘三姐借助现代都市文化形式重构和重创。从1999年开始,广西决定将乡村民间的“三月三”歌节引入广西首府南宁,以都市文化的现代节庆形式打造这一民族传统节日,确定每年秋季举办“南宁国际民歌艺术节”。“民歌节”以刘三姐为中心和主题,连续举办了十届,在国内外享有盛誉,成为现代节庆文化品牌,由之广西被誉为“民歌之乡”、“世界民歌最眷恋的地方”、“民歌的最盛大的庆典”。参加“民歌节”的有来自世界各国的民歌手及民间艺术演出团体,包括美国、法国、日本、韩国、意大利、俄罗斯等国。从2004年开始,一年一度的“民歌节”与“南博会”，即与每年在南宁召开的“中国—东盟经济贸易博览会”同时举办，东南亚各国的民歌手和民间音乐艺术团体参加“民歌节”更为踊跃，“老外”演唱刘三姐已不再是时髦。国内一些大型演出团体及其音乐明星宋祖英、阎维文、吕继宏、张也、斯琴格日勒、臧天朔、韩磊、那英、沙宝亮以及香港流行歌手刘德华、张学友等纷纷加盟出场。“民歌节”开幕式、闭幕式晚会都由中央台现场直播，传遍中国，传遍全世界，形成重大影响和连锁反应，也形成中国演艺业一大品牌。“民歌节”晚会始终贯穿“刘三姐山歌”这一主题，无论是宋祖英的《大地飞歌》，还是斯琴格日勒的《山歌好比春江水》；也无论是臧天朔的《唱山歌》，还是沙宝亮的《世间只有藤缠树》，都能在继承和发扬刘三姐山歌传统和特色的基础上融入浓厚的现代审美意识和时代旋律。无论是民族唱法，还是通俗唱法；无论是原生态唱法，还是摇滚唱法，都以不同的歌唱形式演绎现代刘三姐新形象、新旋律。

与首府南宁遥相呼应的是山水甲天下的桂林，在漓江下游阳朔，电影《刘三姐》中标志性背景“对歌传情”的大榕树边，每天都在上演大型山水实景演出《印象·刘三姐》。这一被称为“中国演艺经典”的“印象”模式，也被不断复制、摹仿，形成“印象系列”高潮，“印象”少林、西湖、丽江……甚至越南的“海上桂林”下龙湾，都不约而同地唱响“印象”之歌。《印象·刘三姐》被奉为演艺盛典和经典，刘三姐无愧为“歌仙”的称谓，刘三姐传歌也传遍五湖四海。“印象·刘三姐”的成功，将广西民族文化资源、桂林山水自然资源、张艺谋名导演及音乐明星资源有机结合，创造了现代演艺产品产业化、商品化、市场化的成功神话，获得社会效益和经济效益的双赢效果，成功地走出一条民族传统文化现代发展、民族文化产业发展、刘三姐文化品牌效应不断扩大的创新发展之路，也成功地走出了一条开发利用刘三姐文化资源，不仅打造出经典化的刘三姐文学艺术之路，而且也打造出经典化的都市文化、大众文化、时尚文化之路。刘三姐文化不仅是广西文学艺术创造的原型以及集体无意识，而且是广西文学艺术创作的取之不尽、用之不竭的源泉和资源宝藏。由此，“刘三姐现象”已成为广西文艺创作多样化、文艺形态多元化的最显著标志。

改革开放三十年，刘三姐文化借助广西文艺发展之势得到了充分的保护、开发、利用和发展，从而使刘三姐形象更为丰富饱满，刘三姐品牌更为经典和典型；同时广西文艺借助刘三姐传统及其优势、特色，使文学桂军崛起于南国边陲享誉文坛。刘三姐文艺创作成就在广西文艺改革开放三十年的发展进程中体现出四个方面的意义：

其一，更好地保护、传承和传播刘三姐文化。刘三姐文化作为广西民族文化、民间文化、民俗文化的代表和表征，具有口头文化和非物质文化的特点。从口头文化和非物质文化保护角度而言，对这一文化遗产和文化传统的保护和传承，不仅仅限于对刘三姐传说故事、刘三姐山歌的民间文艺遗产保护上，而且延展于与之密切相关并作为其载体形式的歌节、歌圩、歌会、歌堂的保护和传承上，从而建立起刘三姐文化艺术发展的保障制度及其长效机制，也建构起有利于广西文艺发展的环境和背景、土壤和气候，形成广西文化与文艺互动和谐发展的生态场。

其二，更好地在继承传统基础上创新发展刘三姐文化。刘三姐文化作为广西文学艺术创作资源，不仅提供了戏剧、影视、文学、音乐、舞蹈、美术等各种艺术门类的创作源泉和灵感；而且也提供了现代文艺产业、文艺生产、文艺消费、文艺市场等各行业更多的资源和渠道；更提供了民族传统文化的现代发展途径，架通了传统文化与现代文化、民族文化与世界文化、民间文化与精英文化、边缘文化与主流文化对话交流的平台，进一步昭示出文艺多样性和文化丰富性所彰显的“百花齐放”的精神，从而也为广西文艺从边缘崛起、洼地突破、蛙跳式跃进提供依据和保障。

其三，不断丰富和构建刘三姐形象和刘三姐艺术表现内容。作为民间传说故事及口头民族文化的代表和表征的刘三姐形象，起源于和缘起于农耕文明，具有抒情性强于叙事性、浪漫性强于现实性、夸张性强于写实性等特征。进入工业文明的现代社会后，一方面必须保护和传承其抒情性、浪漫性、夸张性强的特征，也以其传统文化、民间文化、民族文化所传承和积淀的文化精神和艺术魅力对现代工业文明的弊端进行批判和反思，从而更为深度地发掘和开发刘三姐文化资源，丰富了刘三姐文化形象和内涵；另一方面也在保护、传承中不断建构现代刘三姐形象，不仅使其更能适应现代社会发展和现代文学艺术创作需要及其现代人的审美需求，而且更重要的是使其能借助现代艺术形式和现代传播方式更好地扩大时空范围和更好地推动现代文学艺术发展，故而能将其表现的抒情性、浪漫性、夸张性与叙事性、现实性、写实性有机结合，将口头文学的听觉审美效果扩大为现代文学艺术综合化的视听审美效果。

其四，树立刘三姐文化品牌和艺术经典形象。人们不仅知道广西有个歌仙刘三姐，不仅唱听山歌会想到广西刘三姐，而且人们也知道广西刘三姐文化、刘三姐文学、刘三姐艺术。刘三姐几乎成为广西文化、广西文艺的称谓，人们认同刘三姐，也就近乎认同广西文化、文学和艺术。从这一角度而言，广西长期形成的刘三姐文化传统，长期打造的刘三姐文化品牌和艺术经典是成功的。广西不仅为拥有刘三姐文化传统而自豪，而且也为拥有刘三姐文学、刘三姐艺术、刘三姐文化产业而自豪。刘三姐传说故事中最具有蕴含和意义的就是“传歌”，歌仙刘三姐传歌重在“传”，一是传播；二是传承；三是发展。“文学桂军”的崛起，无疑是刘三姐“传歌”的结果，也是刘三姐文化的传承、传播、发展的结果。

“刘三姐现象”是广西文艺界持续时间最长、影响最大、成果最多的重大现象，广西文艺已形成刘三姐传统及其特色和优势，同时也会形成刘三姐创作模式及其创作定势。广西文艺界和理论批评界也在弘扬刘三姐传统的同时反思和自省，从而在继承中创新，在传承中超越，不断建构和发展刘三姐新形象。继 1985 年广西文艺界提出“百越境界”以呼唤从花山出发的本土文学创作之后，1998 年，广西文艺界针对当时广西文艺发展的现实问题及其不足提出“’88 新反思”，一批青年作家如黄佩华、杨长勋、黄神彪、韦宗武、常弼宇发表系列文章，提出“别了，刘三姐”的旨在突破和超越刘三姐创作模式的观点，引发对“刘三姐现象”的讨论和争论，继而引发对振兴广西文艺的大讨论。诚如李建平等在《广西文学50年》中指出的：“如果说‘百越境界’在文学观念上的突破是一种正面的创作理念的张扬的话，那么，1989年出现的88新反思，则是一种横扫千军、不破不立的激烈的文学观念冲撞了。”[18]可见，这应视为广西文艺界借助“刘三姐现象”讨论的一场思想解放、观念更新、锐意改革、谋求超越的反思和自省的运动，是文艺桂军创作自觉意识、主体意识、反思意识凸显的标志，它为文艺桂军的崛起奠定了基础和条件。但毋庸置疑，这些百越子孙、刘三姐的传人也从反思传统、超越自我、突破模式中更为清楚地认识到立足现实、弘扬传统、面向未来的重要性和必要性，同时也更为清醒地领悟到刘三姐精神弘扬与刘三姐文化品牌建构的重要性和必要性，从而确立起从花山出发，以刘三姐为依托，追求“百越境界”的立足本土、边缘崛起、走向全国、面向世界的发展战略。“刘三姐现象”也因此不断扩大和延伸为广西文艺现象，文艺桂军崛起和广西文艺突破性发展现象。

刘三姐“传歌”又掀开了新的一页，“刘三姐现象”冲击波仍在持续。

第三节　广西文学改革开放三十年新传统的建构

文学发展史证明，文学发展都是在“因革”、“通变”的继承与革新的辩证运动规律及互动关系中发展的。故而文学传统是文学发展的基础和依据，也是在发展中不断构建文学传统、形成传统和超越传统的改革、蜕变、创新的发展过程。广西文学的发展及文学桂军的崛起也证明了这一规律和理论。推动广西文学发展的力量主要来自三方面：一是长期以来积累和沉淀文学基础和内功形成的广西文学传统的推力；二是“天时、地利、人和”的广西区位优势和民族文化特色与广西作家创作势头所形成的推力；三是广西党和政府以及全社会构建的良性和积极的文学制度、体制、机制以及文艺政策的社会推力。这三股推力合力推动文学桂军的建立和发展，推动广西文学的“洼地崛起”、“边缘突破”和“蛙跳式”跨越发展。从文学传统而言，具体可分为逐层递进的三个层次：一是广西古代文学传统，主要表现在从秦始皇开凿灵渠，在广西境内设置桂林郡、象郡后中原文化与岭南文化、百越文化交融而产生的广西古代文学传统，产生陈钦、陈元、陈坚祖、赵观文、曹邺、曹唐、陈宏谋、梁章钜等大师，其标志性成果集中在晚清“临桂词派”在当时文坛的成果和影响上，“清季四大词人”中就有广西王鹏运、况周颐两名词学大家，况周颐的《蕙风词话》与陈廷焯《白雨斋词话》、王国维《人间词话》并称为“清季三大词话”。二是广西现代文学传统，主要表现在五四以来的新文学传统影响下的广西文学的现代化发展进程，产生出马君武、梁漱溟、梁宗岱、白鹏飞、王力、冯振、周钢鸣、秦似、胡明树、林焕平等文学大家，其标志性成果表现在抗战时期桂林文化城对抗战文艺的贡献上。三是广西当代文学传统，主要表现在新中国成立后，产生出陆地、韦其麟、莎红、海代泉、包玉堂、李英敏、周民震等著名作家，尤其是广西民族作家、民族文学的兴起，其标志性成果以陆地的《美丽的南方》、韦其麟长篇叙事诗《百鸟衣》和由民间传说故事到戏剧、电影的《刘三姐》为代表的民族文艺的繁荣和发展。新时期以来的改革开放三十年，广西文学经过沉寂、积蓄、反思阶段后在 20 世纪末和 21 世纪初的世纪之交迅猛崛起，不仅以“广西文坛三剑客”的文艺领军人物的骄人成绩连续荣获“鲁迅文学奖”及全国少数民族文学“骏马奖”，而且以文学桂军的团队阵容不断向全国文坛发动冲击，在全国“名刊”、“名报”、“名出版社”抢占滩头阵地，取得令人瞩目的成绩，也取得经济不发达地区优先发展文化而取得文学率先突破的成功经验。李建平等指出：“尤其是在经济欠发达地区，发挥后发优势实现文学和文化‘蛙跳’突进，成为一种新发展模式，即主要依托区域文化优势而非国家大一统文化的普惠,实施由以重点突破和人才聚集为核心的文化发展战略所构成的文学发展模式。”[19]广西文学发展模式既是对广西文学发展成功经验的总结,也为广西文学新传统形成提供了依据。总结文学桂军在新时期以来的改革开放三十年进程中的成长过程和经验,有必要在广西文学三十年经验的基础上构建新传统,以利于广西文学进一步发展和新的崛起。

一、文学新传统构建的立足点和依据

新时期改革开放三十年中国文学,无疑有很大发展和突破,而德国汉学家顾彬则提出“中国当代文学都是垃圾”的说法在文坛上引起热议。虽然不少中国人愤愤不平,纷纷指责顾彬言论的偏颇和过激,但其中所论及中国当代文学及其作家缺乏中国文化传统及中国经验的理由应引起我们的警觉和重视。顾彬认为中国当代作家缺少传统:“中国当代文学为什么这样差?这与中国当代作家与中国传统缺乏联系有关……你读中国当代作家的作品,你一般不必查阅词典,我的意思是可以不必查阅百科词典。你阅读德国诗人的作品,如果你不了解德国文化、历史、文学传统,你就看不懂诗人在写什么。……中国当代许多作家与传统几乎没有关系,可以说基本上没有联系。你阅读中国当代作家的创作几乎难以了解一九四九年以前的中国,难以了解鸦片战争以前的中国,中国当代作家基本没有什么思想。”[20]顾彬还更为尖刻地指出中国当代作家缺乏创造力而一味模仿西方:“中国当代小说家常常不知道生活是什么,余华有的作品是按照模式写的,缺少创造的力量,因此研究新时期作家要先研究他读了什么外国作家作品。行健的创作模仿西方现代派戏剧,小说《灵山》明显模仿意大利作家 Calvino 的作品。”[21]顾彬的理由还在于认定中国当代作家不了解中国,缺乏中国经验:“他们根本不知道中国是什么,他们的中国是抽象的。没有作家能跟老舍一样写北京,跟张爱玲一样能写上海。当代作家写中国城市、风景等都没有味道。他们好像缺少真正的经验和真正的经历，所以他们只能够尾随着别人，甚至跟着市场的要求等去描写。”[22]我们能否先不忙于对中国当代文学是否是垃圾来讨论，也不忙于心急败坏地去批判顾彬对中国文学是否怀有敌意和轻视之嫌，而应认真反思和自省中国文学缺乏什么，存在什么问题，是否确实存在缺乏文化传统、本土实际、中国经验及中国特色的不足和问题；是否从五四新文学运动中就已产生中国文学的文脉断裂，导致古代文学传统与现代文学的脱节，并在新时期文学中产生新的断裂，不仅与古代文学传统，而且与五四新文学传统脱节。这或许能使中国文学在警醒中崛起，能在发展中找准自己的立足点，使中国文学能真正弘扬优秀传统，通过其特色彰显而走向世界，走向辉煌。

由此反思和自省广西文学发展的立足点亦如是。广西文学进入改革开放三十年后，确实具备“天时、地利、人和”的条件。“天时”是指新时代造就的优势和大势，文学乘改革开放与市场经济的东风，驶入跨越发展的快车道；“地利”是指广西悠久和优越的历史文化地理环境形成的地缘优势，东靠改革开放最前沿的广东，北依湘楚文化浸润的湖南，西联民族特色浓郁的云南、贵州，并辐射大西南及其西部地区，南邻越南并辐射东南亚。北部湾经济区大开发之势不仅拉动中国—东盟自由贸易区的建立及其“南博会”永久落户广西首府南宁，而且形成大西南出海通道。“人和”是指广西民族政策落实，民族团结、政通人和、形成和谐生态社会发展趋势。但优势产生的同时也会伴生劣势和不足，这一方面表现在广西地处南疆边境，地理与历史原因造成老少边山穷所带来的经济文化发展缓慢、思想观念相对保守，属于西部经济欠发达地区。在文学观念上表现出易于局限在狭义或表层的民族、文化、地域范围内封闭自足，有待于进一步解放思想；另一方面表现在偏向于急功近利而较为忽视长期建设和积累，故而跨越式、蛙跳式、突破式发展中还缺乏可持续发展的后劲，有待进一步凸显科学发展的目标。这会形成文学桂军崛起之后的可持续发展瓶颈，造成广西文学在特色和优势的利用发挥上的欠缺和不足。因此，广西文学及其文学桂军应着眼于长期建设和发展战略规划，应冷静反思和自省问题和不足，应追根溯源寻找崛起和后进的原因，故而提出建立广西文学“新传统”意向和指向，旨在推动广西文学在长期积累和持续发展的经验基础上形成自身的优良传统，明确广西文学发展的立足点、目标和方向，从而在“崛起”后不断“持续”和“跨越”。那么，改革开放三十年我们究竟形成了什么样的新传统呢？

改革开放三十年，邓小平有三句颇具文学色彩的经典名言始终铭刻在国人内心，可谓这一时代特征的集中概括。第一句是“摸着石头过河”，指的是改革开放首先要有探索精神，走前人未走过的路，既无经验借鉴又无理论依据，自然是走路的人多了也就会形成路，第一个吃螃蟹的人自然是勇士。但细论起来，这一探索精神的形象表达中并不缺少科学精神，“摸”所指的摸索、探索，并非盲目如瞎子摸象似的瞎摸、乱摸，而是张扬出人的主体性和能动性；“石头”所指的工具和途径无疑也含有经验和理论的依据，只不过什么经验、何种理论能成为探索依据而已；“过河”所指的是目标、意图、方向，目标确立，意图明确，方向正确，这正是人类活动的自觉性、能动性、目的性所在，其中蕴含的科学发展精神不言而喻。第二句是“不管白猫黑猫，抓住老鼠就是好猫”。这不仅说明对方式、途径、工具与效果关系的重新理解，张扬不受任何束缚的思想解放和观念更新的精神，而且也在“白猫”与“黑猫”的形象化比喻中打破了过去非“白”即“黑”的二元对立思维和阶级斗争模式的同时，也打破了过去那种执意于繁杂而无休止的争论却不诉诸行动的本本主义、教条主义、主观主义、形式主义的约束，而首先确立的是“猫”的本质内容而不用去讨论猫的“黑”与“白”的形式。“好猫”即是对猫捕捉老鼠效果的肯定，由此弄清“好猫”有所作为与“懒猫”无所作为的区别，我们不难从这一思想解放角度认清科学评价的精神。第三句话是“发展才是硬道理”。尽管我们对发展的认识有科学与非科学之分，有盲目发展、急功近利发展、破坏性发展的贬义指称；但严格而论盲目、急功近利、破坏最终还是将发展成果毁于一旦，实质上还是无发展或阻碍、破坏发展，故而“发展”的本质与科学发展并无歧义。况且“硬道理”正能支撑“发展”

为科学发展，其“硬”不仅是相对于“软”而言的付诸行动并有效果之“硬”，而且是含有科学发展理念之“硬”。同理，讲一千，道一万，道理再多，都应该体现和落实在发展上，故而科学发展才是“硬道理”。这三句话经过改革开放三十年实践证明，不仅是思想解放的“硬道理”，而且是科学发展的“硬道理”的也是改革开放的“硬道理”。

广西文学在改革开放三十年间的发展，正是以邓小平所言的“硬道理”作为指导思想，以其文学发展践行了这些“硬道理”。故而广西文学新传统就是在改革开放、思想解放和科学发展中形成的新传统，确定文学传统的改革开放、思想解放和科学发展的特质和特征，是对广西文学三十年发展历程的总结和概括，从而也确立了新传统的立足点和依据。

二、在反思中构建广西文学发展的新传统

新时期初始，以李栋、王云高的《彩云归》、陆地《瀑布》、韦其麟《凤凰歌》，周民震《甜蜜的事业》揭开广西文学迈入新时期的序幕，在全国文坛引发一阵冲击波。其后虽一度沉寂和默默无闻，但并没有停止探索和耕耘。

改革开放的春风吹拂八桂大地之时，广西文学界在多年沉寂后于 1985 年顺应“文化寻根”思潮，对广西文学追根溯源，大胆提出“百越境界”的主张。梅帅元、杨克《百越境界——花山文化与我们的创作》指出：“花山，一个千古之谜。原始，抽象，宏大，梦也似的神秘而空幻。它昭示了独特的审美氛围，形成了一个奇异的‘百越境界’，一个真实而又虚幻的整体。”[23]其指向无疑是以探溯广西民族文化之根以作为广西文学发展奠基石，故而力图推动广西文学从花山出发寻根，找准广西文学发展的根和源，奠定基础和条件。一时间，广西文学界群情振奋，一石溅起千层浪，寻根、回归、反思、自省、突破、超越成为热议话题。李建平等指出：“如果说‘百越境界’在文学观念上的突破是一种正面的创作理念的张扬的话，那么，1989 年初出现的’88

新反思，则是一种横扫千军、不破不立的激烈的文学观念的冲撞了。”[24]广西文学界在正面肯定“百越境界”文学传统之后继而又提出“88新反思”，似乎从另一个角度对传统，尤其是传统所形成的创作模式提出反思和质疑。广西电台连续播发了黄佩华、杨长勋、黄神彪、韦家武、常弼宇《广西文坛“88新反思”》系列文章，提出“别了，刘三姐”[25]以突破“刘三姐”、“百鸟衣”创作模式，力图超越传统束缚以推动广西文学跨越式发展。李建平等评价：“‘百越境界’和‘88新反思’的出现，是广西文学界在观念上的一个新突破。这一创作理念在当时虽然没有立即产生较大的创作成效，但它激活了广西文学界的思维，调动起作家们尤其是青年作家参与生活、积极创新的思维，为90年代文学新人的出现和广西文学的振兴，起到了极为重要的铺垫作用，做了创作观念上的某种必要的准备，应当肯定它们在广西文学发展史上的开拓性意义。”[26]这一评价是客观和公允的。从总结经验的角度来看待“百越境界”对文化传统承接的思路与“88新反思”对“刘三姐创作模式”突破中力图超越传统文化的创新思路，无疑是在如何对待传统文化的：继承与创新两极来推动文学观念的解放思想和谋求广西文学发展新途径。当然，任凭谁都会认定“因革”、“通变”的继承与革新的辩证关系。但从反思和自省角度来看，以及从此后文学桂军崛起所取得成就与发展中所存在的问题的角度重新审视，除将两极有机统一为整体之外，我们能否从中寻找到广西文学发展的规律和特点，能否在此基础上更进一步提高我们对文学传统的认识及发挥优良传统对文学发展的作用。

事实上对传统的讨论，主要明确三个问题：一是传统是什么，二是什么是传统，三是如何对待传统。对“传统是什么”的讨论是一个理论认识问题，在如何定义和界定传统的同时，更重要的是认清传统的内涵实质，进而认清传统的历史价值和现实意义，辩证把握传统在过去、现在和将来的时间维度上的衔接作用以及继承和革新的关系。对“什么是传统”的讨论应着眼于优劣、美丑、善恶、真伪、精华与糟粕的价值取向辨析，其目的所指不仅是从文化遗产继承而言的所谓优良传统，也不仅是在继承中不断发展和创新的传统，而且是可资今天借鉴、参考和利用的可衔接和对接的传统。对传统的态度问题无疑有消极与积极之别，消极对待传统就是要么片面极端地采取全盘肯定或一味地“向后看”的复古主义的态度；要么片面极端地采取全盘否定或绝然断裂的排斥态度，这无疑不仅是认识上的问题，而且是态度上的问题。对传统的积极态度，不仅表现在能历史地、辩证地认识和对待传统，而且更重要的是表现在将继承和革新传统作为己任，落实于现实行动中，从而把握住传统的实质与精神意义，将其转化和内化为现代社会不可分割的必要构成元素，也可以说由传统转化为新传统，在新传统中不仅有创新发展的因子，而且也有与时俱进的旧传统的因子，但旧传统已通过自身运动和发展而具有了新质和新义。

文学传统亦如此。文学的创新和发展不仅需要建立在文学传统的基础上，从而产生支撑作用和推动作用，而且也需要从文学传统中寻找到文学运动发展的动力源泉，寻找到突破和创新旧传统形成新传统的内在力量。因此，我们将传统不仅视为中国古代文学传统，而且也将五四新文学运动所形成的现代文学形态视为新文学传统，也将延安文艺时期的文艺形态视为红色文艺传统、革命文艺传统、延安文艺传统，也将新中国成立后的文学形态视为社会主义文学传统，新中国文学传统。这不仅在于对这一时期的文学形态及文学经验进行总结概括的缘故，而且在于这些文学传统不仅属于过去，而且属于现在，也就是说作为传统不仅具有其历史价值，而且也具有现实意义。当下文学形态和文学发展不仅以此作为基础和条件，而且也会含有一脉相承的血缘关系和学理依据。因此，新时期以来的改革开放三十年文学，如王国维所言“一代有一代之文学”[27]，以彰显文学时代性、当代性和现实性，说明文学的创新、发展的当代意义和时代特征；同时也是在五四新文学传统、延安文艺传统、新中国文学传统基础上继承和革新的必然结果。就其相对于之前的文学传统而言的创新和发展，不也形成了不同于旧传统的新传统吗？总结改革开放三十年文学发展的经验，我们不难认识到三十年来已形成文学新传统。之所以说是新传统，一方面是为了说明改革开放时代对文学的特定影响和作用，说明“时运交移，质文代变”[28]的文学发展规律，从而确定这一时代的文学特质和特征；另一方面也是为了说明文学自身的继承和革新的发展规律，以明辨文学内在规律和特殊性，强调文学传统对文学发展创新的基础作用和推动作用，以及文学传统自身的转型、蜕变、创新的内在逻辑发展的作用。故而改革开放三十年的文学新传统，不仅是对这一时期文学的总结和肯定，而且也从其作为传统以表明其过去的结果、现在的开始，文学将超越和突破传统永远指向现在和未来。因此，文学只有不断建构、发展和创新才能建立新传统。五四文学新传统、现代文学新传统、延安文艺新传统、新中国社会主义文学新传统的建立、建设和建构，其目的并非仅仅与中国古代文学传统相区别，而且更重要的是说明传统本身也有继承性和革新性，文学的发展和创新，也是体现在对“因革”、“通变”中的传统的继承和创新上。因而，我们完全有理由建构新时期以来改革开放三十年的文学新传统，有理由认为这一新传统也是在继承从古到今的文学传统基础上创新发展的必然结果。新传统既有“因”和“通”的因子，也有“革”和“变”的因子，这就集中体现在“改革”与“开放”上，从而既区别于以往的文学传统，又说明它与以往传统的血脉联系。

广西文学发展在新时期以来的改革开放三十年里建立起文学新传统。从其特色而言，是建立在“百鸟衣”、“刘三姐”民族文学创新传统基础上形成的“突破‘百鸟衣’怪圈”、“超越‘刘三姐’模式”的辩证关系和创新发展的广西民族文学新传统，从而使其民族优势和特色更为彰显；从其观念而言，是建立在立足本土、立足民族文化资源利用、立足特色和优势基础上的跨地域、跨民族、跨文化交流的开放观念，将广西民族文化历史发展及其现代发展中所形成的民族团结、民族和睦、民族文化生态和谐的传统以开放性、多样性、包容性、认同性的特征表现出来；从其表现形态而言，是以多样性、边缘性、民族性与先锋性、现代性、“全球化”结合的不同方式与融合方式表现出锐意改革创新的勇气和胆略，率先在全国文坛实施“作家签约制度”以改革文学创作体制;实施“三大战略”以创新文学制度,实现“五大战役”突破以转换文学机制。这无疑充分体现出广西文学立足于改革创新发展的思路,形成改革开放的文学经验,从而也体现出广西文学的改革开放的特质和特色,在经验积累、总结、升华的基础上,必然形成广西文学发展的新传统。在此新传统中,我们不难窥见历史文化传统的积淀和现代文化传统积累的因子,也不难窥见从“花山壁画”到“临桂词派”,从“桂林抗战文化城”到“百鸟衣”和“刘三姐”的传统积淀历程及其新旧传统对接和延续的影子;当然更不难从中领悟到在继承中革新、在传承中创新的改革开放发展脉络。从这一角度而言,我们可以相信,站在文学桂军背后、支撑广西文学发展的正是广西文学自身的传统、当然,这一传统更准确地说是新时期以来改革开放三十年的新传统,在这新传统中不仅贯通了古今传统,而且也融合了中西传统,从而形成这一新传统的改革开放的特质。

三、广西文学改革开放三十年新传统的特征

广西文学作为中国文学的构成部分,具有中国文学的共同特征和普遍性;作为区域文学和本土文学,具有自身的特征和个性,故而其文学传统在长期的积累和积淀中形成鲜明的民族性、地域性和多样性特征,沿边、沿海的开放性特征,依山傍水的人与自然和谐相处的亲和性特征,更形成朴实憨厚、顽强坚韧的民族性格特征和兼容并蓄、丰富多彩的文化特征。改革开放三十年,广西文学新传统具有三个特征:

其一,文学新传统的时代性特征。广西文学改革开放新传统彰显时代性特征,改革开放时代特征无疑也影响文学特征的形成,这些特征主要表现为由计划经济向市场经济转型的社会时代发展整体大势和趋向上所形成的改革、开放和创新,其着眼点在于不仅仅是因为“文革”十年动乱及“文革”前十七年的盲目冒进和极“左”思潮而形成的政治思想上的顽疾和固瘤,而且更重要的是因为计划经济制度、体

制、机制存在的弊端，从而产生的生产力与生产关系、经济基础与上层建筑矛盾的缘故。也就是说，中国进入现代化进程中最重要的标志是现代生产方式的转换和更新。随着大工业生产的勃兴、科学技术的发展、电子传播媒介的兴起而形成的新生产力，但原有的生产关系无法适应这一新的生产力，更无法解放生产力和发展生产力。因此，改革开放时代的突出特征就是改革生产关系以及上层建筑不适合或阻碍生产力发展的弊端，以达到解放生产力、发展生产力、创新生产力的目的。改革开放时代的过程其实就是不断推进政治体制、经济体制、文化体制改革的过程；也是思想解放、观念更新、全面开放的过程。改革必须建立在开放基础上，开放的目的是为了改革。开放的大视野，不仅使封闭自守、故步自封的狭窄视野得到扩展，也不仅是立足本土，放眼世界、广纳五洲四海、吸纳世界精华的博大胸怀，更不仅是贯通古今中外，洋为中用、古为今用的宽广视野；而且是在“地球村”、“全球化”的平台上相互交流、互利双赢的大视野。中国的大国崛起，既要弘扬文化传统，多兴和振兴民族文化，从而对人类作出贡献；又要在参与世界性活动中担当文化输入、输出的重任，发挥其影响世界的作用，从而对世界作出贡献。广西文学具备中国文学整体性所体现的时代特征，同时也以其“边缘崛起”、“蛙跳式跃进”的方式进入改革开放的时代进程。尤其是近年来，广西通过南宁“民歌节”和“南博会”搭建与东南亚各国交流互动的平台，广西文化及其文学显然具有自身的优势和特色，其文化输入和输出的特殊方式通过沿边、沿海的地缘优势和区位优势，使其在传统交往模式的基础上推进现代交流机制建设，由此而彰显出时代特色，构建起改革开放时代广西文化、文学的新传统。

其二，广西文学新传统的民族性特征。广西文学史发展过程中，尽管也曾出现郑献甫这样的民族作家及其民族文学作品，但并未产生重大影响或引起文学史界的重视。也就是说，广西民族文学长期以来处于“边缘化”、“弱化”的地位。尽管从文人文学角度而言，广西民族文学传统中的文人作家并不多见；但从民间文学角度而言，广西民族神话、史诗、传说故事、民歌民谣、民族戏曲、曲艺等就丰富多彩了。广西被誉为“民歌之乡”，广西少数民族的歌舞享誉国内外，更重要的是，这些民间文学艺术经典及其活动方式仍传承至今，成为传统文艺的“活化石”；同时，传承和表达民族文化传统的重要机制形式，诸如“三月三”歌节、歌圩、歌堂、歌会、对歌、赛歌等形成民歌文化活动的制度、体制、机制形式。尽管在长期的封建专制社会中，在历代统治者“禁歌”的压迫下和正统、正宗观念的歧视下，广西民间文艺仍顽强地生存和发展。新中国成立后，党和政府对民间文艺高度重视，在搜集、整理、发掘的基础上对传统民间文艺进行保护和开发；同时，也在此基础上创作出长篇叙事诗《百鸟衣》、戏剧《刘三姐》和电影《刘三姐》，形成广西现代民族文学新经典和新传统。改革开放三十年，广西文学发展也是建立在民族文学、民间文艺传统的基础上发挥优势和特色。这集中表现在两方面：一方面是充分利用民族文学与民间文学资源进行新的创造，如瑶族史诗《密洛陀》、壮族史诗《布洛陀》的整理出版；“刘三姐”文化资源的开发和利用除文学创作外已渗入各种艺术形式和文化形式及文化产业形式中，音乐、舞蹈、曲艺、杂技、演艺都不难见到“刘三姐”身影。最为成功的是张艺谋和梅帅元策划和导演的大型山水实景演出《印象·刘三姐》，它集表演、音乐、舞蹈、灯光、音响为一体，以旅游景区和演艺景区、景点等结合的文化创意产业形式阐释和创造了新的“刘三姐”民族文化形象，使传统文化与现代文化有机结合，形成现代“刘三姐”文化品牌及其社会综合效益，在国内外产生“印象”，并由此产生连锁反应的“印象”系列项目的建设。这不能不说是一个最为成功地利用广西民族文化资源和传统创造的现代文化品牌，也不能不说它作为广西改革开放三十年的文化成就所承载的新传统的意义。当然，广西新时期以来的民族文学发展并非仅仅是在开发和利用传统文化资源，而且更重要的是通过民族作家培养、民族作品创作的扶持、民族重大题材的开掘、民族品牌精品的培育等形成广西民族文学新传统。我们不难从全国少数民族文学“骏马奖”的获奖名单中看到广西民族文学发展的轨迹：陆地《瀑布》，韦其麟《凤凰歌》、《寻找母亲的太阳》、《童心集》，莎红《山乡园丁组诗》，周民震《甜蜜的事业》，韦一凡《姆姥韦黄氏》、《被出卖的活观音》，蓝怀昌《珍藏的符号》，包玉堂《春色满壮乡》、《红水河畔三月三》，潘琦《琴心集》、黄佩华《南方女族》、《远风俗》等，便是广西老、中、青三代民族作家成就的展示。仫佬族青年作家鬼子《被雨淋湿的河》荣获第二届鲁迅文学奖，这是中国文学的最高奖项。广西民族文学的辉煌成就更重要的是形成了广西文学的民族特色，真正确立了广西民族文学在中国文学中的地位和价值，真正建立起广西民族文学发展的新传统。

其三，广西文学新传统的超越性特征。传统的含义似乎更多地停留在过去时，甚至被简单理解为古代。当然，作为时间性范畴来理解未尝不可，但传统更应该强调其内涵，也就是说它应是由过去而贯通现在的、具有千百年来长期传承血脉和基因而又稳定发展的精神内涵。故而从这个意义而言，传统是无法割断的，即使所谓"断裂"也会有千丝百缕的联系，或者曾经"断裂"但终究会"衔接"的。事实上，传统总是在继承与革新的"因革"、"通变"规律中建立和发展的。从这个角度而言，广西文学新传统与旧传统是衔接的，或者说新传统是在旧传统基础上继承和创新的结果，新传统中必然包含有旧传统的因子，同时也必然包含有超越旧传统的创新因子。创新理应是传统最为内在和本质的规定。这说明传统在建立一种稳定模式的同时也在不断超越这种模式，从而推动文化传统的创新和发展。广西文学新传统的重要特点在于超越性，一方面是指新传统超越旧传统，从而在新旧衔接和继承中不断创新和发展；另一方面指新传统中所内含的超越性力量也指向对新传统的新超越。这表现在新时期三十年，广西文学经历了三次反思自省阶段：第一次是在 1985 年的"文化寻根"思潮中，"花山宣言"提出对"百越境界"传统的呼唤和反思；第二次是在 1989 年广西文学"88 新反思"中对"百鸟衣"、"刘三姐"创作模式的反思；第三次是在改革开放三十年的 2008 年对"文学桂军"崛起后的可持续发展的反思，提出"决战长篇"的宣言。我们不难从这三次反思思潮中明显感觉到在传统与现代、继承与创新、反省与自信等关系的认识和理解上存在着矛盾、困惑、焦虑的复杂性。但问题并不仅仅在于如何清理这些关系和理论，而且更重要的是反思所面临的现实问题及其对自身发展现状的超越和自省意识。无论是面对困惑而力图走向未来也好，还是面对不足而力图寻求“百越境界”的民族文化传统精神支柱从而回归传统也好，其立足点是现实，一头连着过去，一头连着未来，其出发点是对现状的不满而旨在超越。故而无论是“花山”、“百越”文化传统还是“百鸟衣”、“刘三姐”文化传统，无论是广西历史文化传统，还是广西民族文化传统，也无论是广西古代文化传统，还是广西现代文化传统，都会提供给广西文学新传统建立以深厚的根基和丰富的资源，更提供在继承基础上不断创新发展的精神支撑。因此，不仅要总结和提炼广西文学新传统，而且也要反思和自省广西文学新传统，从而提供不断超越和创新的动力。也就是说只有在“文学桂军”崛起之后，认真总结经验，吸取教训，查找问题，反省不足，才能在不断超越中建立广西文学新传统，才能有广西文学发展的新突破、新跨越。

时任广西壮族自治区党委副书记、现任广西文联主席、著名作家潘琦指出：“我希望我们广西的青年、中年、老年作家这三支力量形成合力，把我们文学这场戏唱起来，把它唱响，唱出气势，唱出劲道，唱出影响，以实现广西文学事业的全面繁荣。我们伸开双手，满怀激情地去拥抱八桂大地大绚丽多彩的文学事业大发展的春天！”[29]这位广西文艺界的领导人、广西文学的领军人物的呼唤，无疑是进军令，也是集结号，文学桂军将在其建立起的改革开放三十年经验及其新传统基础上迈上新的台阶，争取更大成就。

注释：

①蓝怀昌:《广西少数民族20世纪文学作品选丛书·总序》,《仫佬族20世纪文学作品选》,1页,南宁,广西民族出版社,2003。

②李建平等:《广西文学50年》,23页,桂林,漓江出版社,2005。

③宋生贵:《论民族艺术发展的生态意识》,载《文艺报》2009年3月5日。

④潘琦:《关于建设刘三姐文化品牌的几个问题》,《刘三姐文化品牌研究》,2页,南宁,广西人民出版社,2002。

⑤赵志忠:《开拓与辉煌——民族文学三十年评述》,载《文艺报》2009年1月15日。

⑥佘义林:《各地作协采取多种举措,繁荣发展少数民族文学事业》,载《文艺报》2009年6月25日。

⑦陈学璞:《刘三姐文化现象的形成和演变》,《2009年广西蓝皮书·广西文化发展报告》,322页,南宁,广西人民出版社,2009。

⑧宜山市课题组:《刘三姐文化品牌形成过程初探》,潘琦主编:《刘三姐文化品牌研究》,46页,南宁,广西人民出版社,2002。

⑨宜山市课题组:《刘三姐文化品牌形成过程初探》,潘琦主编:《刘三姐文化品牌研究》,47页,南宁,广西人民出版社,2002。

⑩宜山市课题组:《刘三姐文化品牌形成过程初探》,潘琦主编:《刘三姐文化品牌研究》,47页,南宁,广西人民出版社,2002。

⑪覃桂清:《刘三姐纵横谈》,南宁,广西民族出版社,1992。

⑫覃桂清:《刘三姐纵横谈》,南宁,广西民族出版社,1992。

⑬钟敬文:《刘三姐传说试论》,《钟敬文民俗学论集》,118 页,上海,上海文艺出版社,1998。

⑭刘三姐戏剧现象材料可参见宜州市课题组:《刘三姐文化品牌形式过程初探》,江波、沈桂芳:《广西著名文化品牌〈刘三姐〉的形成过程》等文,收录于潘琦主编《刘三姐文化品牌研究》一书,45—76 页,南宁,广西人民出版社,2002。

⑮韦其麟:《壮族民间文学概观》,35 页,南宁,广西人民出版社,1988。

⑯恩格斯:《德国民间故事书》,《马克思恩格斯全集》(第 41 卷),23 页,北京,人民出版社,1982 年。

⑰陈学璞:《刘三姐文化现象的形成和演变》,《2009 年广西蓝皮书·广西文化发展报告》,323—325 页,南宁,广西人民出版社,2009。

⑱李建平等:《广西文学 50 年》,154－155 页,桂林,漓江出版社,2005。

⑲李建平、黄伟林等:《文学桂军论——经济欠发达地区一个重要作家群的崛起及意义》,8 页,北京,中国社会科学出版社,2007。

⑳杨剑龙、顾彬:《中国当代文学创作的困境与思考——当代作家与中国经验谈》,载《芳草》,2008 年第 2 期。

㉑杨剑龙、顾彬:《中国当代文学创作的困境与思考——当代作家与中国经验谈》,载《芳草》,2008 年第 2 期。

㉒杨剑龙、顾彬:《中国当代文学创作的困境与思考——当代作家与中国经验谈》,载《芳草》,2008 年第 2 期。

㉓梅帅元、扬克:《百越境界——花山文化与我们的创作》,载《广西文学》,1985 年第 3 期。

㉔李建平等:《广西文学 50 年》,154－155 页,桂林,漓江出版社,2005。

㉕黄佩华等:《广西文坛三思录》,载《广西文学》,1989 年第 1 期。

㉖李建平等:《广西文学 50 年》,156 页,桂林,漓江出版社,2005。

㉗王国维:《宋元戏曲考·序》,《王国维戏曲论文集》,3页,北京,中国戏剧出版社,1984。

㉘刘勰著,周振甫注:《文心雕龙注释》,476页,北京,人民文学出版社,1981。

㉙潘琦:《满怀激情,拥抱文学的春天》,《风格就是人品——文艺类论文集》,458—459页,北京,中国大百科全书出版社,2003。

结语　在反思和超越中走向文学自觉

广西文学跨越发展及文学桂军崛起充分说明了广西文学的自觉。文学的自觉不仅是相对于过去曾经的不自觉或自发、自生状态而言的进步和跨越，而且也是文学可持续发展中自觉性不断增强、凸显和成熟的标志。也就是说，广西文学的自觉标志着还会继续走向新的自觉与更进一步的自觉。因而，走向自觉永远是一个过程和进程，指称其自觉，只不过是阶段性，也就是进入自觉阶段而已。

一、广西文学桂军对存在问题反思的自觉性

文学的反思和自省就是文学自觉的表现形式之一，也是文学发展的起点和突破口。广西文学有过三次反思和自省的过程及其经验积累，其结果和效果都对广西文学发展有重大推进作用。第一次是1989年针对广西文学的自满自足、保守求稳的阿Q精神胜利法心态的反思和自省，从“百越境界”对民族文化精神所彰显的活力、生气和生命力的呼唤，到激励广西文学“88新反思”提出“突破‘刘三姐’创

作模式”、“走出‘百鸟衣’怪圈”[1]的呼吁，推动广西文学改革创新、解放思想，不断反思和自省；第二次是1996年的“花山会议”，针对当时广西文学的疲软乏力、彷徨困惑，提出“文学桂军崛起”的战略决策和思路，以“三大战略”、“五大战役”、“213工程”、“作家签约制度”[2]及系列制度、政策和措施的创新，推动广西文学跨越发展；第三次反思和自省是在文学桂军崛起之后，以可持续发展为基点，反思创作的不足以及长篇小说相对薄弱的劣势，发出“决战长篇”的誓言和宣战[3]，将广西文学发展推向一个新的起点。广西文学的三次反省所带来的三次飞跃，正是广西文学自觉性的突出标志，也是伴随着文学制度、体制、机制的深化改革和不断完善的结果。

当然，获得广西文学发展制度化建设和长效机制建立的自觉性并非仅仅是回顾历史、总结经验的结果推动所致，并且还在于一方面广西文学的可持续发展确实需要建立制度化建设的长效机制的自觉性；另一方面是广西文学发展中存在的问题及不足也需要建立制度化建设的自觉性。广西文学发展的不足也并不仅仅是指在与文学先进发达省区比较中存在的不足，而且是广西文学发展自身存在的不足，这些问题和不足主要表现在五个方面：

其一，广西在跨越发展与突破发展中还存在着后劲不足、潜力不强、竞争力不够的不利于持续发展的因素，这既表现在文学桂军崛起之后何以持续和推进上，又表现在“广西三剑客”等领军人物和新锐军团冲锋之后，何以使队伍整体跟进，故而存在着领军人物培育、人才队伍建设以及梯队结构调整问题。尤其是在文学桂军崛起之后，文学理论批评桂军还缺乏持续跟进的实力和绩效，文学与批评还未能充分结成联盟和联军，批评的滞后在一定程度上影响了文学桂军持续推进的步伐，缺乏更有力的理论支撑和批评扶持的力度和分量。时任广西区党委副书记潘琦在广西民族大学“相思湖”作家群研讨会上指出：“希望相思湖作家群多‘相思’，加强团结、互相支持、互相帮助、互相关心、共同提高；要交流、广交朋友、交诤友、挚友，真正形成一个坚强有力、团结合作的作家群体。”[4]这固然是针对作家群以“相思"加强联系团结而言，但也含有高校人才培养在作家和批评家两支人才队伍汇集，少数民族作家与汉族作家在文学桂军旗下的汇集，承前启后老、中、青人才梯队汇集的含义，这样才能培育出广西文学持续发展的后劲和潜力，为文学桂军提供后备军和理论批评的支撑。

其二，广西文学的区位优势和民族特色还不够鲜明、突出与个性化，也就是说地域文学、民族文学空间还有待拓展和深化。如广西地域文学的区位特色和优势还不够彰显：桂林国际旅游名城与历史文化名城结合所显示出的现代生态文化名城的区位优势，北部湾西南出海大通道的区位优势，广西沿边沿海千里边境长廊的区位优势，百色左、右江红色文化的区位优势均还未能在文学中充分发挥和利用；再如广西民族文学的民族特色和文化内蕴也不够鲜明：民族山歌文化传统的传承与发展的特色，南方少数民族稻作文化的特色，壮族和谐生态文化与原生态文化的特色，各民族文化的丰富多彩与团结协作、和睦相处的特色等，均有待于民族文学对文化资源的深度开掘。曾任广西作协主席、现任广西文学院院长冯艺认为："民族文化是一个民族存在的根本，是属于内核的东西。民族文学里如果没有民族文化，就不是民族文学。少数民族作家必须在创作中体悟和体现自己民族的特征，表现民族文化的内核，表现民族的精神。"[⑤]因而对民族特色的理解和认识不能仅仅停留在民族文化的外观形态和表现形式上，而且应更深层次地表现民族文化精神和内涵；也不仅仅是停留在民族文化传统的表现上，而且应更深入地表现民族文化的现代性和时代性，表现民族文化现代发展的生命力和活力。对于广西文学的民族特色而言，其地域性与民族性的结合、传统性与现代性的结合，特殊性与普遍性的结合就是今后发展中应特别关注的问题。

其三，缺少史诗性的重大题材作品，尤其是缺乏广西历代对全国发生重大影响的历史叙述的精品力作。如秦始皇挥兵南下在兴安灵渠开凿运河，以联结长江、湘江水系与珠江、南海水系的壮举；明代靖江王城的藩王文化及其王室后裔石涛绘画艺术的成就；清末"粤西词派"、"临桂词派"对词坛的影响；桂林抗战文化城对抗战文化的贡献等重大历史事件及重要历史人物题材，也有待广西文学在发掘、整理、整合文化资源基础上为创作寻找重大突破口。即便像刘三姐传说故事的资源开发虽然已取得文艺创作的重大成就，但也未能产生“刘三姐”长篇小说、长篇叙事诗的文学精品力作。杨义指出：“我在《中国古典文学图志》中，曾作过这样的判断：文学史写上刘三姐，比起喋喋不休地谈论二三流的汉语诗人更有价值，因为它沟通了汉族和少数民族文学、书面文学与口传文学，从而展开了创新性的文学史层面和境界。西部地区民族民俗的文学资源云蒸霞蔚，绚丽多姿，一旦与现代审美意识相遇，它能爆发出如壮锦一般‘染丝织锦五彩烂然’（清代沈日霖《粤西琐记》中语）的文学奇观。”[6]可见，刘三姐题材也还有可持续利用和开发的价值，广西文学还有待于创作出“刘三姐”文学这样的经典之作。

其四，文学类型、形态、流派还不够丰富多彩，发展状态也不太平衡。从文学类型而言，诗歌创作一方面较之小说创作而言较薄弱，另一方面相对于广西素有“歌海”之称的民歌大省而言也相对薄弱，这既说明广西民族民间文学的抒情性传统对当代文学发展的影响力不够，又说明广西诗歌创作在全国诗坛的影响力也不够。从文学形态而言，一些新兴的文学形态和文本形式发育不够完备和健全，网络文学、青春文学、校园文学以及女性文学、另类文学、亚文化文学、底层文学等还不够成熟和成形。从文学流派而言，基于行政划分的地域文学还未形成自身的风格个性，故而也未能生长出文学流派，也未能形成跨地域并在观念、趣味、方法、风格上志同道合的流派自觉性和发展倾向。曾对广西文学发展作出重大贡献的漓江出版社原社长、现为中国出版集团总裁的聂震宁对文学桂军崛起说过一段自省的话：“要说文学实绩，新桂军尚不足以与大多数地域作家群全面抗衡。”[7]这确实是一针见血，指出了广西文学整体竞争力不强、发展不平衡的短处和问题。

其五，作为文学主力军的长篇小说创作还未能取得重大突破。茅盾文学奖至今未能与广西文学结缘，全国少数民族文学“骏马奖”

中广西荣获长篇小说奖者也为数不多，这说明长篇小说创作是广西的弱项和软肋。尽管“决战长篇”的情结和誓言多少对长篇小说创作有所推动，但这决非在短期内能有立竿见影的实用功利效果的，而是长期建设的成效；也决非单凭数量就可以取胜的，而是要有精品力作的质量和水准；也不仅仅靠鸿篇巨制的形式，而且要靠艺术功力和文化底气与涵养。李建平、黄伟林等在《文学桂军论》的“结语”中提出“决战长篇”的宣战书和誓言，提出“拿出史诗性的长篇小说，这是文学桂军的主攻方向”[8]，这无疑是文学桂军的反思和自省的结果。

二、广西文学发展中制度化建设存在问题反省的自觉性

广西文学创作的问题与不足，从一个侧面说明广西文学发展的制度化建设以及制度、体制、机制、政策中存在的问题与不足，从而对文学发展的保障和推进力度不够，甚至在一定程度上影响和滞缓广西文学发展的步伐。这主要表现在三方面：

其一，文学制度、体制、机制还存在不适应或滞后于文学发展的不足和欠缺，有待进一步改革和完善。任何制度、体制、机制的建立都有一个不断改革、调整和完善的过程，这不仅是因为建立初始都会存在有不尽完善之处的缘故，而且是因为与时俱进的发展也要根据时代和社会发展需求而不断改进。广西文学制度有许多创新点和首创之举，如“作家签约制”在当时是首创，其作用和效果显著；但在制度设计上，还有待加强和完善。倘若将“签约”仅仅视为市场经济的一种合同制的话，除规定双方的责任、义务和利益外，还应有监督制度、检查制度、评估制度以及风险承担制度；同时也需要有与之相关的配套制度的保障和支撑。作家签约制并非独立的、单独的制度形式，应该建立起制度体系和联动机制。再如文学创作基地制度也是一种创新形式，但在实践操作中效果不太明显，作用和影响也不大，往往有名而无实，流于形式而不见内容。这就需要检查和反省制度上存在的不足和问题，如创作基地主体身份的界定，究竟是所在地的

当地政府呢，还是挂牌方的文联作协呢，或者是两者结合呢？否则，谁来建设、谁来投入就成了问题。另外，创作基地的功能和作用究竟是什么，如果仅从某一次活动和行为来考虑设置，而缺乏在制度设计和制度化建设的长效机制推动下建立创作、采风、调研、挂职、研讨、培训等基地制度的话，显然，创作基地制度也就被架空了。换言之，创作基地制度的内容还需依靠其他制度的保障和支撑；同时创作基地制度本身也还需要继续完善和健全。制度化建设的长效机制的作用就在于将制度创新、体制改革、机制转换、政策调整都纳入长期的制度化建设中，使之成为自觉行为和自觉的制度完善过程。

其二，文学制度、体制、机制的改革和建设是项长期的任务，关键不仅在于建立和建设制度，而且在于实施与落实的行动。也就是说动机与效果、形式与内容、理论与实践、创意与行动会有一定距离，但问题和不足在于，不是缩小距离而是扩大距离，成为“思想的巨人，行动的矮子”。广西文学发展中所建立起的一整套制度确实取得了行之有效的成绩和效果，但也不能忽视在实施与执行中，因为力度不够、失误和偏离等缘故而造成效果程度的差别，甚至在实施与落实中出现无条件执行与有条件执行、主动执行与被动执行、死板执行与灵活执行的人为差别。中国当代文学长期以来因计划经济而造成行政指令性和计划指标性的惰性和惯性，习惯于强调主观人为作用而遮蔽制度法治作用，故而有“上有政策，下有对策”、“你讲法制，我行人治”的矛盾，政策难以落实，也难以贯彻到底。这除了要在提高人的素质和执政水平之外，关键还要在制度与效果之间建立起执法、执政的制度和机制。广西文学发展所建立起的制度和机制，在执行和实施中存在的主要问题是缺少一些中介环节的建设。首先，制度和政策出台后对实施方案、操作细则的制定有所缺失，尽管有些重大政策和措施也会有实施方案和操作细则，但还是较宏观和原则性的，是否具有可操作性和对策性就要打问号了，在实践中操作就更打问号了。其次，政策和措施的实施者和操作者，主要指一些文化管理部门的具体工作人员，因素质和能力所限使实施程序、过程、方法打了折扣，从而影响实施效果，更不用说某些领导意志、行政干预、计划指令、主观臆断、独断专行等体制因素及个人因素造成的适得其反的结果。再次，政策和措施的实施和操作缺少监督机制和检查制度，这既有体制不完善还有待改革的因素，也有制度不健全、机制不完备的因素，缺少文学制度体系及其系统结构关系建设的整体设计，也缺乏活动过程的全程规划和精心设计。最后，政策和措施的实施与操作除建立从上而下的运作机制外，还要建立由下而上的以及上下贯通的中介机制。由下而上的运作机制主要从反馈角度而有利于调整和协调由上而下的关系；上下贯通的中介机制是从联系角度而有利于上下的交流和沟通。但这一中介机制的缺失就意味着上下之间缺少一个中间环节，或者说这一中介机制不得力。从广西文学制度而言，确实也存在有制不依、有度不止、执行不严、贯彻不力的现象，一些规章制度形同虚设，不起作用。如人才引进制度是否落实，是否有效果，究竟有何人才通过这一制度而引进，人才引进困难原因在哪里，如何解决这些困难等，都存在一些问题和缺失；与人才引进问题同样值得反省的，是广西文学人才是否使用恰当，是否留得住人。近年来，广西文学人才因各种原因流向外地不少，如林白、李冯、海力洪、喜宏、杨克、聂震宁、邓小飞、黄理彪、肖启明等，尽管人往高处走，从广西走向全国有了更为广阔的天地和舞台，也为广西文学扩大了声誉和影响；但毕竟离开了广西，对文学桂军发展带来不小影响。这究竟是制度问题，还是执行问题，值得认真思考和对待。

其三，文学制度及其制度化建设本身存在制度性、制度化的弊端，从而也会产生一些副作用和消极影响。从制度而言，不论制度性质还是形式，都会存在两面性。制度主要体现为保障和规范双重功能，保障的积极意义自不待说，而规范则会有两重性，一重为规范的积极性，表现为有利于发展和进步的规则、规矩、规定而使之中规合矩，遵循规律、原则、目标和方向发展；另一重是规范的消极性，表现为带来某种限制、限定、规训，阻碍而不利于发展与进步。从文学制度而言，也会存在文学的制度化与自主性的矛盾或悖论，其制度化既有保障自主性的一面，也有限制规训自主性的另一面。因而强调文学的自律、自主和特殊性，就会对制度化提出质疑；而强调文学的制度化建设，也有可能会对文学的自主性加以限制。新中国成立后的计划经济体制下，在新的制度、体制、机制建设过程中过度强调制度化、体制化而造成“制度化写作”、“体制化写作”以及制度文学、体制文学、政治文学模式，这并不利于文学发展和繁荣。社会主义市场经济建立，为文学创造了更为广阔的天地和更好的发展空间，文学制度以遵循文学规律和文学自主性作为前提起着保障和推动文学发展的作用；但不可否认，尽管文学制度是文学自身的制度形式而并非外在于文学的其他制度形式，但作为制度，与其他任何制度形式一样，都免不了存在某些制度性弊端，如制度对自主性的规范、限制的一面；人们常言“制度是死的，人是活的”，就足以证明制度存在缺少灵活性而过于刻板的一面；制度相对稳定则会趋向于保守、守旧的一面，出现对人的主体性、个性和特殊性忽略的一面，等等。文学制度相对于文学的特殊性、自主性和个性更为彰显而言，制度性弊端也会更加明显。故而强调制度化建设以及长效机制的建立，其目的不仅是针对制度存在的问题及不足的改革与建设，而且也是对制度性和制度化弊端的抑制和克服。尽管“制度化”本身也会带来一些弊端和问题，甚至是不可避免的悖论，但关键在于我们如何以正面积极建设的态度去掌握和利用这一机制，如何使其积极的功用得到充分发挥，消极的作用得到有效的遏制。因此，我们提出制度的自觉应包括三层含义：一是提高我们对制度认识和运用的自觉性，也就是在人的自觉性基础上提高制度的自觉性；二是使制度建设遵循规律而更加健全和完善，制度的合规律性与合目的性的统一也就意味着制度的自觉；三是通过反思和反省加强制度化建设的长效机制，在充分发挥制度化建设的积极作用的同时也能有效遏制制度化带来的消极性及制度性弊端，使制度建设良性健康发展。因而，我们提出文学制度和制度化建设的长效机制，这一思路是以文学自觉、人的自觉、制度的自觉作为基础和依据的。

三、走向制度建设的自觉与文化自觉

广西文学发展中存在的问题以及制度化建设存在的不足是需要进一步的理论探讨和实践探索以寻找对策的，关于广西文学发展的制度化建设的话题讨论也是可以不断深入和拓展的。这就需要有解放思想、改革创新的自觉性，也需要有不断反思、自省的自觉性，更需要有科学发展观指导下的理论批评的自觉性。从总结经验、吸取教训、实践探索、理论升华的研究过程和逻辑序列来分析，广西文学发展制度化建设的长效机制论题不可避免地进入“文学制度”这一范畴的理论命题中，也可以说是这一论题范围的展开，也可以说是这一论题的深入拓展，当然这是一个新的论题。

制度是一个社会学、政治学、文化学范畴，制度文化是文化构成中的重要因素，将其引入文艺学、美学领域，从而确立文学制度、审美制度这一范畴，也许会有许多争议，或有可能坚持纯文学观念或文学的自主性而排斥这一范畴；或有可能利用这一范畴而任意泛化和扩大其概念的外延，从而因社会学、政治学、文化学的视角而掩盖了文学的特殊性。因此，文艺学引入这一范畴的意义在于不仅能弥合和调节文学的内部和外部矛盾，从而以更为辩证和合理的态度与方法来看待文学的自律性与他律性的关系，而且更重要的是文学制度本身所具备的内涵和外延以及价值意义对文艺学、美学的发展和创新而言是不能缺失的。至于文学制度的实践和理论的发展，当然也需要在不断改革、调整、完善中建构，需要在进一步研究中加强建设，增强文学发展机制和文学理论创新的活力，更需要加强广西文化的自觉性及其文学自觉性。

广西文学的自觉大抵可表现在五个方面：一是文学创作成果丰硕，作品走向成熟，走向经典，能自觉遵循文学规律和凸显文学特征；二是文学自觉体现为人的自觉，亦即作为主体的作家、读者、批评家的主体性发挥的自觉上；三是文学和批评的繁荣、昌盛时期，优秀的作家批评家及其作品以其经典性而标志文学创作、批评和理论的自觉；四是文学获得充分自由、民主、宽松的生存环境而有利于文学作用价值的实现和文学地位的提高，从而彰显出自觉性；五是文学在制度、体制、机制、政策、措施的保障和推动下，建立了制度化建设的长效机制，从而表现为文学制度的自觉。当然这五个方面的要件或因素具有关联性和结构性，整体和综合表现出文学的自觉。从广西文学自觉的表现形态及其过程而言，主要是由作家——人的自觉、作品——创作的自觉、环境——制度的自觉来体现，构成三位一体、相互联系的表现形态；同时，三者也大体存在着由作家的自觉到创作的自觉、再到制度的自觉的递进提升过程和逻辑序列，但这并不意味着在作家与创作自觉时，制度的力量还未介入，其实在广西文学的自觉过程中始终都伴随着制度的推动和保障，但似乎是当作家和创作自觉获得丰硕成果和明显成效时，人们才会自觉意识到制度的作用，才会获得制度化长效机制建设的自觉性。

注释：

①李建平等：《广西文学50年》，155页，桂林，漓江出版社，2005。

②李建平等：《广西文学50年》，299页，桂林，漓江出版社，2005。

③黄祖松：《决战“长篇”》，载《广西日报》，2004年1月6日。

④潘琦：《打造新世纪文学的新桂军》，《风格就是人品》，350页，北京，中国大百科全书出版社，2003。

⑤汤玉梅：《好的散文必须贴着地面飞行——壮族作家冯艺谈散文创作》，载《文艺报》，2009年6月2日。

⑥杨义:《序一:布洛陀家乡的现代吟唱》,《文学桂军论》,5 页,北京,中国社会科学出版社,2007。

⑦聂震宁:《文学桂军论·序》,《文学桂军论》,8 页,北京,中国社会科学出版社,2007。

⑧李建平、黄伟林等:《文学桂军论》,320 页,北京,中国社会科学出版社,2007。

参考书目

[1][德]马克思:《1844 年经济学哲学手稿》,北京,人民出版社,1985。

[2][德]马克思、恩格斯:《德意志意识形态》,北京,人民出版社,1961。

[3][德]马克思:《资本论》(第 1、2 卷),北京,人民出版社,1975。

[4][德]马克思、恩格斯:《马克思恩格斯选集》(第 1—4 卷),北京,人民出版社,1972。

[5][法]列维-布留尔著,丁由译:《原始思维》,北京,商务印书馆,1981。

[6][意]维柯著,朱光潜译:《新科学》(上下册),北京,商务印书馆,1989。

[7][美]路易斯·亨利·摩尔根著,杨东莼、马雍、马巨译:《古代社会》(上下册),北京,商务印书馆,1977。

[8][法]丹纳著,傅雷译:《艺术哲学》,北京,人民文学出版社,

1963。

[9][法]卢梭著，何兆武译：《社会契约论》，北京，商务印书馆，2003。

[10][法]史达尔：《论文学》，伍蠡甫主编：《西方文论选》（下卷），上海，上海译文出版社，1979。

[11]伍蠡甫主编：《西方文论选》（上下卷），上海，上海译文出版社，1979。

[12]伍蠡甫主编：《现代西方文论选》，上海，上海译文出版社，1983。

[13]王逢振等编：《最新西方文论选》，桂林，漓江出版社，1991。

[14][美]杰姆逊著，唐小兵译：《后现代主义与文化理论》，北京，北京大学出版社，1997。

[15][加]斯蒂文·托托西著，马瑞琦译：《文学研究的合法化》，北京，北京大学出版社，1997。

[16][法]皮埃尔·布迪厄著，刘晖译：《艺术的法则》，北京，中央编译出版社，2001。

[17][法]皮埃尔·布迪厄著，包亚明译：《文化资本与社会炼金术》，上海，上海人民出版社，1997。

[18][法]皮埃尔·布迪厄、汉斯·哈克著，桂裕芳译：《自由交流》，北京，生活·读书·新知三联书店，1996。

[19][荷]D. 佛克马、E. 蚁布思著，俞国强译：《文学研究与文化参与》，北京，北京大学出版社，1996。

[20][英]特里·伊格尔顿著，王杰等译：《审美意识形态》，桂林，广西师范大学出版社，2001。

[21][美]詹姆逊著，王逢振等译：《政治无意识》，北京，中国社会科学出版社，1999。

[22][意]葛兰西著，曹雷雨等译：《狱中札记》，北京，中国社会科学出版社，2000。

[23][德]本雅明著，王炳钧等译：《经验与贫乏》，天津，百花文艺

出版社,1999。

[24][美]丹尼尔·贝尔著,赵一凡等译:《资本主义文化矛盾》,北京,生活·读书·新知三联书店,1989。

[25][德]席勒著,冯至等译:《审美教育书简》,北京,北京大学出版社,1985。

[26][英]史蒂文·康纳著,严忠志译:《后现代主义文化——当代理论导引》,北京,商务印书馆,2002。

[27][美]马尔库塞著,李小兵译:《审美之维》,桂林,广西师范大学出版社,2001。

[28][斯]齐泽克著,季广茂译:《意识形态的崇高客体》,北京,中央编译出版社,2002。

[29]蒋孔阳主编:《二十世纪西方美学名著选》(上下册),上海,复旦大学出版社,1988。

[30]栾昌大:《市场经济与艺术》,长春,吉林美术出版社,2000。

[31]李建平等:《广西文学 50 年》,桂林,漓江出版社,2005。

[32]李建平、黄伟林等《文学桂军论——经济欠发达地区一个重要作家群的崛起及意义》,北京,中国社会科学出版社,2007。

[33]蓝怀昌主编:《世纪的跨越——广西文学艺术十三年现象研究》,(上下卷),桂林,广西人民出版社,2007。

[34]潘琦:《风格就是人品——文艺类论文集》,北京,中国大百科全书出版社,2003。

[35]陈梧生、蓝怀昌主编:《文艺桂军在崛起——广西文学艺术家十三年成果集》,南宁,广西人民出版社,2003。

[36]王绍辉:《当代广西文学的审美文化研究》,北京,大众文艺出版社,2008。

[37]潘琦主编:《刘三姐文化品牌研究》,南宁,广西人民出版社,2002。

[38]温存超:《秘密地带的解读——东西小说论》,北京,台海出版社,2006。

[39]冯艺、张燕玲编:《这方水土——广西签约作家小说精选》,桂林,漓江出版社,2003。

[40]黄继树主编:《水莲——桂林青年作家中短篇小说选》,桂林,广西师范大学出版社,2008。

[41]江建文:《美的解读》,南宁,广西人民出版社,2004。

[42]容本镇:《文学的感悟与自觉》,北京,中国文联出版社,2002。

[43]容本镇主编:《悄然崛起的相思湖作家群》,南宁,广西民族出版社,2002。

[44]彭洋:《视野与选择》,南宁,接力出版社,1996。

[45]杨长勋:《话语的边缘》,南宁,接力出版社,1997。

[46]李建平:《理性的艺术》,南宁,接力出版社,1996。

[47]黄伟林:《转型的解读》,南宁,接力出版社,1995。

[48]张燕玲:《感觉与立论》,南宁,接力出版社,1996。

[49]黄伟林:《文学三维》,南宁,广西人民出版社,2004。

[50]黄伟林:《桂海论列》,桂林,漓江出版社,1993。

[51]张利群:《批评重构》,桂林,广西师范大学出版社,1999。

[52]张利群:《多维文化视阈中的批评转型》,北京,中国社会科学出版社,2002。

[53]张利群:《民族区域文化的审美人类学批评》,桂林,广西师范大学出版社,2006。

[54]张利群:《文艺制度论》,北京,中国社会科学出版社,2008。

[55]徐治平主编:《广西散文百年》(上下),北京,民族出版社,2004。

[56]陈学璞:《玫瑰园散步》,桂林,漓江出版社,1993。

[57]王杰:《审美幻象与审美人类学》,桂林,广西师范大学出版社,2002。

[58]广西壮族自治区地方志编纂委员会编:《广西通志——文学艺术志》,南宁,广西人民出版社,2002。

[59]中共广西壮族自治区委员会宣传部编:《广西文化发展“十五”规划》,2001 年。

[60]《广西壮族自治区国民经济和社会发展第十一个五年规划纲要》,2006 年 1 月 16 日广西第十届人民代表大会第四次会议通过。

[61]中共广西壮族自治区委员会宣传部编:《广西“十一五”时期文化发展规划纲要》,南宁,广西民族出版社,2007。

作者相关论文发表目录

[1]《论文艺制度的构成要素》，载《广西师范学院学报》2005 年第 2 期，中国人民大学报刊复印中心《文艺理论》2005 年第 10 期复印。

[2]《民间文艺制度的构成及其建构》，载《吉首大学学报》2006 年第 4 期，中国人民大学报刊复印中心《文艺理论》2006 年第 11 期复印。

[3]《论文学评价标准的三元构成与建构条件》，载《文学评论》2007 年第 1 期，获第十届广西社科成果三等奖。

[4]《文艺制度的悖论及其成因探讨》，载《云梦学刊》2007 年第 1 期，《高校文科学术文摘》2007 年第 2 期文摘。

[5]《论文艺制度的合理性问题》，载《中国文学研究》2008 年第 3 期。

[6]《论文学评价的核心价值体系的构建》，《2007 年当代文艺论坛文集》，中央文献出版社，2008 年 7 月。

[7]《论高校文学研究对文学桂军崛起的理论支撑》，载《河池学院学报》2008 年第 4 期。

[8]《广西文艺发展的制度化建设成效及其意义探讨》，《百色学院学报》2008 年第 5 期

[9]《文学价值论建构对文学观的更新和转换》，载《贵州师范大学学报》2009 年第 1 期。

[10]《论刘三姐文化品牌的多维构建》，载《文艺争鸣》2008 年第 11 期。

[11]《刘三姐形象的文化阐释及现代意义》，《广西民族文化的融合传承与发展》，广西人民出版社，2009 年 4 月。

[12]《试析桂学研究的学理依据及其学术机理》，载《广西教育学院学报》2010 年第 1 期。

[13]《以决战长篇形成文学桂军新崛起的突破口》，载《广西民族师范学院学报》2010 年第 1 期。

[14]《论广西文学理论批评桂军的崛起及评价机制建设》，载《贺州学院学报》2010 年第 4 期。

[15]《从作家摇篮走向文学殿堂》，载《广西师范大学学报》2011 年第 2 期。

[16]《文学批评核心价值体系构建的学理依据》，载《吉首大学学报》2011 年第 1 期。

[17]《从文学反思走向文学自觉》，载《南方文坛》2011 年第 3 期。

[18]《多维视角的现场开放式叙述方式的探索》，载《广西教育学院学报》2011 年第 2 期。

[19]《论文学批评的经典价值取向构建》，载《文艺美学研究》，2011 年，第五辑。

[20]《论文学批评标准的真善美价值系统及理论基础》，载《广西民族师范学院学报》2011 年第 2 期。

[21]《论文学批评和谐美的价值取向生成与构建》，载《钦州学院学报》2011 年第 2 期。

[22]《论文学批评原则的三维构成及其现实意义》，载《贺州学院学报》2011 年第 2 期。

[23]《当代文学批评中国经验的主体性价值取向构建》，载《文艺百家》2011 年第 1 期。

[24]《论文学批评价值论的主体性意义》，载《广西社会科学》2011 年第9 期。

[25]《论文学批评在价值冲突中的核心价值体系构建》，载《文艺评论》2011 年第 9 期。

[26]《重视桂学研究资料发掘与资料库建设》，载《广西师范大学学报》2011 年第 5 期。

[27]《文学批评中国经验的价值取向构建》，载《江西社会科学》2011 年第 9 期，《高等学校文科学术文摘》2011 年第 6 期。

[28]《论桂学元研究及其理论构成系统的研究》，载《广西教育学院学报》2011 年第 5 期。

[29]《文学在现实与理想间穿越》，《穿越梦想·序》，漓江出版社，2011 年 12 月。

[30]《论文学批评的民族精神与时代精神的核心价值取向》，载《西华大学学报》2011 年第 6 期。

后 记

2007年广西壮族自治区党委、自治区人民政府下发关于贯彻《中共中央、国务院关于深化文化体制改革的若干意见》的实施意见，广西文化体制改革进入了一个深化阶段。我就是在这样的背景下开始了"广西文学发展的制度化建设与评价机制研究"项目工作。在申报项目前的前期准备工作中，对广西文化厅、广西广电局、广西新闻出版局、广西文联、广西电视台、广西日报社、广西电影制片厂等机关单位进行考察调研，搜集、整理了大量的文化制度、体制、机制改革与建设的资料，同时也对广西文学发展状态、作家作品进行了评论和研究，积累了前期成果；但从制度化建设及其评价机制角度对广西文学发展进行专题性研究还是颇有难度和颇费周折的。三年来，我多次与广西文联作协及其作家、评论家座谈、对话以及召开研讨会、学术讲座、专题报告会，在获得大量广西文学资料的基础上着重从理论与实践两个途径对这一课题进行专题理论研究与应用案例研究。在研究过程中，顺利通过中期检查，在期刊上发表阶段性成果论文30多篇，按项目结题成果方式形成书稿形式，使之构成系统化、整体化、结构性的理论知识体系和应用对策研究的实践运用体系的著作。著作出版时，我确定书名为《文学机制论——广西文学发展制度化建设的长效机制研究》，可以算是我在2008年由中国社会科学出版社出版的《文艺制度论》（广西科技厅软科学项目“文学制度与文学评价机制研究”的结题成果）的姊妹篇，两者相互印证，相得益彰。著作撰写得到研究生邓波、黄善强、黄兴诚、张兴华、谢凌香等提供部分资料整理的帮助，也借鉴参考了广西当代文学研究的一些论著与论文，在此表示衷心感谢。拙著不尽之处和疏漏错误之处，请专家学者批评指正，以便使研究更深入、更完善，同时也希望能更好推进文学制度和文学机制的持续研究。

张利群

2011年6月30日